E

li

LOVE

MIRANDA J. FOX

BIG *little* LOVE

LIEBESROMAN

Deutsche Erstausgabe Oktober 2019

Lektorat: Lilian R. Franke

Impressum:
Thomas Wiens, Rinchnacher Weg 20, 10318 Berlin
mirandajfox@outlook.com
Instagram: Miranda J. Fox - Lolaca
www.mirandajfox.com

ISBN: 9781703700077

Imprint: Independently published

Prolog

Ian

„Scheiße, Mann, willst du das ganze Zeug allein rauchen oder krieg' ich auch noch was ab?!", schnauzte ich meinen Kumpel William an, der sein dunkelblaues Basecap so tief in die Stirn gezogen hatte, dass seine Augen darunter verschwanden. In zehn Minuten war die Zeugnisvergabe, und ich wollte auf jeden Fall high sein, wenn der Schuldirektor mir diesen gottverdammten Wisch in die Hand drückte.

Traditionell fand das jährliche Ereignis auf dem Footballfeld unseres High-School-Stadions statt, dem ganzen Stolz unserer Schule. Mein Kumpel und ich hatten uns in gebührendem Abstand hinter der Tribüne versteckt, um schnell noch einen durchzuziehen.

Riskante Aktion, aber William machte das nicht zum ersten Mal und hatte mir versichert, dass sein Versteck wasserdicht wäre. Dabei war Kiffen nicht mal mein Ding. Ich trank lieber Bier oder sprengte mich mit Whisky-Cola weg. Dafür müsste ich jetzt allerdings mindestens drei Flaschen trinken, und ich wusste ja nicht, wie andere das sahen, aber um halb zehn morgens besoffen zu sein, fand ich jetzt eher weniger geil. Ganz zu schweigen davon, dass jeder auf dem Footballfeld meine Fahne riechen würde. Ich brauchte etwas, das mich schnell abschoss und nicht so auffällig war. Meine roten Augen würde ich hinter der verdunkelten Sonnenbrille verbergen, die ich extra dafür mitgenommen hatte. Ich Fuchs.

„Reg dich ab, ist doch noch genug da", meinte William, gechillt wie immer, und reichte mir den Joint so vorsichtig, als handelte es sich um den heiligen Gral.

Ein Bein angewinkelt lehnte ich an einem Stahlträger, der sich unangenehm in meine Wirbelsäule bohrte, und nahm das qualmende Ding entgegen. Ich beneidete meinen Kumpel um seine Gelassenheit, auch wenn sie ihn schon mehrfach in Schwierigkeiten gebracht hatte. Mir ging der Arsch gehörig auf Grundeis, wenn ich daran dachte, dass nur wenige Meter entfernt die ganze Lehrerschaft versammelt war, aber das ließ ich mir nicht anmerken. Ich war der Star-Footballer der Schule. Coolness war mein zweiter Vorname.

Nur meine pulsierende Halsschlagader, die gerade wild auf und ab hüpfte, verriet, wie es wirklich in mir aussah. Aber meistens waren die Leute zu sehr von meinen Augen abgelenkt, um auf dieses winzige Detail zu achten. Keine Ahnung, woher ich die hatte. Mein Vater musste ein Husky sein – und ja, mir war bewusst, dass ich meine Mutter damit aufs Übelste beleidigte. Sie leuchteten in einem so intensiven Blau, dass ich als Kind geglaubt hatte, Aliens hätten mich entführt und an meinen Augen herumexperimentiert.

Aber ich wollte mich nicht beschweren. Meine außergewöhnlichen Augen und mein Talent beim Footballspielen hatten mir schon so manche gute Note beschert, ohne die ich glatt durchs Schuljahr gerasselt wäre. Ganz zu schweigen von den eroberten Mädchenhöschen, mit denen ich ein ganzes Poesiealbum füllen könnte, wenn ich sie sammeln würde. Ein schlechtes Gewissen, weil ich meine Gaben so schamlos einsetzte, hatte ich nicht. Man musste schließlich sehen, wie man durchs Leben kam, besonders, wenn man von seinen Eltern so gut wie keine Unterstützung bekam.

In Gedanken versunken zog ich kräftig an der Tüte und blies William, dessen Blick allmählich glasig wurde, den Rauch ins Gesicht. In der Ferne konnte ich sehen, wie dunkle, unheilvolle Wolken aufzogen und zielsicher auf die Schule zusteuerten. Das Wetter in Seattle war unberechenbar und definitiv nichts für Sonnenanbeter. Regen und damit hohe Niederschlagsmengen gehörten hier zum guten Ton.

Ich war nicht in Washington geboren worden, sondern im zarten Alter von acht Jahren mit meinen Eltern hierhergezogen. Dementsprechend lange hatte ich auch gebraucht, um mich an das buchstäbliche Pisswetter hier zu gewöhnen. Bei meinem Pech würden diese beschissenen Wolken genau in dem Moment über mich ejakulieren, wenn ich auf das Podium stieg und mein Zeugnis entgegennahm. Wie ein zusätzlicher Schlag in die Fresse, weil mein Tag ja noch nicht mies genug war.

„Ich hab‘ uns ein paar Chicks für die Abschlussparty heute Abend geklärt“, verkündete William, von meiner Rauchaktion ungerührt, und fügte mit anzüglich hochgezogenen Augenbrauen hinzu: „Heather Lane ist auch dabei.“

Heather Lane. In Gedanken wiederholte ich ihren Namen und bekam sofort Kopfkino. Ultra hübsches Mädchen mit ordentlich Holz vor der Hütte und einem umwerfenden Lächeln. Die Cheerleader-Mannschaftskapitänin wäre eine gute Partie für den Abschlussball der 10. Klasse nächstes Jahr, auch wenn sie mir ein bisschen zu viel schwafelte. Ihre quietschige Stimme trieb einen auf Dauer in den Selbstmord. Dafür hatte sie zum Sterben lange Beine. Mal sehen. Wenn ich ihr Geplapper nur lange genug ertrug, lief heute Abend ja vielleicht mehr als nur Rumgefummel.

„Lass uns danach zu dir fahren“, schlug ich hustend vor, weil das Zeug in meiner Kehle kratzte. Normalerweise interessierte sich mein Alter einen Scheiß für mich, aber dass wir heute Zeugnisse bekamen, hatte er sich natürlich ganz fett im Kalender eingetragen. Ich verwettete meine Sportmedaillen-Sammlung darauf, dass er schon in den Startlöchern stand, um mich wegen meiner hundsmiserablen Zeugnisnoten in den Boden zu stampfen, aber da musste er sich *leider* noch gedulden. Ich hatte nicht vor, mir den Freitag vorschnell vermiesen zu lassen. Erst mal holte ich mir den Wisch ab, dann fuhren wir zu William, zockten Playstation und heute Abend würden wir mit den anderen Jungs so richtig die Sau rauslassen.

Mit diesen feierlichen Aussichten zog ich noch mal an der Tüte und wollte William den Joint gerade zurückgeben, als zwei Gestalten um die Ecke bogen. Um genau zu sein, unsere Sportlehrerin und der werte Herr Schuldirektor.

„Oh, Fuck!“

Der Apfel fällt ganz weit vom Stamm

1

Anna

Ich starrte mein Spiegelbild an und hätte es am liebsten zerkratzt. Vermutlich stellte sich früher oder später jeder Süchtige diese Frage – ob Drogenabhängiger, Alkoholiker oder in meinem Fall, Zucker-Junkie –, aber wie zum Henker hatte es *so weit* kommen können? Erst diese unkontrollierbaren Essattacken, dann die heftigen Stimmungsschwankungen, und nun hatte ich zu allem Überfluss auch noch 13 Kilo zugenommen. Ich erkannte mich überhaupt nicht wieder. Meine Klamotten übrigens auch nicht, die sich zwickend und reißend dagegen wehrten, von mir ausgeleiert zu werden. Erst letzte Woche hatte sich der Knopf meiner – wohlbemerkt sonst immer *lockeren* – Lieblingshose mit einem lauten Ping verabschiedet und war irgendwo hinter meinem Bett verschwunden. Das war der berühmte Weckruf gewesen, auch wenn mir meine Gewichtszunahme durchaus schon eher aufgefallen war. Kneifende BHs hier, enge Tops da ... Aber vor allem mit meinem Essverhalten konnte es so nicht weitergehen. Der Meinung waren auch meine Eltern gewesen, die mich nach mehreren heftigen Heißhungerattacken und anschließenden, hysterischen Zusammenbrüchen in der *Patterson Klinik* angemeldet hatten. Die Ernährungs-Klinik für Jugendliche lag im Herzen Washingtons und war schon mehrfach ausgezeichnet worden. Zwei Monate würde ich dort verbringen. Oder anders gesagt, die kompletten Sommerferien, deshalb sah ich meinem Aufenthalt dort auch mit gemischten Gefühlen entgegen. Einerseits freute ich mich auf die Hilfe, die ich dort bekommen würde, denn allein kam ich aus diesem Teufelskreis ja offenbar nicht mehr heraus, andererseits war es aber auch beschämend, zu so drastischen Maßnahmen greifen zu müssen.

Das sollte jetzt keine Ausrede sein, ich hatte mich noch nie besonders gesund ernährt, aber wenn ich nach dem Ursprung für meine Essattacken und der damit verbundenen Gewichtszunahme suchen wollte, lag sie wohl bei meiner Trennung von Ryan. Wobei ich bis heute rätselte, ob wir wirklich zusammen gewesen waren. Wir hatten unsere *Beziehung* nie mit Worten besiegelt, sondern uns mehr aufs Rummachen konzentriert.

Na, jedenfalls hatte ich was mit Ryan gehabt – also knutsch- und fummeltechnisch –, aber das war dem braunhaarigen Schönling offenbar zu wenig gewesen. Irgendwann hatte er von mir erwartet, dass ich die Hüllen fallen ließ, so wie gefühlt der Rest der Seattle High School, aber da war er bei mir an der falschen Adresse gewesen.

Ich hatte mich nicht all die Jahre aufgehoben, um mich dann ganz unromantisch auf dem Rücksitz eines teuren Wagens entjungfern zu lassen – auch nicht, wenn er einem Mitglied unseres gefeierten High School-Footballteams gehörte. Und so fand unsere zweimonatige Beziehung ein jähes Ende.

Jetzt könnte man sagen: *Das ist doch nicht weiter tragisch. Heiße, knackige Footballspieler gibt es an unserer Schule wie Regentropfen in Seattle.* Unglücklicherweise hatte Ryan mir wirklich etwas bedeutet. Am Ende hatte er sich zwar als Riesenarschloch entpuppt, aber abgesehen davon war er witzig, charmant und intelligent gewesen. Der perfekte Boyfriend eben. Tja, und aus Frust – und zu meiner Schande auch Trauer – hatte ich angefangen zu essen.

Wobei. *Reinschaufeln* traf es wohl eher.

Schon mal von „Dick‘s Drive-In“ gehört? Dick‘s war *das* Fastfood-Restaurant schlechthin in Seattle, und ein Schlaraffenland für all jene, die einen Scheiß auf Low Carb und Healty Food gaben. Sprich, für Leute wie mich. Vor meiner Gewichtszunahme hatte ich mir so einen Burger vielleicht mal am Wochenende gegönnt. Zusammen mit Debbie, Colleen und Laura, um die anstrengende Schulwoche ausklingen zu lassen. Nach meinem Beziehungsbruch war das Ganze allerdings *etwas* ausgeartet, und ehe ich mich versah, war ich plötzlich Dauergast in *Dick's Drive-In* gewesen. Und vergaßen wir nicht den Donutladen *Top Pot Doughnuts*, der praktischerweise auf meinem Nachhauseweg lag und so deliziöse Donuts kreierte, dass man sich einfach nur damit einschmieren wollte. Okay, das klang gestört, aber auch dort hatte ich mehrmals die Woche zugeschlagen, und jetzt wurde ich den Heißhunger einfach nicht mehr los.

Leider war es bei mir nicht nur gewichtstechnisch bergab, oder besser gesagt *bergauf* gegangen, auch launisch hatte ich mich ins Negative verändert. An manchen Tagen war ich richtig depressiv und empfindlich. Wenn ich nicht in die Schule musste, vermied ich es mittlerweile sogar, vor die Tür zu gehen. Kinobesuche? Reizten mich schon lange nicht mehr, obwohl ich so ein Film-Junkie war. Party bei meinen Freundinnen? Hatte ich schon Ewigkeiten nicht mehr gemacht. Jedes Mal bemühte ich mich um eine andere Ausrede, was natürlich nicht unbemerkt blieb, aber ich brachte es einfach nicht über mich, vor die Tür zu gehen.

Vielleicht wäre das alles nur halb so tragisch gewesen, wenn ich groß oder wenigstens *normal* groß wäre, aber einem Winzling wie mir sah man jedes weitere Kilo an der Nasenspitze an. So auch meine Klassenkameraden, die immer auffälliger hinter meinem Rücken getuschelt hatten. Am schlimmsten war Ryans – man musste fast schon sagen – *entsetzter* Blick gewesen, als er mich neulich im Sportunterricht über den Haufen gerannt und mich nach dem Motto *mit der Tonne war ich mal zusammen gewesen?* gemustert hatte.

Seitdem ging's mir richtig scheiße. Selbst die beharrlichen Motivationsreden meiner Freundinnen konnten mich nicht mehr aufmuntern.

Jetzt dachten sich bestimmt einige: *Du hast zugenommen? Dann nimm halt wieder ab – so schwer kann das ja wohl nicht sein.* War es aber. Besonders als Naschkatze und leidenschaftlicher Sportmuffel.

Selbst mit Hungern hatte ich es probiert, aber das hatte nur zu Fressattacken und weiterer Gewichtszunahme geführt.

Mann, wie ich mich auf die Ernährungs-Klinik freute.

Und das meinte ich ganz ohne Ironie.

Ich wollte wieder naschen können, ohne hinterher von Bauchkrämpfen geplagt zu werden oder mich heftig übergeben zu müssen, weil ich nicht mit Essen hatte aufhören können. Wollte mich wieder mit meinen Freunden unterhalten, ohne sie völlig grundlos anzuschnauzen. Aber vor allem wollte ich mein verloren gegangenes Selbstbewusstsein wiederfinden.

Ich hatte sogar Glück, denn 13 Kilo Übergewicht galten noch nicht als sooo kritisch, weshalb wir die utopischen Klinik-Kosten selbst hätten tragen müssen. Da ich aber unter 18 war – wenn auch nur noch für wenige Wochen – übernahm die Krankenkasse meines Vaters, bei dem ich mitversichert war, einen Teil der Kosten. Ich war hochmotiviert, die acht Wochen durchzuziehen. Wenn ich am Ende nur die Hälfte meines Übergewichts runterhaben und diese verdammten Essattacken loswerden würde, hätten sich die zwei Monate verpasste Ferien schon gelohnt.

Und es sagte ja niemand, dass ich in der Klinik keinen Spaß haben würde. An den Sonntagen durften mich sogar Freunde und Familie besuchen.

„Annabelle, wir hätten vor *fünf* Minuten losfahren müssen. Komm jetzt!“, polterte die Stimme meiner Mutter aus dem Erdgeschoss zu mir hoch. Dafür, dass sie so ein Strich in der Landschaft war, hatte sie ein ganz schön lautes Organ.

Ich verzog das Gesicht und wandte mich von meinem Spiegelbild ab. „Ist ja gut, bin schon unterwegs.“ Annabelle. Ich hatte ein echtes Problem mit diesem Namen. Für meinen Geschmack klang er zu sehr nach Schickimicki-Barbiepuppe, dabei war ich genau das Gegenteil. Ich war ein Nerd, hing gern vor dem PC herum, suchtete Serien, bis meine Augen viereckig wurden, sammelte Funko Pops und Disney-Filme, verschmähte kurze Röcke und rechnete für mein Leben gern. Ironischerweise bekam ich ständig gesagt, dass ich gar nicht wie ein Nerd aussähe, und viel zu *hübsch* und *aufgeschlossen* dafür wäre. Als ob man eine Brille tragen und sozial isoliert sein müsste, um ein Nerd zu sein. Das war vielleicht früher so gewesen. Heute eroberten die Nerds verdammt noch mal die Welt.

Aber ich schweife ab, denn ein anderer Grund, warum ich meinen Namen so sehr hasste, war dieser gehypte Horrorfilm *Annabelle,* der damals in die Kinos gekommen war. Eine von einem Dämon besessene Puppe besitzt übernatürliche Fähigkeiten und terrorisiert die Hausbewohner. Fällt euch was auf? Annabelle? Klein wie eine Puppe? Jahrelang hatten meine Mitschüler mich mit dieser dämlichen Figur aufgezogen und meinen Groll gegenüber meinem Namen damit nur noch geschürt.

Seitdem bevorzugte ich den Spitznamen Anna.

Einen letzten Blick auf meine Funko Pop-Sammlung geworfen, die ich für eine Weile nicht mehr sehen würde, verließ ich mein Zimmer und hievte den schweren Koffer die Treppe hinunter.

Dad, der am Küchentresen lehnte und Zeitung las, schaute auf, als ich ins Wohnzimmer kam. Ich gab zu, ich war enttäuscht. Nicht mal für so einen ereignisreichen Tag wie heute nahm er sich Zeit für mich. Stattdessen war er offenbar schon wieder auf dem Sprung, so schnell, wie er das Vollkornbrot in sich reinstopfte. Arbeit stand bei ihm an erster Stelle. Schließlich musste das schicke Häuschen, in dem wir lebten, bezahlt werden, predigte er immer. Ich würde uns nicht als reich bezeichnen, aber meine Eltern verdienten ganz ordentlich und mir hatte es noch nie an etwas gemangelt. Schon von klein auf hatten sie mich in den verschiedensten Disziplinen gefördert: Geige spielen, Reiten, Singen … Sogar zu einem Mathematik-Kurs hatten sie mich geschickt.

Nicht, weil ich so grottenschlecht darin gewesen wäre, sondern weil Zahlen mich schon immer begeistert hatten. Bis heute verteidigte ich den Titel der Seattle High School-Rechenkönigin, um mal kurz anzugeben. Nur im Reiten war ich eine Niete gewesen, und überhaupt in allem, was ein Quäntchen Bewegung erforderte. Es war mir selbst ein Rätsel, aber wenn es um Sport ging, hatte ich zwei linke Arme und Beine. Mit schweißtreibender Bewegung konnte ich beim besten Willen nichts anfangen, aber das würde sich ja ab morgen radikal ändern.

„Na, Liebling, schon aufgeregt?“ Dad, der sich jeden Morgen ein Avocado-Vollkornbrot – mir hätte das Ding schon zehnmal zum Hals rausgehangen –, eine Tasse Kaffee und einen frisch gepressten Orangensaft einverleibte, bevor er in seinem schicken Anzug und weißen Mittelklassewagen zur Arbeit fuhr, kam zu mir. Er arbeitete als Ingenieur bei einem Großkonzern und entwickelte Raumkonzepte.

„Geht so“, log ich und ließ mir einen Kuss auf die Wange geben. In Wahrheit war ich derart hibbelig, dass ich glatt einen Schwarm nervöser Bienen verschluckt haben könnte. Ich hatte keine

Ahnung, was mich in dieser ominösen Klinik erwartete. Die Bilder auf der Homepage waren idyllisch und einladend gewesen, aber inwieweit entsprachen sie der Realität?

Gestern Nacht hatte ich geträumt, dass ich schon in der Klinik wäre und wir in Käfigen gehalten wurden, wo man uns Elektroschocks verpasste, sobald wir an Süßigkeiten dachten. Nicht, dass ich diesen Traum ernst nehmen würde, aber zwei Monate waren eine verdammt lange Zeit, und wenn ich ehrlich war, machte mich der Gedanke, so lange auf Süßes verzichten zu müssen, krass nervös.

„Du machst das schon. Ich glaub‘ an dich." Immer für einen motivierenden Spruch zu haben, dachte ich, als er mich umarmte. Die halbe Brotscheibe auf seinem Teller zurücklassend nahm er den Aktenkoffer, richtete seine Krawatte und flitzte aus dem Haus. Als hätten sie sich abgesprochen, kam in dem Moment, in dem die Tür ins Schloss fiel, Mom aus dem Bad und sah demonstrativ auf ihre Armbanduhr, um mir zu signalisieren, wie spät wir dran waren. Ich hatte allerdings nur Augen für ihr enganliegendes Blümchenkleid, das sich wie eine zweite Haut an ihren drahtigen, athletischen Körper schmiegte. Ob das Outfit so angemessen war? Wir fuhren schließlich in eine Abspeck-Klinik, wo die Patienten mit Sicherheit töten würden, um *so* auszusehen, nicht auf eine Cocktail-Party.

Aber meine Mom konnte nichts dafür. Sie war ein Supermodel. Also nicht wirklich, aber wäre sie 20 Jahre jünger gewesen, hätte sie locker bei *Victoria's Secret* anklopfen und als Laufstegmodel arbeiten können. Sie war freiberufliche Yogalehrerin und ein richtiger Sportjunkie. Wenn sie ihre Schüler nicht gerade durch sämtliche Meditationsübungen jagte oder bis zum Himmel dehnte, ging sie mit Dad an den Wochenenden Joggen. Jedes Mal, wenn die beiden durchgeschwitzt von ihrer Tour nach Hause kamen und ich sie in Schlabbersachen vor dem Fernseher erwartete, schüttelten wir drei synchron die Köpfe. Meine Eltern, weil ich so ein elender Couchpotato war, und ich, weil ich mich fragte, ob der Klapperstorch bei den beiden vielleicht falsch abgebogen war.

Mom half mir, das Gepäck in den Kofferraum ihres roten und sehr viel bescheideneren Fords zu hieven – gefrühstückt hatten wir beide schon –, dann machten wir uns auf den vierstündigen Fahrweg.

***

Die *Patterson* Klinik hatte ihren Sitz am Rande des Wenatchee National Parks, in der Nähe einer Kleinstadt mit dem Namen *Twisp*. Wir mussten um den halben Nationalpark tuckern, um zur Klinik zu gelangen. Ich vertrieb mir die Zeit, indem ich meine Zombie-Serie auf dem Handy weiterguckte. Moms Radiohits trällernde Stimme sperrte ich mit den Kopfhörern aus. Zwischendurch schrieb ich mit meinen Mädels, die extra eine Whats-App-Gruppe erstellt hatten, damit ich sie mit Bildern und Videonachrichten auf dem Laufenden hielt und sie mich bei Bedarf aufheitern und motivieren konnten.

Ich schwankte noch, ob ich Letzteres beleidigend oder total liebenswürdig finden sollte.

Von *Twisp* aus brauchten wir noch mal eine gute Stunde bis zur Klinik. In der Ferne ragten die schneebedeckten Berge aus einem weißen, dichten Wolkenteppich empor, als würden sie über die Kleinstadt wachen. Der Anblick war überwältigend, und je näher wir dem Nationalpark kamen, desto länger sah ich aus dem Fenster. Eine breite, gewundene Landstraße lenkte uns durch ein märchenhaftes Tal aus rauschenden, türkisen Flüssen, herrlichen, kleinen Hügeln und dichtbewachsenen Fichten, die gefühlt bis in den Himmel ragten. Nach jeder zweiten Kurve tauchten wir in feine Nebelschwaden ein, die ich durch das heruntergekurbelte Fenster auf der Zunge schmecken konnte. Wir waren ja wirklich schon in vielen Parks gewesen, selbst im Wenatchee National Forest, aber noch nie auf dieser Seite.

Wir hatten eindeutig etwas verpasst.

Nach knapp 20 Minuten Schlängelweg kehrten wir dem Gebirge den Rücken zu und vor uns erstreckte sich eine ausgedehnte, umzäunte Anlage.

Die Klinik sah in Wirklichkeit sogar noch abgespacester aus als auf den Bildern. Wie ein Raumschiff ragte das futuristische Gebäude halb aus einem Hügel und schien zu 80 Prozent aus Glas zu bestehen. Wir hatten den Komplex, der mit einem eigenen Garten, einer Schwimmhalle und mehreren Sportplätzen ausgestattet war, natürlich schon eingehend im Internet begutachtet, aber vor dieser herrlichen Kulisse aus Bergen und Wäldern machte er noch einiges mehr her.

Ich staunte nicht schlecht, als wir am Eingangstor von einer Frau begrüßt und nach unseren Ausweisen gefragt wurden. Da kam ja richtiges 5-Sterne-Hotel-Feeling auf. Nachdem unsere Namen auf einer Liste abgehakt worden waren, ließ man uns zum Hauptgebäude vorfahren, wo wir auf andere Familien trafen. Die *Patienten* wurden hier in monatlichen Schüben eingeliefert, dementsprechend war die Klinik heute nur so von Autos zugeparkt. Ich kam mir vor wie auf Klassenfahrt. Überall um uns herum verabschiedeten sich Eltern von ihren Kindern, winkten ihnen tränenreich nach und wünschten ihnen viel Erfolg. Die Erwachsenen kamen nicht mit rein, deshalb hieß es nun auch für uns, Abschied zu nehmen.

Mom half mir noch mit dem Koffer, dann nahm sie mich in ihre dürren, aber erstaunlich starken Arme und drückte mich fest an sich. Auch wenn wir nicht immer einer Meinung waren und uns in letzter Zeit nur angezickt hatten – was hauptsächlich an mir und meinem Gewichtsfrust lag –, fiel mir der Abschied schwer.

„Ich weiß, du schaffst das, Kleines. Aber tu mir einen Gefallen und übernimm dich nicht gleich in der ersten Woche, ja?“, murmelte sie in mein dichtes Haar.

Was das anging, konnte ich nichts versprechen. Wenn es eine Eigenschaft gab, die ich von meiner Mutter geerbt hatte, dann war es ihr Feuereifer. Sobald Mom sich etwas in den Kopf gesetzt hatte, hängte sie sich mit Herz und Seele rein und gab sich niemals mit halben Ergebnissen zufrieden. So war ich auch. Ob in der Schule oder bei meinen Freizeitprojekten, ich gab immer 100 Prozent, und manchmal steigerte ich mich dermaßen rein, dass ich ganz vergaß, meine körperlichen Bedürfnisse zu befriedigen. Wie oft war ich abends schon beim Lernen am Schreibtisch eingeschlafen oder hatte mich, vor Hunger schon ganz schwach, nach Hause geschleppt, weil ich in der Schule vor lauter Stress kaum etwas runtergekriegt hatte?

Beim Abnehmen hatte ich diesen Feuereifer zwar schmerzlich vermisst, aber jetzt war ich so was von motiviert, dass ich am liebsten sofort den Hügel rauf- und runtergerannt wäre.

Schmunzelnd lehnte ich mich zurück und sah in das Ebenbild meiner großen, braunen Kulleraugen. „Aber ansonsten kennen wir uns, ja? Spaß beiseite“, fügte ich schnell hinzu, als sie den Mund öffnete, um etwas einzuwenden. „Ich werde mich genau an die Vorgaben halten, alles ganz langsam angehen."

„Okay, und vergiss nicht, am Montag anzurufen, ja?" Sie gab mir noch einen Kuss auf die Stirn, strich mir eine braune, im Wind wehende Haarsträhne aus dem Gesicht und stieg dann in ihren Wagen.

Also, *darüber* brauchte sie sich am allerwenigsten Sorgen zu machen. Die erste Regel für uns Frischlinge besagte, dass wir für ganze sieben Tage unsere Handys abgeben mussten. Kein Kontakt zur Außenwelt, weder zu Freunden noch zur Familie, damit wir uns ohne Außeneinwirkung an unsere neue Umgebung und unseren neuen Lebensstil gewöhnen konnten. Mit verfilzten Haaren und im Schlafanzug zum Empfang zu rennen und mein Handy abzuholen, würde somit das Erste sein, was ich am Montagmorgen tun würde.

Nachdem Mom weggefahren war, schulterte ich meine Handtasche und zog den wuchtigen Koffer zum Eingang. Ich könnte schwören, dass ich neben den vielen Klamotten aus Versehen auch meinen Kleiderschrank mit eingepackt hatte, so schwer war er. Tatsächlich waren es die Bücher, die mir jetzt fast den Arm ausrenkten. Irgendwie musste ich mich die Abende hier ja beschäftigen, wenn ich mir schon keine metzelnden Zombies angucken durfte.

Weitere Jugendliche gesellten sich zu mir, Mädchen sowie Jungen. In einer weitläufigen, freundlichen Eingangshalle wurden wir von einer blonden Frau im Arzt-kittel begrüßt. Die Frau mit dem strengen Dutt stellte sich uns als Klinikleiterin Frau Dr. Peers vor. Nacheinander rief sie unsere Namen auf, hakte sie auf einer weiteren Liste ab und führte uns, nachdem auch die letzten Kinder eingetrudelt waren, im Gebäude herum.

Auf die Schnelle zählte ich 21 Patienten, schätzungsweise zwischen 14 und 20 Jahre, und ich war überrascht, dass nicht nur dicke Kinder unter uns waren. Mindestens fünf waren magersüchtig oder kurz davor, und einige schienen sogar ganz normal zu sein. Ich hatte angenommen, dass ich hier unter Übergewichtigen sein würde. Ein offensichtlicher Irrtum.

Unser Gepäck ließen wir an der Rezeption, dann ging es an einem plätschernden Brunnen und einer von Pflanzen gesäumten Lounge vorbei zur Küche und Kantine. Dr. Peers zeigte uns, wie und wo das Essen zubereitet wurde und wie dessen Einteilung war. In der Klinik waren drei Arten von Patienten untergebracht, wie wir jetzt erfuhren: Die Adipösen, Gruppe A, die Diabetiker, Gruppe B, und die Bulimiker in der Gruppe C. Taktvollerweise waren die Büfetts aber nur mit den jeweiligen Buchstaben ausgeschildert.

Nach der Kantine besichtigten wir die Schwestern- und Beratungszimmer, die auch mit einer Mini-Krankenstation ausgestattet waren. Danach waren die Turn- und Schwimmhalle im Kellergeschoß dran und zum Schluss das Außengelände, samt Sportplatz, Laufstrecke und Gewächshaus. Eine Stunde später standen wir wieder am Empfang, gaben unsere Handys, Tablets und Laptops ab und wurden dann unseren Zimmern zugewiesen. Meins lag in der zweiten Etage, am Ende des Gangs und hatte die Nummer 20. Das Zimmer war leer, als ich eintrat, aber ein Blick auf das gemachte Bett gegenüber sagte mir, dass ich es nicht allein bewohnte. Um 17 Uhr fand in der Eingangshalle das Plenum statt. Eine Vollversammlung, in der sämtliche Patienten und Pfleger zusammenkamen, um uns Neulinge willkommen zu heißen – ich hatte also noch zwei Stunden, um mich mental darauf vorzubereiten.

Weniger körperlich als von den ganzen Eindrücken erschöpft ließ ich mich auf das frisch bezogene Bett plumpsen und begutachtete mein vorübergehendes Zuhause. Ein kleiner Flur mit Spiegel führte in einen ca. 15 Quadratmeter großen Raum, in dem zwei Einzelbetten standen. Meins am Fenster, das meiner Mitbewohnerin gegenüber vom Flur. In den Etagen gab es Gemeinschaftsbäder mit Duschkabinen und allem Drum und Dran, aber jedes Zimmer hatte auch noch ein separates Bad. Unseres erreichte man durch den Mini-Flur. Neben den Betten standen Schreibtische, die nur halb so groß wie die durchschnittlichen waren. Als hätte man aus Platzgründen einen Schreibtisch in der Mitte zersägt und neben jedes Bett eine Hälfte gestellt. Ein Kleiderschrank, der sich über die komplette, gegenüberliegende Wand erstreckte, sorgte für genügend Stauraum.

Ganz praktisch fand ich das kleine Wandregal neben meinem Bett, auf dem ein einsamer Wecker stand, der wohl als Ersatz dienen sollte, bis ich mein Handy wiederhatte. Dort konnte ich meine Bücher, praktische Dinge wie Taschentücher und später auch mein Handy ablegen.

Ich trank einen Schluck aus meiner Wasserflasche und sah aus dem Fenster.

Mein erster Eindruck von der Klinik: super.

Ich konnte wirklich nicht meckern. Das Personal machte einen netten Eindruck, die Zimmer und die Küche waren sauber und die vielen Pflanzen und hellen Wände im Gebäude schafften eine angenehme Atmosphäre. Fast schon Urlaubsstimmung. Natürlich war es ungewohnt, von so vielen Fremden umgeben zu sein. Keiner der Neulinge schien recht zu wissen, wie er sich verhalten sollte – das hatte ich ihren Gesichtern und sie vermutlich auch meinem deutlich angesehen –, aber das würde schon noch werden. Und sollte ich wider Erwarten keine netten Bekanntschaften hier schließen, war das auch nicht weiter schlimm – ich war schließlich hier, um mein gestörtes Essverhalten zu behandeln, und hatte ja noch meine Bücher.

Mein Fenster bot einen fantastischen Ausblick auf den angrenzenden Wald. Ein breiter Wanderweg führte vom Gelände direkt hinein und verlor sich unter den üppigen Baumkronen. Eine Weile starrte ich gedankenverloren hinaus, dann ließ ich meinen Blick wieder durchs Zimmer schweifen und blieb am Bett meiner noch unbekannten Zimmergenossin hängen. Es wunderte mich, dass sie nicht den Fensterplatz genommen hatte. Die Aussicht war doch der Wahnsinn und um einiges aufregender als der langweilige Flur.

Nachdem ich die Eindrücke hatte sacken lassen, packte ich meine Habseligkeiten aus. Das Gute an diesem Ort war, dass ich mir weder einen Kopf um meine Klamottenwahl, noch um meine Figur machen musste. Das sollte jetzt nicht schadenfroh klingen, aber ein Blick in die Runde hatte gezeigt, dass ich – zumindest in der Gruppe A – noch zu den Schlanksten gehörte, was meinen Selbstekel einigermaßen linderte.

Ich kramte die einzige Funko Pop-Figur, die ich mitgenommen hatte, aus der Tasche und stellte sie ins Wandregal neben das gerahmte Bild von meinen Mädels und mir. Als leidenschaftlicher *Guardians of the Galaxy* – Fan hatte ich es nicht übers Herz gebracht, meinen Baby-*Groot* zu Hause zu lassen.

Danach hängte ich meine Klamotten ordentlich in meine Schrankhälfte. Bei über zehn Kilo Gewichtszunahme musste ich mir natürlich irgendwann weitere Klamotten zulegen, aber ich hatte auch ein paar alte eingepackt. Zu Motivationszwecken. Kurze Röcke fand ich wie gesagt ätzend, das war auch schon vor meinem Gewichtsproblem so gewesen, ich hatte allerdings zwei Kleider mitgenommen. Vielleicht ergab sich ja eine Gelegenheit, sie auszuführen. Am meisten freute ich mich darauf, wenn ich wieder meine alten, ausgewaschenen Jeans tragen konnte. Zum Schluss noch die beiden Regenjacken, denn das Wetter hier war furchtbar launisch, dann ging ich ins Bad und spritzte mir Wasser ins Gesicht.

Zehn vor fünf erklang in den Gängen eine Durchsage aus den Lautsprechern, dass wir uns zum Saal begeben sollten. *Jetzt wird's ernst*, dachte ich und trug unsinnigerweise schnell noch etwas Lipgloss auf, bevor ich das Zimmer verließ. Als ob das hier irgendjemanden interessieren würde. Meine Mitbewohnerin hatte sich noch nicht blicken lassen, aber ich vermutete mal, ich würde sie nach dem Plenum kennenlernen. Nervosität kam jetzt in mir auf, da ich nicht wusste, wie so eine Vollversammlung ablief. Ich konnte nur hoffen, dass wir nicht auf die Bühne und uns wie in einer Selbsthilfegruppe einzeln vorstellen mussten.

Kein Morgenmensch!
2

Irgendwann in den letzten zwei Stunden hatte die Eingangshalle eine Verwandlung durchgemacht. Die chilligen Sessel waren einem schlichten, weißen Podium mit Mikrofon gewichen, und drum herum standen jetzt in akkuraten Reihen ca. 50 Stühle.

Die riesigen Fenster schienen jeden vorhandenen Sonnenstrahl gekonnt in die Halle zu leiten, sodass sie leuchtete, obwohl der Nachmittag längst vorangeschritten war.

Personen verschiedenster Altersklassen saßen auf den Stühlen. Manche mit Kittel, manche ohne. Ich ging davon aus, dass es sich um die gesamte Belegschaft handelte, nicht nur um die Ärzte.

Das Foyer war bereits gut gefüllt, und hinter mir strömten weitere Jugendliche herein. Sitzplätze gab es nur für die Erwachsenen, die Patienten mussten sich wie Ameisen auf die restliche freie Fläche drängeln. Manche saßen auf dem Brunnenrand, andere lehnten an den weißen Säulen, aber die meisten standen.

In der Nähe der Pflanzeninsel fand ich einen Stehplatz mit einer einigermaßen guten Sicht auf das Podium und entschuldigte mich bei einem spindeldürren Mädchen, das ich aus Versehen anrempelte. Sie lächelte mich an, dann verschwand sie aus meinem Sichtfeld und ich lenkte meine Aufmerksamkeit auf Dr. Peers, die jetzt in ihrem weißen Arztkittel hinter das Podium trat.

Sie richtete das Mikrofon neu aus, dann beugte sie sich ein Stück vor und legte die Hände flach auf das Rednerpult. „Guten Abend, *Patterson,* und ein herzliches Willkommen an unsere Neulinge."

Tosender, fast schon einstudiert wirkender Applaus erklang.

„Ich freue mich, euch im Herzen unserer Einrichtung begrüßen zu dürfen, und bin mir sicher, dass wir hier eine tolle, gemeinsame Zeit haben werden. Ich hoffe, ihr konntet die zwei Stunden nutzen, um in Ruhe eure Zimmer zu beziehen oder vielleicht sogar schon erste Bekanntschaften zu knüpfen. Falls nicht, werdet ihr nach dem Abendessen noch ausreichend Zeit dafür haben. Ein paar Worte zu unserer Klinik: Wie ihr vielleicht wisst, ist *Patterson* nicht nur die größte, sondern auch die erfolgreichste Ernährungs-Klinik Nordamerikas und blickt auf fast 40 Jahre Geschichte zurück. Gestartet sind wir damals mit 40 stationären Behandlungsplätzen, mittlerweile nehmen wir jährlich 500-600 Patienten auf. Um euch erfolgreich und möglichst ohne Rückschläge an eure Ziele zu bringen, arbeiten wir mit einem erfahrenen Team aus Ärzten, Ernährungsexperten, Pädagogen und Sporttherapeuten zusammen.“

Es folgte eine Aufzählung der unterschiedlichen Funktionsbereiche in *Patterson*, wobei das zuständige Personal jeweils kurz aufstand. So bekamen wir einen groben Überblick darüber, wer die Ärzte, die Betreuer, Köche usw. waren. Wenig begeistert stellte ich fest, dass erstaunlich viele junge Männer unter ihnen waren. Hervorragend. Was wünschte sich ein dickes Mädchen auch mehr, als von gut aussehenden Typen gewogen und halbnackt vermessen zu werden?

Bevor meine Komplexe die Oberhand über meine Gedanken gewannen, was nur darin enden würde, dass meine Stimmung ins Bodenlose sank, konzentrierte ich mich wieder auf Dr. Peers.

Nach der Personalvorstellung verlas sie die Hausregeln. Frühstück war um 8 Uhr, Mittagessen um 13 Uhr und Abendessen um 18 Uhr. Außerhalb unserer Pflichtmodule konnten wir auf dem Gelände frei herumlaufen, der Nationalpark durfte allerdings nur mit einem Trainer oder Aufsichtspersonal betreten werden. Ab 22 Uhr herrschte Nachtruhe. Wir wurden auf ein schwarzes Brett neben der Rezeption hingewiesen, auf dem wir Infos zu allen Veranstaltungen und Extrakursen fanden. An manchen Samstagen bot die Klinik zum Beispiel kostenlose Ausflüge ins Schwimmbad und – für die jüngeren Patienten – in den Kletterpark an. Außerdem durften die Älteren einen Ausflug nach *Twisp* machen und dort shoppen oder sich anderweitig amüsieren. Für diejenigen, die auf dem Gelände bleiben wollten, war auch gesorgt. Bastel- und Kochkurse am Vormittag, Volleyballturniere am Mittag und Lagerfeuer am Abend.

„Noch etwas zu unserer Philosophie. In *Patterson* legen wir großen Wert auf eure Gesundheit, aber mindestens genauso viel darauf, dass ihr euch bei uns wohlfühlt und Spaß habt. Seht die Klinik mehr als Ferienlager als eine gesundheitliche Einrichtung an, und solltet ihr Sorgen haben, scheut euch bitte nicht, uns anzusprechen. Egal wen. Wir haben zwar geschulte Betreuer, die euch auf eurem Weg begleiten, aber ihr könnt auch jeden anderen aus der Belegschaft um Rat bitten. Lasst uns eine große Familie sein, die sich gegenseitig schätzt und unterstützt. Danke."

Stürmischer Applaus brandete über mich hinweg, und ich schloss mich begeistert an. Die positive, zuversichtliche Stimmung, die Dr. Peers ausstrahlte, breitete sich im ganzen Saal aus und schien von jedem Besitz zu ergreifen.

Dr. Peers bedankte sich lächelnd, dann sagte sie: „Zum Schluss noch die Einteilung. Ich werde nun eure Betreuer nach vorn bitten, die euch einzeln aufrufen werden und denen ihr bitte zu einer weiteren kurzen Besprechung folgt."

Damit zog sich die Leiterin zurück und eine bebrillte, rothaarige Frau trat ans Rednerpult. Ihre dicke Hornbrille zurechtschiebend förderte sie eine Liste zutage, von der sie acht Namen vorlas. Meiner war nicht darunter, auch nicht bei der zweiten Betreuerin. Erst, nachdem ein kahlköpfiger Mann mit buschigen Augenbrauen und dem Nachnamen Simeone auf den Plan trat, erklang mein Name.

Auf wackeligen Beinen ging ich zum Podium und musterte meinen Betreuer genauer. Er war schlaksig, unscheinbar und vermutlich so um die Mitte 40. Damit konnte ich leben. Wenn mein Ernährungstherapeut jetzt noch eine Frau wäre, müsste ich mich vor niemandem schämen.

Mr. Simeone navigierte uns aus der geräuschintensiven Halle hinaus in einen totenstillen Gebäudeflügel. Dort nahmen wir in einer Art Klassenzimmer Platz, und er erläuterte uns seine Funktion als Betreuer. Zusammengefasst war er unser Ansprechpartner in sämtlichen Angelegenheiten – zumindest für uns dicke Patienten. Die Magersüchtigen und Diabetiker hatten natürlich andere, auf ihre Bedürfnisse zugeschnittene Betreuer.

In aller Gründlichkeit gingen wir noch mal die Hausregeln durch, dann durften wir Fragen stellen, aber mir wollte auf die Schnelle nichts einfallen. In den vergangenen Wochen hatte ich so zurückgezogen gelebt, dass mein Gehirn wohl gerade etwas reizüberflutet war. So viele fremde Menschen, so eine Betriebsamkeit. Das war ich nicht mehr gewöhnt. Zum Glück blieb die von mir befürchtete Vorstellungsrunde auch hier aus, sodass ich davon ausgehen konnte, dass sie derart beschämende Methoden hier nicht praktizierten.

Während Mr. Simeone geduldig Fragen beantwortete, dachte ich an den langwierigen Aufnahmeprozess zurück. Nachdem meine Eltern und ich den Entschluss gefasst hatten, mich hierherzuschicken, hatten wir den Online-Fragebogen ausgefüllt und ein paar Tage später einen Anruf aus der Klinik erhalten. Mit einer Frau, an deren Namen ich mich nicht mehr erinnerte, hatte ich ein einstündiges Vorgespräch geführt. Dann, nach längerem Hin und Her, denn wie gesagt, mein Zustand war nicht so kritisch, dass er als gesundheitsschädlich galt, hatten wir schließlich die Kostenzusage von meiner Krankenkasse bekommen und diese ans Institut weitergeleitet. Danach war so lange nichts passiert, dass wir schon befürchtet hatten, ich würde eine Absage vom Institut bekommen, weil ich nicht dick genug war. Aber schließlich, ganze vier Wochen später, hatte die Zusage im Briefkasten gelegen, und hier saß ich nun. Randgefüllt mit Erwartungen, die hoffentlich erfüllt wurden.

Anhand unserer Daten – wie Körpergewicht, Alter und eventuelle Erkrankungen –, hatte man uns einen individuellen Wochenplan erstellt, den Mr. Simeone uns nun aushändigte. Schnell überflog ich den Plan und stieß leise pfeifend die Luft aus. Vier Stunden am Tag Sport, und die eine

Stunde tägliches Wandern war nicht mal mit eingerechnet. Mein lieber Herr Gesangsverein! Aber was hatte ich auch erwartet? Ich war unter anderem schließlich zum Abnehmen hier, nicht zum Rumgammeln. Dafür punktete das Sportprogramm mit Abwechslungsreichtum. Aquatraining, Kraftsport, Ergometer-Training, Tennis … Ich hoffte nur, dass wir beim Essen dementsprechend zuschlagen durften. Da bekam man ja allein schon vom Durchlesen Kohldampf.

Apropos. Als Mr. Simeone die Wochenpläne mit uns durchging, erklärte er uns, was es mit den Zwischenmahlzeiten auf sich hatte, die auf meinem Plan grün markiert waren. Grün bedeutete *freiwillig*, während die orangenen Spalten Pflichtmodule waren. Neben den Hauptmahlzeiten gab es noch zwei Zwischenmahlzeiten, eine um 10 Uhr, die andere um 15 Uhr. Diese bestanden, laut Simeone, aus Kaffee, Tee oder Wasser und kleinen Obst- und Gemüseportionen. Außerdem, und das verblüffte mich, sollte es auch Müsliriegel und Gebäck geben. Mein erster Gedanke war: *Ist das nicht kontraproduktiv?* Aber dann erklärte Simeone uns, dass die süßen Zwischenmahlzeiten wichtig wären, um Heißhungerattacken vorzubeugen. Das Klinikum vertrat die Auffassung, dass es keinen Sinn ergab, wenn wir hier monatelang Zucker fasteten und uns zu Hause dann wieder bis zum Erbrechen damit vollstopften. Die Zwischenmahlzeiten sollten uns dabei helfen, wieder in *kleinem* Maße zu naschen und mit Süßigkeiten richtig umzugehen.

Ich würde sagen, das waren die besten Nachrichten des Tages.

Nach dem Mittagessen folgte immer eine Stunde Mittagspause, die wir zum Entspannen nutzen konnten. Danach kamen Sport und Therapiesitzungen. Morgen musste ich vor dem Frühstück zum Wiegen und Vermessen. Das bedeutete zeitig aufstehen, denn die Frühstücks-Deadline war um kurz vor 9 Uhr. Direkt nach dem Essen ging es mit Sport los. *Joggen für Anfänger* lautete das Modul. Danach hatte ich eine Stunde Freizeit, gefolgt von meiner ersten Gruppentherapie. Unter den Modulen standen in winzigen Buchstaben die Raumnummern, auf der Rückseite des Blatts fand ich den Gebäudeplan. Ich verschob dessen Durchsicht auf heute Abend und lauschte den Fragen meiner Mitleidenden.

Kurz vor 18 Uhr entließ Mr. Simeone uns dann zum Abendessen.

***

Den Speiseraum kannte ich ja schon vom Rundgang. Jetzt hingen die verschiedensten Gerüche in der Luft, einer verführerischer als der andere. Das Geklirre von Tellern und Besteck erfüllte den Raum und vermischte sich zu einem regelrechten Klapper-Orchester. Mit hungrigem Magen wanderte ich zwischen den sich schnell füllenden Plätzen und reich gedeckten Büfetts hindurch. Jetzt war mir klar, warum *Patterson* so immense Beiträge verlangte. Hier wurden Delikatessen aufgefahren, von denen wir in unserer Schulkantine nur träumen konnten. Ich zählte bestimmt 20 verschiedene Salate, außerdem gab es gegrilltes Fleisch, gekochte und gebratene Eier, Suppen, Obst, Wurst- und Käseplatten, hübsch angerichtete Gemüseteller …

Was mir sofort auffiel: Die Büfetts der Übergewichtigen hatten deutlich kleinere Nudel- und Reisbehälter als zum Beispiel die der Bulimiker. Aber so etwas hatte ich schon erwartet. Dafür herrschte bei uns ein Überangebot an Eiweißprodukten und Gemüse. Mädchen und Jungen aller Altersgruppen aßen zusammen, und auch sonst gab es keine Trennung. Bulimiker saßen neben Adipösen und Adipöse neben Diabetikern. Vermutlich sollten wir Übergewichtigen, und ich zählte mich jetzt einfach mal dazu, dadurch wieder lernen, uns zu beherrschen, den süßen, ungesunden Dingen zu widerstehen, auch wenn sie in greifbarer Nähe waren.

Aber sadistisch war es trotzdem.

Die Magersüchtigen durften nämlich essen, was sie wollten. Also, *wenn* sie es denn tun würden. Auf den meisten Mager-Tellern sah ich nur trockenes Fleisch und ein paar trostlose Salatblätter. Ich nahm einen großen Teller und belud ihn mit den verschiedensten Leckerbissen. Trotz meines immensen Hungers hielt ich mich bei den Kohlenhydraten zurück. Ein Esslöffel Vollkornreis und dieselbe Menge Vollkornnudeln, mehr kam mir nicht auf den Teller. Eine kleine Schale Obst musste es dann aber doch sein. Wenn ich schon mit den Kohlenhydraten sparte, brauchte ich wenigstens etwas Fruchtzucker.

Mit dem voll beladenen Teller sah ich mich schließlich um.

Jetzt kam die eigentliche Hürde: nämlich, einen Sitzplatz zu finden. Schnell erkannte ich, wer zu den Neuzugängen gehörte und wer nicht, denn obwohl wir hier alle auf die eine oder andere Weise im selben Boot saßen, hatten sich kleinere und größere Gruppen gebildet. Nach kurzer Einschätzung nahm ich an einem Tisch Platz, an dem noch drei andere Teenager saßen, und wurde gleich Zeugin einer bizarren Situation, als ein spindeldürres Mädchen an meine Seite trat.

Um genau zu sein, war es das Mädchen, das ich vorhin versehentlich im Foyer angerempelt hatte. Ihr Blick war wie hypnotisiert auf die Kaffeekanne gerichtet, die in der Mitte des Tisches stand. „Macht's euch was aus, wenn ich die mitnehme?"

Sie sprach zu niemand Bestimmtem, trotzdem fühlte ich mich angesprochen und sah perplex in die Runde. Nicht, dass es mir etwas ausgemacht hätte, aber warum holte sie sich nicht einfach einen eigenen Kaffee? Die zwei Mädchen und der

Junge verhielten sich seltsam. Anstatt auf ihre Frage zu antworten, musterten sie das Mädchen mitleidig und zum Teil auch peinlich berührt. Stirnrunzelnd sah ich wieder zu dem Mädchen, das immer noch die Kaffeekanne anstarrte. Was sollte das? Warum antworteten sie ihr nicht?

Ich wollte dem Mädchen gerade sagen, dass es sich bedienen konnte, als ein Pfleger hinter ihr auftauchte und sie freundlich an ihren Platz verwies.

Mir war schon beim Hereinkommen aufgefallen, dass die Kantine von Pflegern beaufsichtigt wurde, aber ich hätte nicht gedacht, dass ihre Anwesenheit auch so zwingend notwendig war, wie seine folgenden Worte bewiesen.

„Du weißt, dass du keinen Kaffee trinken darfst, Betty." Der Pfleger mit dem braunen Pferdeschwanz maß sie mit einer Mischung aus Mitleid und sanftem Tadel. „Jetzt sei ein braves Mädchen und iss das, was auf deinem Teller ist."

Zutiefst irritiert beobachtete ich, wie Betty mit hängenden Schultern an ihren Platz, zwei Tische weiter, zurückging. Ich riss meinen Blick von ihr los und wandte mich an den Pfleger. „Warum darf sie keinen Kaffee trinken?"

„Betty trinkt den Kaffee gegen ihren Hunger", erklärte er. „Um ihren Magen zu füllen und so weniger zu essen. Wir behalten sie so gut es geht im Auge, aber besonders in der Kantine verliert man schnell mal den Überblick."

Ich gab ein bestürztes „Oh“ von mir. Das bedeutete also, sie hatte in der Kantine nach einem Opfer gesucht und darauf gebaut, dass ich ihr in meiner Unwissenheit die Kanne geben würde. „Tut mir leid, das wusste ich nicht.“

„Braucht es nicht, dafür sind wir ja da.“ Der junge Mann nickte mir freundlich zu, dann ging er wieder, und ich warf einen Blick auf die anderen am Tisch, die verlegen ihre Teller anstarrten.

Ohne recht zu wissen, was ich davon halten sollte, aß ich meine Mahlzeit und ignorierte die drei. Ich war mit ihrem Verhalten absolut nicht einverstanden. Wenn ich das über Betty gewusst hätte, hätte ich sie freundlich weggeschickt, anstatt sie anzuschweigen oder anzuglotzen, als wäre sie eine entflohene Irre. Aber vielleicht hatten sie auch nur nicht gewusst, wie sie mit ihr umgehen sollten.

Sicher lag es an der Situation eben oder an meiner Aufregung allgemein, aber ich war erstaunlich schnell satt, es blieb sogar etwas übrig. Eine Premiere. Zu Hause hätte ich jetzt mindestens noch zwei Donuts als Nachschlag verputzt.

Meinen Teller brachte ich zum Förderband, wo er, zusammen mit dem anderen schmutzigen Geschirr, in die Küche transportiert wurde. Ich war sonst echt kein Gesellschaftsmuffel, aber für heute wollte ich einfach nur Feierabend machen und ins Bett fallen. Bekanntschaften konnte ich morgen noch schließen, jetzt musste ich erst mal meinen müden Geist ausruhen.

Inzwischen herrschte reger Betrieb im Speiseraum. Manche Patienten schaufelten das Essen nur so in sich hinein, andere pikten jedes Salatblatt einzeln auf und wiederum andere wurden beim Essen von Betreuern begleitet. Ständig gingen Leute ein und aus, und die Köche füllten die Behälter und Platten nach.

Ich versuchte, ein nicht allzu gestresstes Gesicht zu machen, und schob mich in Richtung Ausgang. Auf meinem Wochenplan stand, dass man nach dem Abendessen einen „Verdauungsspaziergang" machen konnte, aber wie gesagt, ich war platt. Ab morgen stürzte ich mich gern mit Feuereifer auf jeden Sportkurs und jede Bewegungseinheit, die *Patterson* bereithielt, aber nicht mehr heute.

***

Das Stimmengewirr aus der Kantine verfolgte mich bis in die zweite Etage und ebbte erst ab, als ich die Zimmertür hinter mir schloss. In Gedanken versunken knipste ich das Licht im Flur an und hätte fast laut aufgeschrien. Gegenüber auf dem Bett saß ein Mädchen und las ein Buch. Stimmt ja, ich war nicht allein.

Sie schaute auf und legte fragend den Kopf schräg, vermutlich, weil ich dreinschaute, als hätte ich einen Geist gesehen. Mein Herz polterte wild in meiner Brust, und ich musste tief durchatmen, um es wieder zu beruhigen. Eine Herzattacke war genau das, was ich nach diesem ereignisreichen Tag noch gebraucht hatte.

„Sorry, ich hatte ganz vergessen, dass ich nicht allein bin“, sagte ich und ging zu ihr. „Ich bin Anna.“

Sie drückte das Buch an ihre Brust und streckte mir die Hand entgegen. „Liezle. Hi.“

Liezle war das genaue Gegenteil von mir: dünn wie eine Bohnenstange, geisterhaft blass und groß. Ihre schmalen Lippen waren zu einem Lächeln verzogen, und ihr blondes, strähniges Haar hing kraftlos herab. Die Ringe unter ihren Augen und das locker sitzende Shirt schienen darum zu wetteifern, wer schlaffer herunterhing. Meine Mitbewohnerin wirkte schrecklich energielos, aber so dünn wie sie war, kein Wunder.

„Du bist also meine neue Mitbewohnerin.“ Sie klappte das Buch zu und rutschte mit ihren spinnenartigen, dürren Gliedern bis an die Wand zurück, wo sie sich mit dem Rücken anlehnte, dann nahm sie mich prüfend in Augenschein.

„Ist das ein Problem?“, erkundigte ich mich höflich und setzte mich auf das andere Bett.

„Weiß ich noch nicht“, gab sie ehrlich zu. „In der Vergangenheit habe ich nicht so gut auf Mitbewohner reagiert. Nicht, weil wir uns nicht verstanden haben, sondern weil ich, wie man vielleicht unschwer erkennen kann“, sie deutete auf ihren Körper, der hauptsächlich aus Haut und Knochen bestand, „magersüchtig bin, und dazu noch Bulimikerin. Es stresst mich, mit Menschen in einem Zimmer zu leben, und wenn ich gestresst bin, kotze ich. Ich setze mich dann selbst unter Druck, weil ich mich natürlich nicht vor anderen übergeben will, was dann dazu führt, dass ich nur noch gestresster bin.“ Sie zuckte die Schultern. „Aber meine Therapeutin meinte, dass ich große Fortschritte mache und es daher noch mal probieren sollte.“

Etwas geschockt von ihren offenen Worten zog ich meinen Pullover aus, denn im Zimmer war es stickig und warm. Liezle war zwar erschreckend mager, aber ihr Blick hatte etwas Eindringliches, Bohrendes. War fast etwas unheimlich. „Wie lange bist du schon hier?“, fragte ich und zog meine Schuhe aus, damit ich es mir auch auf dem Bett bequem machen konnte.

„Gute Frage.“ Sie pulte an ihren Fingernägeln. „*Patterson* und ich führen eine Art On-Off-Beziehung. Ich wurde schon so oft hier eingewiesen, dass ich gar nicht mehr weiß, wie lange das Theater jetzt schon geht. Aber am Stück seit ca. vier Monaten.“

Ich konnte meine Überraschung nicht verbergen. „Oh … okay … krass.“

Sie lachte, und sofort bohrte ihr Blick etwas weniger. „Ich weiß. Ich bin einer der Härtefälle hier. In den Schulzeiten werden wir hier sogar von Privatlehrern unterrichtet. Aber diesmal scheint die Therapie anzuschlagen. Na ja, warten wir's ab." Wieder glitt ihr Blick über mich, dann runzelte sie die Stirn. „Mir wurde gesagt, ich teile mir das Zimmer mit einer Adipösen, aber so dick bist du gar nicht."

Fast hätte ich gelacht. Dieses Mädchen nahm kein Blatt vor den Mund. Aber es passte zu ihrem – und ich konnte es leider nicht anders beschreiben – abgewrackten Erscheinungsbild. „Nun ja, für meine Körpergröße schon. Im Vergleich zu den anderen hier tanze ich mit meinen *nur* 13 Kilo Übergewicht natürlich aus der Reihe, das stimmt", sagte ich und versah das *nur* mit Gänsefüßchen. „Aber ich hatte Glück, dass sie pro Jahr auch eine bestimmte Anzahl an *nicht kritischen* Patienten aufnehmen." Eine lose Haarsträhne kitzelte mich im Gesicht. Ich strich sie mir hinters Ohr und warf einen kurzen Blick aus dem Fenster. „Sicher fragst du dich jetzt, warum ich es nicht allein schaffe. 13 Kilo sind schließlich nicht die Welt. Die traurige Wahrheit ist, dass ich einfach nicht die Kraft dazu aufbringe, außerdem habe ich panische Angst, dass es immer schlimmer werden könnte. Ich brauche jemanden, der mich motiviert, es mir vormacht." Ich zuckte mit den Schultern.

Liezle streckte die Beine aus, wodurch ihre Knöchel über die Bettkante ragten, und hob verteidigend die Hände. „Hey, vor *mir* brauchst du dich nicht zu rechtfertigen. Würde ich es allein schaffen, würde ich nicht zum x-ten Mal in dieser Klinik rumhängen. Ich verstehe das."

Dankbar lächelte ich sie an. Ihre Worte waren wie Balsam für meine Seele. Nichts gegen meine Eltern und meine Freunde – sie unterstützten mich, wo sie nur konnten –, aber zum ersten Mal hatte ich das Gefühl, dass wirklich jemand mit mir mitfühlte. Meine Freundinnen sagten mir ständig, dass ich mich wegen den paar Kilo nicht verrückt machen sollte, aber sie verstanden nicht, dass es mir nicht so sehr um die Zahl ging, sondern darum, dass ich mich in meinem Körper nicht mehr wohlfühlte. In *Patterson* war ich unter meinesgleichen. Alle hier konnten nachvollziehen, was ich durchmachte, selbst diejenigen, die ein anderes Krankheitsbild hatten. Was uns an diesem Ort doch alle vereinte, war, dass wir nicht in das Gesellschaftsbild eines „gesunden" Menschen passten. Entweder galten wir als zu dick oder zu dünn, womit wir uns automatisch von der Allgemeinheit isoliert fühlten – im schlimmsten Fall sogar von ihr verstoßen wurden. Und schlimmer ging es offenbar immer.

Meine Zimmergenossin war das beste Beispiel. Wenn ich mir Liezle so anschaute, kamen mir meine Gewichtsprobleme geradezu lächerlich vor. Ich wusste ja nicht, wie es um ihre Gesundheit stand, aber das Mädchen sah aus, als wäre es nur noch ein Kilo vom Hungertod entfernt. Auf der anderen Seite liefen Kinder in der Klinik herum, die das Zehnfache meiner Überpfunde mit sich herumschleppten. Und ich heulte hier wegen 13 Kilo herum. Fast schämte ich mich deswegen ein wenig.

Die Unterhaltung mit Liezle war so interessant, dass sich meine Schlafenspläne ein paar Stunden nach hinten verschoben. Das Mädchen war zwar ausgesprochen direkt, aber es machte unheimlich Spaß, mit ihr zu plaudern. Die in Kanada geborene 20-Jährige wohnte seit 15 Jahren in Colorado, was ja eine ganze Ecke von *Patterson* entfernt lag. Da unsere Klinik zu den besten in ganz Amerika zählte, wurde sie jedoch hier behandelt.

Als wir uns schließlich aufs Ohr legten – vorher stellte ich noch meinen Wecker – hatte ich Schädelbrummen vom Feinsten. Liezle gab mir eine Aspirin, die ich mit den letzten Resten aus meiner Wasserflasche hinunterspülte. Morgen musste ich mir unbedingt aus der Kantine eine Vorratsflasche mitnehmen, damit ich sie neben mein Bett stellen konnte.

Ich gehörte zu den Menschen, die jede Nacht mit einem staubtrockenen Hals aufwachten und erst wieder einschlafen konnten, wenn sie ihren Brand gestillt hatten. Liezle meinte noch, dass es jedem Neuling so wie mir ginge und ich noch ein paar Tage brauchen würde, bis ich alle Informationen verarbeitet hätte und innerlich zur Ruhe käme. Dann fielen mir die Augen zu.

Tag 1

Als am nächsten Morgen mein Wecker um 7:00 Uhr schrillte, wäre ich fast aus dem Bett gefallen, so aggressiv war der Ton. Hatten sie das Teil aus einem Boot Camp entführt, oder was? Stöhnend wälzte ich mich herum und lugte unter meiner warmen Decke hervor. Liezle war nicht in ihrem Bett, dafür hörte ich Wasser im Bad rauschen, gemischt mit heiterem Summen.

Oh, toll, Liezle war ein Morgenmensch.

Ich hasste Morgenmenschen! Wenn ich zu Hause nach dem Aufstehen ins Bad schlurfte und meinen Vater im Erdgeschoss fröhlich vor sich hin pfeifen hörte, könnte ich ihm jedes Mal meine Zahnbürste an den Kopf werfen. Allerdings hatte Dad mir gestern keine lebensrettende Kopfschmerztablette gegeben, und er war auch nicht so unterhaltsam wie Liezle. Ich würde es ihr nachsehen.

Schlaftrunken kramte ich in der Tasche neben dem Bett nach meinem Handy, bis mir einfiel, dass ich es ja abgegeben hatte. Ach, verdammt! Früh am Morgen durch mein heißgeliebtes Instagram zu scrollen war mein Lebensinhalt. Was sollte ich denn jetzt machen, solange ich auf Liezle wartete? Da ich meine noch halb schlafenden Augen nicht mit Bücherlesen strapazieren wollte –

okay, wäre kein Unterschied zu Instagram gewesen, aber egal –, sank ich mit dem Kopf aufs Kissen zurück und schlummerte noch ein bisschen.

Zehn Minuten später kam Liezle aus dem Bad, und wir klatschten uns ab.

Etwas enttäuscht stellte ich fest, dass ich allein war, als ich geraume Zeit später frisch gewaschen aus dem Bad kam. Wir hatten uns gestern so angeregt unterhalten, dass ich automatisch davon ausgegangen war, wir würden zusammen zum Frühstücken gehen, aber gut, ich wollte nicht voreilig etwas hineininterpretieren. Vielleicht musste Liezle zu einer Untersuchung oder sie war eine Einzelgängerin, was ich absolut verstehen könnte. Im Grunde waren wir Patienten doch alle Einzelgänger.

Damit ich nach dem Frühstück nicht noch mal ins Zimmer mich umziehen musste, zog ich gleich meine Sportsachen an. Neu gekauft, verstand sich, meine alten passten mir ja nicht mehr. Treffpunkt war das Gewächshaus auf dem Gelände, aber jetzt musste ich erst mal in die dritte Etage ins Zimmer 75, zum Wiegen und Vermessen.

Auf meinem Weg dorthin begegnete ich einem Mädchen, das so dick war, dass sie Krücken zum Laufen brauchte. Ich lächelte ihr zu, doch sie hielt den Blick geradeaus gerichtet – entweder, weil sie mich ignorieren wollte oder gar nicht wahrnahm.

Kurz darauf folgte ein vielleicht 12-jähriger magersüchtiger Junge, der schrecklich deprimiert aussah und mit hängenden Schultern an mir vorbeilief. Es war nicht so, dass nur traurige Gestalten in *Patterson* herumliefen – viele hatten Spaß, waren motiviert und lachten –, aber genauso gab es die Niedergeschlagenen, wenn nicht sogar Depressiven, die einem schon allein beim Hingucken das Herz brachen.

So einen Eindruck machte der Junge auf mich.

Nach wenigen Schritten hielt ich inne. Vielleicht sollte ich ihn fragen, ob alles in Ordnung war.

Womöglich hatte er ja eine niederschmetternde Diagnose bekommen und wirkte deshalb so am Boden zerstört. Doch als ich mich nach ihm umdrehte, war er schon um die Ecke verschwunden. Mit einem Knoten in der Brust setzte ich meinen Weg fort, und erst als ich das Sprechzimmer betrat, lockerte er sich wieder.

Meine Therapeutin war eine Frau.

***

Die Sitzung dauerte eine halbe Stunde, und ich fühlte mich vom ersten Moment an wohl bei Dr. Richardson. Sie musste Anfang 40 sein und trug eine blonde Bobfrisur, die ihren liebreizenden Gesichtszügen schmeichelte. Ihr Make-up war dezent. Ein wenig Rouge, durchsichtiger Lipgloss … mehr war nicht nötig, um ihr einen frischen Teint zu verleihen.

Das ansonsten eher schlichte Sprechzimmer war mit einer hochmodernen Waage und verstellbaren Liege ausgestattet, und auch hier winkten die Fenster großzügig Licht in den Raum. Nach der Gewichtserfassung und Körpervermessung nahmen wir an dem weißen Eckschreibtisch Platz und sprachen über ein Ernährungstagebuch, das ich die nächsten sieben Tage führen sollte.

Dazu überreichte Dr. Richardson mir ein vorgedrucktes Heft, in dem ich mein tägliches Essverhalten dokumentieren sollte. Wir bekamen zwar nur gesunde Lebensmittel aufgetischt und in den kommenden Tagen standen eine Menge Ernährungskurse auf dem Plan, aber durch das Dokumentieren sollte ich selbst einen Überblick bekommen. Außerdem würde Dr. Richardson anhand meiner Einträge meine Essgewohnheiten optimieren und damit meine Essstörung schonend behandeln können. Anschließend machten wir noch ein wenig Smalltalk, und ich berichtete über meine erste Nacht und meine Eindrücke in *Patterson*, dann wurde ich entlassen.

Durch die Fensterfronten, die sich fast lückenlos über das komplette Gebäude erstreckten, hatte ich einen hervorragenden Blick auf die Anlage. In der Nacht musste es geregnet haben, denn vereinzelte Pfützen schimmerten auf dem Boden und der Himmel wirkte trüb. Da ich 20 Minuten über der Zeit war, herrschte bei meinem Eintreffen im Speiseraum schon buntes Treiben, aber der Druck in meinem Schädel war dank Liezles Tablette ausradiert, sodass es mir heute nichts ausmachte.

Statt Fleisch und Salat gab es zum Frühstück Eier in sämtlichen Formen. Hartgekocht, weichgekocht, als Spiegelei gebraten, labberig, mit einem dreifachen Salto in der Luft gewendet ... Die Auswahl war pervers. Auch mit Mozzarella, Feta-Käse und Vollkornbrot wurde nicht gegeizt. Von den ca. 20 Millionen verschiedenen Müslis mal ganz abgesehen. Bei diesem Überangebot an Nahrung wurde mir ganz flau im Magen. Das war vermutlich keine Überraschung, aber als Morgenmuffel war ich nicht gerade ein Fan von ausschweifenden Frühstücksorgien. Eine Tasse Kaffee, um überhaupt wach zu werden, und ein Donut reichten mir völlig. Das Obst und die fettarmen Joghurts, die mir hier aus jeder Ecke zuwinkten, sollten mich bloß in Ruhe lassen.

Schnell wurde jedoch klar, dass ich hier keine Donuts finden würde. Das einzig Zuckerhaltige waren die Honig- und Ahornsirupbehälter neben den Müslischalen. Ob es auffallen würde, wenn ich kurz meinen Kopf in den Honigbehälter tauchte? Nur, um meine leeren Zuckerspeicher wieder aufzufüllen – ich kriegte nämlich tierisch schlechte Laune, wenn ich nicht meine tägliche Ration Zucker bekam.

Tief atmete ich durch und ermahnte mich, weswegen ich in die Klinik gekommen war. Wenn die anderen Patienten es schafften, von der Superdroge Zucker runterzukommen, dann würde ich das gefälligst auch! Entschlossen nahm ich ein Schälchen vom Geschirrstapel und ging zu der Schüssel mit der Aufschrift *Porridge*. Normalerweise konnte man mich mit Haferschleim jagen – egal zu welcher Tageszeit –, aber meine Freundin Debbie schwor auf diese Pampe, und ich sollte ja meine Essgewohnheiten ändern.

Mit einer Begeisterung, die sich in Grenzen hielt, häufte ich also ein paar Esslöffel in meine Schale und garnierte den Brei ganz Instagram-mäßig mit Beeren, Obststücken und einem Klecks Honig.

Zum Abrunden meines Möchtegern-Frühstücks noch eine Tasse Kaffee und fertig war die wohl gesündeste Mahlzeit, die ich in den vergangenen Monaten zu mir genommen hatte.

Ich sah mich um und entdeckte Liezle mit drei anderen Mädchen an einem Tisch nicht weit von mir sitzen. Ich ging zu ihnen und fragte: „Ist hier noch Platz?"

„Klar." Liezle machte eine auffordernde Geste, und ich setzte mich ihr gegenüber. „Das ist Anna, meine neue Mitbewohnerin", stellte sie mich den Mädchen vor.

„Hi. Freut mich." Ich stellte mein Frühstück ab und winkte in die Runde.

Während Liezle in ihren viel zu weiten Klamotten fast unterging, hatte sich das schwarzhaarige Mädchen neben ihr richtig aufgestylt. An ihren massigen Armen erkannte ich, dass sie zu meiner *Fraktion* gehörte, aber ihrem hübschen Gesicht sah man die Kilos nicht an. Sie hatte sogar richtig definierte Wangenknochen, sodass man sie aus der Ferne glatt für schlank halten könnte. Knallroter Lippenstift und eine schicke, dunkelblaue Bluse ließen ihr helles Gesicht geradezu strahlen. Ihr Name war Beverly. Rechts neben ihr saß noch ein dickes Mädchen. Blonde Locken kringelten sich um ein bebrilltes Sommersprossengesicht. Sie stellte sich als Sandra vor. Dann war da noch ein *normales* Mädchen, mit blonden, schulterlangen Haaren und einem – man musste fast schon sagen – gleichgültigen Gesichtsausdruck. „Hi, Diabetes mellitus Typ 1. Sehr erfreut“, sagte sie trocken und reichte mir die Hand. Die anderen kicherten, ich beugte mich über den Tisch und schüttelte sie.

„Lass dich von *Diabetes mellitus* nicht ärgern“, meinte Liezle mit einem spöttischen Blick in ihre Richtung. „Sie macht gern auf hart, aber wie hart kann man schon sein, wenn man mit Vornamen *Kathy* heißt?“

Einstimmiges Lachen erklang, und als hätte sie einen Schalter umgelegt, verwandelte sich Kathys Gesicht in ein Grinsen. Grübchen erschienen auf ihren Wangen, die ihr Lächeln richtig sympathisch machten. Sie drehte sich zu mir. „Ich bedauere dich, dass du das Zimmer mit ihr teilen musst. Liezles rotzfreches Mundwerk ist in der Klinik berüchtigt.“

Es folgten weitere freundschaftliche Schlagabtäusche, an denen sich nun auch Beverly und Sandra beteiligten, und ich dachte nur: *Das* ist meine Gruppe. Die Mädchen verbreiteten genau die Art von Stimmung, die ich in meiner derzeitigen Krise gebrauchen konnte. Denn auch, wenn jeder anders mit seiner Krankheit umging, wollte ich mich in *Patterson* möglichst mit positiven Menschen abgeben. Menschen, die mich aufmunterten, anstatt mich mit ihrer melancholischen Stimmung herunterzuziehen. Das war gar nicht böse gemeint, aber ich war mir sicher, dass ich es nur so an mein Ziel schaffte.

Die Mädchen schienen allesamt schon etwas älter zu sein. Keine von ihnen wirkte, als wäre sie noch 17, so wie ich. Wobei sich das ja bald ändern würde. Neun Wochen nur noch. Dann war ich endlich 18 und durfte in den einzigen Club in Seattle für unter 21-Jährige: *The Crash.* Alle Älteren aus unserer Schule schwärmten von der guten Musik, den heißen Jungs und den leckeren, wenn auch nicht alkoholischen Cocktails dort. Sollte meine Behandlung so verlaufen, wie ich es mir vorstellte, würde ich dort meinen Geburtstag feiern. In meinem ersten richtigen Club.

Mit meinen Mädels und endlich wieder, ohne Komplexe wegen meiner Heißhungerattacken und wegen meines Gewichts zu haben.

Der Gedanke zauberte mir ein Lächeln ins Gesicht.

Während ich halbherzig in meinem Frühstück herumstocherte – sorry, aber auch der Honig konnte diese langweilige Pampe nicht genießbar machen –, bemerkte ich Beverlys und Sandras gelegentliche Blicke. Ich konnte nicht einschätzen, ob sie feindselig waren, wusste aber sofort, was sie dachten.

In meiner Schulklasse hatte ich für Aufmerksamkeit gesorgt, weil ich immer breiter geworden war, hier schien es genau andersherum zu sein. In meinen Augen mochte ich vielleicht das dickste Mädchen im Universum sein, aber im Vergleich zu den Adipösen hier war ich geradezu schlank. Als ob man sich erst ab einer bestimmten Kilozahl unwohl fühlen durfte. Ich war vielleicht nicht krankhaft dick, aber wenn ich keine professionelle Hilfe in Anspruch genommen hätte, wäre ich vielleicht genau das geworden. Ich fand, ich hatte genauso ein Recht hier zu sein, wie alle anderen dicken.

Mein Blick fiel auf Liezles Shake. Dem einzigen am Tisch. Alle anderen hatten von einem Teller oder aus einer Schüssel gegessen. Sie waren auch schon alle fertig, wohingegen Liezle ihr scheinbares Frühstück gerade mal zur Hälfte ausgetrunken hatte. Da ich meine Mitbewohnerin nicht länger anstarren wollte, senkte ich den Blick und schob mir noch einen Löffel Pampe in den Mund. Für jemanden wie mich, der deftiges, ungesundes Essen quasi anbetete, war es unbegreiflich, wie man sich so herunterhungern konnte. Mein Magen würde das gar nicht mitmachen, sondern irgendwann so laut rumoren, dass es mir glatt das Trommelfell zerfetzen würde. Andererseits konnte Liezle auch bestimmt nicht nachvollziehen, wie man bis zum Erbrechen Donuts futtern konnte.

„Spielen wir nach dem Mittagessen eine Runde Codenames?“, fragte Beverly in die Runde und verschränkte euphorisch die Arme auf dem Tisch. „Das haben wir schon Ewigkeiten nicht mehr gespielt, und jetzt sind wir ja wieder eine mehr.“

Alle sagten zu, und ich war erleichtert, als Beverly ihren Blick auch auf mich richtete. Einen Moment lang hatte ich Angst gehabt, sie würde mich nicht akzeptieren, weil ich ihr nicht *krank* genug war, aber da hatte ich mich wohl geirrt. „Gern“, sagte ich strahlend und gab es endgültig auf, den Porridge herunterzuwürgen.

Leider trennten sich unsere Wege nach dem Frühstück … wobei man die paar Happen, die ich zu mir genommen hatte, nicht wirklich als solches bezeichnen konnte. Jetzt war es offiziell: Porridge und ich würden niemals Freunde werden. Oder hatte ich etwas falsch gemacht? Bei Instagram sprenkelten sie doch auch nur ein paar Beeren und Nüsse oben drauf. Oder waren meine Geschmacksneuronen durch den ganzen Zucker und das Fett, das ich sonst in mich reinschaufelte, schon dermaßen verstümmelt?

Jedenfalls musste ich allein zum *Joggen für Anfänger*. Liezle und ihre Freundinnen waren keine Neulinge mehr in der Klinik, deshalb hatten sie den Anfängerkurs bereits hinter sich. Beziehungsweise durfte Liezle sowieso keinen Ausdauersport machen – sie sollte ja nicht noch dünner werden. Das ungleiche Quartett wünschte mir viel Spaß, dann brachte ich mein Geschirr weg und machte mich auf den Weg.

Ne jetzt, oder?
3

Feuchte Kälte und der Geruch nach Kiefernadeln wehten mir entgegen, als ich an die frische Luft ging. Es war nicht eisig kalt, trotzdem stellten sich mir die Nackenhärchen auf, und ich war froh, dass ich die Sportleggings mit einem langärmeligen Shirt kombiniert hatte. Verklemmt wie ich war, hatte ich die größten Shirts gekauft, die ich bei H&M gefunden hatte. Um meine Speckrollen und dicken Oberschenkel zu verstecken. Ich fand, es funktionierte ganz gut.

Eine Gruppe aus neun Teenagern hatte sich vor dem Gewächshaus versammelt, in dessen Inneren ein ganzer Urwald heranwachsen musste, so riesig war es. Überhaupt schien in *Patterson* alles im XXL-Format gebaut zu sein. Durch die milchigen Glasscheiben konnte ich die Silhouetten anderer Kinder erkennen. Soweit ich mich erinnerte, stand nichts von einem Gewächshaus in meinem Wochenplan. Ich ging also davon aus, dass der dortige Besuch zu den Freizeitangeboten der Klinik gehörte. Mal sehen, vielleicht warf ich nachher mal einen Blick rein. Ich stellte mich zu meinen *Mit*-Joggern, fünf Mädchen, vier Jungen – alle zirka in meinem Alter und alle adipös –, dann warteten wir auf unseren Trainer, Mr. Charles, der Augenblicke später in voller Sportmontur über das Gelände schritt.

Er war nicht allein.

Ein hochgewachsener, blonder Junge in einem weißen Shirt und einer knielangen Trainingshose begleitete ihn. Zunächst noch belustigt dachte ich, dass er bemerkenswerte Ähnlichkeit mit einem Klassenkameraden von mir hatte. Ian Miller. Unfassbar gut aussehend, aber dumm wie Stulle.

Dann kamen sie näher, und mein Herz setzte vor Schreck gefühlt einen Schlag aus.

Verdammte Scheiße!

Das war nicht nur Einbildung.

Es *war* Ian Miller!

Ich erstarrte zur Salzsäule. Das musste eine Fata Morgana sein. Eine Nährstoffmangel bedingte Halluzination, weil ich nicht genügend gefrühstückt hatte. Dann standen sie vor uns, und ich konnte Ian nur mit offenem Mund anglotzen. Blondes, modisch frisiertes Haar wehte ihm in die Stirn und ließ seine ohnehin schon unmenschlich blauen Augen förmlich strahlen.

Ich hasste seine Augen. Sie waren nicht von dieser Welt. Viel zu außergewöhnlich, um so einem Idioten zu gehören. Meiner Meinung nach waren sie das Gefährlichste an ihm … wenn man von seinen anderen offensichtlichen Vorzügen absah. Ian war einer dieser frühreifen Jungs, die viel erwachsener wirkten als sie in Wirklichkeit waren. Zumindest äußerlich. Er war einer der größten auf unserer Schule und hatte den meisten 18-Jährigen mit seinen ausgeprägten Wangenknochen und dem athletischen Körperbau einiges voraus. Vermutlich flogen deshalb so viele Mädchen auf ihn. Dabei steckte hinter seiner engelsgleichen Fassade ein selbstverliebtes Arschloch.

Ich musste es wissen.

Es dauerte erheblich länger, bis Ian mich erkannte oder überhaupt erst einen Blick auf mich warf. Was mich in meiner verächtlichen Meinung von ihm nur bestärkte. Als er dann endlich die *Güte* hatte, meine Wenigkeit zu entdecken, konnte ich den Unglauben in seinen Augen wachsen sehen. Genau wie ich starrte Ian mich völlig verdattert an. Sein Mund öffnete sich, vermutlich, um mich dasselbe zu fragen, was auch mir auf der Zunge brannte, aber es kam kein Ton über seine Lippen. Wäre ich nicht ebenso geschockt wie er, hätte ich über seinen schwachsinnigen Gesichtsausdruck gelacht. Stattdessen fing es in meinem Kopf an, zu rattern.

Was in Gottes Namen suchte er hier?

Warum versauerte er nicht im Gefängnis, so, wie er es verdient hätte, nachdem er in der Schule beim Kiffen erwischt worden war? Während der Zeugnisvergabe wohlbemerkt. Ich hatte ja schon immer gewusst, dass Ian nicht der hellste Stern am

Himmel war, aber dass er *so* gehirnamputiert war, hätte ich ihm dann doch nicht zugetraut.

Arbeitete er etwa hier? Verdiente er sich in den Ferien ein Taschengeld, indem er in der Klinik aushalf? Oder machte er ein Praktikum? Aber was war mit seiner Football-Karriere, von der er in der Schule immer so laut herumposaunte?

War jedenfalls ein ganz schönes Spektakel neulich gewesen. Da hatte ich mit meinen Freundinnen quietschvergnügt inmitten der Schülermassen darauf gewartet, dass ich endlich mein Streberzeugnis überreicht bekam, als das Stimmengewirr auf dem Footballfeld plötzlich von Sirenengeheul durchschnitten worden war und zwei Polizeiwagen angerückt waren.

Zuerst hatten alle gedacht, es hätte einen Unfall oder Anschlag gegeben und die Stimmung wäre fast in Richtung Panik gekippt, aber dann waren Ian und sein Kumpel vor der versammelten Schule wie zwei Verbrecher abgeführt worden.

Diese Volldeppen.

Später hatten wir erfahren, dass sie Pot geraucht hatten, aber das erklärte leider immer noch nicht, was zum Teufel er hier machte.

Ich musste aufhören, Ian weiterhin anzustarren, als wäre ich zurückgeblieben, doch jegliche Versuche, es *nicht* zu tun, scheiterten. Zu absurd war die Tatsache, dass er hier vor mir stand. An diesem entlegenen Ort. Absurd, aber vor allem erschütternd, denn jetzt konnte ich förmlich sehen, wie es hinter seiner Stirn arbeitete. Ganz langsam schien er zu begreifen, was meine Anwesenheit zwischen den anderen Patienten bedeutete.

Meine Wangen fingen Feuer.

Kurz erwog ich, ins Gebäude zu rennen und der demütigenden Situation auf diese Weise zu entfliehen. Ian würde mich zum Gespött der Schule machen, sobald die Ferien vorbei waren. Er würde mich mit dem *Abspeck-Camp* aufziehen, und noch mehr, wenn ich hier versagen sollte – was meinen inneren Druck explosionsartig ansteigen ließ. Ich sah es schon vor mir. Wie Ian und sein beknackter Kumpel William mich mit dummen Sprüchen und Blicken attackierten, bis auch noch der letzte Funke meines Selbstbewusstseins erloschen war.

Aber dann bemerkte ich, dass Ian auch keinen glücklichen Eindruck machte. Wenn ich es mir recht überlegte, schien es ihm sogar unangenehm zu sein, dass ich ihn anstarrte. Aber warum sollte *er,* der High School-Schwarm, sich genieren? Er war doch Everybody‘s Darling.

Und dann hatte ich einen Geistesblitz. Was, wenn Ian gar nicht freiwillig hier war? Was, wenn ihm statt einer Haft Sozialstunden in der *Patterson* Klinik aufgebrummt worden waren? Das war die einzige plausible Erklärung.

Ein Kichern neben mir lenkte mich von meinen Überlegungen ab. Ich sah zu den beiden

Mädchen, die mich um einiges überragten, und begriff, dass sie sich wegen Ian so aufführten. Meine Augen rollten wie von selbst. Alle fünf Mädchen waren bei seinem Anblick rot angelaufen, dabei war Mr. Charles auch nicht zu verachten. Ich schätzte ihn auf Anfang 30.

Seine Haut war so braun gebrannt, dass ich mich fragte, in welcher Ecke Washingtons er wohl wohnen mochte – in der Regenstadt Seattle jedenfalls nicht –, sein schwarzes Haar war beinahe genauso kurz getrimmt wie sein Bart, und sein Körper, wie man es von einem Trainer erwarten konnte, gut in Form. So nett er auch anzusehen war, neben Ian verblasste er jedoch wie ein steinaltes Schwarz-Weiß-Bild neben einem modernen, hochaufgelösten Foto.

Ian sah nicht einfach nur gut aus, er war der Inbegriff des Sonnyboys. Blond, blauäugig und, in seinem Fall, blöd.

Leider hinderte letzterer Umstand die Mädchenwelt nicht daran, sich reihenweise in ihn zu verlieben. Und nicht nur Mädchen, auch Lehrerinnen schienen ihm verfallen zu sein. Anders konnte ich mir nicht erklären, wie jemand, der so schlechte Noten schrieb, jedes Mal mit einem blauen Auge durchs Schuljahr kommen konnte. Andererseits war er Footballer, die bekamen ja ständig Extrawürste. Den Schulen war es offenbar wichtiger, gute Nachwuchssportler auszubilden, anstatt ihnen Verstand einzuprügeln. Was mich zu der Frage brachte, wozu ich mir in der Schule überhaupt so den Arsch aufriss.

„So, und jetzt bringen wir euren Kreislauf erst mal ordentlich in Schwung“, sagte Mr. Charles, dessen Begrüßungsrede mir vor lauter Grübeln entgangen war. Als wir einen großzügigen Kreis bilden mussten, schaffte ich es endlich, meinen Blick von Ian zu lösen. Dann begann der Coach, mit den Armen zu rudern, und alle machten es ihm nach. Es folgten verschiedene Hampel-Übungen, bei denen ich mir total lächerlich vorkam. Glücklicherweise vermied Ian es ebenfalls, mich anzusehen.

So ist's gut, fühle dich schön unwohl!, dachte ich triumphierend. *Ich weiß, warum du hier bist. Oder ich vermute es zumindest.* Und sollte ich richtig liegen, wäre ich Ian gegenüber endlich mal im Vorteil. Ich könnte ihm das Leben hier so richtig schön zur Hölle machen. Ihm beispielsweise damit drohen, dass ich ihn bei seinem Vorgesetzten verpetzte, wenn er mich auch nur schief anguckte. Ob er nun etwas ausgefressen hatte oder nicht. Einer gottesfürchtigen, ehrlichen Patientin, die so klein war, dass sie keiner Fliege etwas zu leide tun konnte, vertraute die Klinik doch sicherlich mehr als einem kiffenden Beinahe-Sträfling, oder?

Dabei hatten wir uns früher ganz gut verstanden. Das hieß, bis zu der schicksalhaften Sportstunde in der 5. Klasse. Schon damals hatte sich abgezeichnet, dass Ian mal eine glänzende Sportlerkarriere hinlegen würde. Mit welchen Disziplinen und Spielen unsere Lehrerin auch aufwartete, er meisterte sie mit Bravour. Kein Wunder war, dass sich ständig alle darum rissen, in seinem Team zu sein. So auch bei dem Volleyball-Match gegen die Parallelklasse. Ich war zu dem Zeitpunkt schon als Sportniete bekannt gewesen und es gewohnt, dass man mich als Letzte wählte. Zu Ians Pech war die Auswahl zufällig erfolgt und so hatte er mich unfreiwillig in sein Team aufnehmen müssen. Man sollte meinen, dass Volleyball nur ein Spiel wäre und eine Niederlage nicht gleich das Ende der Welt bedeutete.

Aber nicht für Ian Miller.

Zu meiner Verteidigung musste ich sagen, dass ich mir wirklich Mühe gegeben hatte. Ich war über meinen Schatten gesprungen und hatte mich ins Spiel reingehängt, obwohl ich Volleyball nicht mochte. Aber die Bälle hatten es an dem Tag auf mich abgesehen. Einer nach dem anderen waren sie mir wie durch Zauberhand aus den Händen geflutscht oder an meinen zappelnden Gliedmaßen abgeprallt. Gut, vielleicht war ich dem einen oder anderen Ball auch ausgewichen, weil Clay, dieser aufgedrehte Freak, echt fiese Schmetterbälle geworfen hatte. Fakt war, dass unsere Mannschaft haushoch verloren hatte.

Seitdem hatte Ian mich gefressen … was er mich in jeder darauffolgenden Sportstunde hatte spüren lassen. Ob blöde Sprüche beim Ausdauerlaufen, wenn mir nach drei Runden mal wieder die Lungen gepfiffen hatten, oder mutwillige Gesichtstreffer beim Völkerball. Wir waren noch Kinder gewesen, aber schon damals hatte er dem Begriff Arschloch alle Ehre gemacht.

Doch ich wäre keine McCoy, wenn ich mich nicht nach allen Regeln der Kunst gewehrt hätte.

Ian mochte athletisch sein, aber ich hatte was im Köpfchen.

In Mathe und Physik war *ich* die Sportskanone und *er* der Loser, also hatte ich es ihm mit gleicher Münze heimgezahlt. Etwa mit Klugscheißer-Sprüchen, wenn er laut vorrechnen musste und sich verhaspelt hatte, oder mit gehässigen Blicken, wenn ich mal wieder Strebernoten kassiert hatte und er nicht.

Jahrelang hatten wir unsere Hassbeziehung gepflegt und gehegt, bis wir auf die High School kamen und Ians Interessen sich in Richtung *anderes Geschlecht* verschoben hatten. Auf einmal war Mr. Hübsch-Aber-Hohl-In-Der-Birne nur noch damit beschäftigt gewesen, den leckersten Schul-Schnitten hinterherzurennen und eine nach der anderen zu vernaschen. Schnell hatte er sich zum High School-Objekt der Begierde entwickelt, und bei den Sportlehrern zum Football Nachwuchstalent, während ich zwar wundervolle neue Freundinnen kennenlernte, dafür aber Stück für Stück unter seinem Radar verschwand. Irgendwann hatte er mich schlichtweg ignoriert, was mich erst richtig auf die Palme gebracht hatte, denn ich war ihm scheinbar nicht mal mehr eines müden Blickes wert gewesen.

Manchmal fragte ich mich, ob Ian sich überhaupt noch an unsere Fehde erinnerte, so erfolgreich wie er mich in der Schule ignorierte. Ich tat es jedenfalls. Jeden einzelnen Tag, an dem ich ihm über den Weg lief.

Die Aufwärmübungen waren abgeschlossen, und Mr. Charles, der uns anbot, ihn bei seinem Vornamen Hektor zu rufen, joggte in Richtung Wald. Wir folgten in bedächtigem Tempo und tauchten nach ca. 100 Metern in den Wenatchee National Park ein. Hektor übernahm die Führung unseres Zweibeiner-Konvois, Ian bildete das Schlusslicht. Jetzt war ich doppelt froh, dass ich mich für das lange Shirt entschieden hatte. Zwischen uns liefen zwar noch andere Patienten, aber ich wäre vor Scham im feuchten Erdboden versunken, wenn Ian meinen Schwabbelarsch vor der Nase gehabt hätte.

Meine Gedanken waren kindisch, das wusste ich selbst.

Das emanzipierte, selbstbewusste Mädchen von heute scherte sich einen Dreck darum, welche Meinung Jungs von ihrer Figur hatten. Sie akzeptierte sich so wie sie war – ob mollig, dünn, klein oder groß. Das war zumindest das, was die ganzen Instagram-Models uns weismachen wollten …

kurz bevor sie den nächsten Diätdrink in die Kamera hielten, verstand sich.

Aber ich war nicht mehr selbstbewusst.

Falls ich es denn jemals gewesen war. Ehrlich gesagt hatte ich mir nie groß Gedanken darüber gemacht – Verehrer hatte ich genug gehabt. Gut, die meisten waren schlaksige Nerds gewesen, mit Ausnahme von unserem Nachbarn Tommie vielleicht, aber daraus war nichts geworden. Nur mein Exfreund Ryan hatte in einer anderen Liga gespielt. Der Running Back unseres High School-Footballteams hatte mich auf einer Homeparty von Colleen entdeckt und mir eine Cola *spendiert*. Da war es um mich geschehen gewesen, aber wir wussten ja, wie das Ganze geendet hatte.

Gut möglich, dass mein Selbstbewusstsein noch irgendwo in mir schlummerte, an einem tiefen, dunklen Ort. Falls es so war, kam ich jedenfalls nicht mehr heran. Es lag unter der Fettschicht begraben, die ich mir über die Monate angefressen hatte. Und jetzt lief der schärfste – wenn auch ätzendste – Junge der Schule hinter mir.

Sorry, aber da musste man einfach Komplexe kriegen.

Satte Baumkronen schwebten über unseren Köpfen, und in der Ferne ragten von Büschen überwucherte Felsen in den Himmel. Wir kamen an einem Mini-Wasserfall vorbei, dessen Plätschern sich mit dem heiteren Vogelgesang rundum vermischte, und ich bekam sofort Urlaubs-Vibes. Es war herrlich, in der Natur zu laufen. So friedlich und befreiend. Hin und wieder kribbelte mein Nacken, wenn ich mir einbildete, Ians Blicke auf mir zu spüren, aber ich widerstand der Versuchung, über die Schulter zu gucken. Erstens brauchte ich all meine Konzentration, um nicht schlappzumachen, und zweitens durfte er mir mein Unbehagen nicht anmerken. Ich würde Ian genauso ignorieren wie er es die Jahre über mit mir gemacht hatte.

Ian Miller war Luft für mich.

Nein, weniger als Luft, denn die erfüllte ja wenigstens einen Zweck.

***

Nach etwa 20 Minuten wurde Hektor, der tatsächlich noch die Puste hatte, während des Joggens über den Nationalpark zu referieren, langsamer, und wir gingen in einen zügigen Laufschritt über. So gönnten wir unseren Beinen eine kleine Auszeit, ohne den Puls zu sehr herunterzufahren, erklärte er. Gierig saugte ich Sauerstoff in meine Lungen und versuchte, nicht so erledigt auszusehen wie ich mich fühlte. Ich pfiff aus dem letzten Loch, dabei hatten wir gerade mal die Hälfte der Strecke hinter uns.

Wie anstrengend musste bitte erst der Fortgeschrittenen-Kurs sein?!

Und war es normal, dass meine Lungen stachen, als hätte man brennendes Öl darüber gegossen? Sah ganz danach aus, als hätten die zusätzlichen Kilos meine Unsportlichkeit auf ein neues Level gehoben – was mich doppelt ärgerte, weil ich wusste, dass Ian, der Sport-Crack, vermutlich nicht mal warm gelaufen war.

Prompt fragte ich mich, wie er wohl über meine Hechelei denken musste, was leider einen altbekannten inneren Konflikt auslöste. *Wage es ja nicht! Ian sollte die verdammt noch mal letzte Person auf diesem Planeten sein, deren Meinung dich interessiert!*, meckerte die Stimme der Vernunft in mir. Doch so energisch ich mir auch zuredete, meine Gedanken wanderten automatisch zu meinem Klassenkameraden. Etwas, das mir, seitdem wir auf die High School gingen und er sich in diesen Playboy verwandelt hatte, leider viel zu oft passierte.

Dabei konnte ich diesen Primaten doch null leiden.

Das sollte mal einer verstehen.

Um mich von meinen Gedanken und den brennenden Lungen abzulenken, konzentrierte ich mich wieder auf meine Umgebung. Büsche und junge Bäume säumten den Wanderweg, auf dem wir liefen. Der Regen hatte den erdigen, hölzernen Geruch des Waldes verstärkt. Sogar noch Stunden nach dem Regenschauer hing er wunderbar intensiv in der Luft. Nach einer Weile gabelte sich der Pfad und wir nahmen die linke Route. Ein Eichhörnchen kreuzte unseren Weg und flitzte nur wenige Meter vor den Füßen des Coachs entlang, ehe es auf einen Baum kletterte und in der dichten, Schutz spendenden Krone verschwand.

Dann zog Hektor das Tempo wieder an und die nächsten 20 Horror-Minuten begannen.

***

Beim Mittagessen schlotterten mir immer noch die Knie. Nach dem Joggen, das insgesamt eine Stunde gedauert hatte, war ich mit zentnerschweren Beinen in mein Zimmer geschlurft und hatte mich geduscht. Ian hatte ich keines Blickes mehr gewürdigt. Ich betete, dass ich seine Visage von nun an nicht bei jeder Joggingeinheit ertragen musste.

Danach hatte ich zwei Stunden Ernährungsberatung gehabt. Der Kurs hatte in der ersten Etage stattgefunden und aus sieben Personen plus der Kursleiterin bestanden. Wir hatten ganz von vorn angefangen, hatten die Irrtümer und Fakten über Zucker durchleuchtet, gelernt, welche Zuckerarten es gab und welche Schäden ein Überkonsum in unserem Körper anrichtete.

Der Lehrgang war spannend und informativ gewesen, aber auch erschreckend, denn er hatte mir bewusst gemacht, dass ich keinen Plan von gesunder Ernährung hatte. Wie im Unterricht hatte Dr. Neal Schaubilder an die Tafel gemalt, uns Kurzfilme gezeigt und geduldig unsere Fragen beantwortet. Als mir am Ende der Doppelstunde klar geworden war, was für einen Müll ich mir da monatelang reingezogen hatte, wäre ich an meinem schlechten Gewissen fast erstickt. Mein armer Körper. Ein Wunder, dass ich noch nicht an Verfettung gestorben war.

Jetzt saß ich mit Liezle, Beverly, Sandra und Kathy im Speiseraum und ließ mir Lasagne und einen extra großen Salat schmecken. Die Lasagne war natürlich super healthy. Mageres Rindfleisch statt Schweinefleisch, Vollkornnudeln statt den leckeren, labberigen, und an der sonst so kalorienreichen Soße hatten sie auch herumexperimentiert.

Schmeckte ganz okay, aber mit der klassischen Version hatte das nicht mehr viel zu tun. Ich schlang die Portion trotzdem hinunter. Die Ausdauereinheit hatte mich hungrig gemacht. Außerdem befürchtete ich, dass mir die Beine wegknicken würden, wenn ich nach dem dürftigen Frühstück jetzt auch mit dem Mittagessen geizte.

„Oh, mein Gott, wer ist *das* denn?“, rief Beverly plötzlich mitten im Gespräch und heftete den Blick auf jemanden hinter mir. Wie bei einer einstudierten Zirkusnummer drehten wir Mädchen simultan die Köpfe, wobei ich schon ahnte, wen sie meinen könnte – in meiner Schule reagierten die Mädchen auch immer so.

Mein Verdacht wurde bestätigt.

Soeben hatten die bebrillte, rothaarige Ms. Butler und Ian Miller die Kantine betreten. Er hatte sich umgezogen und trug nun eine Jeans und einen für ihn so typischen Hoodie. Selbstverständlich lag der so eng an, dass er seine Armmuskeln und die schmale Taille betonte. Als ob die Leute hier nicht schon genug Komplexe hätten! Angewidert wandte ich mich ab.

„Heilige Maria und Josef! Der ist auf jeden Fall neu hier. Ich hätte mich daran erinnert, wenn ich diesen Hottie schon mal gesehen hätte“, sagte Beverly und bekam vor lauter Gaffen den Mund gar nicht mehr zu.

„Ist schon ein Hingucker“, bestätigte Kathy, die sich dann aber wieder umdrehte und weiter aß.

„Was denn, dieser Prinz Charming da drüben?“ Liezle prustete in ihren Shake. Das war jetzt das zweite Mal, dass ich sie Flüssignahrung schlürfen sah. Ob sie überhaupt feste Mahlzeiten aß? „Der sieht aus, als wäre er der Vorsitzende seines eigenen Fanclubs.“

„Amen!“, sagte ich glucksend, und war dankbar, dass wenigstens *eine* hier sich nicht von seinem Aussehen einwickeln ließ.

„Was heißt hier Amen? Hast du mal richtig hingeguckt? Den Kerl würde ich am liebsten von oben bis unten ablecken. Oder, Sandra?“, ließ Beverly sich nicht reinreden.

Bei der Vorstellung verzog ich das Gesicht. Gleichzeitig war ich erstaunt, wie viel Selbstbewusstsein sie an den Tag legte. Den meisten Patienten hier – mich inbegriffen – stand das Wort Komplexe in Großbuchstaben auf der Stirn geschrieben. Beverly hingegen strich sich jetzt auf eine Art und Weise eine Haarsträhne zurück, als könnte sie Ian damit um den Finger wickeln. Als hätte sie eine Chance bei ihm. Natürlich gab es auch Kerle, die auf dicke Mädchen standen, gar keine Frage, aber da ich Ians Beuteschema kannte, machte ich mir wenig Hoffnungen für sie.

„Nicht nötig, ich sehe ihn oft genug in der Schule!“, grummelte ich und schob mir die letzte Gabel Lasagne in den Mund. In der nächsten Sekunde waren alle Blicke am Tisch auf mich gerichtet. Selbst Liezles.

„Du *kennst* diesen Gott?“, fragte Beverly ungläubig.

Ich schnaubte. „Ein Gott ist er ganz sicher nicht! Höchstens der Gott der Arschlöcher. Alles was er im Kopf hat, sind sein Körper, Fame und Football. Grips ist praktisch nicht vorhanden.“

Doch Beverly schien wie unter einem Bann zu stehen.

„Erzähl mir *alles* über ihn. Wie heißt er? Wie alt ist er? Wie lange kennst du ihn schon? Was macht er so in seiner Freizeit?“ Und dann murmelte sie wie zu sich selbst: „Ich muss unbedingt herausfinden, welche Kurse er betreut. Sandra, du hilfst mir. Den nehme ich so was von als neue Traumvorlage!“

Ich war mit der Lasagne fertig und widmete mich kopfschüttelnd meinem Salat. Es war hoffnungslos, ihr Ian schlechtreden zu wollen. Wie so viele bedauernswerte Mädchen war auch Beverly in die berühmte Fliegenfalle getappt. In Ians Fall seine attraktive Erscheinung. Also tat ich ihr den Gefallen und packte alles über meinen Erzfeind aus, was ich wusste.

***

Wie abgemacht begaben wir uns nach dem Mittagessen in den Gebäudeflügel B und spielten im Aufenthaltsraum Karten. Tiefe, bequeme Ledersofas und Couchtische standen in dem Raum, der so groß war, dass er außerdem mehrere, prall gefüllte Bücherregale und einen Billardtisch beherbergte. Dieser Raum schien einer der Rückzugsorte Nummer eins hier zu sein. Er war so belebt, dass die leisen Gespräche um uns herum ein kontinuierliches Summen verursachten – ähnlich, wie das eines Bienenschwarms.

Codenames war eins der wenigen Kartenspiele, bei denen ich nicht vor lauter Langeweile einschlief. Sonst stand ich eher auf komplexe Brettspiele, vorzugsweise Fantasy, mit Drachen oder Monstern.

Ich hatte Codenames schon oft mit meinen Eltern und Großeltern gespielt. Je mehr mitmachten, desto stürmischer und witziger war es, aber die

Mädels hatten genug Temperament für eine ganze Cheerleader-Mannschaft.

Amüsiert und auch ein bisschen wehmütig dachte ich an meine Freundinnen zu Hause. Was sie wohl gerade trieben? Colleen müsste mit ihrer Familie schon am Baker Beach in San Francisco liegen und sich von der Sonne frittieren lassen. Debbie half ihrer Mutter die Ferien über im Blumengeschäft aus und Laura tourte mit ihren Eltern durch Montanas Wälder, bevor sie die restlichen Ferien zu Hause mit ihrem Freund Andrew verbringen würde.

Alle amüsierten sich. Schalteten ab und erholten sich von der stressigen Klausurphase.

Aber es war ja nicht so, dass ich hier in einem Hochsicherheitsgefängnis vermoderte. In Gesellschaft des ungleichen Vierergespanns fühlte ich mich fast so wohl wie mit meinen Freundinnen. Und sobald die siebentätige Ausgangssperre vorbei war, konnte ich an den Wochenenden nach *Twisp* fahren und ein bisschen Kleinstadtluft schnuppern.

Wir hatten zwei ungleiche Teams gebildet. Liezle, Sandra und ich waren in der einen Gruppe, Beverly und Kathy in der anderen. Es war zum Wegschmeißen, wie Beverly Kathy ständig an die Gurgel ging, weil Kathy quasi nonstop falsche Begriffe riet. Was sie nur mit einem müden Schulterzucken kommentierte. Kathy war die gechillteste Person, die ich kannte – oder hing das vielleicht mit ihren Medikamenten zusammen? Jedenfalls könnten die beiden nicht ungleicher sein. Beverly war so aufgeweckt und energiegeladen, dass es schon fast einer Hyperaktivität gleichkam.

Als es zur *Zwischenmahlzeit* läutete, begaben wir uns wieder in den Speiseraum, der jetzt mit einem Büfett für alle aufwartete. Obst- und Gemüse-Schälchen sowie Gebäck und Riegel standen zum Verzehr bereit. Ich schenkte mir eine Tasse Kaffee ein, dann bediente ich mich an einem Obstschälchen und einem Riegel. *Endlich Zucker!*, dachte ich und registrierte, wie mein Herz bei diesem Gedanken wild zu flattern anfing. Das war schon echt gestört. Dabei gehörte Schokolade nicht mal zu meinen großen Schwächen. Neben Donuts und Shakes mit Karamellsirup waren es vor allem Gummibärchen, die mich triggerten.

Sie waren auch Bestandteil meiner beängstigenden Essattacke neulich gewesen. Es war wie verhext. Sobald ich etwas Gummiartiges zwischen die Kiemen bekam, setzte es bei mir komplett aus. Zum Glück gab es hier so was nicht.

Der Riegel bestand aus Nüssen und Rosinen, die mit einem hauchdünnen Schokoladenfilm überzogen waren. Ich zelebrierte das Essen richtig und trank nach jedem Bissen einen Schluck Kaffee, um das Vergnügen in die Länge zu ziehen. Wie krank das war, merkte ich erst, als ich aufgegessen hatte und mir genüsslich die Finger ableckte. Schon klopfte das schlechte Gewissen bei mir an, dabei gehörten die Snacks ja zum Abnehmprogramm – ich tat also nichts Verbotenes. Dennoch. Der Gedanke, dass ich mittlerweile dermaßen abhängig von Zucker war, machte mich fertig. Mein einziger Trost: Ich war mit meiner Sucht nicht allein. Sandra und Beverly schien es genauso zu gehen. Nur Kathy machte sich nichts aus den Süßigkeiten und Liezle trank nur einen schwarzen Kaffee.

Nach der Snack-Pause hatten Beverly und Sandra Gruppentherapie. Liezle konnte ihre Freistunde genießen und ich musste jetzt in die Turnhalle zum Sport. Wir standen auf und räumten gerade unsere Tabletts weg, als Kathy an mich herantrat.

„Hey, bevor ich es vergesse: Montags und mittwochs hängen wir abends immer auf der Dachterrasse herum. An den Tagen ist es dort am ruhigsten. Du bist herzlich eingeladen, unserer verrückten Truppe Gesellschaft zu leisten."

Überrascht sah ich Kathy an. „Danke, ich komme gern."

„Super. Wir treffen uns um 20 Uhr. Liezle nimmt dich nachher mit."

Damit war ich wohl offiziell in ihre Clique aufgenommen.

Strahlend schlenderte ich aus der Kantine.

***

Die Turnhalle lag auf der Südseite im Erdgeschoss und war auf einer Seite komplett verglast. Trennwände, die man nach Belieben herunterfahren konnte, um die Halle in mehrere Bereiche zu gliedern, hingen von der Decke, der Rand wurde von einer Kletterwand, Böcken und Bänken gesäumt. Die Turnhalle sah aus wie jede andere – gummiartiger, leicht abgestandener Geruch inklusive.

In der Mädchen-Umkleidekabine herrschte befangenes Schweigen. Niemand sprach ein Wort oder hob länger als nötig den Blick. Ich hoffte, dass wir uns in der Sportstunde besser kennenlernen und sich die Anspannung dadurch legen würde. Grabesstille zwischen Menschen konnte ich nicht ausstehen. Sie machte mich nervös.

Ich stopfte meine Tasche samt Alltagsklamotten in den Spind, trank noch einen Schluck aus meiner Wasserflasche und folgte dann den anderen in die Halle. Keine Ahnung, wie ich so naiv sein und auf das Gegenteil hatte hoffen können, denn als ich mich der kleinen Gruppe näherte, war neben unserem Sportlehrer *natürlich* auch Ian wieder mit am Start.

Meine Laune stürzte ab.

Für welchen Frevel bestrafte Gott mich eigentlich?

Wieder war es Hektor, der uns unterrichtete. Ich musste also davon ausgehen, dass Ian ihm zugeteilt war und die gesamten Ferien über an seinem Arsch kleben würde. Ich Unglücksvogel!

Bevor wir loslegten, hielt Hektor eine kleine Motivationsrede und erläuterte uns den Sinn dieses Kurses. Ziel war es, unsere Ausdauer, Kraft und Geschicklichkeit zu verbessern. Zum Programm gehörten Basketball, Tischtennis, Volleyball – yay! –, Fußball sowie Leichtathletik und sogar Bogenschießen und Judo. Als ich das Wort Volleyball vernahm, stand es mir ja sofort bis zum Hals. Volleyball und Ian weckten keine guten Erinnerungen in mir. Aber ich klammerte mich an meinen Vorsatz und mimte die Gleichgültige.

Wir begannen mit Dehnübungen. Dazu bekam jeder von uns eine Matte, die wir vor uns ausrollten. Hektors Bewegungen sahen zunächst simpel aus, aber schon nach wenigen Wiederholungen meldeten sich meine Muskeln, und sie schienen nicht begeistert zu sein. Die peppige Musik im Hintergrund sollte uns wohl motivieren, und half tatsächlich ein bisschen, das Ziepen und Brennen erträglicher zu machen.

So weit so gut.

Als Ian jedoch anfing, durch die Reihen zu schreiten und hier und da Verbesserungen an mancher Haltung vorzunehmen, klappte mir die Kinnlade herunter. Was sollte *das* denn jetzt werden? War Ian überhaupt qualifiziert, uns Hilfestellung zu geben? Wenn möglich sackte meine Laune noch weiter ab. Die wollten mich hier doch offenbar wirklich verarschen! Ich hatte mich in die letzte Reihe verschanzt, deshalb dauerte es eine

Weile, aber irgendwann war Ian auch bei mir angelangt und ragte nun wie ein bedrohlicher Felsen vor mir auf. Jetzt gab es keine Ausrede mehr, ich musste ihn ansehen.

Mein Blick war so geringschätzig, dass ich dafür einen Oscar hätte gewinnen müssen. Schlimm genug, dass ich Ians Gegenwart ertragen musste, aber dass er mich jetzt auch noch anfassen sollte, ging zu weit.

Leider wirkte mein Schulkamerad nicht sonderlich beeindruckt von meinem Gesichtsausdruck. Mit einem anmaßend abschätzigen Blick sagte er: „Du drückst den Rücken zu sehr durch.“ Weder ein *hallo*, noch *was machst du hier*. Auf Ians fehlende Manieren konnte man sich echt verlassen.

Ich entschied, ihn mit derselben Unhöflichkeit zu behandeln und sagte, auf allen vieren verharrend: „Und du bist auf einmal gelernter Fitnesstrainer, oder was?“

Ian verzog keine Miene. „Fast. Ich musste eine zweitätige Schulung hier machen. Außerdem bin ich Star-Quarterback, wie du weißt. Dehnübungen gehören zu meinem täglichen Training.“ Haute er einfach mal so raus. Ich glaube, er konnte gar nicht anders als zu protzen. Das war für ihn so selbstverständlich wie atmen.

„Sehr interessant. Ich bin sicher, einige hier interessieren sich *brennend* für dein Football-Dasein.“ *Ich aber nicht*, schickte ich ihm mittels eines giftigen Blicks hinterher.

Ian verschränkte die Arme vor der Brust, wodurch seine Bizepse hervortraten. Im Gegensatz zu mir, der die Sportklamotten nach dem Marathon heute Morgen wie eine zweite Haut am Körper geklebt hatten, trug er noch dieselben von vorhin. „Kann ich mir vorstellen. Du machst es trotzdem falsch."

Wollte der mich …?!

„Hör zu, wieso gehen wir uns nicht einfach aus dem Weg, so lange wir in der Klinik zusammenhocken? Du schwafelst mich nicht voll, und ich halte es genauso. Problem gelöst." Ohne seine Antwort abzuwarten, lenkte ich meinen Blick wieder auf den Coach und imitierte dessen nächste Bewegungen.

„Ich würde sagen, wir sind uns ausnahmsweise mal einig."

Aus dem Augenwinkel verfolgte ich, wie Ian weiterging, wobei mein verräterischer Blick kurz an seinem Hintern hängen blieb. Mit etwas Glück schaffte ich es, ihn, also *Ian*, vollständig auszublenden, sodass er meine Motivation gar nicht erst beeinträchtigte. Doch keine zwei Übungen später ordnete der Coach plötzlich an, dass Ian mir unter die Arme greifen sollte, weil ich wohl schon wieder etwas falsch machte.

Er kehrte zu mir zurück. Sein Gesichtsausdruck sprach Bände. *Nein, nein, nein, er soll mir ja nicht zu nahe kommen!*, dachte ich und versuchte, ihn Kraft meines Blicks auf Abstand zu halten. Erfolglos.

Die Lippen spöttisch verzogen beugte Ian sich zu mir herunter. „Was ist los, Annabelle? Kriegst du nicht mal einfache Dehnübungen hin? Ich dachte, du bist so ein Brain?“ Er wusste genau, dass ich den Namen verabscheute. Es überraschte mich also nicht, dass er mich so ansprach.

„Und ich dachte, du hättest zumindest *etwas* mehr Grips als ein Pavian. Deine Aktion in der Schule hat mich eines Besseren belehrt.“ Warnend fügte ich hinzu: „Tatsch mich ja nicht an!“

In seinen himmelblauen Augen flackerte etwas auf. Allerdings nur flüchtig. Wenn Ian neben seinem guten Aussehen noch für etwas bekannt war, dann für sein sattelfestes Ego.

„Glaub mir, ich bin nicht scharf darauf, dich anzufassen. Aber der Coach sitzt mir im Nacken, also mach jetzt keine Zicken und ...“

Ein plattgedrücktes Tütchen war aus seiner Hosentasche gefallen und landete zwischen meinen Beinen. Im Schneidersitz saß ich da und starrte es einen Moment lang irritiert an. Dann, ganz langsam, machte sich die Erkenntnis in mir breit. Meine Kinnlade klappte herunter. „Das ist doch jetzt nicht dein Ernst!“ Fassungslos riss ich den Blick davon los und starrte Ian aus meiner Position heraus an.

Sämtliche Farbe war aus seinem Gesicht gewichen.

In dem Beutel steckte verdammt noch mal Gras! Ich schätzte 10 Gramm. Und dieser Vollpfosten schleppte es einfach in seiner Trainingshose mit sich herum!

Dann sagte Ian etwas, das mich überraschte. „Dieser verfickte … Ich bring diesen Scheißkerl um!“

Scheißkerl? Welcher Kerl? Plötzlich ragte der Coach hinter uns auf, und wir beide zuckten beim Klang seiner Stimme zusammen. „Alles in Ordnung hier, oder warum macht ihr nicht weiter?“

Ich handelte instinktiv, rutschte ein Stück vor und setzte mich auf das Tütchen, um es vor seinen Blicken zu verbergen. Keine Ahnung, was mich zu dieser hirnverbrannten Aktion trieb, aber Ian sah es und starrte mich verdutzt an.

„Nein, alles bestens. Ich musste nur kurz verschnaufen“, improvisierte ich.

Ian schien es die Sprache verschlagen zu haben, aber ich konnte nicht sagen, was ihn mehr verblüffte: dass ihm das Gras aus der Tasche gesegelt war oder dass ich ihn allen Ernstes deckte.

Warum tat ich es überhaupt?

„Gut, steig einfach wieder ein, sobald es besser ist. Ian? Dahinten braucht jemand deine Hilfe.“ Der Coach kehrte wieder an seinen Platz zurück, aber Ian rührte sich nicht. Mit verkrampften Schultern stand er da und schien durch mich hindurch zu sehen. Genau auf die Stelle, an der das

Päckchen lag. Was denn, hatte er jetzt etwa einen Schock?

„Geh schon!“, raunte ich ihm zu, bevor es *noch* auffälliger wurde.

Da erwachte er endlich aus seiner Starre, schüttelte den Kopf und setzte sich in Bewegung. Ich hatte Ian noch nie so zerstreut erlebt. Vermutlich war gerade sein Leben an ihm vorbeigezogen. So würde es mir zumindest gehen, wenn ich an seiner Stelle gewesen wäre. Ich konnte es nicht fassen, dass er Marihuana mit ins Institut gebracht hatte. Nur wenige Tage, nachdem er von unserem Schuldirektor damit hochgenommen worden war.

Dem Typen war doch echt nicht mehr zu helfen.

Jedoch beschäftigte mich jetzt, was er über diesen angeblichen *Scheißkerl* gesagt hatte. Wollte er etwa behaupten, jemand hätte ihm das Zeug untergejubelt? Ja, klar doch!

Ich wartete, bis Hektor weitermachte, dann hob ich das Becken an, zog das Päckchen unter meinem Hintern hervor und steckte es in meine Hosentasche. Ian sollte mir die Füße dafür küssen, dass ich mich in die letzte Reihe verkrümelt hatte. Andernfalls hätte es längst jemand spitzgekriegt. Außerdem hatte er Glück, dass meine Sportleggings über enge Taschen verfügten, und sie nicht so luftig waren wie seine. Selbst bei einem Kopfstand würde das Päckchen nicht herausfallen …

nicht, dass ich Speckie einen hinbekommen würde.

Wenigstens war der Beutel gut versiegelt, stellte ich fest, als ich ihn in meine Tasche schob. Von dem Gras war nichts zu riechen.

***

Alle Platz machen, die Drogenschmugglerin will durch, dachte ich und durchquerte nervös die Eingangshalle. Es war kurz vor 18 Uhr. Die letzten Kurse des Tages waren zu Ende, viele waren jetzt in Richtung Speiseraum und Zimmer unterwegs. Mit gesenktem Blick bahnte ich mir einen Weg durch den Patienten-Auflauf und nahm dann die Haupttreppe. Fahrstühle gab es in *Patterson* nur einen und der war für das Personal und Notfälle reserviert. Auf diese Weise quetschten sie das Maximum an Bewegung aus uns Sport-Legasthenikern heraus, dabei hatte ich für heute wahrlich genug Körperertüchtigung gehabt.

Ich war erledigt.

Dank Miller, dem Idioten, aber nicht nur körperlich!

Soweit ich mich erinnerte, hatte ich in meinen jungen Jahren erst eine Straftat begangen, und ich war mir nicht mal sicher, ob man sie überhaupt als solche werten konnte. Ein Barista bei Starbucks hatte mir anstatt der bezahlten zwei aus Versehen drei Cookies eingepackt, was ich haargenau beobachtet, aber listigerweise für mich behalten hatte. Zu Hause hatte ich mir dann ins Fäustchen gelacht und meinen Mogel-Cookie doppelt genossen. Das war's. Mehr Leichen hatte ich nicht in meinem Keller.

Das hieß, bis jetzt. Denn nun schmuggelte ich Marihuana auf mein Zimmer, während mir die blanke Angst im Nacken saß. Sie durchsuchten die Räume hier doch nicht etwa nach versteckten Süßigkeiten oder Alkohol? Meine Eltern würden mich umbringen oder, schlimmer noch, ins Kloster schicken. Und was, wenn sie das Päckchen beim Saubermachen fanden? Für unsere Betten und die Badezimmer waren Reinigungskräfte zuständig – die schrubbten doch bestimmt jeden Winkel. Bei dem Gedanken brach mir der kalte Schweiß aus.

Ich musste das Gras so schnell wie möglich loswerden. Am besten heute noch. Allerdings hütete ich mich davor, es in den nächsten Mülleimer zu werfen. Bei meinem Pech fischte es irgendjemand heraus, reichte es an die Kripo weiter und die nahmen dann Fingerabdrücke davon.

Nein, danke.

Warum hatte ich blöde Kuh es auch angefasst?

Oder Ian gedeckt?

Ich hätte ihn ins offene Messer laufen lassen sollen. Das wäre seine gerechte Strafe für diese seltene Dämlichkeit gewesen, sich beinahe zweimal in Folge mit Pot erwischen zu lassen! Oder für seine unverschämte Aussage, von wegen, er wäre nicht scharf darauf, mich anzufassen. Als wäre meine Schwabbeligkeit ansteckend! Er erwartete jetzt hoffentlich nicht von mir, dass ich ihm das Tütchen zurückgab. Ich würde dieses Teufelszeug im Klo hinunterspülen. Nur, wie ich die Verpackung loswerden sollte, war noch unklar.

Ian

Fuck, Mann! Was hatte William sich bloß dabei gedacht, mir das Gras unterzujubeln? War der Junge nicht mehr ganz dicht?

Ich hatte es zwar ihm und seinem Polizisten-Vater zu verdanken, dass wir mit Sozialstunden davongekommen waren, aber das hier war trotzdem nicht witzig. Als Hektors Stimme hinter mir ertönt war, hatte ich schon gedacht, ich müsste jetzt endgültig mit meiner Footballkarriere abschließen.

Nie wieder Drogen. Das waren Direktor Perrys Bedingungen gewesen, wenn ich nach den Ferien weiterspielen wollte. Das und acht Wochen Sozialstunden in dieser super langweiligen Ernährungsklinik.

Ich konnte ja immer noch nicht glauben, dass ausgerechnet Ms. Oberstreberin Anna hier war. Gut, dieser zu klein geratene Nerd hatte sich ein paar Kilo angefressen, das war nicht zu übersehen – und bei ihrer quasi nicht vorhandenen Fitness auch kein Wunder –, aber dass sie gleich eine Adipositas-Therapie machte? *So* ein Extremfall war sie nun auch wieder nicht. Und jetzt hatte sie sich auch noch mein Gras – beziehungsweise Williams Gras –, unter den Nagel gerissen, was mir ja mal gar nicht schmeckte.

Ich musste daran denken, wie filmreich Direktor Perry uns vor der versammelten Schule hatte abführen lassen und wie er uns anschließend in seinem Büro den Vortrag unseres Lebens gehalten hatte. Meine Ohren rauchten jetzt noch davon.

Nachdem Williams Dad uns da rausgeboxt hatte – demutsvolle Entschuldigungen unsererseits inbegriffen –, hatten seine Kollegen mich nach Hause gefahren.

Was mit William geschehen war, wusste ich nicht, denn zu Hause hatte schon mein informierter Vater gewartet und mich vor der ganzen Nachbarschaft zusammengeschissen.

Der Sack hatte von mir verlangt, dass ich mein Handy daließ, bevor ich unter strenger Aufsicht meine Koffer hatte packen müssen. Aber so leicht hatte ich mich nicht abziehen lassen.

Kurz bevor mich die Bullen zur Klinik gefahren hatten, war ich mit dem Vorwand, aufs Klo zu müssen, noch mal in mein Zimmer geflitzt und hatte die Sim-Karte aus dem Handy entfernt. Jetzt musste ich nur noch ein Ersatzhandy auftreiben, dann war ich wieder mobil.

Doch zurück zu Anna. Warum auch immer sie mich gedeckt hatte, sie musste es mit Hintergedanken getan haben. Entweder, um mich mit dem Gras zu erpressen, oder, um auf einen besseren Moment fürs Anschwärzen zu warten. Streber waren doch alle gleich: hinterlistig, egoistisch und missgünstig.

Ich musste mir das Zeug zurückholen, beziehungsweise es vernichten. Noch war mir allerdings unklar, wie ich das anstellen sollte. Erstens hatte ich keine Ahnung, wo ihr Zimmer war, und zweitens hatten wir da diese Vorgeschichte, die uns quasi zu Todfeinden machte. Annabelle hasste mich, und ich hasste sie.

Na gut, nicht wirklich. Früher hatte die Zicke mich regelmäßig auf die Palme gebracht, angefangen mit dem einen Volleyball-Match, bei dem sie sich wie der erste Mensch angestellt und uns damit vor der Parallelklasse blamiert hatte. Heute war sie mir relativ egal. Anna war mehr wie eine lästige, juckende Stelle am Rücken, an die man nicht herankam. Zum Glück war sie so mikroskopisch, dass ich sie die meiste Zeit über gar nicht wahrnahm.

Aber jetzt musste ich einen Plan aushecken, wie ich das verdammte Gras zurückbekam.

Wanderlust
4

Anna

Tag 3

So langsam machte sich der Zuckermangel bemerkbar. Wobei Mangel nicht ganz korrekt war, denn ich nahm ja weiterhin Zucker zu mir, nur nicht mehr künstlich hergestellten, etwa in Form von Süßigkeiten und Donuts. Kein Wunder, dass meine Laune Achterbahn fuhr. Meine Ernährungsberaterin hatte mich in der letzten Sitzung schon darauf vorbereitet. So ein Entzug konnte ähnlich heftige Auswirkungen wie bei einem Alkoholiker haben, und – jep – heftig war es definitiv. Noch widerstand ich der Versuchung, mich ins Bett zu verkriechen und wie eine Spinnerin vor und zurück zu schaukeln, aber es gab Momente, in denen ich für einen Donut echt töten könnte.

Meine Freistunde am Mittwoch verbrachte ich mit Liezle auf der Dachterrasse. Die Sonne hatte sich herausgetraut und schien warm auf uns herab. In der Ferne schimmerten die weißen Berggipfel. Mittlerweile wusste ich, dass Liezle mit ihren 20 Jahren die Älteste im Bunde war. Danach kamen Beverly mit 19 Jahren und Sandra und Kathy mit 18. Wir hatten uns auf den bequemen Liegen ausgestreckt, die Blicke gen Himmel gerichtet und spielten Wolkenraten. Dabei amüsierte Liezle sich köstlich über meine Fantasie, denn ich sah hinter jeder zweiten Wolke ein magisches Wesen oder einen Superhelden.

Am Donnerstag erreichte meine zuckermangelbedingte schlechte Laune dann ihren Zenit, und ich entschied, meine Freistunde für eine zusätzliche Joggingeinheit zu nutzen. Ich konnte mich selbst nicht mehr ertragen, deshalb musste ich mich ablenken, bevor ich wie ein Zombie zur Kantine schlurfte und alles anknabberte, das Zucker enthalten könnte. Vor zwei Tagen hätte ich über diesen Gedanken noch gelacht, jetzt stand ich *so* kurz davor.

Beverly und Sandra meinten, dass es ihnen am Anfang auch so ergangen wäre, aber das tröstete mich nur bedingt. Erst, wenn ich mich so richtig ausgepowert hatte, würde ich mich auch gedanklich wieder entspannen. *Du und freiwillig Sport*, dachte ich im nächsten Moment. Erstaunlich, was so eine Zuckerkur bewirkte.

Am Empfangstresen im Erdgeschoss musste ich mich fast auf die Zehenspitzen stellen, um über den Rand gucken zu können. Ich schilderte der Dame mein Anliegen, die sich daraufhin telefonisch nach einem freien Trainer/Pfleger erkundigte. Wen genau sie da anrief, konnte ich nicht sagen, aber es dauerte ein paar Minuten, ehe sie mir eine Antwort geben konnte. Sie legte auf und informierte mich darüber, dass ich in 15 Minuten wiederkommen sollte, es würde dann jemand für mich bereitstehen.

Ich nutzte die Zeit, um mich in meinem Zimmer umzuziehen. Zum Glück hatte man uns frühzeitig über den Sportkleidungsverschleiß in *Patterson* informiert, sodass ich fast einen ganzen Koffer nur mit Trainingssachen mitgenommen hatte. Bei vier unabhängigen Einheiten täglich hatte ich diese Menge auch bitter nötig. Aus meiner ersten Joggingstunde, in der ich mich fast zu Tode geschwitzt hatte, hatte ich gelernt. Jetzt nahm ich immer ein kleines Handtuch mit, das ich mir um den Hals hängte. Dann machte ich mich langsam auf den Weg.

Der Donnerstag war der bisher ödeste Tag in der Woche. Allmählich gewöhnte ich mich an die Abläufe hier, und da ich nur begrenzt Verantwortung übernehmen durfte, wiederholten sich auch meine Aufgaben. Morgens joggen und darauf achten, dass keiner der Patienten den Abhang runter kullerte, danach bei diversen Sporttherapien assistieren, Pause machen, in der Turnhalle Hilfestellungen geben und abends wieder joggen – wobei letztere Sporteinheit nur selten in Anspruch genommen wurde. Langsam begriff ich, worin meine *eigentliche* Bestrafung bestand: Man wollte mich hier zu Tode unterfordern! Wären die täglichen Joggingeinheiten nicht, bei denen ich mir die Beine vertreten konnte – okay, im Schneckentempo, aber besser als gar nichts –, würde ich hier wie eine durstige Zimmerpflanze eingehen.

Auch half es, dass man noch bis 21 Uhr den Fitnessraum benutzen durfte, sodass ich mich nach dem Feierabend dort auspowern konnte. Aber ich wusste echt nicht, wie ich das acht Wochen lang hier aushalten sollte!

Ich saß mit drei Kollegen an einem runden Holztisch im Pausenraum und verdrückte ein Hähnchen-Käse-Sandwich. Am Fenster stand noch eine chillige Couch, die viel bequemer und vor allem *privater* aussah, aber ich wollte nicht gleich in der ersten Woche den Einzelgänger markieren. Alle anderen saßen auch am Tisch. Wenigstens war das Essen hier gut, was man von der Gesellschaft nicht gerade behaupten konnte. Womöglich schüchterte ich meine Kollegen ja auf irgendeine Weise ein oder sie konnten mit so jungen Mitarbeitern nichts anfangen, denn so richtig wollte der Funke nicht überspringen.

Zudem lief hier, von ein, zwei heißen Azubi-Schnitten abgesehen, auch nicht gerade ein Überangebot an Flirtmaterial herum. Dabei war Flirten neben Football meine Lieblingsbeschäftigung. Alle waren nett hier, keine Frage – ich glaube, außer der Leiterin wussten auch nur zwei andere Personen von meinem Vergehen, Ms. Butler, meine Verantwortliche, und Coach Hektor –, aber unterhaltungstechnisch herrschte hier echt tote Hose. Mittlerweile würde ich mich sogar mit einem *männlichen* Kollegen in meinem Alter zufriedengegeben, Hauptsache, ich hatte jemanden zum Witze reißen, aber auch daran mangelte es. Hier gab es nur so einen komischen Öko-Lockenkopf, aber mit dem wurde ich bestimmt nicht warm.

Gierig vertilgte ich mein Sandwich und schob den Energy-Riegel hinterher. Der enthielt zwar nicht so viel Eiweiß wie die, die ich normalerweise aß, aber wenigstens versorgte er mich mit guten Fetten und Kohlenhydraten. Da ich immer noch kein Ersatzhandy aufgetrieben hatte, las ich neuerdings *Zeitung*. Voll schräg, ich weiß, aber etwas anderes blieb mir vor lauter Langeweile ja nicht übrig. Meine Lieblingsrubrik war der Sportteil, dank dem ich zumindest in der Sportwelt auf dem Laufenden blieb.

Als Ms. Butler den Raum betrat, rutschte mir vor Schreck das Herz in die Hose. Einen schwindelerregenden Moment lang dachte ich, dass Anna mich verpfiffen hätte und die rothaarige Brillenschlange mich jetzt von hier wegbringen würde, aber dann sagte sie, ein Telefon ans Ohr gedrückt: „Eine Patientin fragte an, ob sie im Nationalpark joggen gehen darf. Annabelle McCoy. Ich brauche einen Freiwilligen. Alle anderen sind derzeit beschäftigt. Ansonsten muss ich sie vertrösten."

Ich brauchte eine Sekunde, um zu begreifen, dass ich mir den Namen nicht nur eingebildet hatte. Es ging tatsächlich um Anna McCoy! Nachdem sie mich die vergangenen zwei Tage eiskalt ignoriert hatte, war das meine Chance, an das Gras zu kommen. Ich sprang so hastig auf, dass mein Oberschenkel gegen den Tisch stieß, den ich damit zum Wackeln brachte. „Ich kann das machen. Ich bin sowieso gerade fertiggeworden." Als ich merkte, dass meine Kollegen mich komisch anstarrten, setzte ich eine gleichgültige Miene auf. *Geht's noch auffälliger, du Honk?*

„Äh, gut, Ian. Danke für deinen Einsatz. Du hast was gut bei mir. Sei bitte in zehn Minuten am Empfang." Damit schob Ms. Butler ihre Hornbrille zurecht und ging wieder hinaus.

Ich hatte den Fuß der Haupttreppe fast erreicht, als ich meine vermeintliche Jogging-Begleitung am Empfang entdeckte. Fast wäre ich gestolpert und die letzten Stufen hinuntergepurzelt. Das war doch jetzt nicht wahr! So viel Pech hintereinander konnte ein Mensch doch gar nicht haben. Oder war ich hier vielleicht bei der versteckten Kamera gelandet?

Mit einer Selbstverständlichkeit, als gehörte der Laden hier ihm, lehnte Ian am Tresen, die definierten Arme darauf verschränkt und – flirtete er etwa mit der Empfangsdame? So verzückt, wie Ms. Harvey dreinschaute, offenbar ja. Wieder wanderte mein Blick zu seinem Hintern – ich sollte das echt lassen –, dann bemerkte er mich aus dem Augenwinkel und drehte den Kopf zu mir. Seine Lippen zuckten. Ich runzelte die Stirn. *Wie wär's mal mit ein bisschen Demut, anstatt die ganze Belegschaft um den Finger zu wickeln, Freundchen?* Seine Anwesenheit hier sollte eine Bestrafung sein, kein Vergnügen!

„Sieh an, wer da freiwillig Sport machen will." Er wandte sich ganz zu mir um, stieß sich vom Tresen ab und ragte nun in seiner vollen Größe vor mir auf. „Wer bist du und was hast du mit Annabelle gemacht?“

Meine linke Braue wanderte hoch. „Ganz sicher, dass du in der Position bist, um Witze zu reißen?“

Das verpasste ihm einen kleinen Dämpfer. Sein Lächeln verrutschte etwas. „Darüber reden wir besser woanders.“

Hätte er wohl gern. Ich linste an ihm vorbei zu Ms. Harvey und nickte ihr dankend zu. Dann marschierte ich aus dem Gebäude. Ian folgte mir. Sobald ich einen Fuß ins Freie gesetzt hatte, joggte ich los. Mein Ziel war der Wanderpfad, von dem aus alle Ausflüge in den Nationalpark starteten, ob Wander-, Jogging-, oder Radausflüge. Beim Warmlaufen bemerkte ich, dass einige Mädchen sich nicht gerade subtil nach uns umdrehten. Was hieß, nach uns? Sie gafften natürlich Ian hinterher, aber die Frage, warum ich mit ihm allein unterwegs war, stand deutlich in ihren Gesichtern geschrieben. Hätte ich mein ganzes Taschengeld nicht schon für Donuts verschleudert, würde ich es darauf verwetten, dass die Mädchen morgen bestimmt vor dem Empfang Schlange standen, um einen privaten Joggingtermin mit Ian zu vereinbaren. Wenn die wüssten, was für eine Mogelpackung er war!

„Immer noch sauer auf mich?“

Stirnrunzelnd sah ich zu Ian, der mein Profil musterte. „*Sauer*? Ich weiß nicht, ob sauer das richtige Wort ist. Angeekelt trifft es wohl eher!“

Er überging meine Beleidigung und erkundigte sich fast schon beiläufig: „Was hast du jetzt mit dem Gras vor?“

Milder Wind umspielte mein Gesicht und trug einen leicht verkohlten Geruch mit sich. Wurde hier irgendwo ein Lagerfeuer gemacht? „Wieso? Angst, dass ich es ganz allein rauchen könnte?“ Wir erreichten den Wanderweg, und ich zog wagemutig das Tempo an.

„Eigentlich ist mir egal, was du damit machst. Ich hab‘ nur keine Lust, dass sie es bei dir finden und du mich dann verpfeifst. Es gehört mir nämlich nicht.“

„Selbstverständlich nicht.“

Ian schnaubte. „Hältst du mich für so bescheuert, dass ich noch am selben Tag, an dem ich verhaftet werde, Gras in die Klinik schmuggele?“

Als ich zur Antwort eine Braue hochzog, musste er lachen. „Alles klar. Was frage ich überhaupt?“ Wir schwiegen einen Moment, dann sagte er: „Ob du’s glaubst oder nicht, aber ich kiffe nicht mal. Das in der Schule war nur eine Ausnahme.“

Wenn möglich wanderte meine Braue noch höher, und das würde vorerst auch die einzige Reaktion sein, die er von mir bekam. Ich musste meine Puste sparen, wenn ich die mir auferlegte Tour schaffen wollte.

„William muss es mir untergejubelt haben, aber schon vor ein paar Tagen. Bei der Zeugnisvergabe hatte ich die Trainingssachen nämlich gar nicht an“, sprach er wie zu sich selbst. „Er hat das schon öfter gemacht, meistens immer dann, wenn er sich mit seinem Vater getroffen hat und das Zeug kurzfristig loswerden musste. Aber normalerweise kriege ich das mit oder er sagt mir Bescheid.“

Stumm lauschte ich Ians Monolog. Glaubte er wirklich, dass ich ihm das abkaufte? Er könnte mir sonst was für Lügen auftischen, außerdem schwamm das Zeug sowieso längst im Abwasser. Aber das würde ich ihm erst verraten, nachdem ich ihn so richtig schön hatte zappeln lassen. Das war die mindeste Bestrafung.

Wieder beäugte Ian mich von der Seite. „Kannst du auch mal was sagen?“

Doch ich deutete nur kopfschüttelnd auf meinen Kehlkopf.

„Was ist? Steckt was im Hals?“

Er checkt's nicht, dachte ich augenrollend. Konnte dem Typen bitte mal jemand ein paar Gehirnzellen spenden? Als Ian mich immer noch fragend ansah, hielt ich es nicht mehr aus.

„Ich … bin … beschäftigt … Mann!“, stieß ich genervt hervor. „Mit Joggen!“

Er lachte. „Ach, joggen nennst du das. Ich dachte, du suchst was auf dem Boden, so, wie du vor dich hin kriechst.“

Gefährlich langsam drehte ich den Kopf zu Ian … und stolperte.

Dummerweise waren meine Reflexe genauso unterirdisch wie meine sportliche Leistungsfähigkeit. Ich hatte es allein Ians Reaktionsfähigkeit zu verdanken, dass ich nicht *wirklich* auf dem Boden landete und mir an den feinen Kiessteinen das Gesicht oder die Handflächen aufschrammte. Mühelos zog er mich in die Senkrechte, dann gab er mich wieder frei.

Mein Gesicht glühte vor Scham. „Danke“, presste ich hervor, verstimmt, weil er mir etwas Gutes getan hatte und gewiss dachte, dass wir damit quitt wären.

Ein, zwei Sekunden lang wartete ich darauf, dass Ian etwas sagte. Sicher wollte er sich jetzt über mich lustig machen. Aber er erwiderte meinen Blick einfach nur, also joggte ich weiter. Bloß keine Müdigkeit aufkommen lassen, dachte ich, während mein Herz das Adrenalin wie wild durch meine Venen pumpte. Mein Plan war, mich solange auszupowern, bis sich meine Gedanken nicht mehr nur um Zucker drehten. Also weiter im Text.

Mit Ian musste ich jetzt einfach leben.

***

Lässig joggte der Footballstar neben mir her, und während mir schon nach 10 Minuten die Seiten stachen, atmete er nicht mal angestrengt. Er schien vor Langeweile sogar fast einzuschlafen. Seitdem Ian mich aufgefangen hatte, hatte er keinen Ton mehr gesagt.

Vielleicht hat's ihm die Sprache verschlagen, dich Walross aufzufangen, überlegte ich nicht ganz ernsthaft und überprüfte unauffällig, ob das lange Sportshirt auch ja noch mein Hüftgold bedeckte. Manchmal rutschte es beim Rennen hoch, dann musste ich diesen Fehler schnell korrigieren. Dabei könnte ich schwören, dass ich schon mindestens zwei Kilo abgespeckt hatte. Es war nur eine Vermutung – Genaueres würde ich erst am Montag wissen, wenn ich wieder zum Wiegen ging –, aber meine Hosen kniffen schon deutlich weniger.

„Woher wusstest du eigentlich, dass ich hier Sozialstunden mache?", nahm Ian das Gespräch wieder auf. „Hat jemand was ausgeplaudert?"

Ein, zwei Atemzüge lang spielte ich mit dem Gedanken, ihn zu ignorieren. So hatte ich es mir immerhin vorgenommen. Aber dann war es mir doch zu blöd – und er hatte mich schließlich davor bewahrt, mir die Zähne auszuschlagen. „Das war … gar nicht … nötig. Jeder mit einer … halbwegs funktionierenden … Gehirnzelle … wäre darauf gekommen." *Super, Anna! Du klingst wie ein Luftballon, aus dem man stoßweise die Luft her-*

auspresst. So kamen meine Worte natürlich nur halb so bissig rüber.

Wie zur Bestätigung lachte Ian mich aus. „Okay, wow, spar dir mal lieber den Atem, bevor du mir hier noch abkratzt."

Leider kam seine Warnung zu spät.

Unerwarteter Schwindel erfasste mich.

„Alles klar bei dir?“, erkundigte ich mich stirnrunzelnd. Anna war langsamer geworden, und ihr Atem ging stoßweise, als wäre sie den Berg rauf- und wieder runtergerannt. Vielleicht sollten wir das Tempo drosseln. So unsportlich wie sie war, wunderte ich mich sowieso, dass sie noch nicht krepiert war. „Anna?“ Erst, als sie mich erschrocken ansah, begriff ich, dass ich sie zum ersten Mal seit Jahren Anna genannt hatte.

„Alles bestens“, bemühte sie sich um einen normalen Ton.

Doch sie klang weit entfernt von normal. Ich blieb stehen. „Bist du sicher? Du siehst aus wie eine Leiche, die zu lange im Wasser gelegen hat.“

Anna stoppte ebenfalls und sah genervt zu mir zurück. „Ich sagte … alles … bestens!“ Im nächsten Moment klappte sie zusammen. Einfach so. Wie ein verdammtes Kartenhaus.

Fluchend sprang ich einen Schritt vor und fing sie auf, dann ließ ich sie vorsichtig zu Boden gleiten. Sie war nicht bewusstlos, aber blass wie eine Kalkleiste. „Ich sagte doch, du siehst nicht gesund aus!“, fuhr ich sie heftiger an als beabsichtigt. Bei ohnmächtigen Mädchen verstand ich keinen Spaß. Ich musste dann immer an meine Mutter denken, die in meiner Kindheit wegen ihres zu niedrigen Blutdrucks regelmäßig zusammengeklappt war. Noch heute hatte ich ein Trauma davon.

Anna reagierte nicht auf meinen Vorwurf, was viel über ihren Zustand aussagte. Kopfschüttelnd hielt ich sie an den Schultern aufrecht und ging in die Hocke. Schweiß perlte auf ihrer Stirn. „Kack mir jetzt ja nicht ab, hörst du?“, beschwor ich sie und fühlte mein Herz panisch in der Brust schlagen. Ich wüsste nicht, was ich in dem Fall tun sollte. Ein Handy zum Hilfe holen hatte ich nicht, und wir waren schon ein gutes Stück in den Nationalpark vorgedrungen.

„Mach ich nicht, keine … Sorge.“ Sie antwortete mit geschlossenen Augen. Ihre Stimme klang dünn wie Papier.

Es frustrierte mich, dass ich nichts weiter tun konnte, außer zu hoffen, dass sie recht behielt. Ich hasste dieses Gefühl! Diese Machtlosigkeit. Als Quarterback war ich das Herzstück und der Kopf des Teams. Ich hatte es in diese Position geschafft, weil ich einen starken Wurfarm hatte, die nötige Nervenstärke und Ballsicherheit mitbrachte und dazu noch risikobereit war. Aber all diese Fähigkeiten halfen mir jetzt einen Scheiß.

„Anna“, sagte ich, weil ihre Augen immer noch geschlossen waren. Als ich sie sanft rüttelte, antwortete sie mit einem schwachen Stöhnen, das mir verriet, dass sie zumindest noch am Leben war. Es war seltsam, Anna so verletzlich zu sehen. Fast schon verstörend. Ich hatte sie zwar nie als ernsthafte Bedrohung wahrgenommen, aber ich musste ihr zugestehen, dass sie mehr Eier als so mancher Kerl hatte. So winzig sie auch war, hatte sie sich nie von mir oder meinen Kumpels einschüchtern lassen. Sie hatte uns immer die Stirn geboten. Wie eine tapfere Wildkatze, die sich einem Rudel Löwen entgegenstellte.

Eine Weile hockte ich da und lauschte ihren hektischen Atemzügen. Dunkelbraune, glatte Haarsträhnen klebten auf ihrer nassen Stirn. An ihrem Hals hüpfte sichtbar die Ader auf und ab. Kurz war ich versucht, einen Zipfel ihres Handtuchs zu nehmen und ihr damit die Stirn abzutupfen – ich hob sogar schon die Hand –, ließ es aber im letzten Moment bleiben. *Bist du irre? Das Mädchen hasst dich. Sie zeigt dich glatt wegen sexueller Belästigung an, und dann bist du richtig am Arsch.*

Nach ein paar unglaublich zähen Minuten öffnete Anna endlich die Augen.

Ihr Atem hatte sich beruhigt. Irritiert blinzelte sie zu mir hoch, als wunderte sie sich, dass ich sie nicht einfach liegen gelassen hatte und weitergejoggt war. Dieses Mädchen hatte echt keine hohe Meinung von mir, aber das war mir ja nichts Neues.

Vielleicht lag es am einfallenden Sonnenlicht, aber jetzt, da ihre Augen geöffnet waren, fiel mir auf, wie tiefbraun und groß sie waren.

Richtige Kulleraugen. Wie bei einer Puppe.

Keine Horrorpuppe, eher eine … niedliche. *Niedlich?* Erschrocken über meine eigenen Gedanken zog ich die Hände zurück, aber Anna schien es wieder besser zu gehen. Sie hielt sich auch ohne Hilfe aufrecht.

„Da habe ich es wohl ein bisschen übertrieben. Tut mir leid“, sagte sie, immer noch leicht erschöpft, und rappelte sich auf.

Ich hatte mich wieder gefasst und bot ihr meine Hand an, aber sie ignorierte sie. Ich unterdrückte ein Schmunzeln. Andere Mädchen hätten dafür Schlange gestanden, um sich einmal im Leben von mir auffangen oder hochziehen zu lassen, aber nicht Annabelle. Eine richtige Wildkatze eben.

„Kein Problem“, sagte ich und schob die Hände in die Hosentaschen.

Als Anna mich ganz verdutzt ansah, wusste ich nicht, ob ich darüber lachen oder mich ärgern sollte. Wir waren zwar Erzfeinde, aber sie war gerade verdammt noch mal zusammengebrochen. War es da *so* abwegig, dass ich nett zu ihr war? Oder durchschaute sie mich etwa? Denn zugegeben, hauptsächlich verfolgte ich mit meiner Nettigkeit das Ziel, das Gras zurückzukriegen, damit ich es, anders als *sie* dachte, spurlos verschwinden lassen konnte. Ich wollte einfach nur sichergehen, dass es mir niemand anhängen oder sie mich damit erpressen konnte. Deshalb hatte ich gestern auch wie ein Irrer all meine Sachen durchsucht, um auch ja sicherzugehen, dass William mir nicht noch mehr Zeug untergejubelt hatte. Der Wichser konnte was erleben, wenn ich wieder hier raus war!

„Ähm. Wollen wir nicht lieber zurückgehen?", fragte ich stirnrunzelnd, als Anna ihren Weg fortsetzte.

Sie tupfte sich den Schweiß von der Stirn und schüttelte den Kopf. „Ich hab' doch noch nicht mal richtig mit der Tour angefangen. Keine Sorge", fügte sie eilig hinzu, als ich protestieren wollte. „Ich jogge nicht mehr. Aber ich gehe jetzt auf keinen Fall schon in die Klinik zurück. Da mache ich lieber einen ausgedehnten Spaziergang. Ich brauche die Bewegung."

Wirklich begeistert war ich nicht darüber. Bewegung war ja schön und gut, aber nicht, wenn es den Körper überanstrengte. Aber ich musste mich unbedingt gut mit Anna stellen, deshalb widersprach ich ihr nicht.

***

In einträchtiger Stille liefen wir nebeneinander her, und ich dachte die ganze Zeit nur, wie abgefahren es war, dass zwischen uns noch nicht die Fetzen geflogen waren. Früher hatte es immer sofort gekracht, wenn wir uns in der Schule über den Weg gelaufen waren. Im Unterricht war es sogar noch schlimmer gewesen.

Ich erinnerte mich an eine Situation in der 5. oder 6. Klasse. Wir hatten beide unsere Biologiebücher vergessen, deshalb hatte unser Lehrer uns an das Regal hinten im Zimmer verwiesen, wo wir uns jeder ein Ersatzbuch nehmen sollten. Dummerweise hatte es nur noch eins gegeben, also hatten wir lautlos darum gerangelt, aber so heftig, dass es fast schon eine Prügelei gewesen war. Schon damals war ich um einiges größer gewesen als sie, also hatte ich das Buch einfach außerhalb ihrer Reichweite gehalten, und weil ich es nicht hatte lassen können, hatte ich Anna, um noch ein bisschen Salz in die Wunde zu streuen, wie ein Kleinkind den Kopf getätschelt, bevor ich zu meinem Platz geschlendert war.

Ganz schön arschlochmäßig, wenn ich jetzt so darüber nachdachte.

Ich glaube, Anna hatte mir das bis heute nicht verziehen. Das und viele andere Dinge.

Als hätte sie meine Gedanken gelesen, blieb sie auf einmal stehen und drehte sich um die eigene Achse. „Sag mal … kann es sein, dass wir hier vor 20 Minuten schon mal waren?"

Ich hielt ebenfalls an und nahm meine Umgebung in Augenschein. *Fuck*!, dachte ich im nächsten Moment. Die Kreuzung kam mir wirklich bekannt vor. Offenbar war ich so in Gedanken vertieft gewesen, dass ich nicht auf den Pfad geachtet hatte.

Und Pfade gab es hier massenweise. Sie durchzogen den Nationalpark wie braune, lebendige Adern, manche breiter, manche schmaler. Wenn man nicht aufpasste, konnte man sich hier schnell verirren. Wie es uns offensichtlich gerade passiert war.

„Gute Frage", murmelte ich. Irgendwie sah in einem Wald doch alles gleich aus.

„Gute Frage? Was soll das denn heißen? *Welchen* Weg sind wir gekommen, Ian?!" In ihrer Stimme schwang leichte Panik mit.

„Ernsthaft, Anna, ich weiß es nicht."

„Oh, mein Gott! Du hast dich verlaufen!" Ihrem Ton nach zu urteilen, hielt sie mich für den größten Deppen überhaupt.

Vorwurfsvoll erwiderte ich ihren Blick. „Warum ich? *Du* wolltest doch joggen. Ich bin nur deine Begleitung."

Sie stutzte. „Ja, aber … du arbeitest doch quasi hier! Ich bin davon ausgegangen, dass du dich im Wald auskennst, wenn du Patienten allein begleiten darfst."

„Mich hier auskennen? Denkst du, in meiner zweitägigen Einarbeitung hatten wir noch die Zeit, den ganzen Nationalpark zu erkunden?"

„Na, klasse!", stöhnte sie und verschränkte die Arme hinter dem Nacken. „Ich nehme nicht an, dass du ein Handy dabei hast, oder?"

„Nope. Wurde von meinem Alten einkassiert."

Sie sah nicht überrascht aus. „Hast du wenigstens eine Karte?“

Noch während sie mich das fragte, zog ich das zusammengefaltete Ding aus meiner Hosentasche. Ms. Harvey an der Rezeption hatte sie mir vorhin in die Hand gedrückt. „*Zufällig*, ja.“

Auf meinen sarkastischen Ton hin senkte Anna schnaubend die Arme. Lustig, wie schnell sie wieder die Alte war. Aber so wurde das nichts. Wir durften uns nicht so anzicken. Auf diese Weise rückte sie das Gras nie raus. *Komm schon, jetzt drück mal auf die Charme-Tube*, dachte ich und gab mir einen Ruck.

„Mal sehen“, sagte ich in versöhnlichem Ton und suchte auf der Karte den Punkt, an dem wir uns befinden könnten. Oder ich hatte es vorgehabt.

Denn plötzlich rückte Anna mir auf die Pelle – so dicht, dass sie sich schon fast bei mir anlehnte –, und warf ebenfalls einen Blick darauf.

Dass ausgerechnet Horror-Annabelle – so hatten wir sie früher immer genannt – freiwillig meine Nähe suchte, brachte mich einen Moment völlig aus dem Konzept.

Als hätte es die jahrelange Feindschaft zwischen uns nie gegeben, kam sie mir sogar noch etwas näher, legte einen Finger auf die Karte und schob ihn konzentriert darauf herum.

Erst, als ich auf Annas Haarschopf herunterstarrte und mir wieder bewusst wurde, dass sie so klein war, dass ich locker hätte draufspucken können, begriff ich, warum sie so auf Kuschelkurs ging: Ich hielt die Karte viel zu hoch.

Kaum hatte ich sie gesenkt, fanden ihre Finger ein Ziel. „Ich hab's", sagte sie und tippte mehrmals auf die Stelle. „Wir sind hier. Wenn wir den Pfad zurücklaufen und dann diesen hier nehmen, kommen wir wieder auf den Hauptpfad, der nach *Patterson* führt."

„Gut gemacht", lobte ich sie, doch Anna lehnte sich nur kommentarlos zurück und marschierte dann los. Augenrollend folgte ich ihr. Was stimmte nur mit diesem Mädchen nicht? Ich wollte mich ja nicht aufblasen, aber mir war noch nie ein weibliches Wesen begegnet, das nicht gern Komplimente angenommen hätte.

Oder sich meiner Anziehungskraft hätte widersetzen können. Mit Ausnahme meiner Mutter vielleicht. Selbst meine Tanten ließen mir alles durchgehen.

Bei Anna biss ich allerdings auf Granit. Als ob ihr Herz versteinert wäre.

Oder stand sie etwa auf Mädchen? Das wäre zumindest eine Erklärung, warum sie gegen meinen Charme offenbar immun war.

Annas Wanderlust schien verflogen zu sein. Ohne Umwege machte sie sich jetzt auf den Rückweg, und ich dackelte wie ein braver Hund neben ihr her. Dabei zerbrach ich mir den Kopf darüber, wie ich sie um den Finger wickeln könnte.

Leider erfolglos. Mit Geld konnte man sie bestimmt nicht erpressen, und auf meinen Charme sprang sie nicht an, was mich, zugegeben, etwas ratlos machte. Das Einzige, das ich gut konnte, war flirten. Und Football spielen. Allerdings hatte ich Anna noch nie bei einem unserer Spiele gesehen, also würde sie sich davon wohl eher nicht beeindrucken lassen.

Anna war ein Nerd, behaupteten zumindest meine Kumpels, und mit Nerd-Kram kannte ich mich nicht aus. Bei Herr der Ringe war ich eingeschlafen, Harry Potter war was für Waschlappen, und einen Comic hatte ich auch noch nie gelesen. Das machten Nerds doch, oder?

Keine Ahnung. Dieses Universum war mir komplett fremd.

Es war kühler geworden, als wir den Nationalpark verließen und das Klinikgelände betraten. Laut meiner Armbanduhr waren wir etwas mehr als eine Stunde unterwegs gewesen. Von den vielen Leuten vorhin lief jetzt nur noch eine Handvoll auf dem Gelände herum. *Gleich ist sie weg. Jetzt oder nie*, dachte ich, aber ich wusste, wenn ich sie jetzt nach dem Pott fragen würde, würde sie mich wieder abwimmeln. Vorhin hatte sie meine Frage ja auch nicht beantwortet. Hätte sie es mir geben wollen, hätte sie es längst getan. Sie musste eine Absicht verfolgen.

Ehe ich einen weiteren Gedanken dazu fassen konnte, entdeckte ich Hektor, der mich offenbar gesucht hatte, denn er kam zielstrebig auf uns zu. Und damit war meine Chance vertan.

„Na, ihr zwei? Wie war das Joggen?“, begrüßte er uns. Hinter Hektors vor der Brust verschränkten Armen klemmte ein blauer Hefter, den ich als seinen Trainingsplan wiedererkannte. Für jede Gruppe erstellte er einen anderen Plan, individuell auf die Bedürfnisse der Patienten zugeschnitten. Ich stöhnte innerlich, als ich begriff, dass ich meine Pause völlig umsonst verschenkt hatte. Die Arbeit rief wieder.

„Gut“, log Anna. „Wirklich gut.“

Ich hielt die Klappe.

„Ms. Butler sagte mir schon, dass du beschäftigt bist“, wandte Hektor sich jetzt an mich. Er warf einen Blick auf seine rot-schwarze Armbanduhr, die für einen Erwachsenen mega stylish aussah. So eine würde ich mir glatt auch zulegen. „Aber jetzt brauche ich dich wieder.“ Er wandte sich noch mal an Anna, die wieder ordentlich Farbe im Gesicht hatte. Nichts deutete mehr darauf hin, dass sie vorhin einen Kollaps erlitten hatte. „Es macht dir doch nichts aus, wenn ich deinen Begleiter entführe, oder?“

„Nein, natürlich nicht“, meinte Anna lächelnd. Sie sah zu mir, und ich war erstaunt, als ihr Lächeln nicht verschwand.

„Danke“, sagte sie aufrichtig, dann ging sie hinein. Ich wusste, dass sie damit nicht meinen Escort-Service meinte.

Wuschel
5

Anna

Am Samstag fanden weder Therapiesitzungen noch ärztliche Sprechstunden statt, was zur Abwechslung mal ganz angenehm war. Der Stoff, den wir in den Sitzungen vermittelt bekamen war ohne Frage wichtig und interessant, aber das Input war mitunter heftig, sodass ich mich jetzt auf zwei Tage Verschnaufpause freute. Nur zwei Dinge standen heute auf dem Plan: Schwimmen um 8 Uhr und eine Stunde Krafttraining um 11 Uhr. Danach hatten alle frei. Da ich noch in der Sperrzeit war, durfte ich leider noch keine Ausflüge machen, aber die Mädels blieben an diesem Wochenende in der Klink, daher hielt sich meine Enttäuschung darüber in Grenzen. Was hätte ich auch allein in der Stadt unternehmen sollen?

Das Wetter war heute mild und sonnig. Perfekt, um den Nachmittag im Freien zu verbringen. Um 13 Uhr gab es wie üblich Mittagessen im Speiseraum. Die beiden Sporteinheiten hatten mich hungrig gemacht, deshalb schichtete ich mir einen ordentlichen Berg Essen auf den Teller. Wie immer gab es eine üppige Auswahl aus Fisch, Fleisch, Nudeln, Kartoffeln, Gemüse und Salat. Ich langte vor allem beim Fleisch zu, dann setzte ich mich zu den anderen an den Tisch.

Liezle, die wieder viel zu weite Klamotten trug, war heute auffällig still. Seit heute Morgen schwelgte sie scheinbar in Gedanken. Dafür sah ich sie zum ersten Mal etwas Bissfestes essen: ein Lachsfilet mit fünf exakt gleich langen grünen Bohnen.

Wow. Für ihre Verhältnisse kam das einem Festgelage gleich. Da es schien, als wollte sie lieber ihre Ruhe haben, beachtete ich sie nicht weiter, sondern lauschte den Gesprächen der anderen.

Sandra und Beverly – die beiden waren manchmal wie ein altes Ehepaar – diskutierten gerade darüber, wer heißer war: Ian oder ein sogenannter Wuschel. Kathy hörte vergnügt zu, fotografierte dabei ihr Essen aus verschiedenen Winkeln und postete die besten Bilder auf Instagram.

Ich konnte es kaum erwarten, am Montag mein Handy wiederzubekommen. Dabei war ich selbst von mir erstaunt, dass ich kein einziges Mal schwach geworden war. Es wäre ein Leichtes gewesen, mir das von Liezle oder einem der anderen Mädchen auszuleihen, aber ich war stark geblieben, und ich hatte es auch nicht wirklich vermisst. Allenfalls das Austauschen von lustigen Sprachnachrichten mit meinen Freundinnen, aber dazu würde ich übermorgen ja reichlich Gelegenheit bekommen.

„Ian sieht definitiv heißer aus, da kannst du sagen, was du willst“, meinte Beverly, die heute wieder gekleidet war, als ginge sie abends auf eine Party. Ich bewunderte ihr Selbstbewusstsein. Ehe ich wieder solche engen Oberteile tragen würde, müssten mindestens noch zehn Kilo runter, aber ihr stand es.

„Gut, aber Wuschel ist süßer. Allein sein Lächeln! Ich wette, meine Eltern wären begeistert, wenn ich ihn mit nach Hause bringen würde“, schwärmte Sandra und schob sich einen Happen gegrilltes Lachsfilet in den Mund.

Ich lehnte mich zu Kathy herüber und fragte: „Wer ist dieser Wuschel?“

Sie schaute auf und strich sich eine blonde Haarsträhne hinters Ohr, die sich aus ihrem lockeren Dutt gelöst hatte. „Unser Animateur. Er ist nur am Wochenende hier und leitet die Events.“

Ich nickte interessiert. „Ist er wirklich so süß, wie Sandra behauptet?“

Da grinste Kathy schelmisch. „Wirst du gleich selbst sehen. Nach dem Essen gehen wir zu ihm.“

Mit *zu ihm* war ein großer Platz im hinteren Sektor des Geländes gemeint, auf dem die Outdoor-Events stattfanden. Laut Plan starteten die Wochenend-Veranstaltungen exakt um 15 Uhr, aber die Mädels ließen absichtlich ein paar Minuten verstreichen, damit sie nicht die Ersten am Veranstaltungsort waren. Das wäre Sandra, die offenbar total verknallt in diesen Wuschel war und ihre Brille heute extra im Zimmer gelassen hatte, peinlich gewesen.

Liezle kam nicht mit. Als Sandra endlich befand, dass wir aufbrechen durften, zog sie sich mit den Worten auf ihr Zimmer zurück, dass sie heute lieber lesen wollte. Also gingen wir ohne sie.

„Weiß jemand, was heute mit ihr los ist?", fragte ich, nachdem wir außer Hörweite waren. Ich trug eine beige Strickjacke über meinem blauen Shirt, aber wenn die Sonne weiter so warm auf mich niederstrahlte, würde ich sie wohl ausziehen müssen. Was ich wirklich nur ungern tun würde, denn dann müsste ich meine Wabbelarme entblößen.

Ein bekloppter Gedanke, schließlich bewegte ich mich hier unter meinesgleichen und sollte mich eigentlich für nichts schämen.

Sollte.

Wäre da nicht mein bescheuerter Mitschüler, der meine Komplexe mit seinem durchtrainierten Körper auf ein ganz neues Level hob. Ich hatte mich so darauf gefreut, an einen Ort zu kommen, an dem ich mal *nicht* die Dickste in meinem Freundeskreis war. Und was tat Ian? Machte mit seiner Anwesenheit alles nur noch schlimmer. Jetzt fühlte ich mich, als wären sämtliche Scheinwerfer auf mich gerichtet.

Ians Scheinwerfer.

„Ich weiß es nicht genau, aber ich hoffe, es ist nicht das, was ich denke“, meinte Kathy neben mir und schaute mit verengten Augen zum Himmel hinauf.

„Und was denkst du?“, hakte ich nach.

Sie tauschte einen Blick mit Beverly, dann mit Sandra. „So benimmt sie sich sonst nur, wenn sie unter Stress steht. Dann isst sie mehr, was meistens darin endet, dass sie sich übergibt … und noch mehr isst. Es ist ein Teufelskreis.“

„Oh, nein“, sagte ich traurig und erinnerte mich an Liezles Worte. *Es stresst mich, mit Menschen in einem Zimmer zu leben. Und wenn ich gestresst bin, kotze ich. Na ja, warten wir's ab.* War ich etwa der Grund dafür? Stresste es Liezle zu sehr, dass sie mit mir in einem Zimmer wohnte? Ich sah wieder zu Kathy. „Kann ich etwas tun? Ihr irgendwie helfen?“

Es war Beverly, die mir antwortete. „Im Gegenteil. Wenn man sie darauf anspricht, wird es nur noch schlimmer. Du kannst ihr nicht helfen. Jedenfalls nicht du, als Patientin. Am besten, du sprichst es gar nicht erst an, und *starre* sie auch nicht an. Nach ein paar Tagen legt es sich wieder.“

Ihre Worte schwappten wie ein Eimer kalte Ernüchterung über mich. Nichts tun. Abwarten. Waren wir nicht hier, um genau das Gegenteil zu tun? Um etwas zu unternehmen? Aber ich wüsste auch nicht, wie ich Liezle helfen sollte, dazu kannte ich mich zu wenig mit ihrer Krankheit aus. Geschweige denn, dass ich Liezle gut kannte. Das taten wohl eher die Mädels hier.

Fürs Erste musste ich es so hinnehmen.

Wo sich heute Morgen nur Grünfläche erstreckt hatte, ragten jetzt zwei offene Zelte auf. In dem blauen standen mehrere längliche Gartentische mit Bänken, die bis auf den letzten Platz mit Kindern besetzt waren, die sich von älteren schminken ließen. Ich erkannte einige Patienten wieder, scheinbar freiwillige Helfer, aber auch Pfleger. Peppige Musik erklang aus einer Anlage, von der Zeltdecke baumelten bunte Lampions, und es gab sogar ein Büfett mit einem Wasserspender, geschnittenem Obst und Säften. Alles war total süß dekoriert. Ich fühlte mich wie auf einem Kindergeburtstag.

Ein paar Meter weiter stand ein rotes Zelt für die älteren Patienten. Dort wurden Brettspiele und Karten gespielt oder sich einfach bloß unterhalten. Links neben dem Kinder-Zelt war ein Hindernisparcours mit Langbänken, Kästen und bunten Reifen aufgebaut, neben dem Teenager-Zelt spielten einige Federball und Tischtennis. Es war für jeden etwas dabei.

Zum ersten Mal konnte ich Dr. Peers Worte bekräftigen: Es fühlte sich tatsächlich ein bisschen wie in einem Ferienlager an.

Die Mädels gingen zielstrebig auf eine Lichtung zu, die abseits des roten Zeltes lag. Ein Halbkreis aus älteren Patienten hatte sich darum gebildet. In der Mitte stand ein hochgewachsener Junge mit einer ausgewachsenen Lockenpracht und einer Trillerpfeife um den Hals. Das musste dieser Wuschel sein.

Er war auf jeden Fall schon älter. Vielleicht 21 oder 22, und ich konnte sofort nachvollziehen, was Sandra an ihm fand. Wuschel war schlank und groß, und er versprühte diese gewisse Reife, die wir Mädchen uns doch insgeheim von allen Jungs wünschten. Ich kannte zumindest kein Mädchen, das auf Jungs stand, die wie Kinder in den Schulgängen herumrannten, laut Kaugummis schmatzten oder sich auf irgendeine andere Weise kindisch benahmen. Nein, wir wollten jemanden Charmantes, Intelligentes. Jemanden, der uns das Gefühl gab, wichtig zu sein, der uns um den Verstand küsste, anstatt wie ein Anfänger zu sabbern. All das versprach dieser Wuschel – auch, wenn ich seinen Spitznamen etwas gewöhnungsbedürftig fand.

Mit bewundernswerter Selbstsicherheit stellte er den rund zwei Dutzend Patienten, die fast zu gleichen Teilen aus Jungen und Mädchen bestanden, das Unterhaltungsprogramm vor, wobei er auch ein paar Begrüßungsworte an uns Neulinge richtete. Auf einmal löste sich jemand aus der Menge, den ich hier heute absolut nicht erwartet hätte.

Ian Miller.

Sollte mich das noch überraschen?

Mein Mitschüler sah unglaublich gelangweilt aus, als wäre er lieber überall sonst auf dem Gelände, bloß nicht hier. Da hatten wir ausnahmsweise mal denselben Wunsch. Mit rapide sinkender Laune beobachtete ich, wie er zu Wuschel ging, der ihn heran gewunken hatte und nun als seinen Assistenten vorstellte.

„Oh, mein Gott, da ist er ja!“, rief Beverly neben mir begeistert aus. Im nächsten Moment zupfte sie an meinem Strickärmel und raunte mir zu: „Du musst unbedingt was für mich organisieren, Anna.“

Ich sah sie verwirrt an. „Organisieren?“

„Ein Treffen oder irgendwas“, erläuterte sie. „Ihr kennt euch immerhin. Du bist die Einzige, die ihn einfach so ansprechen kann.“

„Beverly, ich kann diesen Jungen nicht ausstehen, und er mich auch nicht“, versuchte ich, ihr begreiflich zu machen.

Sie rollte die Augen. „Ja, klar. Deshalb warst du auch mit ihm joggen.“

„Ich … das habe ich mir doch nicht ausgesucht. Er wurde mir zugeteilt. Glaub mir, mit dem will ich so wenig wie möglich zu tun haben.“

„Och, bitte!“, jammerte sie jetzt wie ein Kleinkind und schenkte mir einen oscarreifen Hundeblick.

„Und wie stellst du dir das vor? Soll ich ihn bitten, dich zum Date auszuführen?“

Beverly wollte gerade antworten, als Wuschel seinen Blick auf uns heftete. Erst jetzt bemerkte ich, dass er aufgehört hatte zu reden.

Meine Wangen kribbelten. Hatten wir etwa zu laut gesprochen? Aber dann winkte er lächelnd in meine Richtung. Irritiert erwiderte ich es, bis ich checkte, dass er gar nicht mich, sondern die Mädels meinte. Offenbar kannten sie sich schon.

Mit glühenden Wangen senkte ich die Hand wieder.

Das Peinlichste: Ian hatte alles mitbekommen und verzog höhnisch das Gesicht.

„Ihr wisst ja, dass ich gern Abwechslung ins Programm bringe und ständig nach neuen Spielen suche“, setzte Wuschel seine Rede nun wieder an alle gewandt fort. „Und ihr habt bestimmt schon mal von dem Vertrauensspiel gehört, bei dem man sich nach hinten fallen und von jemandem auffangen lässt. Das wird heute unser erstes Spiel sein.“

Mir wurde flau im Magen. „Ähm. Hattet ihr nicht gesagt, er wäre Animateur? Was soll daran denn bitte Spaß machen? Ich hasse dieses Spiel!“, bemerkte ich leise, damit mich außer den Mädels niemand hörte.

Sandra und Kathy kicherten.

„Wieso? Das ist doch lustig“, meinte Beverly schulterzuckend, aber ich suchte bereits nach einer Möglichkeit, wie ich mich davonstehlen konnte.

Es lag nicht mal an meinen Komplexen, ich hatte diesem Spiel noch nie etwas abgewinnen können. Mich fallen lassen, nur um der Person hinter mir mein Vertrauen zu beweisen? Was sollte mir das bringen? Ich wollte mir gefälligst selbst aussuchen, wem ich vertraute.

„Außerdem komme ich auf diese Weise vielleicht endlich mit Ian ins Gespräch“, verfiel Beverly wieder in ihre Schwärmerei. „Siehst du? Ich brauche deine Hilfe gar nicht. Ich frage ihn einfach, ob er die Übung mit mir machen will, ha!“

Schmunzelnd schüttelte ich den Kopf.

„Gut, dann brauche ich jemand Freiwilligen zu Demonstrationszwecken, und am besten gleich einen von den Neulingen“, sagte Wuschel und sah erwartungsvoll in die Runde.

„Hier, wir beide“, rief Beverly und deutete auf sich und mich.

Ich starrte sie ungläubig an.

„Perfekt. Dann her mit euch beiden.“ Wuschel winkte uns zu sich herüber, und da alle Augen jetzt auf mich gerichtet waren, blieb mir nichts anderes übrig, als mich hölzern in Bewegung zu setzen. Warum hatte sie das bloß getan? Ich hasste diese Übung doch! Scheinbar war mir mein Unbehagen anzumerken, denn ich konnte sehen, wie Ians Lippen zuckten, während ich näher kam.

Dann stand ich vor Wuschel, der fast genauso hoch vor mir aufragte wie Ian. Die beiden unterschieden sich nur um wenige Zentimeter.

„Hi“, begrüßte er mich und gab mir die Hand. „Ich bin Alex, aber du kannst mich Wuschel nennen. Irgendjemand hier war so lustig, mir den Spitznamen zu geben, und jetzt nennen mich alle so. Und wie heißt du?“

Aus der Nähe betrachtet sah Wuschel sogar noch besser aus. Er hatte makellose Haut, ein bisschen blass, aber nicht so sehr, dass es mich stören würde. Seine dunkelbraunen Locken waren wirklich der Wahnsinn. Man wollte am liebsten mit den Fingern hindurchfahren und dabei zusehen, wie sie wieder an ihren Platz zurücksprangen. Ich hatte mir vorher noch nie Gedanken über Jungs mit Locken gemacht – falls ich überhaupt schon mal jemanden mit solchen Locken gesehen hatte –, aber jetzt entschied ich, dass ich auf Locken stand.

„Anna“, sagte ich und schüttelte begeistert seine warme Hand.

Er lächelte, dann sagte er an Beverly gewandt: „Du kommst zu mir. Wir machen die Übung einmal vor. Anna, du gehst zu Ian.“

Protestierend öffnete Beverly den Mund, aber da drehte Wuschel sie auch schon an den Schultern um und positionierte sich dann ein paar Schritte hinter ihr, sodass sie schon eine Szene hätte machen müssen, um den Partner zu wechseln. Sie guckte genauso enttäuscht drein wie ich mich fühlte.

Warum bekam *ich* schon wieder Ian ab?!

Genervt drehte ich mich zu ihm um, der, im Gegensatz zu mir, auf eine resignierte Art erheitert wirkte. Als hätte er schon mit dieser Fügung des Schicksals gerechnet. Vielleicht sollte ich das ab sofort auch machen und einfach immer vom Schlimmsten ausgehen, wenn es um Ian ging. Dann fiel ich wenigstens nicht mehr jedes Mal so aus den Wolken.

„Was machst du hier?“, raunte ich ihm zu, als ich vor ihm stand. „Hast du nichts zu tun?“

„Doch. Ich muss hier dämliche Spiele spielen. Wie du siehst“, antwortete er trocken.

„Ich meine drinnen“, sagte ich und dachte gar nicht daran, ihm den Gefallen zu tun und gereizt zu klingen. Es war offensichtlich, dass er mich aufziehen wollte.

„Und wobei genau soll ich bitte helfen, wenn alle Patienten hier draußen sind?“, fragte er stirnrunzelnd, während Wuschel für alle vernehmlich die Regeln des Spiels erklärte. „Die Kurse sind vorbei. Alle Patienten haben frei. Für mich gibt es nichts anderes zu tun.“ Stimmt. Klang logisch. Hatte ich mich gerade wirklich von einem Spatzenhirn belehren lassen?

Um einer Antwort und der damit verbundenen Blöße zu entgehen, kehrte ich Ian den Rücken zu. Jetzt wurde es ernst. Ich spürte, wie ich feuchte Handflächen bekam. Ian war kräftig, und Wuschel sah auch nicht gerade wie ein Waschlappen aus, aber hier gab es ein paar wirklich dicke Kinder.

Das klang jetzt vielleicht gemein, aber … waren sie sicher, dass sie sie auffangen konnten? Dass sie *mich* auffangen konnten? Ich bezweifelte das.

„Na, dann. Fangen wir an. Streckt eure Arme aus, schließt die Augen, macht euch steif und lasst euch nach hinten fallen. Ist ganz einfach“, beendete Wuschel seine Erläuterung.

Tief atmete ich durch, hob meine Arme und schloss die Augen. Mehr passierte allerdings nicht. Meine Füße blieben auf dem Boden stehen, als wären sie dort festgewachsen. An Beverlys überraschtem Aufschrei erkannte ich, dass sie es bereits getan hatte. Sie hatte sich fallen gelassen. *Und sie ist nicht dabei gestorben, also mach schon!*, redete ich mir zu.

„Wartest du auf was Bestimmtes?“, fragte Ian hinter mir spöttisch. *Halt die Klappe!*, dachte ich, wütend über mich selbst, weil ich ihm mit meinem Zögern eine Schwäche offenbarte. Dass die anderen Teenager in einem Halbkreis um uns herum standen und mich alle anstarrten, machte es leider nicht besser.

„Dräng sie nicht, Ian“, erklang Wuschels belehrende Stimme, und obwohl mein Puls vor Aufregung Lambada tanzte, musste ich schadenfroh in mich hineingrinsen. Ian sah es bestimmt nicht gern, dass ein Wildfremder ihn zurechtwies. Fast glaubte ich, ihn hinter mir schnauben zu hören. „Schon gut, Anna. Atme tief durch. Lass dir so viel Zeit, wie du brauchst“, sagte Wuschel.

Was ich dann auch tat.

Nach drei weiteren Anläufen stand ich allerdings immer noch aufrecht.

Es ging einfach nicht. Ich hatte so schon Probleme mit diesem Spiel, und dann sollte ich mich ausgerechnet vor *Ian* fallen lassen?

„Okay. Probieren wir's anders“, hörte ich Wuschel sagen. „Ian, du machst schon mal weiter.“

Ich öffnete die Augen und wurde von einem Sonnenstrahl geblendet. Schützend hob ich die Hand vors Gesicht. Als ich sie wieder senkte, ragte Wuschel/Alex vor mir auf. Aufmunternd lächelte er mich an, dann legte er seine warmen Hände auf meine Schultern und sah mir tief in die Augen. Dabei musste er sich ein gutes Stück zu mir herunterbeugen, weil ich so klein war.

„Die Angst findet nur in deinem Kopf statt, Anna“, sprach er mit einer samtig tiefen Stimme auf mich ein. „Selbst, wenn ich dich fallen lassen würde, würde überhaupt nichts Schlimmes passieren. Aber das werde ich nicht. Ich werde dich auffangen. Vertraust du mir?“

Seine Augen waren der Hammer. Rauchig und grau, wie dichter Nebel in der Morgendämmerung. Wie aus weiter Ferne hörte ich Ian irgendwo in meiner Nähe etwas von einem Schnulzentheater murmeln – ich glaubte zumindest, dass er es war –, aber das war mir egal. Sandra hatte recht gehabt. Und ich ging sogar noch einen Schritt weiter. Wuschel war nicht nur unglaublich süß, er war ein absoluter Traumtyp!

„Ja", hörte ich mich sagen, dann stellte er sich hinter mich, und ich ließ mich fallen.

***

Wie sich herausstellte, war ich nicht die Einzige, die Probleme damit hatte, sich fallen zu lassen. Nacheinander nahmen Wuschel und Ian sich auch die anderen Teenager vor, und einige davon stellten sich sogar noch ängstlicher an als ich. So wurde der Fokus schnell von mir weggelenkt, und ich entspannte mich wieder.

Im Nachhinein gesehen war das Fallenlassen gar nicht so schlimm gewesen, aber das konnte auch an Wuschel und seiner vertrauenswürdigen Art liegen. Obwohl ich ihn nicht kannte, hatten ein paar Worte ausgereicht, und ich hatte ihm blind vertraut.

Möglicherweise machte Ian ja deshalb so einen beleidigten Eindruck. Sein Mund war seit einer Weile zu einem schmalen Strich verzogen. Gelegentlich warf er mir sogar verdrießliche Blicke zu. Weil ich einem Fremden mehr vertraut hatte als ihm.

Es könnte mir nicht gleichgültiger sein.

Beflügelt von dem Gefühl, über meinen eigenen Schatten gesprungen zu sein, gesellte ich mich zu Kathy, die das Geschehen lieber vom Rand aus beobachtete, anstatt mitzumachen. Kathy konnte ich noch immer nicht so richtig einschätzen. Bei Beverly und Sandra war das einfacher, sie waren typische Girly Girls. Liezle war, soweit ich das bisher beobachtet hatte, eher jemand, der seine Probleme mit sich selbst ausmachte und sich gern hinter sarkastischen Kommentaren versteckte. Im Grunde war ich auch so. Ich zeigte nicht gern Schwäche, und Hilfe nahm ich nur im schlimmsten Notfall an. Leider war ich keine gute Schauspielerin, deshalb merkte man mir schnell an, wenn etwas nicht stimmte.

Nachdem Sandra und Beverly sich von ihren jeweiligen Traummännern hatten auffangen lassen, kehrten sie glücklich zu uns zurück und veranstalteten ein regelrechtes Wettgrinsen.

Es folgte das nächste Spiel namens *Steinwurf auf Flaschen.* Dabei bildete man zwei exakt gleich große Gruppen, die jeweils eine leere Plastikflasche zum Beschützen bekamen. Jede Gruppe stellte sich hinter ihre Flasche, dann warf der erste Gegenspieler mit einem Stein danach, und die andere Gruppe musste alles Mögliche versuchen, um den Stein auf *sich* zu lenken, sodass die Flasche verfehlt wurde und die werfende Mannschaft einen Minuspunkt kassierte. War das der Fall, war die andere Gruppe mit Werfen dran, bis jeder einmal an der Reihe gewesen war *oder* die Flasche getroffen wurde, was zum sofortigen Sieg der feindlichen Gruppe führte.

Ich amüsierte mich köstlich, auch wenn unsere Mannschaft leider zweimal verlor.

Als Wuschel ein Volleyball-Match ankündigte, war das mein Stichwort, auszusteigen. Natürlich konnte Ian, der Idiot, sich einen spöttischen Blick nicht verkneifen, als ich an ihm vorbeiging, deshalb verlängerte ich im Geiste direkt mal seine Folterspanne. Er wollte wissen, was ich mit seinem Gras gemacht hatte? Jetzt würde ich es ihm erst recht nicht erzählen – er hatte es selbst provoziert!

Beverly und Kathy spielten Volleyball, Sandra und ich gingen ins Zelt und schlossen uns einer neuen Monopoly-Runde an. Die Zeit flog beim Spielen nur so dahin, und ehe ich mich versah, dämmerte es schon, und alle warteten gespannt auf das Abendessen und das Lagerfeuer, das jeden Samstagabend entzündet wurde. Wenn das Wetter mitmachte, so, wie es heute der Fall war, fand das Abendessen an den Wochenenden unter freiem Himmel statt. Es wurden Fleisch und Gemüse gegrillt, Salate aufgetischt und gesunde Limonaden serviert. Ein Gaumenschmaus, und die ganze Zeit über alberten und lachten wir herum.

„Hat jemand Lust, nachher noch in den Wald zu gehen?“, fragte Sandra leise, nachdem wir eine Weile entspannt am Lagerfeuer gesessen hatten.

Das Abendessen lag schon eine Weile zurück, und so langsam entspannte sich auch mein Magen, den ich mal wieder mächtig strapaziert hatte.

Schon lustig. Vorher hatte ich quasi *nur* Ungesundes in mich reingestopft, und trotzdem hatte ich nie so viel gegessen wie in diesem Institut. Zum ersten Mal wurde mein Körper sportlich so richtig ausgelastet – ein bis dato völlig fremdes Gefühl –, und das schrie natürlich nach Treibstoff.

„Ich nicht. Ich glaube, ich gehe heute schon früher schlafen. Mir fallen bald die Augen zu", sagte Kathy neben mir, die mit einem langen Stock im Lagerfeuer herumstocherte. Während einige im Schneidersitz auf dem Boden saßen oder standen, hatten wir einen der länglichen, unförmigen Steinklötze besetzt, die man als Sitzgelegenheit um das Lagerfeuer gelegt hatte.

„Ich auf jeden Fall. Allein schon, um meinen Frust zu ertränken! Ian hat mich nicht *einmal* angeguckt! Nur, als ich die Übung mit ihm gemacht habe, aber ich glaube, da hat er mich gar nicht richtig wahrgenommen", murrte Beverly, die sich fast den Hals verrenkte, um jetzt nach genau diesem Jungen Ausschau zu halten.

Als ich ihn das letzte Mal gesehen hatte, hatte Ian beim Abbauen des Hindernisparcours geholfen. Jetzt müsste er irgendwo hier herumschleichen – es sei denn, er war reingegangen –, denn für ihn gab es jetzt nichts mehr zu tun.

Auch Wuschel hatte Feierabend und stand, eine Limo trinkend, auf der anderen Seite des Lagerfeuers mit unserem Betreuer Mr. Simeone zusammen.

Beverly tat mir leid. Ich wünschte, ich könnte ihr einen Heiltrank für ihre offensichtliche Ian-Passion verabreichen, denn es war vorprogrammiert, dass er ihr das Herz brechen würde.

Entweder, indem er sie gar nicht erst beachtete – was ja sein Fachgebiet war –, oder, was noch viel schlimmer wäre, indem er sie abblitzen ließ. Sofern ich noch auf dem aktuellen Stand war, bandelte er derzeit mit der Cheerleader-Mannschaftskapitänin unserer Schule an, und die sah wie ein verdammtes Topmodel-Nachwuchstalent aus.

Nicht, dass ich Ian dahingehend stalkte, aber sein Beziehungsstatus war nun mal schwer zu ignorieren, so lebhaft, wie er in den Schulgängen immer mit seinen Eroberungen angab.

„Was gibt's denn im Wald?", fragte ich und schälte mich zum gefühlt hundertsten Mal aus meiner Strickjacke. Mit dem Tageslicht – wir mussten es inzwischen um die 21 Uhr haben – waren auch die Temperaturen gesunken. Das Lagerfeuer strahlte zwar eine unglaubliche Hitze ab, gleichzeitig traf mich aber ständig ein frisches Lüftchen im Rücken, sodass ich mich nicht zwischen warm und kalt entscheiden konnte.

Verstohlen blickte Sandra sich um, dann lehnte sie sich an Beverly vorbei zu mir herüber und raunte mir zu: „Dort treffen sich samstags die älteren von uns und hängen noch ein bisschen ab. Manchmal ist es richtig lustig, und wir spielen

Räuber und Gendarm, aber meistens chillen wir einfach."

„Okay, und warum flüsterst du so?", fragte ich stirnrunzelnd und halb belustigt. An sich sprach ja nichts dagegen, dass man sich im Wald traf. Einige hier waren schließlich alt genug.

Sie grinste verschwörerisch. „Weil die Treffen erst nach der Ausgangssperre stattfinden und … nun ja … nicht immer legal zugehen."

Ich horchte auf. „Was meinst du damit?"

„Sie meint, dass es einige Patienten nicht so genau mit den Regeln hier nehmen. Manche schmuggeln an den Ausflugtagen Alkohol und Zigaretten ins Institut und konsumieren sie dann im Wald", antwortete Kathy neben mir geringschätzig.

„Und dabei macht ihr mit?", fragte ich Sandra und Beverly entrüstet.

Nicht nur, dass der Konsum verboten war und den sofortigen Rausschmiss aus *Patterson* nach sich ziehen könnte, Alkohol dürfte das Abnehmen auch nicht gerade fördern.

Sandra machte eine wegwerfende Handbewegung. „Quatsch, und darum geht's uns auch gar nicht, sondern um das Dabeisein. Kannst du dir vorstellen, was für ein Kick es ist, nachts im Wald abzuhängen und zu wissen, dass du jeden Moment erwischt werden könntest? Und keine Sorge", sagte sie, bevor ich etwas einwenden konnte. „Es ist noch nie jemand aufgeflogen. Wenn man ein paar Regeln beachtet, wie etwa, sich möglichst leise zu verhalten, kein Handylicht anzumachen oder kreischend im Dickicht herumzurennen – kann eigentlich nichts passieren. Außerdem steht immer einer von uns Wache. Und, was sagst du? Überzeugt?“

Zwiegespalten sah ich erst Sandra, dann Beverly an.

Einerseits reizte es mich ja schon, die Regeln zu brechen. Welcher Teenager machte das nicht ab und zu gern? Und ich liebte die Nacht. Zu Hause saß ich oft noch bis spät in den Abend im Garten und starrte Löcher in die Luft. Das entspannte mich. Andererseits hatte ich echt keine Lust, wegen so einer buchstäblichen Nacht- und Nebel-Aktion aus dem Institut zu fliegen.

„Überleg‘s dir einfach“, meinte Sandra schmunzelnd, als ich zögerte. „Wir brechen sowieso erst kurz vor 10 auf. Wenn du lieber mit der Schlaftablette Kathy mitgehen willst, kein Problem. Nur, verrat uns bitte nicht.“

Kathy gab ein Schnauben von sich, reagierte ansonsten aber nicht weiter auf die Stichelei. Ich zog einen imaginären Reißverschluss vor meinen Mund und schluckte meine Kränkung hinunter.

Als ob ich sie jemals verraten würde.

***

Es war gar nicht so einfach, sich vom Lagerfeuer wegzuschleichen. Der dunkelorangene Schein reichte fast bis an den Rand des Nationalparks, und überall bewegten sich Betreuer auf dem Gelände. Wir mussten warten, bis das Personal mit dem Aufräumen und Abbauen anfing, erst dann konnten wir uns im Schutz des Durcheinanders davonstehlen – und ja, ich ging am Ende doch mit.

Abseits des Wanderwegs führte ein weiterer Pfad in den Wald. Er war schmaler und wilder. Man musste sich unter tiefhängenden Ästen hindurchducken, sich an aufdringlichem Gestrüpp vorbeikämpfen und aufpassen, dass man nicht über den holprigen Boden stolperte. Nach rund zehn Minuten Fußweg mündete er in einer Art Mini-Lichtung, und es hatten sich schon einige Patienten dort breitgemacht.

Im Schutz des tiefen Waldes hatten sie ihre Handys herausgeholt und sorgten für schwaches Licht. Beverly und Sandra begrüßten manche mit Namen und stellten mich als ihre Freundin vor.

Innerhalb der nächsten fünf Minuten trudelten noch weitere Leute ein, bis wir scheinbar vollzählig waren und einer zum Wachestehen verdonnert wurde. Die Wahl fiel auf einen hageren, blonden Jungen, der mit einem Bier in der Hand davonstiefelte.

Was sofort auffiel: Der männliche Anteil überwog hier. Auf neun Jungen kamen nur fünf Mädchen, mich inbegriffen, und es waren kaum adipöse Typen dabei, sodass die meisten wohl Diabetiker waren. Die Jungs waren es auch, die den Alkohol und die Zigaretten mitbrachten.

Großzügig verteilten sie ihre Mitbringsel unter den Anwesenden, wobei Beverly sich eine Zigarette und Sandra sich ein Dosenbier nahm.

Von wegen, sie machten da nicht mit.

Scheinbar diente die Lichtung schon seit geraumer Zeit als Versteck, vielleicht sogar seit Jahren. In den Baum neben mir waren mehrere Namen eingeritzt, ganz klein sogar ein Herz mit zwei Anfangsbuchstaben. Baumstümpfe und schmale, abgesägte Baumstämme dienten als Sitzgelegenheiten, und in der Mitte des Platzes war ein kleines Loch in die Erde gegraben, in das die Raucher hinein aschten.

Die Lichtung sah wie ein Campingplatz aus, nur, dass es hier keine Feuerstelle gab.

Drehten sich die Gespräche anfangs noch um die Klinik und Therapiestunden, wechselten wir irgendwann zu spannenderen Themen, wie Ferien, Netflix-Serien, Instagram und Partys.

Beim Thema Serien blühte ich richtig auf, und ich fand sofort einen Gesprächspartner auf meiner Wellenlänge. Er hieß Cedric, war 19 Jahre alt und, wie sich herausstellte, ein leidenschaftlicher Comic-Fan. Prompt starteten wir eine Diskussion über Marvel- und DC-Comics. An den Gesichtern der Mädels konnte ich ablesen, dass sie keine Ahnung hatten, wovon wir da beide sprachen, aber sie fanden schnell ihre eigenen Themen: Youtuber, Schauspieler und Beauty-Blogger.

Ich mochte Cedric auf Anhieb. Nicht nur, weil er meine Meinung über diverse Superhelden teilte, sondern auch, weil er eine Lässigkeit ausstrahlte, die sofort auf mich übersprang. Vom Aussehen her war er überhaupt nicht mein Typ. Für meinen Geschmack hatte er ein zu hageres Gesicht und seine Beinahe-Glatze sagte mir jetzt auch nicht wirklich zu. Aber das war auch nicht wichtig. Er war sympathisch und kannte sich in meinem Lieblingsuniversum aus, nur das zählte.

Während sich alle leise unterhielten, bot Sandra mir ihr Dosenbier an, und ich dachte mir: Warum nicht? Die Runde war so angenehm, und wenn ich schon mal hier war ... Aus Jux und Tollerei zog ich dann auch an Beverlys Zigarette, hustete mir daraufhin aber die Seele aus dem Leib und sorgte damit für leise Lacher. Wenn ich auf Homepartys ging, trank ich fast immer Alkohol, bei Zigaretten und Co. hörte der Spaß bei mir allerdings auf. Es war mir schleierhaft, wie man freiwillig Tabak oder andere Substanzen inhalieren konnte – meine Lungen machten dann immer sofort die Schotten dicht.

Im Laufe des Abends wurde die Stimmung lockerer und ich immer müder. Wir mussten es mittlerweile 0 Uhr durch haben, aber niemand schien meine Erschöpfung zu teilen. Im Gegenteil, der Alkoholfluss versiegte gar nicht mehr. Immer mehr Dosenbier wurde aus den weiten Hoodies und Hosentaschen gefördert, sodass ich mich irgendwann fragen musste, ob diese mit einem *„unaufspürbaren Ausdehnungszauber“* belegt waren, um mal kurz den Harry Potter-Nerd raushängen zu lassen.

So langsam kristallisierte sich auch heraus, wozu diese Treffen *noch* dienten, denn es wurde immer mehr geflirtet und sogar herumgekuschelt. Auch Sandra machte mit.

Ohne, dass ich es gemerkt hatte, war sie zu dem schwarzhaarigen Jungen gegenüber gehuscht und tauschte jetzt feurige Blicke mit ihm aus. Schien so, als wäre auch eine Ernährungsklinik nicht vor jugendlichen Hormonen gefeit. Manche brauchten den Körperkontakt und das Bauchkribbeln einfach. Mir konnte es ja egal sein, was die Älteren hier trieben, aber zugucken musste ich dabei nicht.

„Ich glaube, ich gehe langsam zurück“, sagte ich an Beverly und Sandra gewandt. „Kommt ihr mit?“

Sandra beachtete mich gar nicht, sie schien in ihrer eigenen Welt zu sein, Beverly schüttelte den Kopf. „Bist du sicher? Jetzt wird’s doch erst lustig.“ Als ich nickte, sagte sie: „Na gut. Findest du allein zurück?“

„Ja, klar. Es ist ja nur geradeaus.“ Lächelnd stand ich auf, wobei meine Beine vom langen Sitzen ganz steif und erkaltet waren. Wenigstens wärmte die Strickjacke mich, aber am Oberkörper war ich ohnehin empfindlicher.

„Bist du nächsten Samstag auch wieder am Start?“, fragte Cedric mich, der nun auch an einem Bier nippte.

„Kann ich noch nicht sagen. Kommt drauf an, wie fit ich abends noch bin“, hielt ich mich bewusst vage. Ich musste erst mal eine Nacht drüber schlafen, bevor ich entschied, ob sich eine Wiederholung lohnte. Es war durchaus chillig und unterhaltsam hier, aber wenn es nach mir ginge, könnten wir die Treffen auch auf eine geregelte Uhrzeit verschieben. Ohne den Alkohol und die Zigaretten. Das wäre viel entspannter.

„Alles klar. Man sieht sich“, sagte Cedric.

„Man sieht sich.“ Zum Abschied winkte ich in die Runde, dann marschierte ich los.

Schnell begriff ich, dass es einen gewaltigen Unterschied machte, ob ich allein in meinem eingezäunten Garten saß, in dem vielleicht ab und an mal eine Grille zirpte, oder mutterseelenallein durch einen wilden, ungezähmten Nationalpark stiefelte. Das leise Gemurmel der anderen verlor sich mit jedem Schritt, den ich mich entfernte.

Bis ich irgendwann nur noch meine eigenen Atemzüge wahrnahm und … na ja, die ganzen anderen Geräusche um mich herum. Gänsehaut kroch mir den Nacken empor, als die verschiedensten Laute die Nacht erfüllten. Eben, in

Gesellschaft, hatten sie mich nicht gestört, aber jetzt prasselten die Eulen-Rufe, knackenden Äste, der pfeifende Wind, das Blätterrascheln und Fiepen nur so auf mich ein.

Die Sound-Liste war unendlich, und einer klang bedrohlicher als der andere.

Ganz ruhig, Anna. Das ist nur ein Wald. Diese Geräusche sind ganz normal.

Ich hielt trotzdem jedes Mal den Atem an, wenn ich einen Laut vernahm oder mir einen sich bewegenden Schatten einbildete. Das Doofe war, dass ich selbst dann kein Licht hätte benutzen können, wenn ich mein Handy schon zurückbekommen hätte. Sandra hatte mir auf dem Hinweg eingeschärft, auf keinen Fall eine Lichtquelle zu benutzen, weil man die vom Institut aus sehen könnte. Demnach musste ich mich so oder so halb blind durchs Dickicht schlagen, aber wie gesagt, es ging zum Glück nur geradeaus.

Ich duckte mich zum bestimmten sechsten Mal unter einen niedrigen Ast hindurch, dann machte ich eine kurze Pause, blieb stehen und warf einen Blick zurück. Von den Handylichtern war nichts mehr zu sehen, und auch die Stimmen waren von der Entfernung verschluckt worden.

Wüsste ich nicht, dass ein paar hundert Meter weiter Leute saßen, hätte ich schwören können, ich wäre allein im Wald.

Mein Blick wanderte nach oben. Jenseits der Bäume ragte der Berg wie ein stummer Wächter in den Nachthimmel und überragte den gesamten Nationalpark.

Was für ein Anblick!

Ein lautes Knacken in meiner Nähe ließ mich erschrocken herumfahren und mein Herz fast aus der Brust springen. Was zur Hölle war das? Ein Fuchs? Ein Bär? Mit angehaltenem Atem und rasendem Puls starrte ich in die Finsternis und wartete darauf, dass etwas passierte. Aber es geschah nichts, und das Geräusch wiederholte sich auch nicht. Erleichtert stieß ich den Atem aus und ging weiter.

Das war das erste und letzte Mal, dass ich allein durch den Wald gegangen war!

***

Ich schaffte es aus dem Nationalpark, ohne von wilden Tieren oder Monstern gefressen zu werden, und machte drei Kreuze, als ich durch den Notausgang den Westflügel betrat. Laut Sandra war dieser Teil des Gebäudes um die Uhrzeit am wenigsten belebt, deshalb schlichen die *Waldgänger* sich auf diesem Weg in ihre Zimmer zurück.

Unbemerkt gelangte ich in die 2. Etage. Als ich das warme Zimmer betrat, war Liezle zu meiner Überraschung noch wach. Leise schloss ich die Tür hinter mir, durchquerte den kurzen Flur und kam in den Schlafraum, in dem noch ein leichter Kaffeegeruch hing. Liezle trank viel Kaffee, aber scheinbar nicht in so einem Ausmaß, dass man es ihr verbieten würde. So wie dem einen Mädchen etwa, das neulich an unserem Tisch danach gebettelt hatte.

„Na, Rotkäppchen?“, begrüßte sie mich amüsiert, ohne von ihrem Buch aufzusehen. „Haben die böse Sandra und Beverly dich in den Wald gelockt?“

Ich ging zum Kleiderschrank und holte einen sauberen Pyjama heraus. Schmunzelnd fragte ich: „Woher weißt du das?“

„Weil sie es mit allen so machen. Oder besser gesagt, *Sandra* macht es. Sie ist die Anstifterin. Erst hat sie mich mitgenommen, dann Beverly und dann Kathy.“

Mit dem Kleiderbügel in der Hand drehte ich mich zu Liezle um. „Warte mal. Heißt das, Sandra ist vor dir hier gewesen?“

Liezle schaute auf und nickte. „Wusstest du das nicht?“

Kopfschüttelnd nahm ich den Pyjama vom Bügel und hängte ihn dann leer wieder zurück. Da meine Sachen nach Lagerfeuer rochen, würden sie direkt in den Wäschekorb wandern. „Ich dachte, du wärst die einzige Langzeitpatientin von uns.“

Liezle legte das Buch weg und streckte sich gähnend. Dabei ragten ihre dünnen Ärmchen wie Stöcke aus dem luftigen Nachthemd. Ich musste daran denken, was Beverly zu mir gesagt hatte: Sie wollte nicht auf ihre Krankheit angesprochen werden und ich sollte sie am besten auch nicht anstarren. Bedrückt wandte ich den Blick ab. Wenigstens schien sich ihre Niedergeschlagenheit von vorhin wieder gelegt zu haben.

„Nein, Sandra ist schon länger hier. Sie war die Erste aus unserer Gruppe. Genau wie ich wurde sie schon mehrfach hier eingewiesen." Mit einem Schulterzucken beendete sie das Thema, und ich ging ins Bad, um zu duschen.

Als ich geraume Zeit später bettfertig ins Zimmer zurückkehrte, hatte sich Liezle auf den Rücken gelegt und die Arme hinter dem Kopf verschränkt. Ihr Blick, der an die Decke gerichtet gewesen war, schwenkte zu mir. „Du, wegen heute Morgen … Ich hoffe, du nimmst es nicht persönlich, dass ich kaum ein Wort mit dir geredet habe. Das hatte nichts mit dir zu tun."

„Ich weiß und, nein, nehme ich nicht. Die anderen haben mich schon aufgeklärt", sagte ich lächelnd und setzte mich aufs Bett. Da meine Haare noch etwas feucht waren, hatte ich sie zu einem Dutt nach oben gebunden. Zum Föhnen war ich zu faul gewesen. „Ich wünschte nur, ich könnte irgendetwas tun, um es dir leichter zu machen."

Jetzt war Liezle diejenige, die lächelte. Fast wirkte es mitfühlend, als wäre *ich* diejenige, die mit einer Bulimie zu kämpfen hatte. „Ich fürchte, mir kann man nicht helfen. Aber wie gesagt: Das hat nichts mit dir zu tun."

Ich nahm die Baby *Groot*-Figur von meinem Regal. Dann winkelte ich die Beine an, stellte sie auf mein linkes Knie und ließ sie freihändig darauf stehen. „Warum gehst du nicht in den Wald?"

Liezle zuckte die Schultern. „Ach, wozu denn? Saufen und rauchen kann ich auch zu Hause. Ich bin eh bald 21, dann kann ich machen, was ich will." Neckisch sah sie mich an. „Aber du scheinst ja auch nicht gerade angetan davon zu sein. Niemanden zum Knutschen gefunden? Die Diabetiker-Jungs sehen eigentlich gar nicht so schlecht aus, um Sandra zu zitieren."

Ich musste lachen, wodurch meine Figur herunterfiel und weich auf dem Bett landete. Ich stellte sie ins Regal zurück und zog die kuschelige Decke über mich. „Zum Knutschen nicht, aber zum Reden. Es war ganz lustig, aber der Rückweg war Horror. Noch mal muss ich mir das nicht geben."

Eingekuschelt in unsere Decken plauderten wir noch die ganze Nacht. Zwar waren wir todmüde, wie das Gähnen, mit dem wir uns abwechselten, deutlich zeigte, aber niemand von uns wollte aufgeben. Liezle erzählte mir von ihrer Familie, von ihren beiden großen Brüdern, die so gar nichts mit ihrer Bulimie anfangen konnten und sie schon vor Jahren ausgeschlossen hatten. Und von ihrer Mom, die sehr unter ihrer Krankheit und ihrer damit verbundenen Abwesenheit litt. Daraufhin erzählte ich ihr von meinem Einzelkind-Dasein, wie einsam es sein konnte, wenn die Eltern nur mit Arbeiten beschäftigt waren, wie ich deshalb schon von klein auf gelernt hatte, mich mit mir selbst zu beschäftigen und mich irgendwann in Bücher und Filme geflüchtet hatte.

Ich weiß nicht mehr, wer von uns beiden den Kampf zuerst verlor, aber irgendwann fielen mir die Augen zu, und ich driftete ins Land der Träume ab.

Es tut sich was
6

Patterson war nicht gerade dafür bekannt, dass man hier lange ausschlafen konnte. Die Wochentage waren vom Morgen an mit Therapie- und Sportstunden gespickt, und wenn ich mal *nicht* zeitig aufstehen musste, weckte die Frühaufsteherin Liezle mich, indem sie sich summend im Bad zurrechtmachte.

An diesem Sonntag ließ meine Zimmergenossin es zur Abwechslung mal ruhig angehen, und so schlief ich heute zum ersten Mal richtig aus. Warme Sonnenstrahlen kitzelten mich im Gesicht und tauchten den kleinen Raum in orangenes, wohltuendes Licht.

Nachdem ich mich selig aus dem Bett gewälzt und im Bad geduscht hatte, stellte ich mich vor den Kleiderschrank und überlegte, was ich zur Feier des Tages anziehen sollte. Eine Woche war nun rum, und wenn mich nicht alles täuschte, hatte ich schon ordentlich was abgenommen. Vor allem freute ich mich, dass wir heute zum ersten Mal alle frei hatten und den ganzen Tag miteinander verbringen konnten.

Ich entschied mich für ein dunkelblaues Kleid, eines der wenigen, die ich mitgenommen hatte. Als ich es gekauft hatte, war es bis zum Boden gegangen. Mom hatte es für mich zum Schneider gebracht und auf eine Länge kürzen lassen, bei der ich nicht mehr aussah, als würde ich einen Schlafsack tragen. Jetzt endete es knapp über den Knien, und das Tolle war: Es war von der Taille an leicht ausgestellt, sodass es meine breiten Hüften und Schenkel kaschierte.

Stirnrunzelnd warf ich einen Blick auf Liezle, die immer noch im Bett vor sich hindöste. Ihr Gesicht hatte sie unter dem Kopfkissen vergraben, eine Praktik, die ich noch nie verstanden hatte. Welcher normale Mensch bekam denn unter einem Kopfkissen Luft? Ob alles in Ordnung mit ihr war? So lange schlief sie sonst nie. Anderseits waren wir gestern auch bis in die Puppen wachgeblieben, dachte ich, und zog das Kleid an.

Das Frühstück wurde am Wochenende eine Stunde später serviert, Mittagessen und Abendbrot erfolgten zu den üblichen Zeiten. Ich ließ meine braunen, glatten Haare offen über die Schultern fallen und trug etwas Wimperntusche und Rouge auf, dann ging ich zu Liezle. Ob sie hinterher sauer sein würde oder nicht, aber ich musste mich vergewissern, dass sie nicht erstickt war. Sanft rüttelte ich an ihrer Schulter. „Hey, Schlafmütze. Lebst du noch?“

„Hm-hm“, kam es gedämpft aus den Tiefen des Kopfkissens. „Ich brauch noch ‘n bisschen. Esst schon mal ohne mich“, murmelte sie, bevor sie ihr Gesicht, wenn überhaupt möglich, noch tiefer vergrub. Zumindest atmete sie. Beruhigt verließ ich das Zimmer.

Den Sonntag umgab immer eine ganz besondere Atmosphäre, fand ich. Das war in den Ferien nicht anders als in den Schulwochen – auch wenn sich der Aufenthalt in der Klinik eher wie ein Mix aus beidem anfühlte. Vergnügt und ohne Hast schlenderten die Kinder zum Speisesaal, einige ließen sich sogar noch mehr Zeit und hingen im Foyer und in den Gängen ab. Warum auch hetzen?

Heute standen weder Sport- noch Therapiestunden an. Der Sonntag gehörte ganz uns.

Im Speiseraum erwarteten mich eine verschlafene Beverly und eine quietschmuntere Kathy an unserem Tisch. Sandra glänzte durch Abwesenheit. Mit einer Schüssel Müsli und einer Banane setzte ich mich zu ihnen und grinste Beverly an. „Will ich wissen, was Sandra gestern getrieben hat, dass sie heute nicht beim Frühstück erscheint?“

Beverly, die noch ganz gerädert wirkte, brachte ein Schmunzeln zustande. „Nicht das, was du vielleicht denkst. Aber was soll ich sagen? Sie liebt diese *besonderen* Stunden im Wald eben.“ Kathy neben ihr schnaubte – das schien ihre Lieblingskommunikationsform zu sein – und las weiter in einer Modezeitschrift.

„Wo hast du die denn her?“, erkundigte ich mich und schielte neugierig zu ihr herüber. Ich las zwar lieber Gaming-Zeitschriften, aber *etwas* zu lesen war immer noch besser als gar nichts zu lesen, und auf meine dicken Wälzer hatte ich meistens nur abends Lust. Weiß der Geier, warum ich mir keinen Vorrat an Zeitschriften zugelegt hatte, bevor ich hierhergekommen war, aber man konnte ja nicht an alles denken. Sobald ich nächste Woche mit nach *Twisp* fahren durfte, würde ich zum erstbesten Kiosk rennen und mein Taschengeld verprassen.

„Die liegen jeden Sonntag im Foyer aus“, beantwortete Kathy meine Frage. „Aber du musst schnell sein, sie sind heiß begehrt. Jetzt sind vermutlich nur noch die Erwachsenen-Zeitschriften mit Politik und so ‘nem Kram übrig. Die werden vom Personal gelesen. Aber ich bin gleich fertig, dann kannst du sie haben.“

Nach dem Essen lehnte ich mich zufrieden zurück und warf einen Blick auf die Wanduhr. Gleich 10 Uhr. In zwei Stunden kamen die Besucher, aber meine Eltern würden erst nächste Woche hier antanzen. Das lag an Dad. Er hatte nicht frei bekommen, aber noch vermisste ich die beiden nicht genug, um darüber traurig zu sein. Die Zeit schien in *Patterson* sowieso dahinzufliegen. Hier passierte so viel in kürzester Zeit, dass der

Kopf gar nicht richtig hinterherkam. Seit sieben Tagen war ich nun schon hier, aber gefühlt waren es erst drei.

Ich überlegte, ob ich Kathy und Beverly zu einem Brettspiel überreden sollte. Um ein bisschen Zeit totzuschlagen, bis Sandra und Liezle endlich aus ihren Betten gekrochen kamen. Wobei Beverly nicht den Eindruck machte, als wollte sie heute auch nur eine Gehirnzelle strapazieren, und tatsächlich, als ich ihnen den Vorschlag unterbreitete, lehnte sie höflich ab.

Dafür begaben wir uns auf die Dachterrasse und genossen das tolle Wetter. Ich nahm die Zeitschrift mit, lehnte mich aber zunächst ans Terrassengeländer und sah hinunter. Vor mir lag die Anlage in ihrer vollen Pracht. Das Gewächshaus, das ich zu meiner Schande immer noch nicht besucht hatte, ragte eindrucksvoll aus dem satten, grünen Wiesenmeer empor, das sich, von wenigen Schlängelwegen unterbrochen, wie ein flaumiger Teppich über das Gelände erstreckte. Nur die Grasflächen, an denen wöchentlich die Zelte und Hindernisparcours aufgebaut wurden, sahen leicht in Mitleidenschaft genommen aus, aber das minderte nicht den herrlichen Ausblick.

Eine Bewegung unter mir lenkte meine Aufmerksamkeit auf sich.

Soeben hatte jemand das Gebäude verlassen und steuerte, in rote Trainingssachen gekleidet, den Wald an. Es war Ian.

Sieh mal einer an. Der Herr traute sich allein in den Wald. Ich hoffte für ihn, dass er inzwischen das Kartenlesen gelernt hatte, nur, falls er sich wieder verirrte. Wobei ich absolut nichts dagegen hätte, wenn er nie wieder aus dem Wald auftauchen würde.

Sei nicht so gehässig, dachte ich im nächsten Moment. *Er hat dich immerhin aufgefangen, als du zusammenklappt bist.* Gut, stimmt, das hatte er. Aber das machte wohl kaum all seine vorherigen Vergehen wett. Da müsste er mich schon ein paar hundert Male auffangen, ehe das geschah. Ich beobachtete, wie Ian in den Wald eintauchte, dann streckte ich mich auf der Liege neben Beverly aus und las in der Zeitschrift.

***

Es dauerte noch sage und schreibe zwei Stunden, ehe die beiden Langschläfer zu uns stießen. Beziehungsweise erkundigten sie sich unabhängig voneinander telefonisch bei Kathy, wo wir uns aufhielten, und wir verabredeten uns dann mit ihnen im Foyer. Sandra ging noch mal in ihr Zimmer und zog sich spontan etwas Luftigeres an.

Kathy und ich bewegten uns in Richtung Foyer und schwärmten auf dem Weg dorthin über das tolle Wetter und die sportfreie Zeit. „Ich gehe mal schnell auf die Toilette. Wartest du?“, fragte sie, kurz bevor wir die Eingangshalle erreichten.

„Klar." Ich stellte mich auf die andere Seite des Ganges ans Fenster. Von hier aus konnte ich auf die Zufahrt blicken, die von wunderschönen Blumenbeeten eingefasst wurde. Meine Freundinnen zu Hause hatten sich die Bilder zwar schon im Internet angeguckt, aber ich konnte es trotzdem kaum erwarten, ihnen Fotos von der Anlage zu schicken. Ich fand, dass sie live viel schöner und authentischer aussah als auf der Webseite.

„Na, wenn das nicht meine Lieblingsmitschülerin ist."

Innerlich stöhnte ich auf, dann wandte ich den Blick nach rechts, von wo aus die Stimme erklungen war. Ian war soeben die Treppe hinaufgekommen. An seinem verschwitzten Gesicht und dem festklebenden Trainingsshirt erkannte ich, dass er bis eben Joggen gewesen war.

„Willst du mir sagen, dass du *zwei* Stunden am Stück gelaufen bist?", konnte ich mein Erstaunen nicht verbergen. Was für eine perverse Ausdauer musste man haben, um das zu schaffen?

„Standardprogramm." Ein Handtuch um den Hals gehängt blieb er nur wenige Schritte vor mir stehen. Die Zipfel hielt er mit den Händen fest, deshalb waren seine Arme angewinkelt, und seine Bizepse traten hervor. Ians nackte Haut war von einem glänzenden Film überzogen, der sofort unpassendes Kopfkino in mir weckte. An seinem Hals pochte sichtbar eine Ader. Ich wollte Ian nicht anstarren, aber verdammt, der Anblick eines verschwitzten Sportlerkörpers war einfach sexy. Egal, wem er gehörte.

Als er die Stirn runzelte, dachte ich zuerst, ich hätte ihn zu offensichtlich angegafft, aber dann fragte er: „Woher weißt du überhaupt so genau, wie lange ich joggen war?"

„Hab dich von der Dachterrasse aus gesehen", sagte ich, verschränkte die Arme vor der Brust und wandte mich ihm nun vollends zu.

In seinen Augen blitzte es amüsiert auf. „Du meinst wohl eher, du hast mir heimlich hinterherspioniert, was? Gib's ruhig zu, du wärst nicht die Erste."

„Ähm. Nein. *So* ist es bestimmt nicht gewesen", schnaubte ich.

Ian ließ sich nicht aus der Ruhe bringen. Er kam einen Schritt näher, sodass ich jetzt den Kopf in den Nacken legen musste, um zu ihm hochzusehen, und stützte einen Arm gegen die Wand. „Was ich dir übrigens noch sagen wollte: Wenn du das nächste Mal mit Wuschel sprichst, vergiss nicht, den Mund zuzumachen." Seine Stimme troff nur so vor Sarkasmus.

Verdutzt nahm ich die Arme herunter. „Bitte was?"

„Du hast mich schon verstanden." Höhnisch blickte er auf mich herunter, wobei eine Schweißperle seine Schläfe hinabrann. „Ist ein Wunder, dass er nicht ausgerutscht ist, so, wie du ihn gestern angesabbert hast."

„Hast du ‘nen Schaden, oder was? Ich habe *niemanden* angesabbert!“

Ganz langsam beugte Ian sich zu mir herunter. Seine blauen Augen blitzten vergnügt. „Zufällig kenne ich mich mit sabbernden Mädchen aus. Wobei ich zwar nicht verstehe, was du an diesem Lappen findest, aber gut. Jedem das Seine. Gesabbert hast du auf jeden Fall.“

Einen Moment lang fiel mir nichts dazu ein. Selbst wenn Ian recht hatte, was ging *ihn* das bitte an? „Danke für diesen überaus wertvollen Hinweis. Kannst du jetzt bitte gehen? Bevor du noch den Boden volltropfst?“

„Gleich. Vorher wollte ich dich noch was fragen.“

Misstrauisch verengte ich die Augen. Es konnte ja nur ums Gras gehen. „Und was?“

Unschuldig wie ein Engel lächelte Ian mich jetzt an. „Was machst du heute?“

Die Frage kam so unerwartet, dass ich nur ein „Wä?“ zustande brachte. Was ich heute machte? Wollte er mich verarschen?

„Die Woche war scheiß langweilig, und du bist die Einzige, die ich hier kenne“, nutzte er meine Sprachlosigkeit aus, um fortzufahren. „Wenn ich hier nicht bald irgendetwas Spannendes unternehme, bringe ich mich freiwillig um.“

Ich fand meine Sprache wieder und schüttelte fassungslos den Kopf. „Verstehe. Und da dachtest du, da wir ja so gute Freunde sind, fragst du ausgerechnet mich? Geht's dir eigentlich noch gut? Freunde dich doch mit einem der Praktikanten an. Vielleicht findest du ja jemanden, mit dem du Leute abwerfen kannst! Im Sportunterricht zum Beispiel!"

Ich war so sauer, dass ich meinen Puls auf der Zunge schmecken konnte. Dass er es wagte, mich mit seinen Problemen zu behelligen. Ausgerechnet er, der in der Schule rund um die Uhr von Speichelleckern und Groupies umgeben war! Er sollte seine Langeweile lieber mal nutzen, um in sich zu gehen und sich vor Augen zu führen, was für ein Arsch er zu mir gewesen war!

Doch Ian wäre nicht Ian, wenn er meinen Vorwurf nicht mit einem Augenrollen abtun würde. „Ernsthaft jetzt? Das ist doch mindestens schon vier Jahre her."

„Na und? Das ändert aber nichts daran, dass du ein Idiot warst. Oder bist. Also nein, ich werde *nichts* mit dir unternehmen!"

Kopfschüttelnd wollte ich davonstapfen, dann fiel mir wieder ein, dass ich ja auf Kathy wartete, und ich stoppte nach zwei Schritten. „Nein, weißt du was? *Du* wirst gehen. Ich muss hier auf meine Freundin warten."

Ian warf einen Blick zu den Damentoiletten, und Erkenntnis blitzte in seinen Augen auf. Sicher hatte er sich schon gefragt, warum ich hier im Gang herumlungerte. Er sah wieder zu mir. „Im Ernst, Anna. Ich bin bereit, das Kriegsbeil zu begraben. Wir werden hier wochenlang aufeinander hocken, und wir werden uns noch öfter über den Weg laufen. Ich hab‘ keine Lust, ständig finster von dir angeguckt zu werden.“

„Wieso, hast du Angst vor mir?“ Provozierend funkelte ich ihn an.

Ian schmunzelte, ging aber nicht darauf ein. „Ich nenne dich auch nie mehr Annabelle. Na, wie klingt das?“ Erwartungsvoll erwiderte er meinen scharfen Blick. Als meinte er es ernst.

Oder als wollte er dich das nur glauben machen. Weil er in Wahrheit nur das Gras haben will.

„Als hättest du wieder heimlich gekifft, wenn du ernsthaft denkst, dass ich darauf eingehe.“

Ian wollte etwas sagen, aber in dem Moment kam Kathy aus dem Bad. Sie erkannte ihn und warf mir einen halb neckischen, halb fragenden Blick zu, doch ich schüttelte nur den Kopf. Ohne Ian eines weiteren Blickes zu würdigen, stieg ich mit Kathy die Treppen hinab. Vor meinem geistigen Auge konnte ich förmlich sehen, wie er sich nach mir umdrehte und mich verärgert dabei beobachtete. Wenigstens hatte ich ihm jetzt die Meinung gesagt, dachte ich zufrieden. Zukünftige Belästigungen dieser Art würden hoffentlich ausbleiben.

Erheitert nahm ich den Arm runter und beobachtete, wie Anna an mir vorbeistolzierte. Sie dachte wohl, sie hätte mich erfolgreich abgewimmelt, aber da kannte sie mich schlecht. Ich stand auf Herausforderungen, und ich hatte nicht gelogen. In *Patterson* war es sterbenslangweilig. Die Mitarbeiter hier waren so beschäftigt, dass man keine Gelegenheit hatte, mit ihnen zu connecten. Und diejenigen, die in meinem Alter waren, hatten alle einen Stock im Arsch. So wie dieser Locken-Jonny, den Anna so anhimmelte. Wuschel! Was war das überhaupt für ein bekloppter Spitzname? Sollte das vielleicht männlich klingen?

Ich brauchte eine Beschäftigung, wenn ich in dieser Klinik nicht versauern wollte. Und ich glaube, ich hatte soeben eine gefunden.

Innerlich grinsend ging ich weiter in Richtung Westflügel. Ich brauchte eine Dusche, und dann musste ich etwas futtern. Auf meinem Weg dorthin lief ich dem schwarzhaarigen Mädchen über den Weg, das mit Anna abhing. Oh, nein! Die versuchte doch schon seit Tagen verzweifelt, meine Aufmerksamkeit zu erregen. Innerlich stöhnte ich und dachte nur: *Sprich mich ja nicht an!*

Weibliche Aufmerksamkeit war ich zwar zu genüge von der Schule gewohnt, aber ich brauchte schon meine ganzen Nerven, um mich mit Anna gutzustellen. Da hatte ich nicht auch noch die Energie, Groupies abzuschütteln. Zum Glück sprach sie mich nicht an, dafür lächelte sie schüchtern, und ich, Kavalier wie ich war, nickte höflich zurück. Ich konnte ihre Blicke im Rücken spüren, nachdem ich an ihr vorbeigegangen war. Sie brannten sich regelrecht in meine Haut.

Fast war ich schon um die Ecke, als mir eine Idee kam.

Das Mädchen war mit Anna befreundet, und sie war offenbar in mich verschossen. Besser ging's doch gar nicht. Wenn Anna sich nicht dazu überwinden konnte, mir zu verzeihen, musste ich eben anders an mein Gras kommen. Im Grunde brauchte ich ja nur ihre Zimmernummer, und sobald sie in einer Therapiesitzung war, konnte ich es mir unter den Nagel reißen. Abrupt machte ich kehrt und fing das Mädchen ab, bevor sie die Haupttreppe erreichte.

„Hey, warte mal." Sie hielt an und drehte sich zu mir um. Als sie erkannte, wer sie da gerufen hatte, schoss ihr die Röte ins Gesicht. Kurz flackerte schlechtes Gewissen in mir auf. Mit den Gefühlen anderer zu spielen war echt übel und normalerweise nicht mein Stil. Aber hier ging es um meine Footballkarriere. Jahrelang hatte ich darauf hingearbeitet. Hatte Schweiß und Herzblut investiert, um der Beste im Team zu werden. Ich konnte nicht zulassen, dass ein Mädchen, das mich verachtete, mich dermaßen an den Eiern hatte.

Mit meinem verführerischsten Lächeln blieb ich vor ihr stehen.

Anna

„Fehlt nur noch Beverly“, sagte Kathy mit einem ungeduldigen Blick auf die Uhr. „Wo bleibt die Trödelliese nur? Sie wollte doch längst hier sein.“

„Da ist sie doch.“ Sandra deutete hinter mich.

Als ich mich umdrehte, sah ich eine strahlende Beverly auf uns zukommen. Um nicht zu sagen, sie schwebte förmlich.

„Was ist denn mit dir passiert?“, fragte Liezle halb skeptisch, halb belustigt, als sie vor uns stand.

Beverly war immer gut gelaunt, aber noch nie hatte ich sie so strahlen gesehen wie jetzt. „Ich würde sagen, ich habe ein Date, Leute!“, rief sie gedämpft und biss sich in die Faust, als könnte sie es selbst kaum glauben.

„Ein Date?“, wunderte Sandra sich und schob ihre Brille zurecht. „Etwa mit deinem Knutschfreund von gestern? Ich dachte, der wäre nur ganz okay gewesen.“

„Ach, der!“ Beverly machte eine wegwerfende Handbewegung, als wäre er längst Geschichte, und grinste dann verschwörerisch in die Runde. „Ich meine jemand *viel* besseren. Aber das ist eine Überraschung. Wir müssen nur kurz warten, bis er sich frischgemacht hat.“

„Frischmachen? Okay, das musst du mir jetzt genauer erklären“, verlangte Kathy und stemmte, wie eine Erwachsene, die Rede und Antwort verlangte, die Arme in die Hüften.

Was Beverly daraufhin sagte, bekam ich nicht mit. Ihre Stimme rückte in den Hintergrund und machte einem Ohrenrauschen Platz. War sie nicht gerade aus demselben Gang gekommen, in den Ian verschwunden war? Und dann die Sache mit dem frischmachen. Damit *konnte* doch nur er gemeint sein. Außerdem, warum sollte Beverly sich sonst so freuen? Sie hatte in den letzten Tagen mehr als deutlich gemacht, dass sie Ian vergötterte.

Nein, kein Zweifel, sie meinte meinen Mitschüler.

Scheinbar hatte er mitbekommen, dass wir zusammen abhingen, und jetzt versuchte er, meine Freundinnen auf seine Seite zu ziehen. Dieser elende … Es war eine Sache, wenn er versuchte, *mich* um den Finger zu wickeln, die ihn sowieso nicht ausstehen konnte, aber dass er jetzt Beverly für seine Zwecke ausnutzte, das ging zu weit.

Ich öffnete den Mund, um Beverly, die begeistert schwärmte, über seine finsteren Machenschaften aufzuklären, aber dann konnte ich es nicht.

Sie wirkte so glücklich, dass ich es nicht über mich brachte, ihr diesen Moment zu zerstören. Jetzt bereute ich es zutiefst, dass ich das Gras schon losgeworden war. Der Wunsch, mich an

Ian zu rächen, stieg heiß und kalt zugleich in mir auf.

Irgendwie.

Irgendwie würde Ian dafür büßen.

***

„Guten Tag, Ladys. Ich bin Ian, Hektors Assistent." Als mein Mitschüler zehn Minuten später im Foyer aufkreuzte, war ich immer noch geladen. Er musste in Windeseile geduscht haben, denn er roch nach Shampoo, und sein Haar glänzte an einigen Stellen feucht. Die Trainingssachen hatte Ian gegen ein hautenges Shirt und eine zerrissene, ausgewaschene Jeans getauscht. Sah leider geil aus.

Nacheinander schüttelte er den Mädchen die Hand, und sie stellten sich ihm mit Namen vor. Von wegen Assistent! *Warum sagst du ihnen nicht, wer du wirklich bist? Ein kiffender Verbrecher, so sieht's aus!*, dachte ich und wandte schnell den Blick ab, als er zu mir sah. Wenigstens schien er noch ein paar verkrüppelte Gehirnzellen zu besitzen, denn er gab mir gar nicht erst die Hand.

„Beverly war so nett, mich zu der Runde einzuladen. Ich bin noch neu hier und weiß ehrlich gesagt nicht, was ich mit meinem freien Tag anfangen soll."

Er war echt gut, das musste man ihm lassen.

Ein fleischgewordener Gott, der sich in die Opferrolle begab. Da wurde doch jedes Mädchenherz schwach. Nur auf Liezle war Verlass. Sie hatte ihm zwar die Hand gegeben, beäugte Ian jetzt aber argwöhnisch. „Anna meinte, dass ihr euch hasst", wandte sie ein. Ich hätte sie dafür abknutschen können.

„Ach, Hass ist so ein böses Wort", meinte Ian gut gelaunt und mit einer wegwerfenden Handbewegung. Selbstbewusst ragte er vor uns Mädchen auf, als würden wir uns schon seit Ewigkeiten kennen. „Sagen wir, wir hatten ein paar Meinungsverschiedenheiten. Aber die konnten wir ja vorhin im Flur klären, nicht wahr, Anna?" Er sah mich jetzt direkt an.

Provokation funkelte in seinen Augen, aber das bemerkten die anderen vermutlich nicht. Sie war allein für mich bestimmt.

Wenn Ian dachte, ich würde darauf eingehen, hatte er sich geschnitten. „Weiß jemand, wie spät es ist?", fragte ich in die Runde, obwohl am Eingang hinter mir eine riesige Wanduhr prangte.

Plötzlich wurden Sandras Augen groß, und ihr Blick huschte zur Uhr. „Oh, Scheiße! Schon Viertel nach zwölf! Meine Mom besucht mich doch heute, und mein Zimmer sieht aus wie ein Saustall! Sorry, Leute, ich muss das in Ordnung bringen, bevor ich mir wieder was anhören kann. Wir sehen uns heute Abend." Und schon sauste sie davon.

„Also, wie ist der Plan?", fragte Ian und verschränkte entspannt die Arme hinter dem Kopf.

„Wir wollten ein bisschen auf der Wiese rumhängen“, sagte Kathy. „Und nach dem Mittagessen im Aufenthaltsraum Karten spielen.“

„Klingt gut, bin dabei.“ Mit einem Piratenlächeln sah er in die Runde, und ich konnte sehen, wie die arme Beverly ihm mit jeder Sekunde mehr verfiel.

„Wisst ihr was? Ich gehe erst mal was essen. Wenn ich ganz nett frage, bereiten sie mir in der Küche noch einen Shake zu. Ich komme dann nach“, entschied Liezle und ging ebenfalls.

Da waren wir nur noch zu viert.

Kommentarlos setzte ich mich in Bewegung, und die anderen folgten mir.

Das würde ja ein fantastischer Sonntag werden.

Obwohl Ians Anwesenheit meine Laune dämpfte, konnte ich die Herrlichkeit des Sonntags schwer ignorieren.

Die Ausgelassenheit in den Gesichtern, die Freude der Kinder, die von ihren Eltern, Geschwistern und Freunden besucht wurden. Automatisch sickerte etwas davon in mein Herz und veranstaltete dort ein Tauziehen mit meiner schlechten Laune.

Unter strahlendem Sonnenschein spazierten wir am Gewächshaus und an den von Büschen umgebenen Bänken vorbei, bis wir die entlegene Wiese erreichten, auf der sich schon viele andere Patienten sonnten. Die Wiese war groß genug für uns alle, und so ließen wir uns ein Stück abseits der anderen nieder, wo wir ungestört reden konnten.

Nicht, dass ich groß zum Plaudern aufgelegt wäre, aber Ian verstand es meisterhaft, Smalltalk zu machen. Ich hörte nur mit halbem Ohr hin und beobachtete lieber eine kleine Gruppe beim Volleyballspielen. Wenn ich ehrlich war, hasste ich das Spiel nur, weil ich so grottenschlecht darin war.

Und wegen der schlechten Erinnerungen daran.

Aus sicherer Entfernung betrachtet sah es ganz spaßig aus, aber in diesem Leben würde ich mich wohl nicht mehr damit anfreunden.

Nach einer Weile legte ich mich auf den Rücken und spielte mit mir selbst Wolkenraten.

„Ich finde ja, von der Terrasse aus hat man den besten Blick in den Wald", hörte ich Ian auf etwas antworten, das mir entgangen war.

„Von Liezles und Annas Zimmer aber auch", meinte Beverly. „Gemeinerweise kriegt Liezle immer die besten Zimmer. Schön mit Waldblick. Ihr Einzelzimmer vorher hatte auch so eine Hammer-Aussicht."

Ich riss den Kopf herum, doch ich hatte die Gefahr zu spät erkannt.

Schon sagte Ian: „Die Glücklichen. In welchem Zimmer sind sie denn?"

„Nummer 20. Zweite Etage. Bevor Anna kam, habe ich ein paar Mal in Liezles Zimmer übernachtet. Der Ausblick ist wirklich beneidenswert", plapperte Beverly nichtsahnend.

Aus meiner liegenden Position heraus starrte ich Ian finster an. Das war also sein Plan gewesen. Deshalb war er mitgekommen.

Erneut kochte Wut in mir hoch, und noch mehr, als sein Blick kurz zu mir schwenkte. Selbstzufrieden. Aber ich konnte nichts mehr daran ändern. Beverly hatte unser *Geheimnis* ausgeplaudert, und jetzt war es nur noch eine Frage der Zeit, bis Ian herausfinden würde, dass ich das Gras nicht mehr hatte.

Vermutlich plante er im Geiste schon, in mein Zimmer einzubrechen und meine Sachen zu durchwühlen. Bei dem Gedanken, dass er dabei meine Unterwäsche in die Finger kriegen würde, erstickte ich fast. Ich musste das verhindern. Leider gab es keine Schlüssel für die Zimmer, und einen Erwachsenen konnte ich auch nicht einweihen. Damit würde ich mich ja mitschuldig machen. Oder wie sollte ich beweisen, dass ich nicht die ganze Zeit mit Ian unter einer Decke gesteckt hatte? Was, wenn er, skrupellos wie er war, behauptete, *ich* hätte das Gras in die Klinik geschmuggelt?

Nein, das konnte ich nicht riskieren.

Ich hätte ihn neulich einfach verpfeifen sollen, dachte ich frustriert. Jetzt gab es im Grunde nur noch eine Sache, die ich tun konnte, und die schmeckte bitter nach Verlieren.

Resigniert wollte ich die Augen schließen, als sich der Himmel vor meinen Augen schlagartig verdunkelte. Ein Mädchen war in mein Blickfeld getreten, unter dem Arm einen Volleyball geklemmt. Ich erkannte sie als eine der Spielerinnen wieder, die ich beobachtet hatte.

„Hi", sagte sie und lächelte auf uns herunter. „Wir spielen da drüben Volleyball, und uns sind gerade zwei abgesprungen. Wollt ihr vielleicht mitmachen? Wir nehmen euch auch alle vier."

Ihr Blick blieb hoffnungsvoll an Ian hängen, der zustimmend die Schultern hob und sich mit seinen kräftigen Armen hochstemmte. „Bin dabei."

„Ich auch", beeilte Beverly, sich zu sagen. Dann wanderte ihr Blick zu Kathy. Es sah aus, als flehte sie die Diabetikerin stumm an, sie moralisch bei dem Spiel zu unterstützen.

Kathy sah von Beverly zu dem Mädchen, und sagte, nicht ganz so euphorisch: „Ja, warum nicht?"

Jetzt waren alle Blicke auf mich gerichtet. Abwehrend hob ich die Hände. „Volleyball ist nicht so mein Ding. Aber danke."

Ian sah zu mir, und an seinem Gesichtsausdruck konnte ich erkennen, wie er sich geistig gegen die Stirn schlug. Scheinbar hatte er meine Volleyball-Phobie ganz vergessen.

Er zögerte. „Wisst ihr was? Ich glaube, ich gucke erst mal zu. Ich spiele dann bei der nächsten

Runde mit“, verkündete er und sank wieder ins Gras.

Verärgert biss ich die Zähne zusammen. Was wollte er nun schon wieder von mir?

Beverly machte ein Gesicht, als hätte er einen Welpen getreten. Ich sah, wie sie mit dem Drang kämpfte, hierzubleiben, aber sie konnte jetzt unmöglich auch einen Rückzieher machen. Das wäre zu auffällig gewesen. Dieser gottverdammte Idiot! Merkte er denn nicht, was für einen Schaden er anrichtete? Aber so war das ja immer mit den gut aussehenden Typen. Selbstverliebt schritten sie durchs Leben und registrierten gar nicht, was für eine endlose Schneise aus gebrochenen Herzen sie dabei hinter sich schlugen.

„Du weißt schon, dass du Beverly falsche Hoffnungen machst, oder? Das ist selbst für dich unterste Schublade“, sagte ich vorwurfsvoll, als die anderen außer Hörweite waren.

Ian stemmte die Arme neben sich ins Gras und lehnte sich zurück. „Du lässt mir ja keine andere Wahl. Ich kann dir nicht vertrauen. Du könntest mich jederzeit verpfeifen, und ich werde ganz sicher nicht tatenlos herumsitzen und darauf warten.“

Wow. Er hielt mich für *so* gewissenlos? Das traf mich, aber ich ließ mir nichts anmerken. Stattdessen fragte ich in geschäftsmäßigem Ton: „Das heißt, wenn ich es dir zurückgebe, lässt du Beverly in Ruhe?“

„Sofort", meinte er und fügte auf meinen misstrauischen Blick hinzu: „Falls du denkst, dass es mir Spaß macht, Beverly zu benutzen, muss ich dich enttäuschen. Aber du zwingst mich dazu, Anna."

Tief atmete ich durch und sah zu Beverly rüber, bevor ich gestand: „Ich hab's nicht mehr. Hab's im Klo runtergespült." Ich tat es nicht nur für sie, wurde mir beschämt klar. In erster Linie wollte ich Ian damit von meinen privaten Sachen fernhalten. Doch er reagierte seltsamerweise nicht, deshalb sah ich wieder zu ihm. In seinem Gesicht fand sich keine Regung.

„Und das soll ich dir jetzt einfach so glauben?"

„Ich kann dir die leere Tüte zeigen", meinte ich. „Ich wusste nicht, wie ich sie loswerden sollte, deshalb habe ich sie ausgespült und im Koffer versteckt. Sobald ich nach *Twisp* fahre, werfe ich sie dort in den nächsten Papierkorb."

Das schien Ian zu überzeugen. Und warum sollte er auch an den Worten einer Streberin zweifeln? Ich wäre schon ganz schön bescheuert, wenn ich freiwillig Gras in meinem Zimmer aufbewahren würde. „Gib sie mir, dann erledige ich das", sagte er.

Ich nickte und rupfte einen Grashalm aus der Erde. „Und was machen wir jetzt mit Beverly?"

Ian sah zu ihr rüber, dann legte er sich auf den Rücken und schloss die Augen. Jetzt, da er wusste, dass ich ihm nicht mehr gefährlich werden konnte, wirkte er gleich viel entspannter. „Das lass mal meine Sorge sein. Mir verliebte Mädchen vom Leib zu halten, ist quasi meine Nebenbeschäftigung."

Ich rollte die Augen, sparte mir aber einen Kommentar.

„Und damit sind wir dann quitt. Ich hab' dich schließlich vor einer Gehirnerschütterung bewahrt."

***

Tag 8

Am nächsten Morgen quälte ich mich mit heftigem Muskelkater aus dem Bett, was mir völlig unverständlich war. Ich hatte gestern doch gar keinen Sport gemacht. Dann erinnerte ich mich an die Krafttrainingseinheiten am Samstag, die einfach nur brutal gewesen waren, und ich kam stöhnend auf die Beine.

Liezle amüsierte sich darüber und erklärte es mir so, dass bei einer Überbelastung der Muskeln winzige Risse entstanden, in die Wasser eindrang, das sich dann entzündete. Was zunächst brutal klang, war angeblich ein vollkommen natürlicher Prozess und nichts, worüber man sich Sorgen machen müsste. Der Körper brauchte nur eine Weile, um diese Entzündungsprodukte aus dem Gewebe zu *spülen*, woraufhin die Nervenenden dann mit dem üblichen Brennen reagierten, das wir als Muskelkater wahrnahmen. Das geschah meistens erst am übernächsten Tag. Laut Liezle sollte ich mich über die Schmerzen also freuen, denn sie bedeuteten, dass ich meine Muskeln ordentlich beansprucht hatte.

Na, wenn das kein Trost war!

Aber ich wollte mir den Tag nicht vermiesen lassen, nicht mal von dem Muskelkater. Heute war

Wiege-Tag. Ich konnte es kaum erwarten, zu erfahren, wie viel ich abgenommen hatte. So schnell es mein Muskelkater zuließ, machte ich mich im Bad fertig, dann zog ich mich an und schleppte mich zum Sprechzimmer. Wobei man es wohl eher kriechen nennen musste, denn die Schmerzen waren echt heftig. Wehe, ich lief jetzt Ian über den Weg! Er würde sich bei meinem Anblick vor Lachen auf dem Boden kugeln.

Dr. Richardson maß zuerst meinen Körper aus, und ich fiel fast aus allen Wolken, als ich die Ergebnisse sah. Am Bauch und an den Hüften hatte ich schon 5 Zentimeter verloren. An der Taille immerhin 3,5 cm. Für meine Ernährungstherapeutin waren die Ergebnisse weniger überraschend. Sie klärte mich auch darüber auf, dass die Maße beim Abnehmen viel ausschlaggebender als das Gewicht wären, da man im Laufe des Trainings Muskelmasse aufbaute und Muskeln schwerer wären als Fett.

So könnte die Waage mehr Gewicht anzeigen, obwohl man in Wahrheit abgenommen hätte. Ich speicherte dieses Wissen im Hinterkopf ab, aber jetzt musste ich unbedingt wissen, was die Waage sagte.

Ich hatte die ganze Woche darauf hin gefiebert. Nur eine positive Gewichtsveränderung konnte mich jetzt befriedigen.

Und dann stellte ich mich darauf, und ich konnte nicht glauben, was ich dort sah. Vier Kilo!

Ich hatte sagenhafte vier Kilo abgenommen. In einer Woche! Das war unglaublich.

Meine Ernährungsberaterin holte mich zwar schnell wieder auf den Boden der Tatsachen zurück, indem sie mir erklärte, dass das meiste davon Wasser wäre und man am Anfang immer schnell abnähme, aber das war mir egal. Ich war so motiviert, dass ich heute Abend auf jeden Fall eine Extrarunde joggen würde.

So musste es unbedingt weitergehen.

Nach dem Wiegen meldete ich mich am Empfang, um mein Handy abzuholen. Ms. Harvey schickte mich in den stillen Gebäudeflügel, in dem ich am ersten Tag meine Einweisung gehabt hatte. Dort, zwischen den Personalräumen und der Krankenstation, lag das *Fundbüro.* Ich musste auf einer Liste unterschreiben und Namen und Datum notieren, dann bekam ich mein Handy überreicht.

Der Akku war tot, deshalb kehrte ich auf direktem Wege ins Zimmer zurück und lud es auf. Das morgendliche Joggen startete erst in 25 Minuten – ich hatte also noch Zeit. Ab heute fand das Joggen für mich *vor* dem Frühstück statt. Die Schonfrist war vorbei.

Jetzt hieß es: Dreimal die Woche Frühsport um 7 Uhr auf nüchternen Magen.

Mir sollte es recht sein. Nach den Ergebnissen, die ich eben gesehen hatte, konnte mich nichts mehr von meinem Ziel abbringen. Oder demotivieren. *Joggen um 7? Lasst uns um 5 Uhr laufen. Kein Problem. Ich bin dabei.*

Als ich das Zimmer verlassen hatte, war Liezle noch da gewesen, jetzt fand ich es leer vor. Inzwischen wusste ich, dass sie Montag- und Mittwochmorgens Einzeltherapie hatte, manchmal kam sie deswegen auch erst später zum Frühstück. Ich steckte das Kabel in die Steckdose, schloss das Handy an und setzte mich aufs Bett. Die Sekunden verstrichen. Nach einer Minute schaltete ich das Handy ein und gab den vierstelligen PIN ein.

Etliche Sekunden saß ich einfach nur da und starrte mein silbernes Smartphone an. Ich wusste gar nicht, was ich damit zuerst anstellen sollte. So viele Möglichkeiten standen mir plötzlich wieder offen. Sollte ich erst mal Instagram checken oder lieber alle verpassten YouTube-Videos schauen? Auf Tumblr war ich auch lange nicht mehr gewesen, genauso wie Snapchat. Oder sollte ich direkt meine Freundinnen anrufen? Aber dafür war es vielleicht noch zu früh. Es waren Ferien. Anders als ich konnten die drei jeden Tag ausschlafen.

Einen Fernseher gab es in *Patterson* nicht, und ohne Handy musste man sich die Zeit hier ganz Old School-mäßig mit Gesellschaftsspielen und Spaziergängen vertreiben. Genau das hatte ich in den letzten sieben Tagen gemacht. Mein Smartphone wieder in der Hand zu halten war daher wie eine Rückkehr in die Zukunft für mich. Am Ende entschied ich mich dafür, Mom anzurufen. Bei ihr konnte ich mir sicher sein, dass sie um halb 7 schon wach war. Außerdem erwartete sie meinen Anruf ohnehin.

Lange konnten wir nicht telefonieren – bei Mom trudelten langsam die ersten Yogaschülerinnen im Studio ein, und ich musste mich noch umziehen –, aber es reichte aus, um uns beide auf den neuesten Stand zu bringen. Dad war wie immer bei der Arbeit, und morgen würden meine Großeltern zu Besuch kommen. Wie ich Grandma kannte, würde sie wieder einen todesleckeren selbst gebackenen Kuchen mitbringen, sodass ich ganz froh über die Meilen war, die zwischen uns lagen.

Hier in *Patterson* achteten sie penibel darauf, dass sie uns keinen unnötigen Versuchungen aussetzten, aber da draußen, in der echten Welt, schrien die ungesunden Produkte geradezu nach uns. Wie Sirenen die Seefahrer lockten sie uns mit falschen Versprechungen, um uns zum Zugreifen zu verführen. In der Klinik fühlte ich mich relativ sicher, aber ich traute mir noch lange nicht zu, auch außerhalb dieser Mauern stark zu bleiben.

Mein Ausflug nächste Woche würde mein erster Testlauf werden.

***

Am Nachmittag fand ich dann endlich die Zeit, mit meinen Freundinnen zu facetimen. Ich hatte mich allein auf die Terrasse zurückgezogen und ließ die Bombe platzen, noch ehe wir das Begrüßungsgeplänkel ganz hinter uns hatten.

„Niemals!“, rief Laura, meine beste Freundin.

„Doch, ich schwör’s. Er ist hier im Institut“, versicherte ich ihr amüsiert, weil ich mit genau dieser Reaktion gerechnet hatte.

„Ich glaub’s einfach nicht“, murmelte sie fassungslos. „Und du? Geht‘s dir gut? Ihr habt euch doch bestimmt schon die Köpfe eingeschlagen.“

Ich lachte. „Erstaunlicherweise nicht. Obwohl er sich ja gleich das nächste Ding geleistet hat.“ Dann erzählte ich ihnen von dem Gras, und wie er die ganze Woche über versucht hatte, das Tütchen zurückzubekommen.

„Ich sag’s immer wieder: Der Typ hat einmal zu oft ‘nen Football gegen den Schädel gekriegt“, meinte Debbie verächtlich. Sie war die Erwachsene von uns. Ein richtiger Moralapostel, der zum Beispiel überhaupt nicht nachvollziehen konnte, wie man seine Lebenszeit mit Animes und PC-Spielen verschwenden konnte. Sie kannte nur ein Computerspiel, und das war *Die Sims*. Nicht etwa das neueste Spiel, sondern die älteste Version, aus dem geschätzten 17. Jahrhundert. Spieltechnisch war sie damit in etwa auf dem Stand eines Neandertalers, und darauf war sie auch noch stolz.

Aber von den *Reiferen* gab es ja in jeder Clique einen. Genauso wie es immer einen Nerd gab – wobei ich mir den Titel schon fast mit Colleen teilen müsste. Sie liebte Superhelden, aber nicht die in Comicform oder auf der Leinwand, sondern die *echten*.

Und die gab es.

Seattle war unter anderem für seine selbst ernannten Superhelden bekannt. Der berühmteste von ihnen war *Phoenix Jones*. Mehr als 30 Verbrecher saßen seinetwegen schon hinter Gittern. Kein Scherz. Das kann man googeln. Der Mann mit dem selbst designten Superheldenoutfit sorgte schon seit Jahren für Schlagzeilen. Er legte sich mit Drogendealern an, schlichtete Konflikte und patrouillierte regelmäßig mit seinen maskierten Homies durch die Problemviertel.

Manche hielten ihn für einen Spinner, Colleen vergötterte ihn und hatte sogar ein Poster in ihrem Zimmer hängen. Vernarrt wie sie in ihn war, hielt sie sich auf Instagram über seine Patrouillengänge auf dem Laufenden, in der Hoffnung, ihm irgendwann mal zu begegnen. Das war ihr größter Traum. Einmal von *Phoenix Jones* gerettet zu werden. Aber bisher war sie ihm noch nicht begegnet.

Wer von uns beiden war hier jetzt eigentlich der Nerd?

Routine
7

Tag 10

Das Wetter konnte sich nicht entscheiden. Vorgestern noch heiterer Sonnenschein, herrschte heute Weltuntergangsstimmung am Himmel. Der Regen schüttete nur so aus den Wolken. Dabei trommelte er so fest gegen die Fensterscheiben, als wollte er sie zum Platzen bringen. Schon als ich heute Morgen aufgewacht war, hatte das Gelände halb unter Wasser gestanden, deshalb war auch das Joggen ausgefallen. Wenn das so weiterginge, würde das Institut wie eine gläserne Arche davongeschwemmt werden.

Als ich am Nachmittag in mein Zimmer kam, lag ein Brief von meiner Tante auf meinem Kopfkissen. Das war ja wie in Hogwarts hier. Ich schwang mich aufs Bett, öffnete ihn und las die handgeschriebenen Zeilen. Tante Sharon und Onkel Matthew wünschten mir einen tollen Aufenthalt in *Patterson* und auf meinem Weg viel Erfolg. Meine Cousine hatte neben ihrer Unterschrift ein Herz gemalt, mein 10-jähriger Cousin hatte sich an einer Unterschrift versucht, die wohl erwachsen wirken sollte, aber das reinste Gekrakel geworden war.

Ich grinste.

Manchmal hatte ich das Gefühl, dass ich die falsche Schwester als Mutter abbekommen hatte. Das klang vielleicht gemein, aber Tante Sharon war ganz anders als Mom. Für sie stand die Familie im Vordergrund, nicht ihr Beruf. Vielleicht tat ich Mom, die seit dem Studium jeden Dollar gespart hatte, um sich den Traum von ihrem eigenen Yogastudio erfüllen zu können, und demnach viel Herzblut hineinsteckte, damit Unrecht, aber meine Tante unternahm zum Beispiel jedes Wochenende etwas mit ihren Kindern. Und mit unternehmen meinte ich keine sportlichen Aktivitäten, sondern normale Dinge wie shoppen gehen, Kinos besuchen oder in Freizeitparks fahren.

Im Grunde waren meine Cousine und mein Cousin wie Geschwister für mich, aber manchmal wünschte ich mir trotzdem welche. Na ja, ich wollte mich nicht beschweren. Es war nicht so, dass meine Eltern nicht liebenswürdig wären. Wir hatten nur leider kaum gemeinsame Interessen, was Unternehmungen schwierig machte.

Das Wetter zwang uns, den ganzen Tag im Institut zu verbringen, und ich war überrascht, wie sehr dieser Umstand mir aufs Gemüt schlug. Stubenhockerin war mein zweiter Vorname, aber nur acht Tage in *Patterson* und ich war offenbar zur

Frischluftliebhaberin mutiert. Ich merkte direkt an meiner Laune, dass ich heute noch nicht genug davon geatmet hatte. Erstaunlich.

Ian hatte mich seit dem Montagabend, an dem ich ihm die Tüte ausgehändigt hatte, nicht mehr belästigt, sodass ich allmählich zu hoffen wagte, dass ich ihn endgültig los wäre. Nun ja, nicht so richtig, denn ich sah ihn weiterhin beim Joggen und bei den Sportkursen, aber zumindest tat er nicht mehr so, als wollte er mit mir abhängen. Wenn er jetzt noch sein Versprechen hielt und dafür sorgte, dass Beverly ihn sich aus dem Kopf schlug, wäre alles perfekt.

Leider schwärmte sie immer noch jeden Tag von ihm. Gestern hatte sie mich sogar gefragt, ob ich ihn mit irgendeiner Bemerkung vergrault hätte, weil er sich nicht mehr mit uns traf.

Liezle benahm sich leider immer auffälliger. Es schien wieder schlimmer mit ihrer Bulimie zu werden, und es war nicht schwer zu erraten, wer der Grund dafür war. Sie konnte mir noch so oft beteuern, dass es nichts Persönliches wäre, es machte mich trotzdem fertig. Ich war in diese Klinik gekommen, um abzunehmen. Mehr nicht. Je näher ich die Mädchen und ihre Probleme kennenlernte, und auch andere Patienten, desto lächerlicher kam mir meine Anwesenheit hier allerdings vor. Ich fühlte mich wie ein Eindringling. Als hätte ich jemandem den Platz weggenommen, der ihn viel dringender als ich gebraucht hätte.

In dieser Nacht schlief ich nicht gut. Es fing damit an, dass ich mich unruhig herumwälzte, weil ich einfach keine bequeme Position fand, und endete mit einem plötzlichen Hochschrecken. Zuerst dachte ich mir nichts dabei und legte mich wieder hin, aber dann vernahm ich ein Würgen und Röcheln, und begriff, dass ich das Geräusch eben schon mal gehört und es mich aus dem Schlaf gerissen hatte. Es kam aus dem Bad.

Auf einmal hellwach schlug ich die Decke zurück und wankte in den Flur – ich war zu schnell hochgekommen. Mir war klar, was mich hinter der Tür erwarten würde, deshalb klopfte ich höflichkeitshalber an, obwohl die Tür halb offen stand.

„Liezle?“, fragte ich.

„Komm nicht rein!“, rief sie schon fast panisch, und wieder erklang ein Würgen.

„Bist du sicher? Das macht mir nichts. Ich kann …“

„Nicht … bitte.“ Und dann erbrach sie sich, während sie gleichzeitig die Spülung betätigte.

Ich zögerte noch einen Moment, zog die Tür dann aber zu und ging wieder ins Bett. Gern hätte ich Liezle geholfen oder ihr zumindest beigestanden, aber ich respektierte ihre Entscheidung. Wäre ich an ihrer Stelle gewesen, hätte ich auch nicht gewollt, dass sie mich in einem so intimen Moment sah. Einem Moment der Schwäche.

***

„Morgen“, weckte ich Liezle am nächsten Tag überschwänglich und hielt ihr einen dampfenden Becher Kaffee und einen Shake vor die Nase. Verschlafen stemmte sie sich hoch und starrte ihr Frühstück an, als hätte ich es gerade aus dem Nichts herbeigezaubert. Nach Liezles Bad-Aktion gestern hatte ich erst recht kein Auge mehr zu bekommen. Dennoch war ich heute Morgen relativ erholt aufgestanden und dann frühstücken gegangen. Liezle dagegen hatte das Frühstück wieder mal verpasst.

„Morgen“, nuschelte sie und rieb sich die Augen, als glaubte sie, sie würde träumen. „Ist das etwa für mich?“

Ich nickte und stellte den Kaffeebecher auf ihren Schreibtisch, weil er mir langsam zu heiß wurde. Schon auf dem Weg hierher hatte ich immer wieder anhalten und ihn kurz auf einer Fensterbank abstellen müssen, um mir nicht die Finger zu verbrennen. „Das Frühstück hast du leider verpasst, deshalb dachte ich mir, ich mache ein bisschen Zimmerservice.“

Liezle sah aus, als würde sie gleich anfangen zu weinen. Schnell senkte sie den Blick und starrte auf ihre in die Decke gekrallten Hände. „Danke, das ist lieb von dir, aber … ich glaube, ich pack das nicht mehr, Anna.“ Als sie wieder hochschaute, hatte sie ihre Tränen erfolgreich zurückgedrängt, aber ich wusste, sie lauerten nur darauf, auszubrechen.

Ich stellte auch den Shake ab, dann setzte ich mich zu ihr aufs Bett. „Ist schon okay." Lächelnd tätschelte ich ihre Schulter. „Das habe ich mir schon fast gedacht."

Wie ein geprügelter Hund sah sie mich an. So niedergeschlagen kannte ich Liezle gar nicht. „Ich denke, es ist das Beste so. Für uns beide. Aber du darfst es wirklich nicht persönlich nehmen, ja?"

„Kommt drauf an. Wenn du mir jetzt sagst, dass wir auch außerhalb des Wohnbereichs nicht mehr miteinander abhängen können, muss ich dich leider umbringen, ansonsten werde ich es gerade so überleben."

Wie erhofft lachte Liezle.

Danach ging alles ganz schnell.

Sie beantragte bei ihrer Therapeutin ein Einzelzimmer, und schon am Nachmittag waren ihre Koffer gepackt, und ich half ihr, sie ins andere Zimmer rüber zu rollen. Liezle zog nur sechs Räume weiter, also nicht *so* weit von mir weg. Ich blieb in dem Doppelzimmer, und da in den nächsten Wochen keine neuen Patienten eintreffen würden, hatte ich es vorerst für mich allein.

„Schade. Ich hatte so sehr gehofft, dass du es endlich packst", sagte Kathy über das allgemeine Gemurmel im Speiseraum hinweg.

Es war Kaffeepause, und ich hatte mir wieder einen Obstteller und einen Müsliriegel genommen, den ich mit gelegentlichen Schlucken von meinem Kaffee hinunterspülte. So ganz ohne Glasur waren die Riegel erheblich trockener als die aus der Schulkantine oder dem Supermarkt, aber ich war froh, dass es überhaupt etwas zu Naschen gab.

„Es soll wohl einfach nicht sein“, meinte Liezle schulterzuckend und streifte mich mit einem entschuldigenden Blick, als wollte sie stumm um Vergebung bitten. Dabei gab es nichts zu vergeben. „Und stell dir vor“, wandte sie sich dann neckend an Beverly. „Ich habe zum ersten Mal ein Zimmer mit Aussicht auf die *Einfahrt*.“

Beverly grinste zufrieden. „Und ich dachte schon, du genießt hier VIP-Status. Wenn, dann müsste den ja wohl Sandra bekommen.“

„Hey!“, empörte die sich, woraufhin Beverly sie freundschaftlich mit der Schulter anstieß.

Fünf Minuten später hatten wir aufgegessen, dann klingelte es auch schon zum Ende der Pause. „Wisst ihr, dass ich jetzt überhaupt keine Lust auf Schwimmen habe?“, brummte Beverly und stand lustlos auf. „Ich hab‘ schon überlegt, ob ich nicht einfach blau mache.“

„Geht mir auch so. Das Wetter ist viel zu schön, um drinnen in einer stickigen Halle zu kauern“, pflichtete Sandra ihr bei, während sie das leere Geschirr stapelte.

Ich behielt lieber für mich, dass ich jetzt eine Freistunde hatte und plante, sie im Garten auf der Bank zu verbringen. Außerdem dankte ich Gott dafür, dass ich nicht mit Ian Schwimmen hatte, so, wie Kathy zum Beispiel.

Ich wäre vor Scham gestorben, wenn er mich im Bikini gesehen hätte. Zum Glück fand mein Schwimmkurs immer Samstagmorgens vor dem Frühstück statt, und da war Ian woanders eingeteilt.

Ausgestattet mit meinem Handy und einer Wasserflasche setzte ich mich auf eine Bank nahe dem Gewächshaus. Das Wetter war sonnig, aber nicht so warm, dass man ein Kleid oder ein dünnes Oberteil hätte tragen können. Zumindest nicht, wenn man so eine Frostbeule war wie ich. Mit meiner beigen Strickjacke war es aber durchaus angenehm, und die Sonnenstrahlen wärmten mir zumindest das Gesicht. Ich wechselte ein paar Sprachnachrichten mit Colleen, die mit ihrer Familie wieder aus San Francisco zurück war, dann trieb ich mich eine Weile auf Instagram herum. Ich liebte diese Plattform. Ich könnte mir stundenlang schöne Fotos und Beiträge angucken.

Irgendwann, und ich konnte mir wirklich nicht erklären, wie das passiert war, landete ich auf Ians Profil. Als wäre sein Ego nicht schon groß genug, sorgten unfassbare 11.000 Follower dafür, dass es regelmäßig poliert und geschliffen wurde. Man konnte über Ian sagen, was man wollte, aber für einen gewöhnlichen High School-Schüler war das schon eine erstaunliche Zahl. Weniger erstaunlich als viel mehr klischeehaft waren dagegen seine

Posen oder dass er bei gefühlt jedem dritten Bild seinen Sixpack in die Kamera hielt.

Ein Stöhnen kam über meine Lippen. Was für ein Angeber. Und dann diese notgeilen Weiber, die unter seinen Bildern kommentierten. *Ian, auf welche Schule gehst du? Hast du eine Freundin? Wollen wir mal zusammen weggehen? Machst du mir Kinder?* Abgelenkt wie ich war, bemerkte ich die Person hinter mir erst, als mir ein vertrautes Parfüm in die Nase stieg.

Aber da war es bereits zu spät, um das Handy noch wegzustecken.

Schon beugte derjenige sich neben mir über die Bank und verschränkte die Arme auf der Lehne. „Du stalkst mein Insta-Profil und stöhnst dabei? Das musst du mir jetzt aber erklären."

Hitze sammelte sich in meinen Wangen, doch ich schaffte es, gelassen das Handy einzustecken. Dann verschränkte ich die Arme vor der Brust. „Das wird jetzt vermutlich dein Weltbild erschüttern, aber ich habe dich nicht gestalkt. Ich wollte mir nur die Bestätigung holen, dass du …"

„Unwiderstehlich bist?", schlug er vor.

„Eher ein wandelndes Klischee."

Ian schwang sich so leichtfüßig über die Bank, dass ich ihn einen Moment lang nur verblüfft anstarren konnte.

So beweglich wäre ich auch gern.

Schon saß er neben mir, legte den Knöchel des einen Beins auf das andere Knie und seinen Arm hinter sich auf die Lehne, womit er den Abstand zu mir quasi auf null verringerte.

Mit hochgezogenen Brauen betrachtete ich erst seinen Arm und dann Ian. Zwischen uns war mindestens noch Platz für eine Person, aber seine Hand lag jetzt direkt hinter mir, sodass er mit meinen Haaren hätte spielen können.

Alles in mir schrie danach, wegzurutschen – ein paar Zentimeter waren da noch bis zur Kante –, aber etwas in seinem provozierenden Blick sagte mir, dass Ian nur darauf wartete, dass ich das tat. Er wollte mich in die Ecke drängen. Die Situation an sich reißen. So, wie er es immer tat.

Demonstrativ lehnte ich mich das Stück, das ich mich vorgebeugt hatte, wieder zurück, wodurch meine Schulter seine Hand berührte.

Immer noch mit diesem überheblich amüsierten Blick hob er sie an, zog sie aber nicht zurück, sondern legte sie jetzt so, dass ich die Berührung seiner Finger nur erahnen konnte.

„Und, was machst du so?“, fragte er.

„Ich sitze auf einer Bank … wie man sieht.“

Ian schnaubte amüsiert. „Und guckst dir Bilder von mir an … wie man sieht. Ich brauche wohl nicht zu fragen, ob sie dir gefallen haben. Dein Stöhnen hat alles gesagt.“

Ich rollte die Augen. Zu einer Antwort ließ ich mich gar nicht erst herab.

Als Ian das auch begriff, sagte er: „Ich meinte eher, was du *heute* so machst.“

„Gar nichts. Ich genieße meine Freistunde und dann geht's auch schon mit den Kursen weiter." Kaum hatte ich es ausgesprochen, schwenkte mein Blick stirnrunzelnd zu Ian. „Apropos. Was machst *du* um diese Uhrzeit hier?"

„Ich hab' auch frei. Was für ein Zufall, oder? Jetzt können wir unsere Freistunde gemeinsam verbringen." Falls er von mir erwartete, dass ich darüber lachen würde, wurde er enttäuscht. Ermahnend sah ich Ian an, bis er auf einmal schelmisch grinste. „Gut, vielleicht habe ich ein bisschen nachgeholfen und Ms. Butler vorgegaukelt, ich hätte Magenschmerzen, damit sie mich auf mein Zimmer schickt."

Mein Gesichtsausdruck wechselte zu Fassungslosigkeit. „Ist das dein Ernst?!"

„Ja. Und? Wo ist das Problem?", fragte Ian schulterzuckend. Meine Reaktion schien ihm völlig übertrieben zu sein.

Aufgewühlt setzte ich mich quer, damit ich ihn jetzt direkt ansehen konnte. „Das *Problem* ist, dass du hier eine Strafe abzusitzen hast! Ganz abgesehen davon, dass vielen Kindern hier *kein* perfekter Körper vergönnt ist!" Als ich ein träges Grinsen erntete, biss ich mir auf die Zunge.

Hatte ich das gerade wirklich laut gesagt?

Egal.

Jetzt war es raus. „Die Pfleger brauchen dich vielleicht in diesem Moment. Und du chillst hier einfach, ich glaub das nicht!"

Ian blieb die Gelassenheit in Person. „Jetzt mach dich mal locker. Es ist doch nur ein halber Tag. Außerdem ist *Patterson* eine hochspezialisierte Klinik, oder nicht? Es wäre schon echt armselig, wenn sie auf einen Laien wie mich angewiesen wären."

Hochspezialisiert? Ich war erstaunt, dass er das Wort überhaupt kannte.

„Wäre die Sache mit dem Gras nicht gewesen, wäre ich doch gar nicht erst hier. Ich stehe den Großteil des Tages sowieso nur daneben und helfe ab und an mal beim Dehnen und Strecken."

Mürrisch verschränkte ich die Arme vor der Brust und drehte mich wieder geradeaus. War Ian mir gerade wirklich mit logischen Argumenten gekommen und hatte mich auch noch besiegt? Das wurde ja immer besser!

Er lachte neben mir. „Anna McCoy hat mal nichts zu erwidern. Eine Premiere."

„Halt bloß die Klappe", murmelte ich und konnte mir gerade noch ein Schmunzeln verkneifen.

Eine Weile saßen wir schweigend da, und ich betrachtete die Parkanlage vor mir. Um diese Uhrzeit saßen die meisten Patienten in Therapiesitzungen und Ernährungskursen, deshalb hatten wir die Anlage fast ganz für uns allein. Nur ein Gärtner schnippelte in der Ferne an den Sträuchern herum und auf der Wiese machte eine Sportgruppe Dehnübungen.

Irgendwann fragte ich: „Was willst du überhaupt von mir? Ich dachte, wir wären jetzt quitt."

„Sind wir auch, aber das ändert leider nichts daran, dass mir immer noch sterbenslangweilig ist. Du hast wenigstens Kontakt mit anderen Patienten. Ich nicht, oder kaum. Vielleicht kannst du mir ja einen Tipp geben, was man hier so machen kann. Ich meine, *außerhalb* der geregelten Zeiten."

Erschrocken drehte ich den Kopf zu Ian. Was sollte dieser Unterton? Wusste er etwa, dass wir uns Samstagabend weggeschlichen hatten? Gelassen erwiderte er meinen Blick. Leider war seiner so undurchdringlich wie eine doppelt verstärkte Festungsmauer. Ich hatte keine Ahnung, was er dachte, was er *wusste*.

„Außerhalb der geregelten Zeiten?", kam es etwas verspätet, aber hoffentlich glaubwürdig aus meinem Mund. „Wie wäre es mit *schlafen*?"

Ganz langsam wanderte Ians rechter Mundwinkel hoch. Er lehnte sich zu mir herüber und stieß sanft mit der Hand an meine Schulter. Mein Puls beschleunigte von gefühlt null auf hundert, und ein unerwartetes Kribbeln jagte durch meinen Körper. Okay, irgendwas war hier komisch.

Warum schlug mein Herz auf einmal so schnell? Es war nicht das erste Mal, dass Ian mich anfasste, und dass er gut aussah, war jetzt auch keine Neuigkeit mehr. Trotzdem hatte ich noch nie etwas anderes außer Verachtung und Wut für ihn empfunden. Und jetzt spielte mein Puls verrückt, nur, weil er mich angestupst hatte? Das gefiel mir nicht. Eine Art dunkle Vorahnung überkam mich. Wie, wenn man wusste, dass man bald krank werden würde.

„Na komm schon. Weihe mich ein. Ich will mich hier auch mal amüsieren." Er musterte mich mit belustigter Neugierde, und da er immer noch nach vorn gelehnt war, waren mir auch seine außergewöhnlichen Augen viel zu nahe.

Früher, vor der Sache mit dem Volleyballspiel, war ich in Ian verschossen gewesen. Welches halbwegs gesunde Mädchen war das auch nicht? Er war ein Schönling, aber keiner von der schmalzigen Prinz-Charming-Sorte, sondern eher wie sein verruchter Bruder, der unschuldige Mädchen zum Frühstück verspeiste.

Meine Zunge fühlte sich auf einmal bleischwer an. „Nenn mir einen Grund, warum ich das tun sollte?", brachte ich heraus. „Du hast mich in der Schule ausgelacht, Ian, ja, regelrecht gedemütigt!"

Und damit war der Zauber vorbei. Augenrollend lehnte er sich wieder zurück. „Ernsthaft? Geht *die* Leier schon wieder los? Da waren wir *Kinder*, Anna. Können wir das nicht einfach vergessen? Ich halte dir doch auch nicht vor, dass du dich über meine mangelnden Rechenkünste lustig gemacht hast."

„Ha! Das ist nicht dein Ernst!", rief ich empört. „Das habe ich doch nur gemacht, weil *du* angefangen hast! Das war reine Vergeltung für den Sportunterricht, den du mir von dem Tag an zur Hölle gemacht hast!“

Ian schüttelte den Kopf. *Er*. Als wäre *ich* hier die Unvernünftige von uns! Das war zu viel für mich. Bevor ich die Beherrschung verlieren und auf ihn losgehen konnte, stand ich auf. Leider hatte ich den Muskelkater nicht einkalkuliert, der mir noch hartnäckig in den Gliedern saß. Nur mit Mühe unterdrückte ich ein Keuchen, biss die Zähne zusammen und richtete mich ganz auf. Ich machte ein paar wackelige Schritte in Richtung Klinik, blieb dann aber, einer Eingebung folgend, wieder stehen. „Samstagsabends treffen sich die Älteren kurz vor 22 Uhr im Wald und hängen dort ab. Sie rauchen geschmuggelte Zigaretten und trinken Bier.“ Ich warf Ian einen geringschätzigen Blick über die Schulter zu. „Dürfte genau dein Klientel sein.“

Damit ließ ich ihn auf der Bank zurück.

So, jetzt dürfte ich ihn mir endgültig vom Hals geschafft haben. Für Ian gab es jetzt keinen Grund mehr, meine Nähe aufzusuchen. Ich war ihn los.

***

Meine Schritte führten mich zum Gewächshaus, ohne, dass ich es bewusst angesteuert hätte. Eine Palette mit Blumenkisten war neben dem Eingang aufgestapelt, der erdige, blumige Duft, den sie verströmten, war herrlich. Ein *Geöffnet*-Schild hing an der gläsernen, milchigen Tür, und ich dachte, wenn ich schon eine Freistunde hatte, konnte ich sie auch nutzen, um mir das Gebäude endlich einmal von innen anzugucken. So leer wie jetzt war das Gewächshaus nur selten – zumindest ging ich davon aus, dass es leer war, denn die vielen Umrisse, die sonst immer von außen zu sehen waren, fehlten heute.

Als ich die Tür aufdrückte, kündigte ein sanftes Klingeln mein Eintreffen an. Mit offenem Mund blieb ich im Eingang stehen. Das hier war kein Gewächshaus, sondern ein Tropenparadies!

Palmen in den verschiedensten Größen und Arten, plätscherndes Wasser, Blumen und Kräuter fielen mir ins Auge. In der Mitte des Raumes zog sich ein breites Hochbeet bis fast zum Ende durch und quoll vor Blumen und Kräutern regelrecht über.

Man hatte es in Quadrate eingeteilt, in denen abwechselnd Blumen und Kräuter gediehen. Hinter und vor dem Beet verlief ein breiter Gang, dahinter kamen die großen Pflanzen wie Palmen, kleine Bäume, Sträucher und richtig abgefahrene Blumen, die ich noch nie in meinem Leben gesehen hatte.

Mein Gedanke von neulich kam mir auf einmal gar nicht mehr so unsinnig vor – das hier war wirklich ein Urwald. Inklusive Grillenzirpen, Bienensummen und beruhigendem Plätschern, das von einem Standbrunnen verursacht wurde, der halb von Palmenblättern verdeckt war.

Die verschiedensten Gerüche stiegen mir in die Nase und ließen meine Geruchsnerven entzückt aufseufzen. Ganz klar. Ich war im Paradies gelandet.

Nachdem ich meine Verblüffung überwunden hatte, machte ich ein paar Schritte in den Raum und entdeckte ganz hinten eine pummelige Frau, die gerade eine junge Palme umtopfte. Ihre Hände steckten in grünen Gartenhandschuhen, die vor lauter Erde und Dreck ganz braun waren.

„Tut mir leid. Ich kann gerade nicht“, rief sie mir zu. „Alex. Machst du das mal?“

„Jep“, erklang es zu meiner Rechten. Und dann stand plötzlich Wuschel vor mir. Er war hinter einer wuchtigen Pflanze hervorgekommen und hielt ein Bund Unkraut in der Hand. Seine Hose war an den Knien braun gefärbt und sein an den Armen hochgekrempeltes Shirt wies ebenfalls Schmutzspuren auf.

„Wuschel!“, sagte ich überrascht und starrte zu ihm hoch. „Ich meine … Alex.“

Er schmunzelte. „Wuschel ist in Ordnung.“ Neckisch stieß er mich mit der Schulter an und ging dann an mir vorbei. „Hab‘ ich dir doch letztes Mal schon gesagt.“

Mit glühenden Wangen drehte ich mich mit ihm mit und beobachtete, wie er das Unkraut in einen grünen Sack stopfte. Dabei fiel mein Blick auf seine hochgekrempelten Ärmel, und ich musste an Ians bescheuerte Worte denken, dass er ein Lappen wäre. Stimmte schon, mit Ians Bizepsen konnte Wuschel nicht mithalten. Seine Statur war eher schlank und seine Arme sehnig, statt muskulös, aber ein *Lappen* war er garantiert nicht. Als er fertig war, wischte er sich mit dem Arm über die glänzende Stirn, dann zog er die Handschuhe aus, warf sie auf eine umgedrehte Kiste und kehrte zu mir zurück.

„Anna war das, richtig?“ Ich nickte entzückt. Er hatte sich meinen Namen gemerkt. „Was kann ich für dich tun? Eigentlich öffnen wir erst wieder in einer Stunde.“

„Oh, wirklich? Aber auf dem Schild steht *geöffnet*.“

Ich deutete zur Tür, und Alex‘ Blick folgte meiner Geste. „Dann habe ich wohl vergessen, es umzudrehen.“ Er lächelte entschuldigend, und ich schmolz dahin.

Dieses Lächeln! Eines Engels würdig.

„Was machst du hier?“, fragte ich eilig, da ich Angst hatte, ihn sonst wie verliebt anzuglotzen. Er sollte mich nicht für einen Groupie halten, wobei es vermutlich schon zu spät dafür war. Sicher pulsierten schon rosa Herzchen in meinen Augen. „Ich dachte, du bist nur am Wochenende hier.“

„Bin ich normalerweise auch nur, aber jetzt sind Semesterferien. Da helfe ich meiner Mom im Gewächshaus.“

Überrascht sah ich an ihm vorbei. „Das ist deine Mutter?“ Gebückt werkelte sie jetzt an der Palme herum. Von Alex’ Lockenpracht war bei ihr allerdings nichts zu sehen. Sie hatte glatte, braune Haare. Die musste er dann wohl von seinem Vater haben.

Alex nickte und lehnte sich an das Hochbeet, wobei er die Arme auf die breite Kante stützte. „Sie war es auch, die mir den Animateur-Job hier besorgt hat. Also, was führt dich hierher? Soll ich dich ein bisschen herumführen? Ich bin mit Pflanzen aufgewachsen. Wie du dir ja sicher vorstellen kannst.“ Er nickte zu seiner Mutter.

Sein Angebot war zu verlockend. Oder wohl eher sein Lächeln. „Ähm ja, sehr gern. Wenn dir das nichts ausmacht.“

Seine Lippen zuckten. Vermutlich, weil es hoffnungslos war, ihm vormachen zu wollen, ich würde nicht auf ihn stehen. *Jetzt reiß dich mal zusammen!*, ermahnte ich mich. *Das ist ja peinlich!* Wobei ich mir gut vorstellen konnte, dass Alex diese Reaktion gewöhnt war.

Man dachte nur an Sandra und all die anderen Patientinnen, die ihn letzten Samstag so offensichtlich angehimmelt hatten.

Dabei war er hundert pro schon vergeben. „Nein, ich war eh fast fertig“, meinte Wuschel und stieß sich ab.

Ich angelte mein Handy aus der Strickjacke und warf einen Blick auf die Uhr. „Um 16 Uhr muss ich aber wieder rein, dann gehen die Kurse weiter."

„Kein Problem. Dann machen wir eben einen Schnelldurchlauf."

***

Als wir eine halbe Stunde später aus dem Gewächshaus kamen, lief Ian an uns vorbei. Er kam aus der Richtung, in der wir vorhin auf den Bänken gesessen hatten. War er etwa bis eben dort gewesen? Der Arme musste ja wirklich Langeweile haben. *Was heißt hier der Arme?,* korrigierte ich mich. *Anstatt seine Strafe abzusitzen, macht er ganz dreist blau. Mitleid ist hier völlig fehl am Platz!*

Wuschel war mit mir vor die Tür gekommen, weil er noch die Blumenkisten hineintragen musste. Als Ian uns entdeckte, stutzte er. Wuschel winkte ihm zu, Ian hingegen nickte nur knapp und ging dann weiter. Gott, dieser Junge hatte echt keine Manieren!

„Komischer Vogel. Ich glaube, er mag mich nicht besonders", murmelte Wuschel und sah dem Quarterback stirnrunzelnd nach.

„Ach, der ist immer so. Ich kenne ihn aus der Schule", log ich, dabei hatte Ian mir selbst gesagt, was er von Wuschel hielt. Aus irgendeinem Grund wollte ich aber nicht, dass Wuschel sich unwohl fühlte. Er war viel zu nett, um schlecht behandelt zu werden. Das hatte er nicht verdient. *Weil du ihn ja auch so gut kennst*, meldete sich wieder die spöttische Stimme in meinem Kopf. Stimmt, ich kannte ihn nicht, aber das brauchte ich auch gar nicht. Bei manchen Menschen wusste man auf den ersten Blick, woran man bei ihnen war, und Wuschel strahlte so eine sympathische, liebenswerte Aura aus, dass man alles Schlechte auf dieser Welt von ihm fernhalten wollte. Okay, da kam wohl gerade die Romantikerin in mir durch. Trotzdem sollte ich dringend aufhören, ihn so offensichtlich anzuhimmeln. Sonst hatte Ian doch noch recht, und ich sabberte ihn wirklich voll.

„Danke für die Führung, das war sehr interessant. Und sag' deiner Mutter, dass ihr Gewächshaus der Hammer ist", verabschiedete ich mich von Wuschel.

Er lachte und hievte gleich drei Kisten vom Stapel. „Mach ich. Man sieht sich."

Quitt
8

Die nächsten Tage flogen nur so dahin, und allmählich stellte sich eine gewisse Routine ein. Morgens ging ich joggen, nach dem Frühstück zur Einzel- oder Gruppentherapie, danach folgten Sport, Mittagessen, diverse Kurse und zum Schluss das Abendessen.

Der Muskelkater machte mir noch ganz schön zu schaffen. Jedes Mal, wenn der *alte* abklang, machten wir neue Kraftübungen, wodurch wieder neue Muskelgruppen beansprucht wurden.

Dafür lief es mit meinen Heißhungerattacken und dem Joggen immer besser. Ich war zwar noch kein Profi und auch noch lange nicht so fit wie Ian, aber mit jeder weiteren Tour wurden die Strecken, die ich am Stück zurücklegen konnte, länger, und meine Lungen brannten etwas weniger.

Ich hätte gedacht, dass es ohne Liezle einsam im Zimmer werden würde, aber da wir so gut wie jeden Abend entweder bei ihr oder bei mir zusammen abhingen, war es im Grunde keine große Umstellung. Jetzt, da ich die Mädels näher kennengelernt hatte, gesellten sie sich außerdem immer häufiger dazu, sodass es in meinem Doppelzimmer manchmal richtig eng wurde. Wir tauschten uns über positive sowie negative Dinge aus, erzählten aus unserem Leben, und ich lernte viel über ihre Krankheiten. Was ich dabei besonders schätzte war, dass Beverly und Sandra meine Sorgen bezüglich meiner Überpfunde – mochten sie im Vergleich zu ihren noch so *mickrig* sein – ernst nahmen.

Heute stand mein erster Ausflug nach *Twisp* an, und die Sonne war so nett, uns mit angenehmen 18 Grad zu begleiten. Auf dem Weg zum Institut neulich hatten Mom und ich nicht viel von der Ortschaft gesehen. Wir hatten nur die Hauptstraße passiert und einen Blick auf ein paar zusammengewürfelte Läden am Straßenrand erhascht. Aber das verschlafene Städtchen musste irgendetwas an sich haben, denn seit Tagen sprachen die Patienten von nichts anderem mehr. Ich schnappte Gespräche auf, in denen von einem berühmten Hügel mit Blick auf den Nationalpark und von gemütlichen Cafés und Restaurants geschwärmt wurde. Außerdem gab es wohl einen Süßigkeiten-Laden mit außergewöhnlichen Kreationen, aber den würde ich höchstens mit einem Maulkorb betreten, und selbst dann wäre nicht gewährleistet, dass die Leckereien vor mir sicher waren.

Mittlerweile müsste ich wieder ein Kilo abgenommen haben. Wenn das so weiterging, war ich mein Hüftgold los, noch bevor die acht Wochen rum waren. Ein bisschen hatte ich ein schlechtes

Gewissen deswegen, denn während ich schon fünf Kilo leichter war, schien sich bei Beverly und Sandra nicht viel zu tun. Dabei hatten sie eine Gewichtsabnahme dringender nötig als ich. Bei einer unserer nächtlichen Talkrunden hatte Sandra erzählt, dass sie mit 110 Kilo eingewiesen worden wäre und erst sechs Kilo abgenommen hätte. Das war nicht viel, wenn man bedachte, wie viele Monate sie hier schon in Behandlung war. Dann erzählte Beverly, dass sie die Patienten hier bewusst langsam abnehmen ließen, um so Rückfälle nach der Entlassung vorzubeugen. Meine beschleunigte Gewichtsreduzierung war eher die Ausnahme.

Daraufhin entschied ich, mit meinen Erfolgsmeldungen sparsamer umzugehen. Ich wollte nicht, dass sich die beiden meinetwegen schlecht fühlten oder noch schlimmer, mich beneideten – auch wenn man, laut Beverly, schon erste positive Veränderungen an mir sah. Besonders im Gesicht sollte ich schon schmaler geworden sein, aber wie das halt so war, wenn man sich täglich im Spiegel betrachtete, konnte ich keinen großen Unterschied feststellen. Dafür spürte ich es an meinen Klamotten. Noch fünf Kilo und ich passte fast wieder in meine Lieblingshose.

An den Samstagen fuhr von *Patterson* aus stündlich ein Bus nach *Twisp*, der die Patienten hin und wieder zurückbrachte. Wir nahmen den Bus um 10 Uhr, damit die Mädels mir so viel wie möglich von der Ortschaft zeigen konnten und wir pünktlich um 15 Uhr wieder zur Wochenend-Veranstaltung zurückwaren. Mal schauen, was Wuschel sich heute für Spiele ausgedacht hatte. Vom *Fallenlassen* einmal abgesehen waren die letzten ja ganz cool gewesen.

Wir stiegen in den Bus und setzten uns ganz nach hinten. Die Kleinstadt schien bei den Patienten beliebt zu sein, denn schon nach wenigen Minuten war jeder Platz im Bus belegt.

Während Beverly leise dem illegalen *Wald*-Treffen heute Abend entgegenfieberte und ernsthaft überlegte, ob sie heute mal selbst etwas ins Institut schmuggeln sollte, anstatt, wie immer, bei den Jungs zu schnorren, erwischte ich mich dabei, wie meine Gedanken zu Ian schwenkten.

Wenn der Großteil der Patienten nach *Twisp* fuhr, hatte er bestimmt nicht viel zu tun und würde sich wieder zu Tode langweilen.

Ich wollte es nicht, er hatte mein Mitleid nicht verdient, aber es sickerte aus mir heraus, als hätte ich irgendwo ein Leck, das dringend abgedichtet werden müsste. Ich wusste nur zu gut, was er gerade durchmachte. Die letzten Wochen vor meinem Einzug in die Klinik waren für mich die Hölle gewesen. Meine Komplexe hatten dermaßen überhandgenommen, dass ich das Haus nur noch verlassen hatte, um in die Schule zu gehen. Das war's. Keine Unternehmungen mit meinen Freundinnen, keine Spaziergänge oder andere Aktivitäten, bei denen mich jemand hätte sehen können.

Ich hatte meinen Körper vor der Welt verstecken wollen, einsame Wochenenden in meinem Zimmer hatte ich dafür bereitwillig in Kauf genommen. Und jetzt steckte Ian hier ebenfalls fest. Zwar aus anderen Gründen, aber während ich mich wenigstens noch mit Filmen und PC-Spielen hatte ablenken können, hatte der Ärmste nicht mal sein Handy. Es musste die reinste Folter für ihn sein, so ganz ohne Kontakt zur Außenwelt.

Indem Kathy verkündete, dass sie Beverly und Sandra heute in den Wald begleiten würde, riss sie mich aus meinen Gedanken. Was waren denn das für neue Töne? Hatte sie nicht letztens noch über die Leute gespottet, die dort herumhingen? Und dann ausgerechnet heute, da ich überhaupt keine Lust hatte mitzukommen, weil Ian mit Sicherheit auch dort sein würde.

Die Gelegenheit, sich mit Alkohol abzuschießen, ließ sich der Footballstar bestimmt nicht entgehen. Auf meine Nachfrage hin, warum sie ausgerechnet heute mitwollte, antwortete Kathy nur auf ihre typische, kurzangebundene Art, dass ihr eben danach wäre, dann setzte sich der vollgestopfte Bus in Bewegung.

Ich liebte Fahrten. Ob mit dem Auto, dem Bus oder der Bahn. Alles, was ruckelte und schuckelte entspannte mich.

Wir brauchten fast eine Stunde nach *Twisp*. Dort hielten wir auf einem hoffnungslos zugestellten Parkplatz, der darauf schließen ließ, dass die

Kleinstadt heute gut besucht war. Auf einem der wenigen Busparkplätze entließ der Fahrer uns, und wir stiegen aus. Meine Beine waren vom Sitzen ganz taub geworden, und so trat ich mehrmals auf der Stelle, um das Blut wieder zum Rauschen zu bringen. Ich hatte meine Handtasche mit, in der ich neben dem Portemonnaie und einer großen Wasserflasche auch einen Müsliriegel aus dem Institut transportierte – für den Fall, dass der Heißhunger mich plötzlich packte.

Kaum hatte der Bus uns ausgeladen, fuhr er auch schon wieder zurück, um den nächsten *Schub* Patienten zu bringen. Wir waren die erste Fuhre, deshalb wollte noch niemand zurück, aber laut Liezle ging es hier ab 12 Uhr wie am Fließband zu.

Twisp war winzig, aber wunderschön. Kleine, ausgefallene Läden drängelten sich am Rand der Hauptstraße, die den Ort wie eine dicke Hauptschlagader durchzog und mit allem versorgte, was die Leute zum Leben brauchten. Ein Supermarkt, Cafés, eine Tankstelle, Blumenläden, Kioske, Bäckereien, Restaurants sowie Elektro- und Ramschläden. Manche Geschäfte waren richtige Schmuckstücke und verkauften handgefertigte Taschen, Portemonnaies und Plüschtiere.

Als Erstes zeigten die Mädels mir ihren Lieblingsladen: Eine Papeterie, die neben individuell gestalteten Grußkarten und jeder Menge Papierwaren auch so außergewöhnliche Dinge wie Trinkbecher aus Bambus, Teakholz-Löffel und kunstvoll bemalte Tassen anbot. Die Preise waren ordentlich, aber ich konnte nicht widerstehen und kaufte zwei Grußkarten für meine beiden Großeltern sowie eine rosafarbene Tasse mit goldenem Henkel.

Begleitet von warmen Sonnenstrahlen und mildem Wind ging es weiter in einen Lederwarenladen, in dem Beverly sich ein mit Blumen gemustertes Portemonnaie kaufte. Danach besuchten wir ein Geschäft, das so tolle Dekoartikel anbot, dass ich den Mund gar nicht mehr zubekam.

Ich musste meine Eltern morgen unbedingt um Geld anhauen, hier wollte ich auf jeden Fall noch mal herkommen. In Seattle hatten wir natürlich auch ein paar Geschäfte, die sich von der breiten Masse abhoben und Nischenprodukte anboten, aber *Twisp* schien eine richtige Hochburg zu sein, was das betraf.

Nachdem wir Geschäft Nummer drei verlassen hatten, schlenderten wir eine Weile herum, auch durch Nebengassen, in denen sich Street-Art-Künstler mit eindrucksvollen Wandmalereien verewigt hatten. Wieder auf der Hauptstraße füllten sich die Geschäfte und Cafés allmählich mit Käufern, und uns kamen immer mehr Frauen mit prall gefüllten Einkaufstüten entgegen. Mir wurde klar, dass ich *Twisp* völlig falsch eingeschätzt hatte. Ich hatte den Ort für eine verschlafene Kleinstadt gehalten, dabei war es vielmehr ein Shopping-Geheimtipp.

Wir rasteten auf einer Parkbank, und ich bewunderte noch mal in Ruhe meine Ausbeute. Solche gold-schwarz verzierten Karten hatte ich noch nie zuvor gesehen. Meine beiden Großmütter würden Augen machen. Danach setzten wir uns in ein Café und bestellten Latte Macchiatos. Was wir während unserer Ausflüge tranken und aßen war unsere Sache. Das Institut machte uns dahingehend keine Vorschriften. Wenn ich wollte, könnte ich mir jetzt einen dieser leckeren Brownies oder Muffins bestellen, die mir aus der Vitrine gefährlich zuwinkten, aber ich riss mich am Riemen und aß stattdessen unauffällig meinen Müsliriegel. Beverly hatte da weniger Hemmungen und teilte sich mit Sandra ein großes Stück Schokokuchen.

Liezle trank nur einen Kaffee mit Milch, und Kathy hatte angeblich keinen Appetit, aber etwas sagte mir, dass sie meinetwegen verzichtete, um es mir nicht noch schwerer zu machen. Dabei war es jetzt schon eine Qual, Beverly und Sandra beim Schlemmen zuzusehen. Der süße Duft ihres Schokokuchens stieg mir in die Nase und vernebelte mir die Sinne. Prompt musste ich an meine Naschtage denken, an denen ich mich in die Donuts quasi reingelegt hatte, und das Wasser lief mir im Mund zusammen. Warum war ich eigentlich so streng mit mir? Fünf Kilo hatte ich doch schon abgenommen, und ich machte jede Menge Sport, so ein Stück Kuchen sollte mir also nicht viel anhaben. *Oh, nein, so fängst du gar nicht erst an!*, tadelte ich mich im nächsten Moment. *Genau solche Gedanken haben doch erst zu deinen Fressattacken geführt.*

Erschrocken darüber, wie schnell ich meine Ziele und Hoffnungen für ein blödes Stück Kuchen über den Haufen werfen wollte, schüttelte ich den Kopf und aß den letzten Bissen meines Müsliriegels. Nix da. Ich würde stark bleiben, nicht einen Millimeter von meinem Weg abweichen, und ich würde dem Duft des Schokokuchens gefälligst standhalten. War er noch so berauschend.

***

Am Abend saßen wir am Lagerfeuer, lachten, tranken Limonade und redeten. Dass Ian mit dabei war, duldete ich mit gemischten Gefühlen. Auf der einen Seite trug ich ihm immer noch nach, dass er meine Vorwürfe wegen seiner damaligen Hänseleien nur mit einem Augenrollen abgetan hatte, also offenbar gar nicht ernst nahm. Auf der anderen Seite brauchte ich jetzt wenigstens kein Mitleid mehr mit ihm zu haben – auch wenn mir immer noch schleierhaft war, woher die Anteilnahme für Ian überhaupt kam.

Schuld an seiner Anwesenheit war Beverly, die ihn während der Spiele vorhin beiseite genommen und ihm angeboten hatte, ihn später den anderen im Wald vorzustellen. Eventuell hätte ich auf unserer Rückfahrt zum Institut nicht erwähnen sollen, dass ich Ian eingeweiht hatte, aber jetzt war es zu spät.

Er schien heute sowieso kein großes Interesse an mir zu haben. Womöglich nahm er mir ja den Spruch mit dem Klientel übel, denn er redete überwiegend mit Beverly und Sandra.

Das Abendbrot lag schon zwei Stunden zurück. Inzwischen hatte sich die Dunkelheit wie eine gewichtslose Decke auf uns herabgesenkt, nur vom Lagerfeuer und etwa ein Dutzend brennender Fackeln erhellt.

Während der Nachmittagsveranstaltung hatte ich ein paar Mal versucht, mit Wuschel ins Gespräch zu kommen, aber der Arme war von so vielen Mädchen belagert worden, dass er keine Zeit für mich gehabt hatte.

Okay, im Grunde war ich auch eine von den *Belagerern* gewesen, aber im Gegensatz zu den anderen Mädchen war ich wenigstens diskret vorgegangen und hatte mich ihm nicht regelrecht an den Hals geschmissen.

Ich war nicht so naiv, mir einzubilden, dass Wuschel sich für mich interessieren könnte – er war viel zu alt für mich, und nur, weil ich nicht adipös war, bedeutete das nicht, dass er mich automatisch gut aussehend finden musste –, aber man hatte schon gemerkt, dass er sich gern mit mir unterhalten hätte. Ich schätzte, er mochte mich einfach bloß.

Als die Nachtruhe kurz bevorstand, scheuchte man uns freundlich von der Feuerstelle weg, und wir gaben unsere leeren Limoflaschen ab.

Wie schon beim letzten Mal nutzten Beverly und Co. die vorübergehende Hektik, um unbemerkt in den Wald abzutauchen.

Sobald der Platz um das Lagerfeuer einmal geräumt war, blieben nur noch die Mitarbeiter zum Aufräumen zurück, und dann war die Chance, erwischt zu werden, deutlich höher.

Beverly hatte versucht, mich zum Mitkommen zu überreden, aber ich hatte höflich abgelehnt und schlenderte jetzt mit Liezle in Richtung Institut.

Ich hatte keine Lust, mir die ganze Nacht mit anzugucken, wie Beverly an Ians Lippen hing – da las ich lieber ein Buch.

Sein Versprechen, sie abzuwimmeln, hatte er immer noch nicht eingelöst, und so langsam fragte ich mich, ob er sich da nicht etwas Unmögliches vorgenommen hatte. Rein oberflächlich betrachtet gab es nichts, dass man an Ian abstoßend finden könnte, und da sie ihn nicht so kennengelernt hatte wie ich, nämlich als blasierten Vollidioten, würde er sie vermutlich nie loswerden.

***

Ian

Flankiert von Beverly, Sandra und der Diabetikerin, deren Namen ich leider verpeilt hatte, marschierte ich durch den finsteren Wald. Die Luft war kühl und roch verqualmt, aber kälterobust wie ich war, ließ es sich in dem langärmligen Shirt aushalten. Anna und ihre skeptische Freundin hatten sich abgekapselt und waren in ihre Zimmer gegangen. Ich würde ja zu gern wissen, was sie der Magersüchtigen über mich erzählt hatte, denn die hatte mich teilweise gemustert, als wäre ich ein entlaufener Psychopath. Wenigstens war es mir gelungen, die anderen drei in der Clique um den Finger zu wickeln, und jetzt erntete ich erste Früchte für meine Arbeit.

Es wäre cooler gewesen, mit ein paar gleichgesinnten Jungs abzuhängen, aber ich sollte mich lieber nicht beschweren und nehmen, was ich an Entertainment kriegen konnte. Ich sagte das zwar mittlerweile über jeden Tag, aber heute war ich *wirklich* kurz davor gewesen, mir einen Strick zu nehmen.

Während sich die Patienten in *Twisp* und im Kletterpark vergnügt hatten, hatte man mich mangels Beschäftigung in die Turnhalle verdonnert, wo ich Geräte putzen musste.

Den ganzen verfickten Nachmittag lang. Das war doch Schikane! Nächste Woche würde ich Ms. Butler dermaßen in den Arsch kriechen, dass sie mich freiwillig nach *Twisp* mitfahren ließ. Okay, das klang eklig, aber noch mal verbrachte ich den Samstag garantiert nicht mit Schrubben!

Vor Dunkelheit konnte ich kaum die Hand vor Augen sehen, aber keins der Mädchen traute sich, das Handylicht anzumachen. Aus Angst, entdeckt zu werden. Ich blendete ihr Geflüster sowie die Tatsache aus, dass Beverly sich etwas *zu* vertraut an meinen Körper schmiegte.

Unter dem Vorwand, sonst über eine Wurzel zu stolpern, hatte sie sich bei mir eingehakt, und ich hatte es kommentarlos zugelassen. Immer wieder erstaunlich, wie kreativ die Mädchen waren, wenn es darum ging, mich – sei es auch nur für ein paar Augenblicke – anfassen zu können.

Leider hatte ich noch keine Möglichkeit gefunden, Beverly abzuwimmeln. Dass ich sie kaum beachtete und nur das Nötigste mit ihr sprach, schien sie jedenfalls nicht zu vergraulen. War sie so schwer von Begriff oder wollte sie es einfach nicht verstehen? Mein schlechtes Gewissen lag mir wie ein schwer verdaulicher Klumpen im Magen, der mir bei jedem Schritt Schmerzen verursachte.

Dabei hatte ich es Anna geradezu hochmütig versprochen. *Da wusstest du ja auch noch nicht, dass Beverly so anhänglich ist.*

Irgendwann tauchte eine Lichtung vor uns auf, und wir stießen auf eine kleine Gruppe von Leuten, die sich dort versammelt hatten.

„Schon okay. Er gehört zu uns“, sagte Beverly, als einige von denen erschrocken aufsprangen. Hier auf der Lichtung sorgten gleich mehrere Handys für schwaches Licht, deshalb erkannten sie mich natürlich sofort.

„Spinnst du? Das ist ein verdammter Praktikant!“, rief ein Glatzkopf gedämpft und starrte mich teils schockiert, teils feindselig an.

„Genau genommen bin ich nicht mal das“, sagte ich, während Beverly gleichzeitig erwiderte: „Er will mitmachen, also krieg dich wieder ein, Cedric. Er wird niemanden verraten.“

„Aha.“ Der Typ namens Cedric beäugte mich misstrauisch.

Da ich wegen meiner Größe und Statur erfahrungsgemäß auf viele Gleichaltrige einschüchternd wirkte, breitete ich versöhnlich die Hände aus und spickte die Geste mit einem harmlosen Lächeln. „Wenn du mir ein Bier gibst, sitzen wir im selben Boot, dann kannst du mich genauso verpfeifen“, sagte ich.

Skeptisch musterte der Typ mich, als witterte er eine Falle, aber dann wurde er von meinen Begleiterinnen abgelenkt, die offenbar keine Lust hatten, ewig herumzustehen, und sich auf einen Baumstamm setzten. Seine angespannte Körperhaltung lockerte sich etwas. Ohne mich aus den

Augen zu lassen, bückte er sich nach einem zerfledderten Rucksack, angelte eine Bierdose heraus und warf sie mir zu. Lässig fing ich sie mit einer Hand auf. „Na, dann." Er nahm sich auch eine Dose, dann pflanzte er sich auf eine blaue Jacke, die auf einem Erdhügel ausgebreitet war, und prostete mir aus der Entfernung zu. „Willkommen bei unserem ganz privaten Wochenende."

Nicht alle legten ihren Argwohn so schnell ab, aber ich ließ mir nichts anmerken – und eigentlich konnte ich es ihnen auch nicht verübeln. Während die Mädchen – darunter Annas Freundinnen und noch fünf andere Patientinnen – unbeschwert plauderten und tranken, warfen einige Jungs mir immer wieder skeptische Blicke zu. Manche wirkten so angespannt wie fluchtbereite Tiere, die nur auf eine ruckartige Bewegung von mir warteten. Schnaubend schüttelte ich den Kopf. Als ob ich eine Armada an Pflegern mitgebracht hätte, die sich im Dickicht versteckten und nur auf mein Kommando warteten, um anzugreifen.

Das hier war doch kein Rambo-Streifen.

Wie gesagt, ich nahm ihnen das Misstrauen nicht übel, aber nach einer Weile ging es mir tierisch auf den Sack, so fixiert zu werden. Erst, als ich mein zweites Bier trank und eine Zigarette rauchte, sahen wohl auch die letzten Skeptiker ein, dass ich kein Spitzel von Dr. Peers sein konnte, sondern einfach nur chillen wollte. Auf meine Frage hin, wer den ganzen Spaß hier finanzierte, wurde mir erklärt, dass die Anwesenden bei jedem Treffen Geld zusammenlegten, wovon die Jungs dann in *Twisp* Vorräte fürs nächste Mal kauften und im Wald versteckten. Die erste Runde war immer umsonst, aber bei künftigen Treffen sollte ich fünf Dollar mitbringen, wenn ich mittrinken und rauchen wollte.

40 oder 50 Dollar in bar müsste ich noch dabeihaben, wobei ich mir davon eigentlich ein billiges Übergangshandy beschaffen wollte. Dazu müsste ich allerdings erst mal aus dieser Klinik rauskommen. In *Twisp* bekam ich bestimmt günstige Handys.

„Hey, Ian, was ich mich schon die ganze Zeit frage: Hast du eigentlich eine Freundin?“, sprach die Diabetikerin mich irgendwann an. Ihr Lächeln war auffallend höhnisch, aber ich wusste auch so, dass in Wahrheit nicht sie, sondern Beverly an meiner Antwort interessiert war. Inzwischen hatte sich Beverly zu ihren Freundinnen gesellt, aber ihre beharrlichen Blicke spannen mich fast genauso ein wie ihr Klammergriff.

Ich blies den Rauch in die kühle Nacht und sagte betont gelangweilt: „Beziehungen sind nicht mein Ding, die bringen bloß Ärger. Ich konzentriere mich lieber aufs Footballspielen.“

Das war nicht mal gelogen, auch wenn ich die Information, dass ich flüchtige Liebesgeschichten umso mehr schätzte, bewusst zurückhielt. Ich vermied es, in Beverlys Richtung zu gucken, und betete, dass sie nun endlich aufgeben würde, als ein Handy vibrierte. Automatisch langte ich in die Tasche meines Hoddies, aber der Griff ging ins Leere. Natürlich. Mein Handy lag zu Hause. Das vergaß ich immer wieder. Genervt nahm ich noch einen Schluck Bier und merkte, wie die Wirkung langsam einsetzte. Wenigstens eine kleine Entschädigung. Zwei Wochen hatte ich jetzt nichts mehr auf Instagram gepostet, dabei hatte ich so eine coole Fotoserie geplant. William hatte dafür extra einen ganzen Nachmittag lang Bilder von mir in unserem Footballstadium geschossen.

Inzwischen mussten meine Follower denken, dass ich auf tragische Weise ums Leben gekommen war, denn ich war ein Insta-Junkie, der jeden Tag mindestens eine Story hochlud und somit quasi rund um die Uhr aus seinem Leben postete. Das einzige Positive, das der Verlust meines Handys mit sich brachte, war, dass mein Alter mich nicht mehr mit Kontrollanrufen terrorisieren konnte. So viel Ruhe hatte ich schon seit Jahren nicht mehr vor ihm gehabt. Mann, ich konnte es kaum erwarten, endlich die 10. Klasse hinter mich zu bringen, vorher ließ er mich nicht ausziehen.

Unser Vater-Sohn-Verhältnis war noch nie besonders innig gewesen. Mein Vater war nicht der Typ, der zu den Schulaufführungen seines Sohns ging oder an den Wochenenden mit ihm Footballspiele besuchte. Er hing lieber nach dem Feierabend mit seinen Bauarbeiterkollegen in der

Kneipe herum und predigte mir dann betrunken, dass ich einen ordentlichen Beruf, ein Handwerk erlernen sollte, anstatt meine Zeit mit einem Spiel zu verschwenden, bei dem die Männer in hautengen Weiberhosen herumrannten.

Er hatte den Hype um Football noch nie verstanden. War er sicher, dass er überhaupt Amerikaner war?

Aber so richtig war unser angeknackstes Verhältnis erst mit der Scheidung meiner Eltern in die Brüche gegangen. Die Kurzfassung: Mein Vater hatte meine Mutter mit ihrer Arbeitskollegin betrogen, sie hatte es herausgefunden, sich von ihm scheiden lassen und war dann mit ihrem neuen Freund ans andere Ende des Kontinents gezogen.

Da war ich 13 gewesen, aber schon damals hatten die Coaches ein Auge auf mich geworfen und mich angehalten, in Seattle zu bleiben, wo sie mich mit den besten Mitteln fördern konnten. Ich hatte zwischen einem verkrampften Zusammenleben mit meinem Dad, dafür aber einer Chance auf eine Footballkarriere, oder einem idyllischen Leben mit meiner Mutter wählen müssen, und hatte meine Wahl getroffen. Und jetzt wäre wegen der blöden Kifferei beinahe alles den Bach runtergegangen, und ich hatte nur noch diese eine Chance, weiter Football spielen zu dürfen.

Ganz schön riskant, nur zwei Wochen nach meiner Verurteilung schon wieder gegen die Regeln zu verstoßen, dachte ich mit einem Blick auf mein Bier. Aber Risiko lag mir nun mal im Blut, ob beim Football oder im Privatleben.

Keine Ahnung, was das für ein kranker Tick von mir war, aber wenn ich nicht ab und an etwas Waghalsiges tat, hatte ich das Gefühl, nicht richtig zu leben.

Ergab das Sinn?

Während ich so vor mich hin grübelte, fing ich den Blick eines blonden Mädchens auf. Sie war weder zu dünn noch zu dick, also vermutlich Diabetikerin, und sah nicht schlecht aus.

Ihrem selbstbewussten Lächeln nach zu urteilen war sie an mir interessiert, aber bevor mein vernebeltes Gehirn überhaupt entscheiden konnte, ob ich heute Bock auf Rummachen hatte oder nicht, war plötzlich wieder Beverly an meiner Seite und drückte mir eine neue Dose Bier in die Hand.

Innerlich stöhnte ich auf. Hätte ich geahnt, dass das Mädchen wie eine verdammte Klette an mir kleben würde …

Nein, ich wäre trotzdem hergekommen, dafür war der Tag viel zu öde gewesen.

Leider musste ich mich gut mit ihr stellen, denn sie war ja mit Anna befreundet, und deren Sympathie für mich hielt sich sowieso schon in Grenzen. Schon seltsam.

Obwohl das Gras vernichtet war und meine Mitschülerin mich damit nicht mehr in der Hand hatte, wollte ich es mir mit Anna nicht verscherzen.

Also, nicht *noch* mehr. Aus mir unerfindlichen Gründen hatte ich angefangen, ihre Gesellschaft zu genießen. Es machte tierisch Spaß, sie zu provozieren, außerdem fand ich es faszinierend, dass sie sexuell überhaupt nicht auf mich ansprang.

Sie war wie eine neue Spezies, die noch nicht erforscht worden war.

Na ja, wahrscheinlich lag es wirklich daran, dass ich nichts anderes zu tun hatte, aber wozu Anna weiter gegen mich aufbringen, wenn ich mich genauso gut von ihr unterhalten lassen konnte? Wenn es jemand schaffte, die Ödnis hier zu vertreiben, dann sie.

Um halb 2 machte ich mich auf den Weg zurück ins Institut. Die drei Bier hatten ordentlich geballert, meine Sicht war schon längst nicht mehr die klarste. Im Grunde genau das, was ich gewollt hatte, aber jetzt sehnte ich mich nach meinem Bett. Diabetikerin und Sandra sowie der Großteil der anderen Leute waren schon vor geraumer Zeit gegangen. Nur ein paar Jungs und Beverly waren noch da. Letztere stand eilig mit mir auf, als ich mich jetzt wankend erhob.

Das konnte ja was werden! Wahrscheinlich hatte sie nur darauf gewartet, allein mit mir zurückgehen zu können. Durch den schattigen Wald. Ganz romantisch zu zweit. Ich musste etwas unternehmen, bevor sie mir noch um den Hals fiel. Betrunken wie ich war, bezweifelte ich, dass ich die Kraft hätte, sie abzuwehren.

„Also dann, Jungs, war cool bei euch. Bis nächste Woche“, nuschelte ich und ging davon.

„Lass dich nicht erwischen. Und vergiss das Geld nicht“, rief mir irgendjemand hinterher. Ohne mich noch mal umzudrehen, winkte ich halbherzig. Scheiße, war ich besoffen! Was war das bloß für Bier gewesen? *Merke: Nie wieder drei von diesen Dingern trinken. Die hauen dich glatt um.*

„Wollen wir noch ein bisschen auf dem Gelände spazieren gehen?“, fragte Beverly und sah hoffnungsvoll zu mir hoch. Ohne dass ich es mitgekriegt hatte, hatte sie sich wieder bei mir eingehakt.

Ihr Blick sprühte nur so vor Verlangen. Ich musste das beenden. Sie sah aus, als wollte sie mich gleich küssen.

Und dann durchzuckte mich ein Gedanke. Ein dämlicher, zugegeben, aber, hey, ich war besoffen, und scheinbar blieb mir ja keine andere Wahl.

Anna

In einem dunkelblauen Kleid und schwarzen Ballerinas erwartete ich meinen Besuch am nächsten Tag pünktlich um 12 Uhr vor den Toren der Klinik. Nach zwei Wochen sah ich endlich meine Eltern wieder. Jetzt konnte ich ihnen meine ersten Erfolge live und in Farbe vorführen.

Ich wartete an diesem strahlenden Sonntag nicht allein vor dem gläsernen Haupteingang, der durch die reflektierenden Sonnenstrahlen wie eine himmlische Pforte leuchtete. Mindestens ein Dutzend Patienten hatten sich auf dem gepflegten Platz versammelt und hießen ihre Familien, Partner und Freunde willkommen. Die Luft war erfüllt von fröhlichen und tränenreichen Emotionen. Es wurde umarmt, gelacht und berichtet.

Als ein roter Ford am Horizont erschien, grinste ich über beide Ohren. Gleichzeitig wunderte ich mich, dass die beiden mit der Klapperkiste anreisten.

Wenn meine Eltern gemeinsam unterwegs waren, nahmen sie immer Dads teuren Schlitten. Besonders für so lange Strecken wie diese. In einigen Metern Entfernung parkte der Ford schließlich ein, und ich erhaschte einen Blick durch die Windschutzscheibe. Mein Grinsen verblasste.

Deshalb kam sie in ihrem Ford. Dad war gar nicht dabei.

Siedend heiße Enttäuschung wallte in mir auf, als Mom ausstieg, ihre runde Rattan-Handtasche schulterte und auf beigen Absatzsandalen zum Kofferraum trippelte. Sie hievte einen völlig übertriebenen Präsentkorb heraus, dann kam sie strahlend zu mir. Mom sah fantastisch aus in ihrem Blumenkleid und mit den gewellten Haaren. Wie ein Best-Ager-Model.

„Hey, mein Engel", begrüßte sie mich, als sie bei mir war. „Wow, du hast ja schon richtig abgenommen!"

„Hi, Mom." Ich umarmte sie, was bei dem wuchtigen Präsentkorb nicht so einfach war. „Wo ist Dad?"

Sie hatte einen Arm um mich geschlungen und mich fest an sich gedrückt. Jetzt lehnte sie sich zurück und lächelte entschuldigend auf mich herunter. „Er wollte kommen, wirklich, aber dann kam ein superwichtiges Meeting dazwischen, das er nicht absagen konnte. Es tut ihm sehr leid. Er ruft dich heute Abend an, dann erklärt er es dir, ja?"

Sie drückte mir den Korb in die Hand, und ich nahm ihn verhalten lächelnd entgegen. Durch die transparente Folie sah ich Shampoos, Gesichtsmasken, mein nicht gerade billiges Lieblingsparfüm und einen Umschlag, in dem sich mit ziemlicher Sicherheit Geld befand. Wenigstens schien

Dad ein angemessen schlechtes Gewissen zu haben – das war ja wie Weihnachten! Wenn er dachte, der Präsentkorb würde mich für die kalte Dusche, die seine Abwesenheit bewirkte, entschädigen, hatte er sich allerdings geschnitten. Nichts schmeckte so bitter wie von anderen enttäuscht zu werden, aber so war das immer mit meinem Vater. Seine Aufträge hatten Vorrang, die spülten immerhin Geld in die Haushaltskasse.

Wir meldeten Mom am Empfang an, brachten den Korb in mein Zimmer und flanierten dann durch die Klinik. Mom kriegte sich gar nicht mehr ein, so stolz war sie auf meine Abnehmerfolge. Ich berichtete ihr von meinen Anfängen, wie ich mich morgens beim Joggen gequält hatte, wie ich mich erst an das ganze Grünfutter hatte gewöhnen müssen und wie überwältigend der viele Input zunächst gewesen war. Sie lauschte meinen Worten, ohne auch nur eine Sekunde lang mit dem Strahlen aufzuhören. Wie ich meine Mutter kannte, würde sie mit Stolz geschwellter Brust unserer gesamten Nachbarschaft von meinen Fortschritten berichten, ob es jemand hören wollte oder nicht.

Im westlichen Gebäudeflügel trafen wir auf Liezle, die gerade in Richtung Aufenthaltsraum unterwegs war, und ich stellte die beiden einander vor. Wir spazierten weiter, erkundeten jeden Winkel und machten dann einen Abstecher in den Speiseraum, wo Mom einen Kaffee und ich eine

Limo tranken. Als wir später über das Gelände liefen, trafen wir vor dem Gewächshaus Wuschels Mutter, und Mom holte sich Tipps für die Pflege von Zimmerpalmen ein. Dann war es an der Zeit, wieder reinzugehen, denn Moms Besuch war nicht nur privater Natur. Um 14 Uhr hatte sie ein Gespräch mit meiner Ernährungstherapeutin. Hauptsächlich würde sie dort über meine Fortschritte, aber auch über eventuelle, weitere Behandlungsmöglichkeiten informiert werden. Ich musste draußen warten, aber das Gespräch dauerte nicht lange, und Mom gab mir anschließend in meinem Zimmer eine kurze Zusammenfassung.

Unser Abschied fiel tränenlos, aber herzlich aus. Mom hatte eine vierstündige Rückfahrt vor sich und musste morgen wieder arbeiten, deshalb konnte sie nicht so lange bleiben. Sie entschuldigte sich im Voraus, dass sie es die kommenden Wochen wohl nicht hierherschaffen würde, aber das machte nichts, denn da hatten sich schon meine Mädels angekündigt, mit denen ich einiges geplant hatte.

Am Nachmittag warteten Liezle, Kathy und meine Wenigkeit am Kaffeetisch darauf, dass Beverly und Sandra zu uns stoßen würden, als plötzlich ein „Anna McCoy!“ hinter mir erklang – durch den gesamten Speiseraum. Mehrere Köpfte drehten sich mit mir nach der Lärmquelle um, und ich entdeckte eine wütend aussehende Beverly. Wie sie so auf mich zu stapfte, erinnerte sie mich eine verwirrende Sekunde lang an meine Mutter. Die kündigte sich auch immer einen Kilometer im Voraus an, wenn sie etwas zu meckern hatte. Als wollte sie mir auf diese Weise Zeit geben, das Weite zu suchen. Allerdings war mir rätselhaft, was ich angestellt haben könnte, um Beverlys Zorn auf mich zu ziehen.

Die Arme in die Hüften gestemmt stoppte sie schließlich vor meinem Stuhl, sodass ich den Kopf in den Nacken legen musste, um sie aus meiner sitzenden Position heraus angucken zu können. Für gewöhnlich stach sie mit ihren Outfits wie ein bunter Hund aus der Menge heraus, aber statt der farbenfrohen Blusen mit Rüschenärmeln, den auffälligen Halsketten und bunten Haarspangen trug sie heute einen grauen Oversize-Hoodie und eine schwarze Leggins, als wäre sie undercover unterwegs. *Oder als wollte sie jemanden umlegen. Jemanden, der sie offenbar verärgert hat.* „Ja?", fragte ich vorsichtig.

„Schwul!" Mehr sagte sie nicht. Ihre Augen loderten vor Wut.

„Ooo-kay?" Irritiert sah ich von ihr zu Sandra, die sich gegenüber von mir an den Tisch setzte.

„Ian-Ist-Schwul! Wie konntest du mir das verheimlichen?!", platzte es schließlich aus Beverly heraus.

Mein Blick schnellte zu ihr zurück, und ich riss die Augen auf. „Bitte *was*?" Ich wollte schon darüber lachen, aber dann machte es Klick in meinem

Kopf, und es blieb mir im Hals stecken. „Oh … ohhh, ich … also …“

Ungerührt von meinem Gestammel blickte Beverly auf mich herunter. Sie würde mir den Hals umdrehen. Hier und jetzt. Aber dann ging sie zu dem leeren Stuhl neben mir, plumpste darauf nieder und vergrub jammernd das Gesicht in den Händen. „Ich kann nicht fassen, dass du mir das nicht erzählt hast! Weißt du, wie ich mich gestern zum Göppel gemacht habe?“ Beverly senkte die Hände und sah mich aus glitzernden Augen an. „Ich wollte ihn küssen, Anna! *Küssen*!“ Mein Atem stockte. Oh, Mann, ernsthaft? „Er war ja schon den ganzen Abend so abweisend, aber ich dachte … Ach, ich weiß auch nicht, was ich dachte. Auf jeden Fall nicht, dass er vom anderen Ufer sein könnte!“ Sie schüttelte den Kopf und vergrub ihr Gesicht abermals in den Händen.

„Jetzt mach dich nicht so fertig. Jeder von uns wurde doch schon mal abserviert. Und wenn er schwul ist, ist es doch eh egal“, versuchte Liezle, sie aufzumuntern.

Ich sollte auch etwas Tröstendes sagen, stattdessen grübelte ich fieberhaft, wie ich aus der Sache herauskommen sollte, ohne als Miststück dazustehen.

Beverly spreizte den rechten Zeigefinger und warf Liezle unter ihrer Hand einen finsteren Blick zu. „Nichts ist egal! Ich hatte mich schon auf die Zehenspitzen gestellt. Um ihn zu küssen. Und dann lehnt er sich auf einmal erschrocken zurück und sagt mir, dass ich da wohl was falsch verstanden hätte. Dass er mich nur nett fände und mit mir befreundet sein wollte, weil er schwul ist!" Wieder jammerte sie auf. Es hörte sich an wie ein Klagelied. „Als ob ich jetzt noch mit ihm befreundet sein könnte. Ich hab' mich zum Deppen des Jahrhunderts gemacht!" Ihr Blick kehrte zu mir zurück. „Und du hast es mit keinem Wort erwähnt, du doofe Kuh!"

„Tut mir leid, ich … ich war nicht sicher, ob er … schwul ist", stammelte ich und fuchtelte verteidigend herum. „Ian hat das nie öffentlich gemacht, weißt du?" Das schien sie so weit zu besänftigen, dass sie mich zumindest nicht mehr mordlustig anfunkelte.

Wir brauchten fast die gesamte Kaffeepause, um Beverly wieder aufzubauen und ihr vor allem die Selbstmordgedanken auszutreiben. Am Ende lachte sie sogar wieder, und ich atmete erleichtert auf. Man konnte über Ians Methode denken, was man wollte, aber effektiv war sie. Seinen Teil der Abmachung hatte er damit eingehalten.

Wir waren nun endgültig quitt.

Schnapsidee
9

Tag 18

Während die nächste Woche in schwindelerregendem Tempo verging, lief es mit dem Abnehmen unerwartet schleppend. Mein Körper schien sich gegen den rapiden Gewichtsverlust allmählich zu wehren. In der gesamten letzten Woche hatte ich nur *ein* lächerliches Kilo abgenommen. Jetzt hatten wir schon wieder Mittwoch, und es machte nicht den Eindruck, als wäre ich seitdem leichter geworden. Sicher, ich war vorrangig wegen meiner Essstörung hier, aber im Vergleich zur ersten Woche war das eine enttäuschende und über die Maßen demotivierende Bilanz. Also rannte ich nach dem Abendessen zu Mr. Simeone, um mich emotional wieder aufpäppeln zu lassen.

Die Ernährungskurse hatten mich zwar schon viel über das Abnehmen gelehrt, aber ich brauchte das jetzt. Jemanden, der meine erschöpften Motivationsspeicher wieder auffüllte, und wer eignete sich dafür besser als mein Betreuer? Im Grunde erzählte er mir nur das, was ich schon in den Kursen gelernt hatte: dass ich nicht erwarten könnte, jede Woche gleichmäßig abzunehmen, dass meine wachsenden Muskeln eine große Rolle dabei spielten und dass ich den Fokus lieber auf mein Körpergefühl und meine Maße anstatt auf das Gewicht lenken sollte.

Aber es half. Als ich abends im Bett lag, waren meine Zweifel erfolgreich zerstreut, und ich schlief mit dem Gedanken ein, künftig noch härter zu trainieren, meinem Körper alles abzuverlangen, sodass ihm gar nichts anderes übrigblieb, als sich von seinen heißgeliebten Fettreserven zu trennen.

Auf dem Weg zum Speiseraum stieß ich am Donnerstagmorgen mit Wuschel zusammen. Zwei Stufen auf einmal nehmend war ich die Haupttreppe des Foyers hinuntergeflitzt, weil ich trotz klingelnden Weckers verschlafen hatte, und dann wie der Wind um die Ecke geschossen. Mit einem geschickten Griff an meine Schultern fing er meinen Schwung ab und verhinderte damit, dass wir uns gegenseitig die Schädel einschlugen.

„Wow!“, sagte er und hielt mich weiter fest, als befürchtete er, ich könnte vor Schreck zurückstolpern und der Länge nach auf dem Rücken aufschlagen. So abwegig war das gar nicht. Die eine Hälfte meines Hirns schien noch friedlich im Bett zu schlummern. Etliche Sekunden lang blinzelte ich ihn nur überrumpelt an.

Wuschel runzelte die Stirn. „Alles okay mit dir? Kippst du mir gleich um?“

Ich schüttelte den Kopf und konzentrierte mich auf seine Augen, rauchig und grau. Das half mir, aus meinem Schock zu erwachen. „Nein, nein, alles gut.“

In dem Moment kam Ian an uns vorbei, scheinbar ebenfalls auf dem Weg zum Speiseraum. Sein Blick verriet nichts, aber ich bildete mir eine gewisse Kälte in seinem Ton ein, als er uns mit einem *„Morgen“* begrüßte. Wuschel grüßte ihn zurück und ließ mich los. Ich hingegen bekam keinen Ton heraus. So langsam häuften sich die Momente, in denen er Wuschel und mich zusammen antraf, und hatte Ian sich nicht schon mehrfach abfällig über ihn geäußert? Ich wollte nicht, dass er auf die irrsinnige Idee kam, zwischen Wuschel und mir könnte etwas laufen. Dem Idioten traute ich glatt zu, dass er Gerüchte über uns verbreitete.

***

Coach Hektor wollte uns beim Sport heute offenbar besonders quälen und jagte uns über ein Hindernis nach dem anderen. Matten, Bänke, Barren, Kästen, Böcke … Die Bewegungsintensität war schweißtreibend. Schon nach 20 Minuten raste mein Puls so heftig, dass ich Angst hatte, er würde davongaloppieren. Aber damit nicht genug. Diejenigen, die so dumm waren, nach diesem Höllenmarsch noch aufrecht zu stehen, wurden zur Kletterwand gebeten. Um über ihre Grenzen hinauszugehen, wie Hektor so euphorisch bekanntgab.

Viele waren es nicht. Gemeinsam mit vier Jungs und einem Mädchen bezog ich vor der bestimmt vier Meter hohen Wand Stellung. Klettern gehörte nicht unbedingt zu meinen Lieblingssportarten, aber da ich mir ja gestern erst vorgenommen hatte, über meine Grenzen zu gehen, kam aufgeben für mich nicht infrage, und so ergriff ich eines der herabhängenden Klettergeschirre.

Wir bildeten Zweierteams, die sich gegenseitig sicherten. Hektor teilte mir die gleichgroße Jane zu, und wir legten beide jeweils ein Geschirr um.

„Ich muss sagen, du wirst immer besser“, lobte Ian mich, der wie durch Zauberhand auf einmal neben mir stand. Während des Hindernisrennens hatten er und der Coach am Rand gestanden und uns angespornt. Jetzt sollte er offenbar beim Sichern helfen. „Vor zwei Wochen hättest du beim Hindernisparcours nicht mal fünf Minuten durchgehalten, und jetzt sieh dich an.“

Ohne zu fragen nahm er das Geschirr, das ich mir schon um die Schenkel gelegt hatte, und schnallte mir das letzte Element, den Sicherheitsgurt, um die Taille. Meine Herzfrequenz schoss in die Höhe, und ich zuckte zusammen, als seine Hände meinen Bauch streiften. Doch Ian hörte nicht auf. Er berührte mich so selbstverständlich, als hätte er das schon tausendmal gemacht, und der Blick, den er mir dabei schenkte: gewohnt spöttisch, einen Tick überheblich, und … noch etwas anderes, das ich nicht definieren konnte.

„Ähm … danke“, stammelte ich, nachdem er mich wieder losgelassen hatte, und wusste nicht, ob ich sein Lob oder seine Hilfe meinte. Ich wusste nur, dass er mich an einer meiner empfindlichsten Stellen berührt hatte und mein Körper gerade völlig durchdrehte. Mit Herzrasen, Kribbeln und allem Drum und Dran. *Hör auf damit!*, befahl ich ihm, doch mein Körper verfolgte eigene Pläne. Hitze stieg mir in die Wangen, und ich dankte Gott dafür, dass sie schon von der Ausdauereinheit gerötet waren. So würde Ian nicht auf die Idee kommen, mein knallrotes Gesicht seinem Gegrabsche zuzuschreiben.

Ich wollte mich gerade der Wand zuwenden, als er wie beiläufig hinzufügte: „Übrigens scheinst du es ja wirklich ernst mit Wuschel zu meinen, was? Das Bild, das ihr beide vorhin abgegeben habt – du, in seinen Armen –, richtig *dramatisch*.“

Eigentlich sollte ich Ian für diese Bemerkung danken, denn sie ließ meine verwirrenden Gefühle jäh verpuffen. Ein Schnauben konnte ich mir trotzdem nicht verkneifen. „Warum wusste ich, dass so ein Spruch kommen würde? Gibt es für dich keine anderen Themen, über die du dir den Kopf zerbrechen könntest?“

In seinen himmelblauen Augen flackerte Erheiterung auf. „Im Moment nicht, nein. Und was kann ich dafür, wenn ihr beide ausgerechnet immer dann rummacht, wenn ich in der Nähe bin?“

Mein Blick huschte zu Jane. Warum posaunte er diesen Quatsch nicht gleich in der ganzen Turnhalle herum?! Er sprach zwar leise, aber Jane stand nur wenige Meter hinter mir, und die Geräuschkulisse in der Turnhalle war heute nicht besonders laut. Es war nicht auszuschließen, dass sie uns verstehen konnte.

„Wir haben nicht rumgemacht!“, zischte ich ihm zu. „Ich bin aus Versehen in ihn reingelaufen, und er hat mich aufgefangen. Mehr nicht.“

Die Hände in die Taschen seiner schwarzen Trainingshose geschoben lehnte Ian sich an die Kletterwand. „Sah aber nach ein bisschen mehr als nichts aus.“

Die anderen hatten inzwischen mit dem Aufsteigen begonnen. Kopfschüttelnd griff ich nach den ersten Klettersteinen. „Ich verstehe ja, dass du Langeweile hast, aber es wäre furchtbar nett, wenn du aufhören würdest, in meinem Privatleben herumzuschnüffeln. So langsam wird's nervig!“

Leider erreichte ich damit genau das Gegenteil. Ian zog die Brauen hoch. „Ach, jetzt gehört Wuschel schon zu deinem Privatleben. Das wird ja immer interessanter.“

Als Jane sich hinter uns vernehmlich räusperte, zog ich mich an der Wand hoch. Ian ließ ich kommentarlos unter mir zurück. Es war egal, was ich sagte, er hatte sich längst sein abstruses Urteil gebildet. Meine Muskeln waren von dem Parcours erschöpft und protestierten bei jedem Griff, aber ich schaffte es, mich bis zur Decke hoch zu kämpfen und erntete Applaus vom Coach.

„Tut mir leid“, nahm Ian das Gespräch wieder auf, als ich am Boden war und mit Jane die Plätze getauscht hatte. „Aber ich krieg‘ das einfach nicht in meinen Schädel. Was findest du bloß an dem Typen?“

Mahnend sah ich Ian an.

Der erwiderte meinen Blick so lange, bis ich genervt und nicht ganz ernsthaft antwortete: „Er studiert!“

„Und weiter?“

„Nichts weiter, das bedeutet, er ist *intelligent*. Und Intelligenz ist sexy.“

Ian verzog das Gesicht. Er sah ehrlich entsetzt aus. „Sexy? Hast du dir den Kerl mal angeguckt? Der hat Arme wie ein Lauch! Totaler Waschlappen.“

Hätte ich nicht das Seil stramm halten müssen, hätte ich entnervt die Arme in die Hüften gestemmt.

So blieb mir nur, die Augen zu rollen. „Tja, Ian, es geht aber nicht immer um Arme oder um Muskeln. Manchen reicht schlicht und einfach Intelligenz. Oder Charme. Oder Freundlichkeit. Und Wuschel hat eine Menge davon.“

Der Spott kehrte in seine Augen zurück. Grinsend behauptete er: „Ich hab‘ auch Charme.“

„Stimmt. So viel Charme wie eine Klapperschlange. Du bist doch nur nett, wenn du etwas haben willst. Wuschel ist immer nett."

„Und das weißt du, weil du ihn so gut kennst, ja?" Jetzt klang er bissig. Ach! Konnte man sein Ego etwa doch ankratzen? Interessant.

„Nein, aber ich kenne *dich*", sagte ich, ohne Ian eines weiteren Blickes zu würdigen. Ich konzentrierte mich auf Jane, die sich deutlich talentierter anstellte als ich und schon wieder auf dem Weg nach unten war.

„Das heißt, wenn ich nett zu dir wäre, würdest du mich auch anschmachten?"

Jetzt warf ich Ian doch einen Blick zu. Möglichst angewidert, wie ich hoffte. „Bestimmt nicht."

Er lachte ungläubig. Wie bescheiden. „Und warum nicht?"

Das war der Moment, in dem mir der Kragen platzte. Zum Glück hatte Jane soeben einen Fuß auf den Boden gesetzt, denn vor Entrüstung hatte ich glatt das Seil locker gelassen.

Wütend machte ich einen Schritt auf Ian zu und zischte: „Das fragst du noch? Glaubst du wirklich, dass ich nach allem, was du mir angetan hast, etwas anderes als Verachtung für dich empfinden könnte?

Du bist ein selbstverliebtes, rücksichtsloses, oberflächliches Arschloch, Ian Miller. Also nein, ich werde dich niemals anschmachten!"

Ich hätte erwartet, dass er wieder die Augen rollen oder belustigt grunzen würde, so, wie er es immer machte, stattdessen erntete ich ein kühles Lächeln, das mir eine Gänsehaut bescherte.

Ian stieß sich von der Wand ab und stand nun aufrecht vor mir. „Ich merke schon. Du bist eine von den Leuten, die einem Fehler ein Leben lang nachtragen. In dem Fall ist wohl nichts zu machen.“ Damit ließ er mich stehen und ging zu einem anderen Patienten.

Ich war zu perplex, um etwas zu erwidern. Hatte ich es mit meinen Beleidigungen übertrieben?

Aber ich hatte doch nur die Wahrheit gesagt und das ausgesprochen, was mir schon seit Ewigkeiten auf der Zunge brannte. Erleichterung fühlte sich jedoch anders an.

Mit einem Mal begriff ich, dass Ian – wenn auch ungeschickt – nur versucht hatte, Konversation zu betreiben. Und ich hatte ihn übelst abblitzen lassen. Tief atmete ich durch. Erst jetzt merkte ich, dass ich das Seil wieder fest umklammert hatte. Ian sollte mir am Arsch vorbeigehen. Er hatte mir den Sportunterricht zur Hölle gemacht, das reichte, um ihn ein ganzes Leben lang dafür hassen zu dürfen. Aber was, wenn er gar nicht mehr der Arsch von damals war? Seitdem wir in der Klinik waren, versuchte ich, ihn so zu sehen, wie er früher gewesen war. Mit all den schlechten Eigenschaften, die ich ihm gerade an den Kopf geknallt hatte.

Aber war es rücksichtslos von ihm gewesen, mich aufzufangen, als ich umgekippt war? Oberflächlich, mir anzubieten, das Kriegsbeil zu begraben? Was, wenn Ian sich in den letzten Jahren zum Positiven entwickelt hatte und mir war es schlichtweg entgangen? Jeder wurde irgendwann schließlich erwachsen. Oder vielleicht hatte ihn auch erst die Arbeit in der Klinik verändert. Ich konnte mir jedenfalls nicht vorstellen, dass ihn die Schicksale hier kalt ließen. Bildete ich mir nicht immer unheimlich viel auf die Eigenschaften ein, strebsam und vernünftig zu sein? Aber wie ich Ian gerade behandelt hatte, war so gar nicht vernünftig oder erwachsen gewesen.

Verstohlen beobachtete ich, wie er einem übergewichtigen Patienten dabei half, das Klettergeschirr richtig anzulegen. Ians Schultern waren steif, seine Kiefer fest zusammengepresst. Ein unangenehmer Schauer durchlief mich. Hatte ich ihn die ganze Zeit zu Unrecht fies behandelt? Das wäre eine Katastrophe. Es würde mein gesamtes Weltbild auf den Kopf stellen. Ian sollte nicht nett und vernünftig sein. Wo sollte ich denn sonst mit meiner Verachtung hin?

Die restliche Sportstunde verbrachte ich damit, ihn verstohlen aus der Ferne zu beobachten. Er sah kein einziges Mal in meine Richtung, aber vermutlich spürte er meine Blicke trotzdem. Am Ende hatte ich eine Entscheidung getroffen, die mir echt nicht leichtgefallen war. Ich würde meine fest verankerten Vorurteile wegsperren und Ian eine Chance geben. Auf Probe sozusagen. So lange wir in der Klinik waren. Dann könnte er mir wenigstens nicht mehr vorwerfen, ich würde die Unvernünftige von uns beiden sein, und falls sich herausstellte, dass ich mich in ihm geirrt hatte, würde ich mich demütig entschuldigen.

Was hatte ich schon zu verlieren?

***

Die Sache mit der zweiten Chance gestaltete sich schwieriger als angenommen. Kaum klingelte es zum Ende der Stunde, flitzte Ian aus der Turnhalle, womit er mir jegliche Möglichkeit nahm, ihn abzufangen. Okay, er war angepisst. Vielleicht sollte ich meine Entschuldigung vorverlegen. Da Ian schon seit einigen Wochen mit uns abhing, wusste ich inzwischen, in welchem Zimmer er wohnte. Wobei ... Erfahrungsgemäß sollte man das Gespräch nicht unbedingt direkt nach einem Streit suchen. Zu aufgewühlt waren die Gemüter dann noch, und bei unserer Vorgeschichte konnte nichts Gutes dabei herauskommen. Besser, ich wartete bis heute Abend oder morgen, dann konnte ich mich zivilisiert mit ihm unterhalten.

Aber auch am nächsten Tag bekam ich keine Chance auf Aussöhnung. Wie der Zufall es wollte, sah der Freitag keinen Sport vor, dafür war mein Stundenplan bis zum Rand voll, also nix mit *Ian abfangen.* Und dann stellte eine aus heiterem Himmel kommende Nachricht unseren Streit in den Schatten: Sandra verkündete beim Mittagessen, dass ihre Eltern entschieden hatten, sie vorzeitig aus der Behandlung zu nehmen.

„*Was?* Aber … das können sie doch nicht einfach machen", sagte ich fassungslos.

Sandra schnaubte und schob das Hähnchenfilet auf ihrem Teller hin und her. „Sie sind meine Eltern, natürlich können sie. Sonntag holen sie mich ab. Das war's dann."

„Das ist so was von scheiße", äußerte Liezle und sah sie bekümmert an.

„Ach, ist doch eh alles egal." Sandra legte die Gabel weg, schob ihre Brille zurecht und verschränkte die Arme auf dem Tisch. „Ich bin fett, und daran will sich offenbar nichts ändern. Im Grunde kann ich meine Eltern verstehen. Warum weiter Geld und Energie in mich investieren, wenn es eh nichts bringt? Ich bin ein hoffnungsloser Fall."

„Sag doch so was nicht." Tröstend wollte ich nach ihrer Hand greifen, als Sandra den Blick hob. Meine Hand verharrte auf halbem Weg.

Da loderte plötzlich eine Feindseligkeit in ihren Augen, die ich bei ihr noch nie gesehen hatte.

„Und warum nicht? Stimmt es denn etwa nicht? Seit Jahren komme ich jetzt regelmäßig hierher, und alles, was ich erreiche, ist, ein paar Kilos abzunehmen, sie mir zu Hause wieder anzufressen und dann hierher zurückzukommen, wo ich sie mir unter schweißtreibendem Training wieder abtrainieren muss. Wow! Was für ein Leben! Es erzielt nicht jeder so Musterschülerergebnisse wie du, Anna. Weißt du, was ich dafür geben würde, in einer Woche vier Kilo abzunehmen? Aber du hast leicht reden. In acht Wochen bist du hier weg, und dann bist du von deiner Essstörung geheilt und wieder selbstbewusst und kannst dein Leben weiterleben, während einige hier Jahr für Jahr wiederkommen werden. Nichts für ungut, aber deine *aufbauenden* Worte kannst du für dich behalten."

Abrupt stand sie auf und marschierte davon. Ihr O-Saft und das Tablett mit dem unangerührten Essen blieben zurück.

Drückende Stille senkte sich über den Tisch. In meinem Hals hatte sich ein schmerzhafter Klumpen gebildet, der mir das Atmen erschwerte. Fast schon zögerlich schob Beverly ihren Stuhl zurück, warf mir einen teilnehmenden Blick zu, als wollte sie sich in Sandras Namen bei mir entschuldigen, und folgte ihr dann.

Ich stieß die Luft aus und legte bedacht die Arme neben das Tablett. „Wow, das war hart." Unwillkürlich musste ich daran denken, wie auch ich gestern jemandem die Meinung gesagt hatte. Ob Sandra diesen Standpunkt auch schon eine Weile mit sich herumgeschleppt hatte? Und Ian? Hatte er sich danach genauso gefühlt wie ich jetzt?

Wie vor den Kopf gestoßen?

Kathy und Liezle sahen mich an. „Kopf hoch, das ist nicht ihr erster Ausraster, und sie meint es nicht so“, sagte Kathy.

Liezle nickte bestätigend. „Es frustriert sie einfach, dass sich bei ihr so gut wie nichts tut, während du …“ Sie ließ den Satz offen. „Das legt sich wieder.“

Tja, das brachte mir nur nichts, wenn sie Sonntag schon nach Hause fuhr. Ich wollte nicht, dass Sandra und ich so auseinandergingen. Wir sahen uns vermutlich nie wieder.

***

Sandras Worte lagen mir wie Geröllbrocken im Magen. Noch bis in die frühen Abendstunden hinein bereiteten sie mir Bauchschmerzen, und ich kam immer wieder zu demselben Schluss: Sie hatte recht. Für mich war die Tortur hier in wenigen Wochen vorbei – vorausgesetzt natürlich, ich erlitt keinen Rückfall, wovon ich jetzt einfach mal nicht ausging –, aber andere hatten es nicht so leicht. Das sollte ich niemals vergessen.

Nachdem Sandra nicht zum Abendessen erschienen war, beschloss ich um kurz vor 21 Uhr, sie in ihrem Zimmer aufzusuchen. Ich hätte es schon viel früher getan, aber Beverly hatte mir davon abgeraten, sagte, sie wäre noch zu aufgewühlt.

Jetzt hielt ich es jedoch nicht mehr aus. Ursprünglich hatte ich ja vorgehabt, heute Abend mit Ian zu reden, aber das Gespräch mit Sandra hatte Vorrang.

Ihr Einzelzimmer lag an der Treppe, und so schlüpfte ich in meine *Captain America*-Hausschuhe und verließ in einem knallroten, weiten Pullover und einer Jogginghose das Zimmer. So gammelig lief ich sonst nur zu Hause herum, wo mich niemand sah, aber für die paar Schritte zog ich mich nicht extra um.

Ich hatte die Tür gerade hinter mir zugemacht, als ich einen Blick auf blonde Locken erhaschte, bevor die Person die Treppe hinunterlief. War das nicht Sandra gewesen? Ich eilte zum Aufgang, beugte mich über das Geländer und spähte nach unten. Klar, war sie das.

„Sandra", rief ich, doch sie schaute nicht hoch, sondern verschwand im Foyer. Ohne zu zögern folgte ich ihr. Wo konnte sie um diese Uhrzeit noch so dringend hinwollen? In einer Stunde war Ruhezeit, die meisten Patienten waren in ihren Zimmern. Am Fuße der Treppe angekommen sah ich, wie Sandra gerade wieder aus meinem Blickfels verschwand. Die Situation hatte etwas von einem Horrorfilm. Da huschten die gruseligen Personen kurz bevor man sie erreichte auch immer ganz knapp um die nächste Ecke. Dann sah ich, dass Sandra den Ausgang ansteuerte. Was zum …?

„Sandra! Jetzt warte doch mal." Meine Stimme hallte in dem ausgestorbenen Foyer wider. Am Empfang saß schon lange keiner mehr. Die jüngeren Patienten mussten um 21 Uhr in den Betten sein und wurden jeden Abend von den Pflegern auf ihre Anwesenheit hin kontrolliert. Wir älteren hatten dagegen bis zur Sperrstunde Ausgang.

„Lass mich in Ruhe!", rief sie zurück, ohne sich zu mir umzudrehen. Entweder hatte sie mich an der Stimme erkannt oder in der Spiegelung der verglasten Tür gesehen, die sie jetzt energisch aufstieß.

Oh, nein.

Bitte lass sie nicht das vorhaben, was ich denke.

Jetzt rannte ich, aber als ich an der Tür war, war Sandra längst in die Nacht verschwunden. Wunderbar. Sie war auf Rebellion aus und wollte unbedingt noch mal Mist bauen, bevor ihre Eltern sie abholten. Ich folgte ihr nach draußen. Innerlich heulte ich auf, weil jetzt meine geliebten Hausschuhe schmutzig werden würden. Sie waren ein Geburtstagsgeschenk von Laura gewesen und neben meiner *Funko Pop*-Sammlung eines der kostbarsten Dinge, die ich besaß.

Aber ich konnte Sandra schlecht barfuß folgen, und da ich ahnte, wohin sie wollte, sollte ich lieber so schnell wie möglich aufholen.

Mit zügigen Schritten näherte ich mich dem Wald, in dem Sandra soeben abtauchte. Ich verkniff es mir, wieder nach ihr zu rufen. Sie würde sowieso nicht auf mich hören, und ich wollte keine Aufmerksamkeit erregen – auch, wenn es prinzipiell nicht verboten war, abends in den Wald zu gehen.

Kalter Wind ließ mir die Nackenhaare zu Berge stehen, aber in den dicken Klamotten hielt sich mein Frösteln in Grenzen. Nur an den nackten Fußknöcheln fror ich etwas. Mit einigem Abstand zu Sandra tauchte ich schließlich ins Unterholz ein. Leider hatte ich mein Handy nicht dabei, sonst hätte ich mir ab hier den Weg geleuchtet. Ausschweifendes Buschwerk und dicht beieinanderstehende Baumgruppen verschluckten auch noch die letzten Lichtstrahlen, die von der Klinik ausgingen, sodass ich schon nach wenigen Metern kaum mehr die Hand vor Augen sah. Also folgte ich den Geräuschen, die Sandra bei ihrem Streifzug verursachte, dem Knacken und Rascheln, immer tiefer in den Wald hinein, bis es irgendwann abrupt still wurde.

Auch auf die Gefahr hin, im Dunkeln zu stolpern und mir sämtliche Knochen zu brechen, beschleunigte ich meine Schritte. Dann hatte ich sie erreicht. Die Lichtung, auf der sie sich samstagnachts immer trafen.

Von Sandra war nichts zu sehen. Versteckte sie sich etwa vor mir? Reglos verharrte ich im Dunkeln, umgeben von tiefster Nacht, Grillenzirpen und dem gelegentlichen Rufen einer Eule. Die Stille war beängstigend und friedlich zugleich.

Dann vernahm ich etwas zu meiner Linken, ein Geräusch, das nicht hierhergehörte: das Knistern einer Tüte. Wenige Atemzüge später kam Sandra hinter einem Busch hervor, in der Hand eine schwarze Bierdose. Jetzt hatte sie das Handylicht an, schwach nur, aber es reichte aus, um ihren harten Gesichtsausdruck zu erkennen.

Als hätten wir uns hier verabredet, ging sie einfach an mir vorbei und machte es sich auf dem umgekippten Baumstamm bequem. Sandra hatte das hier geplant. Ihr Schuhwerk war fest und ihre schwarze Jacke gefüttert. Falls sie sich wunderte, warum ich hier in Lottersachen stand, ließ sie sich nichts anmerken. Seelenruhig öffnete sie die Dose, setzte sie an die Lippen und trank.

„Hältst du das wirklich für eine gute Idee?", fragte ich.

Schnaubend und wie um mich zu provozieren nahm sie gleich einen weiteren, diesmal größeren Schluck, den Blick trotzig auf einen Punkt neben mir gerichtet. In dem schwachen Licht waren die Sommersprossen auf Sandras Wangen kaum zu erkennen. Auch trug sie ihre Brille nicht, was die Frage aufwarf, wie sie ohne den Weg hierher gefunden hatte.

Im nächsten Moment beantwortete ich mir die Frage selbst. Natürlich. Sandra kam schon seit Langem in die Klinik und damit vermutlich auch in den Wald. Sie musste hier jeden Stock und jeden Stein kennen.

„Ich war gerade auf dem Weg zu dir. Um mich zu entschuldigen“, erklärte ich unaufgefordert. „Dann habe ich dich auf der Treppe gesehen.“

Immer noch keine Reaktion.

Seufzend setzte ich mich ihr gegenüber und musste kurz schmunzeln, weil ich an meine Oma Ruth denken musste. Wäre sie jetzt hier, würde sie meckern, dass man sich als Frau nicht auf den kalten Boden setzte. Ich war mir jedoch sicher, dass ich es ein paar Minuten aushalten würde, ohne mir gleich eine Blasenentzündung einzufangen.

Ich hob einen abgebrochenen Zweig auf und piekte mir damit in den Zeigefinger. Nach den richtigen Worten suchend ließ ich ein paar Sekunden verstreichen, dann sagte ich: „Es tut mir leid, Sandra. Ich will nicht, dass du denkst, ich halte mich für etwas Besseres oder dass der Klinikaufenthalt für mich nur ein Spaß wäre. Ich bin nicht krankhaft dick, das stimmt, aber ich habe in den letzten Monaten eine Menge wegen dieser Essattacken durchmachen müssen, und es war ätzend. Der Selbstekel, die Verzweiflung, Wut auf so ziemlich alles und jeden … Ich möchte, dass du weißt, dass du nicht allein bist. Und dass ich deinen Zorn absolut nachvollziehen kann.“

Endlich schaute Sandra mich an. Ihre Augen waren trocken. Falls sie in ihrem Zimmer vorhin geweint hatte, war es ihr nicht anzusehen. „Ich weiß“, murmelte sie auf eine Weise seufzend, die mir sagte, dass sie es nicht so gemeint hatte und mir verzieh.

Geduldig wartete ich, bis Sandra ihr Bier ausgetrunken hatte. Lange dauerte es nicht, da sie große Schlucke nahm und in kurzen Abständen trank. Ganz offensichtlich wollte sie sich so richtig die Kante geben, und ich wusste nicht, wie ich sie davon abhalten sollte. Ihr die Dose aus der Hand zu reißen würde mich sicher direkt wieder in Ungnade fallen lassen, und etwas sagte mir, dass ich ihr auch lieber keine Moralpredigt halten sollte. Sie hatte sich bewusst dazu entschieden, in den Wald zu gehen und die Vorräte der anderen zu plündern. Meine Worte würden sie kaum zur Vernunft bringen.

Die Minuten verstrichen, und so langsam wurde es mir auf dem laubbedeckten Boden zu kalt. Ich tigerte auf der Lichtung herum, um mich warm zu halten.

Irgendwann stand Sandra dann auf, und Erleichterung durchflutete mich, als sie die leere Dose zur Tüte trug. Diese verpuffte jedoch, als Sandra mit einem neuen Bier wiederkam. Och ne.

„Ist dir nicht kalt?“, fragte ich vorsichtig, nachdem sie sich wieder hingesetzt hatte.

Sandra wirkte fest entschlossen, ihren Frust zu ertränken, und ich konnte ihr nicht mal einen Vorwurf machen. Gott allein wusste, wie ich in ihrer Situation reagiert hätte. „Lass es, Anna. Ich kann jetzt keine Predigt ertragen. Wenn du willst, geh ruhig wieder zurück.“ Damit öffnete sie die Dose. Das Zischen hallte laut in der Nacht wider.

Verteidigend hob ich die Hände. „Wollte nur nachfragen. Und ich denke, ich bleibe lieber.“

Schulterzuckend setzte Sandra zur zweiten Runde an, wobei ich registrierte, wie ihr Blick allmählich glasig wurde.

Irgendwann sagte sie glucksend: „Weißt du, was das Lustigste an der Sache ist? Dass meine Eltern selbst übergewichtig sind. Um gesunde Ernährung haben die beiden sich nie geschert. Als Kind durfte ich Schokolade futtern, bis mir der Arsch zuklebte. Cola und Fanta? Kein Problem, Hauptsache, ich habe sie nicht beim Fernsehgucken gestört und brav den Mund gehalten. Und jetzt werfen sie mir allen Ernstes vor, dass ich mich hier nicht richtig anstrengen würde. Dass ich nicht willens genug wäre, etwas an meinem Zustand zu ändern. Wollen die mich verarschen?! Anstatt um 22 Uhr noch Pommes und Schnitzel zu essen, hätten sie mir in der Kindheit mal lieber Gemüse auf den Teller legen sollen. Natürlich habe ich den ganzen Mist in mich reingestopft. Ich war ein Kind, ich wusste doch gar nicht, wie gesundheitsschädlich das alles ist, und niemand hat mich aufgehalten. Eigentlich müssten *sie* hier sitzen und an den Ernährungskursen teilnehmen!“ Kopfschüttelnd trank Sandra gleich mehrere Schlucke. Allein vom Hinsehen wurde mir flau im Magen.

„Das ist echt … doof“, pflichtete ich ihr bei. Mir lagen ganz andere Ausdrücke auf der Zunge, aber ich wollte ihre Eltern nicht beleidigen.

Sandra lachte bitter. „Doof ist, wenn man beim Essen kleckert oder sich an der Tischkante stößt. Das hier ist einfach nur abgefuckt. Mein ganzes *Leben* ist abgefuckt. Also bitte, lass mir diese kleine Freude. Mehr habe ich nicht.“

***

Ich hätte ihr das Bier doch wegnehmen sollen. Aber zu der Einsicht kam ich erst, als es bereits zu spät war. In kürzester Zeit hatte Sandra zwei Bier gebechert – von denen ich aus eigener Erfahrung wusste, wie stark sie waren – und sich in immer zügelloseren Hasstiraden über ihre Eltern verloren. Jetzt lag die zweite Dose leer zu ihren Füßen, und ich versuchte seit einer Minute verzweifelt, Sandra zum Aufstehen zu animieren.

„Warum? Wassoll ich in meinem blöden Simmer, hier ist's vieeeeeel schöner“, nuschelte sie und legte sich nun zu allem Überfluss auch noch auf den Rücken.

„Komm schon, Sandra. Steh auf. Du holst dir noch den Tod.“ Auffordernd zog ich an ihren schlaffen Armen, aber es war zwecklos. Sie rührte sich nicht, grinste nur träge zu mir hoch und zog ihren Arm dann unerwartet kraftvoll zurück, sodass ich erschrocken auf ihr landete.

Sandra lachte sich unter mir kaputt. „Vielleicht sollte ich einfach lesbisch werden“, überlegte sie laut und musterte jetzt mein Gesicht, das vor Anstrengung schon ganz gerötet sein musste. Klein wie ich war hatte ich der kräftigen Sandra nichts entgegenzusetzen. Ich würde sie niemals von hier fortkriegen. „Dann klappt’s bestimmt auch mal mit der Liebe.“

Jep. Sie war blau. Aber so was von.

Während ich mich wieder aufrappelte, überschlug ich meine Möglichkeiten. Einen Pfleger um Hilfe zu bitten kam nicht infrage, aber die Mädels einzubeziehen war auch nicht ohne Risiko. Liezle brach schon zusammen, wenn sie nur ein Blatt anheben musste, und Beverly und Kathy waren auch nicht unbedingt Weltmeisterinnen im Gewichtheben. So leid es mir tat, das sagen zu müssen, aber Sandra war einfach zu schwer für uns. Ich brauchte jemanden mit Muckis. Jemanden, der uns bei der Belegschaft nicht verpfeifen würde und jeden noch so kurzen Adrenalinkick mit Kusshand nahm.

Kurzum: Ich brauchte Ian.

Sandra schloss die Augen und verschränkte seufzend die Arme hinter dem Kopf, als läge sie auf einer weichen Wiese und tankte Sonne.

„Sandra?“ Mit einem Rütteln an ihrer Schulter versuchte ich, ihre Aufmerksamkeit zu bekommen. Sie öffnete ein Augenlid und sah mich an. „Wie wäre es mit einem kurzen Nickerchen, und ich hole jemanden, der dich von hier wegbringt? Klingt das gut? Ja, oder? Aber du darfst dich nicht von der Stelle rühren. Bleib einfach hier liegen, bin gleich wieder da."

Sie nickte grinsend. Vermutlich, ohne ein Wort verstanden zu haben.

Seufzend machte ich mich auf den Weg.

So ein Sixpack hat schon was
10

Die erste Hürde bestand darin, zu Ian zu gelangen. Anders als wir Patienten wohnte er im Personalflügel, und dort hatte ich um diese Uhrzeit nichts mehr verloren. Bis zur Ausgangssperre waren es zwar noch ein paar Minuten, aber es könnte jeden Augenblick eine Tür aufgehen und ein Mitarbeiter aus seinem Zimmer kommen – die Nachtschicht arbeitete auf Abruf.

Wenn das nur meine einzige Sorge wäre! Denn jetzt musste ich a) Ian erst mal überreden, mit mir zu kommen und b) es mit ihm gemeinsam schaffen, Sandra klammheimlich in ihr Zimmer zu verfrachten.

Es wäre äußerst unschicklich, um diese Uhrzeit vor dem Zimmer eines männlichen Angestellten erwischt zu werden, deshalb hielt ich mich nicht mit Klopfen auf, sondern schlüpfte eilig durch die Tür. Ich fand mich in einem identischen Wohnbereich wie meinem wieder, mit dem kleinen Unterschied, dass Ian ein Einzelzimmer hatte. Erst jetzt fiel mir ein, dass ich gar nicht mit eingeplant hatte, dass er einen Zimmergenossen haben könnte. Sprich, einen Mitarbeiter.

Aber er wohnte zum Glück allein.

Wasser rauschte hinter der geschlossenen Badezimmertür und versiegte dann abrupt. Mein Puls raste vor Nervosität. Wie lange hatte ich hierher gebraucht? Fünf Minuten? Sieben? Sandra war ganz allein im Wald, sturzbetrunken und nicht gerade frohgestimmt. Am liebsten hätte ich an die Badezimmertür gehämmert, aber es klang, als würde Ian gleich rauskommen und ich wollte ihn nicht zu Tode erschrecken. Bei seinen Reflexen würde er mir glatt eine verpassen. Vorsorglich machte ich fünf Schritte rückwärts und wartete ungeduldig im Türrahmen zum Schlafbereich. Dann öffnete sich knarrend die Tür, und Ian kam aus dem Bad.

Oh. Wow!

Ian war nackt, zumindest oben herum. Glatte, gebräunte Haut zog sich über definierte Brust- und Bauchmuskeln, die schwarze Hose saß ihm tief auf den Hüften, und seine Leisten … Wahnsinn! Als hätte man sie in stundenlanger Präzisionsarbeit eingemeißelt.

Das Gesicht noch feucht, als hätte er es nur halbherzig abgetrocknet, blinzelte Ian mich verdattert an. Sein Blick wanderte über meine Gammelsachen.

„Falls du vorhast, mich abzustechen, muss ich dich warnen. Ich war ein Jahr im Selbstverteidigungskurs." Er lachte nicht, deshalb konnte ich nicht sagen, ob das jetzt ein Scherz sein sollte oder nicht.

Aber ich war ohnehin von seinem nackten Oberkörper abgelenkt, der meine Blicke wie magisch auf sich zog.

Was waren das bitte für heftige Bauchmuskeln? Die waren doch nie und nimmer echt.

„Okay, offenbar musst du erst mal auf meinen Anblick klarkommen.“ Mit sichtbar funkelndem Spott in den Augen kam er auf mich zu. „Ich ziehe mir so lange was an, wenn du nichts dagegen hast.“

Doch gerade als Ian an mir vorbeigehen wollte, erwachte ich aus meiner Starre. „Bitte, du musst mir bei etwas helfen, und ich habe nicht viel Zeit.“

Ian blieb stehen. Direkt vor mir ragte er jetzt auf, sodass ich seine Bauchmuskeln aus nächster Nähe betrachten konnte. Ich revidierte: Sie *waren* echt. In einem faszinierenden Schauspiel hoben und senkten sie sich unter gleichmäßigen Atemzügen. Beinahe schmerzte es mich seelisch, den Blick davon loszureißen, aber ich musste es tun. Sandra zählte auf mich. Sie wusste es nur noch nicht.

„*Du* willst meine Hilfe? Hast du mich nicht gestern erst ein selbstverliebtes, rücksichtsloses, oberflächliches Arschloch genannt?“

„Ja, und das tut mir leid“, sagte ich hastig. „Hör zu, wir können später darüber reden, aber jetzt musst du mir helfen. Bitte.“

Nachdenklich biss Ian sich auf die Innenseiten der Wangen.

Meine hastig hingeworfene Entschuldigung war mehr als unbefriedigend, das sah ich ihm an. Aber für mehr reichte jetzt nicht die Zeit. „Wo brennt's denn?“, fragte er schließlich.

„Sandra hat sich abgeschossen. Sie hat heute erfahren, dass ihre Eltern sie aus der Behandlung nehmen, und jetzt liegt sie betrunken im Wald. Ich hab‘ versucht, sie auf die Beine zu hieven, aber ich schaff's nicht. Ich brauche jemanden mit Kraft.“

Meine Worte entlockten Ian ein selbstgefälliges Lippenverziehen. „Na, dann ist es ja gut, dass du jemanden *nicht*-lauchmäßiges kennst, nicht wahr?“

Als Antwort schüttelte ich schmunzelnd den Kopf. Den musste ich ihm jetzt wohl durchgehen lassen. „Bitte beeil dich“, sagte ich, als Ian zum Schrank ging, und trat unruhig auf der Stelle. „Ich habe ihr gesagt, dass sie sich nicht vom Fleck bewegen soll, aber es ist nicht auszuschließen, dass sie plötzlich Lust kriegt, auf Wanderschaft zu gehen. Ich will nicht, dass ihr etwas passiert.“ Das würde ich mir nicht verzeihen, schließlich hatte ich nichts unternommen, um sie vom Trinken abzuhalten.

Nicht *genug*.

Wir erreichten unentdeckt das Foyer, als die große Wanduhr über dem Eingang 22 Uhr schlug. Ab jetzt bewegten wir uns offiziell unerlaubt. Ich fühlte mich wie eine Kriminelle. Wir mussten die

Halle ganz durchqueren und schlichen vorsichtshalber hinter dem leise vor sich hin plätschernden Brunnen und der Palmeninsel entlang, als genau das passierte, was ich befürchtet hatte: Ein Pfleger betrat das Foyer. Ehe ich wusste wie mir geschah, hatte Ian mich schon zurückgerissen und in eine Nische zwischen zwei großen Pflanzen gedrängt. Mein Rücken stieß gegen die Wand, aber das spürte ich kaum, denn sämtliche Nerven meines Körpers konzentrierten sich jetzt auf Ian. Er hatte sich der Länge nach an mich gepresst, um mich vor den Blicken des Pflegers abzuschirmen. Eine wohlige Gänsehaut rieselte meinen Nacken hinunter, meine Wangen fingen Feuer.

Ich spürte Ian überall, und das Gefühl … verdammt, es war verboten gut.

Schaudernd fragte ich mich zuerst, was für einen Sinn das haben sollte. Falls er entdeckt wurde, waren wir beide dran. Erst mit Verzögerung begriff ich, dass es wegen meines leuchtend roten Pullovers war. Ian trug schwarz und war damit wesentlich unauffälliger als ich. Die Arme seitlich von mir an der Wand abgestützt linste er über die Schulter. Sein Körper war hart wie Granit, so angespannt war er. Seine Bauchmuskeln drückten auf berauschende Weise gegen meinen Körper, der unter seiner Berührung ganz butterig und schwerelos wurde.

Die Beleuchtung im Foyer war um diese Uhrzeit auf das Nötigste gedimmt, aber meine Wangen mussten so rot leuchten, dass sie selbst die Farbe meines Pullover übertrafen. *Komm wieder runter. Er macht das nur, um dich abzuschirmen. Es ist eine erforderliche Notwendigkeit. Behalte dein Kopfkino für dich.*

Tief atmete ich ein und aus, versuchte den Umstand, dass Ian an jeder, wirklich *jeder* Stelle an mich gepresst war, auszublenden, aber es ging nicht. Hilflos floss ich unter dem engen Körperkontakt dahin, während er nicht das Geringste davon ahnte. Wenn er wüsste, was mir gerade durch den Kopf ging … Er würde vermutlich schockiert nach hinten springen. Dabei waren doch Jungs sonst immer diejenigen mit den perversen Gedanken. Ich merkte nicht sofort, dass Ian mich beobachtete. Erst, als ich ein paar Mal konzentriert durchgeatmet hatte und den Blick hob, sah ich, dass er den Kopf längst wieder zu mir gedreht hatte.

Seine Lippen zuckten. „Alles okay mit dir?" Der Pfleger war weg, aber Ian sprach trotzdem leise, und er rührte sich auch nicht.

„Ja … ja, klar …" Ich schluckte. Gar nichts war okay. Ich hatte gerade eine Erkenntnis gewonnen, die mich bis in die Grundfeste erschütterte.

***

Schmunzelnd legte ich den Kopf schräg und musterte Anna eingehend. Sie zitterte wie Espenlaub, aber an der Angst, erwischt zu werden, konnte es nicht liegen, denn der Pfleger war längst über alle Berge. Mein Blick wanderte zu ihren tiefrot verfärbten Wangen, dann zu ihren Händen, die sie zu Fäusten geballt hatte, und da traf mich die Erkenntnis.

Anna McCoy stand auf mich.

Ausgerechnet Horror-Annabelle, die mich in der Grundschule so abgrundtief gehasst hatte, dass ich teilweise Schiss gehabt hatte, sie würde mir Abführmittel in die Wasserflasche kippen oder einen Hundehaufen in den Spind legen. Was ich ihr natürlich niemals verraten würde. Aber es konnte nicht anders sein. Anna war in meiner Nähe noch nie rot geworden. Höchstens vor Zorn. Das hier war jedoch etwas gänzlich anderes. Sie reagierte auf mich. Auf unsere aneinandergeschmiegten Körper.

Die Erkenntnis schickte einen unerwarteten Stromschlag durch mich hindurch. Irritiert nahm ich die Arme herunter und rückte ein Stück von ihr ab. Anna dachte wohl, dass ich es nicht mitbekam, aber ich sah, wie sie erleichtert die Luft ausstieß. Erleichtert, weil ich sie nicht mehr berührte, aber garantiert nicht aus Ekel, so viel stand fest.

Ehrlich gesagt haute mich das total aus den Socken.

Natürlich hatte Anna mich schon angestarrt, auch schon vor dem Klinikaufenthalt. Im Sportunterricht zum Beispiel, so wie fast alle Mädchen. Und in meinem Zimmer eben waren mir ihre Blicke auch nicht entgangen. Aber es gab einen gravierenden Unterschied zwischen bloßer sexueller Anziehung und „echten" Gefühlen. Aus eigener Erfahrung wusste ich, dass man eine Person nicht mögen und trotzdem geil finden konnte. War mir schon dutzend Mal mit den Cheerleader-Zicken passiert. Aber Anna? Auf mich stehen? Noch vor Kurzem hatte ich sie für ihre vermeintliche Immunität gegen meinen Charme bewundert. Dieser Schutzwall war jetzt offenbar durchbrochen.

„Ist er weg?", flüsterte sie und beugte sich vor, um an der wuchtigen Pflanze vorbei zu spähen. Mir entging nicht, wie sie dabei meinen Blick mied, aber das kam mir gelegen, denn ich konnte gerade nichts anderes tun, als Anna perplex anzuglotzen. Sorry, aber die Erkenntnis war mindestens so erschütternd, als hätte ich eben erfahren, dass die Erde rund statt flach wäre.

Und dann meine Reaktion darauf: erhöhter Puls, flacher Atem, verräterisches Ziehen in den Lenden … Was war los mit mir? Ich kannte Anna jetzt so viele Jahre, aber über ihre Figur hatte ich mir noch nie großartig Gedanken gemacht. In der Klinik trug sie immer so weite Klamotten, dass man ihre Kurven nur erahnen konnte, und in der Schule war sie für mich quasi unsichtbar gewesen. Hastig durchforstete ich mein Hirn nach Erinnerungen an sie aus unserer Schulzeit.

Soweit ich wusste, hatte sie immer eine „normale“ Figur gehabt. Aber wenn man mit jemandem auf Kriegsfuß stand, machte man sich darüber keine Platte.

Zum vermutlich ersten Mal betrachtete ich Anna als rein weibliches Wesen. Nicht als Erzfeindin, Nerd oder Patientin einer Abnehm-Klinik ... wobei ich sowieso nie verstanden habe, was sie hier macht. Bei ihrem Zusammenbruch war mir aufgefallen, was für ausdrucksstarke Augen sie hatte: groß, schokoladenbraun, durchdringend. Natürlich hatte ich ihre Augen schon tausendmal in der Schule gesehen, aber an diesem Tag hatte ich sie zum ersten Mal *bewusst* wahrgenommen. Genauso war es jetzt mit dem Rest ihres Gesichts. Glatte, braune Haare flossen ihr bis zur Brust, geschwungene Lippen und eine Stupsnase wurden von einem alabasterfarbenen, ovalen Gesicht eingerahmt. Anna war echt hübsch.

Aber wieso war mir das nie vorher aufgefallen?

Mit deutlicher Verspätung antwortete ich ihr, dass die Luft rein wäre, aber Anna schien selbst in Gedanken vertieft zu sein, sodass es ihr gar nicht auffiel.

***

Durch den Notausgang im Westflügel gelangten wir ins Freie. Während des gesamten Marschs durch den Wald sprach Anna kein Wort.

Zu entsetzt schien sie über ihre Reaktion auf meine Nähe zu sein. *Willkommen im Club*, dachte ich, dem es ähnlich erging. Anna sah gut aus, das hatte ich jetzt auch gecheckt, außerdem war sie klug, freundlich – zumindest zu anderen – und die meiste Zeit über unfreiwillig lustig. Besonders, wenn sie sich über mich aufregte.

Aber mit ihr Sex haben? Das konnte ich mir irgendwie nicht vorstellen.

Sie war viel zu klein. Selbst eine Gummipuppe war größer.

Wie sollte das funktionieren?

Sandra lag noch an derselben Stelle, an der Anna, ihrer Aussage zufolge, sie zurückgelassen hatte. Wir mussten also nicht erst den ganzen Nationalpark nach ihr durchkämmen. Anna weckte sie rüttelnd, dann zog ich die stöhnende Sandra vorsichtig hoch, legte ihren linken Arm um meine Schultern und ging los. Anna stützte sie von der anderen Seite, aber da sie so klein war, lastete das meiste Gewicht auf mir. An sich machte mir das nichts aus – ich stemmte deutlich mehr Kilos als Sandra wog –, aber der unebene Waldboden erschwerte das Vorankommen. Immer wieder knickte Sandra weg, woraufhin ich sie auffangen und wieder an mich ziehen musste, oder Anna oder ich stolperten über etwas. Irgendwann fühlte ich mich selbst ganz betrunken, aber am Ende schafften wir es unbeschadet aus dem Wald.

Jetzt kam der heikelste Part.

Nachdem wir Sandra umständlich durch die massive Notausgangstür verfrachtet hatten, lief Anna vor, um die Umgebung auszukundschaften. Wenn sie der Meinung war, dass die Luft rein wäre, winkte sie mich zu sich heran, und ich schleppte Sandra vorwärts. Klappte ganz gut. Auf halber Treppe gab es allerdings einen heiklen Moment, in dem Sandra und ich fast die Stufen wieder hinuntergepurzelt wären, weil ich kurz das Gleichgewicht verlor. Geistesgegenwärtig wie Anna war, flitzte sie schnell hinter mich und stützte mich mit den Händen. Das Herz pumpte mir bis zum Hals, mittlerweile auch vor Anstrengung. Die Treppen waren eine echte Herausforderung, zumal Sandra null mitarbeitete. Schlaff hing sie halb in meinen Armen. Ich war schon dankbar, dass sie überhaupt noch aufrecht stand und ich sie nicht komplett tragen musste.

„Alles klar?“, erkundigte Anna sich leise. Immer noch eine Hand auf meinem Rücken war sie an meine Seite getreten und blickte zu mir hoch. Das war das erste Mal seit dem Foyer, dass sie mich direkt ansah. Große, schokoladenbraune Augen. Ihre Berührung kribbelte auf meinem Rücken. Ich nickte schluckend und flüsterte ein „Danke“.

Daraufhin stützte sie Sandra wieder von der anderen Seite und es ging weiter.

Minuten später lag die Schnapsdrossel zugedeckt in ihrem Bett, und wir beide atmeten erschöpft durch. An dem Spruch, man sollte aufpassen, was man sich wünschte, schien was dran zu sein. Als ich darüber genörgelt hatte, mich hier zu Tode zu langweilen, hatte ich nicht im Sinn gehabt, nachts betrunkene Mädchen durch die Gänge schleifen zu müssen. Ich ging ins Bad, um mir die Schweißperlen von der Stirn zu waschen, und trocknete mein Gesicht dann mit Klopapier ab. Als ich wieder in den Wohnbereich kam, räusperte Anna sich verlegen.

„Ein einfaches Danke reicht wohl nicht aus, um mich für deine Hilfe erkenntlich zu zeigen, aber ich danke dir, unheimlich. Ohne dich hätte ich das nicht geschafft.“ Merklich unwohl rieb sie sich den Nacken. „Dann heißt es jetzt wohl gute Nacht. Also wie gesagt: Vielen Dank.“ Anna war so offensichtlich im Fluchtmodus, dass sie einem leidtun konnte. Aber so leicht machte ich es ihr nicht. Sie hatte die Hand schon an der Türklinke, als ich sagte: „Wollten wir nicht noch über etwas reden?“

Widerwillig drehte ich mich zu Ian um, dessen Lippen verdächtig zuckten. Ich wollte nichts wie weg hier. Weg von seiner Nähe, von dem verbotenen Verlangen, dass sie in mir hervorrief. Unglücklicherweise schuldete ich ihm dieses Gespräch.

Jetzt, da er mir geholfen hatte, obwohl er jeden Grund dazu gehabt hätte, es nicht zu tun, sogar noch mehr. Ian hatte wirklich ein begnadetes Pokerface. Sein Blick verriet nichts. Nur unterschwelliger Spott flimmerte darin, aber das war ja normal bei ihm.

Obwohl ich nicht genau benennen konnte, was es war, konnte ich aber mit Sicherheit sagen, dass etwas in seinem Blick sich verändert hatte. War es Neugierde? Unterdrückte Belustigung wegen meiner Reaktion vorhin? Oder gar Mitleid? Ich wusste es nicht.

„Stimmt. Habe ich glatt vergessen“, log ich und warf einen Blick auf Sandra. Wir sollten sie in Ruhe schlafen lassen. Nicht, dass wir sie wieder aufweckten und sie auf die Idee kam, noch mehr Blödsinn anzustellen. „Gehen wir zu mir rüber.“

Ian zog die Brauen hoch. „Zu dir? Nur wir beide? Hört sich verboten an.“

Ich rollte die Augen, aber insgeheim war ich ihm dankbar für den Kommentar, denn er erlaubte mir, hinter der Geste meine Nervosität zu verstecken. Nicht, dass das meinen Bauch davon abhalten würde, heftig zu kribbeln …

Ich öffnete die Tür und vergewisserte mich mit einem Blick in den Flur, dass die Luft rein war, dann eilten wir quer über den Gang und schlüpften durch meine Zimmertür. Ich knipste das Licht an, stieg aus meinen schmutzigen Hausschuhen und bat Ian, schon mal in den Wohnbereich zu gehen.

„Ich wasche mir schnell die Hände", erklärte ich. „Meine Nägel sind voller Erde."

Bei der Gelegenheit schlüpfte ich auch gleich aus meiner Jogginghose, die am Hintern eine ungünstige, braune Stelle aufwies – vom feuchten Laub verstand sich –, und tauschte sie mit der schwarzen Leggings, die über dem Badheizkörper hing.

Als ich ins Zimmer kam, hatte Ian sich dreister Weise auf mein Bett gefläzt. Lässig lehnte er mit dem Rücken an meinem Kissen, zu seiner Linken das Wandregal mit all meinen kostbaren Habseligkeiten.

Mit der schmutzigen Jogginghose in den Händen blieb ich stehen. „Was machst du da?"

Demonstrativ sah er an sich herab. „Sitzen?"

„Aber hier ist ein unbenutztes Bett." Ich deutete auf das alte von Liezle. „Du sitzt auf meinem."

„Und das stört dich, weil?“ Ian musterte mich mit amüsierter Neugierde.

Alles klar. Er wollte mich provozieren. Testen, wann ich die Nerven verlor. Vermutlich, weil er jetzt dachte, ich wäre total in ihn verschossen.

Mann, warum hatte ich mich nicht besser zusammengerissen?! Kommentarlos ging ich zum Kleiderschrank, öffnete ihn und stopfte die Hose in die Tüte für Schmutzwäsche.

„Warum hast du dich umgezogen?“, wollte Ian wissen und verschränkte entspannt die Hände hinter dem Kopf, als wäre das hier sein Zimmer und sein Bett.

„Hab vorhin damit auf dem Boden gesessen“, erklärte ich, ohne ihn anzusehen. „Der Schmutz auf der Rückseite sah jetzt nicht so vorteilhaft aus.“

Ich konnte förmlich *spüren,* wie Ian lachte, und ich spürte seinen Blick, der mich wie blendende Scheinwerfer verfolgte, während ich die Schranktür zumachte und zu Liezles Bett ging.

Ich plumpste darauf nieder und verschränkte die Arme vor der Brust.

„Also“, sagte er und sah mich neckisch an. „Ich glaube, du wolltest dich wegen gestern entschuldigen.“

Gegen meinen Willen musste ich schmunzeln.

„Du kannst echt ein Blödian sein, weißt du das?“ Er grinste breit, dann wurde ich jedoch ernst und atmete tief durch. „Aber ja, ich muss mich bei dir entschuldigen. Was ich gestern gesagt habe, meinte ich zwar auch so, aber jetzt begreife ich, dass ich dich wie den alten Ian behandelt habe. Den rücksichtslosen, frechen Bengel, der mir – um das noch mal anzumerken – den Sportunterricht zur Hölle gemacht hat. Aber du bist nicht rücksichtslos. Das mit dem Selbstverliebtsein kann ich zwar nicht zurücknehmen -“ Ian lachte „- aber alles andere schon.“

Meine Worte hingen einen Moment im Raum.

Ian sah mich lange an, sein Grinsen war erloschen, dann nahm er die Arme herunter und sagte: „Wenn wir schon mal dabei sind, muss ich mich auch entschuldigen. Ist sowieso längst überfällig. Ich hatte dir neulich angeboten, das Kriegsbeil zu begraben, aber ich habe mich nie dafür entschuldigt, wie ich dich früher behandelt habe.

Ich war ein Arsch.

Mann, und was für einer! Ehrlich gesagt weiß ich selbst nicht, warum ich so auf dir herumgehackt habe. Nenn es jugendliche Beschränktheit. Jedenfalls tut es mir leid, und ich meine es ernst mit dem Friedenschließen.“

Ich erwiderte Ians Blick, der jetzt offen und aufrichtig war. Sollte er mir etwas vormachen, wäre er der beste Schauspieler auf unserem Planeten. Aber dafür gab es ja gar keinen Grund. Meine folgende Frage war nicht böse gemeint, aber ich konnte sie mir auch nicht verkneifen. „Und mit Frieden meinst du nicht nur die Zeitspanne hier im Institut, sondern generell? Also auch in der Schule?“

Das schien ihn zu kränken. „Natürlich! Denkst du, ich hänge mit dir hier ab und behandle dich in der Schule dann wieder wie Luft?“

Ich hatte keine Kontrolle darüber. Meine Braue wanderte wie von selbst nach oben, was seine Frage beantworten dürfte. Leise lachend schüttelte Ian den Kopf, und ich schloss mich ihm an. Es war das erste Mal, dass wir gemeinsam über etwas lachten. Aufrichtig. Ohne Hintergedanken oder Spott. War ein komisches Gefühl.

Meine Funko Pop-Figur erregte seine Aufmerksamkeit. Stirnrunzelnd fragte Ian: „Was ist das denn für ein Vieh?“

Vor lauter Empörung verging mir das Lachen. Ich hörte ja wohl nicht richtig. „*Groot!*“, sagte ich beleidigt. „Und er ist kein Vieh, sondern ein humanoider Baum!“

Ian guckte mich an, als hätte er soeben erfahren, dass ich aus einer Irrenanstalt ausgebrochen war. „Ahhh ja. Ansonsten läuft bei dir da oben aber alles rund, ja?“

Ich rollte die Augen. „Ich sehe schon, du hast offenbar noch nie was von *Guardians of the Galaxy* gehört. Hinter welchem Mond lebst du eigentlich?“

„Na, offensichtlich hinter einem anderen als du“, meinte er spöttisch. „Ich mache lieber Sport, als mir so einen Müll reinzuziehen.“

„Ach! Stell dir vor, das ist mir auch schon aufgefallen, Mr. *Star*-Quarterback.“ Ich unterstrich seinen Titel mit Gänsefüßchen und erntete ein weiteres Lachen. Daran könnte ich mich gewöhnen. Ihn zum Lachen zu bringen. „Und das eine schließt das andere doch nicht aus. Man kann auch Sport machen und abends Filme gucken. Oder schläfst du auf einem Crosstrainer?“

„Wie es der Zufall will, ja“, haute er trocken raus und nahm die Figur vom Regal. Kurz drehte er sie in der Hand, dann warf er sie in die Luft und fing sie locker wieder auf.

Ich sprang auf und stürzte zu ihm. „Hey, spinnst du? Das ist eine Limited Edition! Das Ding hat mich 70 Dollar gekostet. Wenn du sie kaputt machst, drehe ich dir den Hals um!“

Doch Ian sollte man besser nichts verbieten. Es schien den kindischen Drang in ihm zu wecken, erst recht das tun zu wollen, was er nicht durfte. Provokativ warf er die Figur noch etwas höher und fing sie dann direkt vor meiner Nase auf. Mein Griff ging ins Leere.

Offenbar hatte er nicht vor, mir meinen *Groot* zurückzugeben.

Erheitert lehnte Ian sich zurück und hielt ihn außerhalb meiner Reichweite. Genauso, wie er es damals mit dem Bio-Buch im Unterricht gemacht hatte.

Das konnte er vergessen!

Noch mal ließ ich das nicht mit mir machen!

Es war mir egal, dass das Bett unter unserem Gewicht zusammenbrechen könnte. Entschlossen gesellte ich mich zu ihm und zerrte an seinem Arm … der sich so gut wie kaum in meine Richtung bewegte. Ich zog energischer, benutzte beide Hände, verausgabte mich richtig. Und Ian? Er hielt meinem Ziehen fast schon gelangweilt stand. Das konnte doch wohl nicht angehen. Wozu machte ich seit drei Wochen Krafttraining? Meine Gedanken lösten sich auf, als er eine ruckartige Bewegung mit dem Arm machte und ich den Halt verlor.

Erschrocken landete ich auf ihm. Dabei spürte ich, wie Ian die Bauchmuskeln anspannte, um den Aufprall zu lindern. Ich hatte ein Déjà-vu. Genau das Gleiche hatte Sandra doch vorhin mit mir gemacht. Mit dem Unterschied, dass der Körper, auf den ich jetzt fiel, hart und trainiert war. Eine Hand landete auf seinem Bauch, die andere auf seiner Schulter. Schnell legte er die Figur neben das Kopfkissen und packte mich an der Taille, wohl, um mich zu stützen.

Mit weit aufgerissenen Augen starrte ich Ian unter mir an, der nicht den Eindruck machte, als wäre ihm die Situation unangenehm. Anders als ich. „Tu… tut mir leid, ich …“

„Schon gut. Das war kein Versehen“, unterbrach er mein Gestammel mit einem Blick, der mir den Boden unter den Füßen weggerissen hätte, wenn ich nicht schon halb auf ihm liegen würde. Ich kam nicht dazu, die Bedeutung seiner Worte zu begreifen, denn seine Hände wanderten plötzlich abwärts.

„Wa... was machst du da?“, stotterte ich atemlos, ohne mich zu rühren. Ich könnte es. Ich könnte ihm für diese Dreistigkeit auch eine scheuern, aber aus Gründen, die sich mir selbst nicht erschlossen, tat ich es nicht. Seine Berührung lähmte mich. Wieder spürte ich, wie mein Körper nachgab und ganz weich wurde.

Ian antwortete mir nicht. Stattdessen hielt er mich mit seinem Blick fest, der genauso erstaunt wirkte wie ich mich fühlte. Offenbar wusste er selbst nicht so recht, warum er das tat. Dafür wusste er genau, *was* er da machte. Seine Hände schoben sich unter meinen Pullover, der mir bis über den Po ging, und legten sich dann schwer auf meine Hüften. Tief zog ich die Luft ein. Die Wärme seiner Hände sickerte durch das dünne Material und strahlte von dort in sämtliche Ecken meines Körpers aus, der jetzt in Flammen stand. An seiner pochenden Halsschlagader konnte ich erkennen, dass auch Ians Puls raste. Sein Blick brannte sich in meinen, und ich wusste, dass gleich etwas passieren würde.

Im nächsten Moment setzte er sich jedoch auf und murmelte: „Tut mir leid.“

Irritiert klammerte ich mich an seinen Schultern fest, um von dem plötzlichen Schwung nicht nach hinten zu kippen. Jetzt kniete ich breitbeinig über ihm. Es tat ihm leid? Was sollte ich denn damit anfangen? Erst überrumpelte er mich und dann entschuldigte er sich dafür?

Aber es war gut so. Sein Rückzieher bewahrte uns davor, etwas absolut Hirnrissiges …

Meine Gedanken erstarben, als Ian meine Hüften nach unten drückte, sodass ich jetzt rittlings auf ihm saß. „Was …?“

Und dann checkte ich erst, dass ich ihn völlig falsch verstanden hatte. Anstatt mich von ihm runtersteigen zu lassen, legte Ian eine Hand auf meinen Rücken, die anderen in meinen Nacken.

„Aber ich werde jetzt etwas Dummes tun“, beendete er den Satz mit Verspätung.

Dann küsste er mich.

Weich und warm trafen seine Lippen auf meine, bewegten sich zunächst zärtlich, ja, fast schon behutsam. Ich konnte gar nicht anders, als ihn zu erwidern. Es war ein Kuss, wie ihn sich wohl jedes Mädchen erträumte. Zu schön, um wahr zu sein, und dann auf einmal so intensiv, dass er drohte, mich wie eine Strömung fortzureißen. Mit der Hand auf meinem Rücken drückte Ian mich jetzt fester an sich, presste unsere Oberkörper gegeneinander. Der dicke Stoff meines Pullis bildete einen minimalen Puffer zwischen uns, aber das galt nicht für unsere Unterkörper. Alles andere als jugendfrei schmiegten sich unsere Becken jetzt aneinander, und obwohl Ian mich sogar sitzend überragte und den Kopf neigen musste, schienen wir da unten ganz wunderbar zusammenzupassen. Ich keuchte in seinen Mund. Das Blut strömte durch meine Adern, während das Ausmaß dessen, was wir gerade taten, nur sehr langsam in meinen Verstand sickerte.

Im nächsten Moment riss ich mich von ihm los.

Oh, Gott!

Was machte ich hier?

Ich stemmte die Hände gegen seine Brust, um ihn auf Abstand zu halten, seine Hand blieb jedoch auf meinem Rücken. Schwer atmend starrte ich Ian an, in dessen Blick sich die verschiedensten Emotionen spiegelten. Seine Lippen waren geschwollen, sein Herz hämmerte unter meiner Hand.

Das hätte er nicht tun sollen.

Das … Von einer plötzlichen Wut gepackt boxte ich ihm fest in den Bauch, dann sprang ich von ihm herunter. Ian krümmte sich, aber vermutlich mehr aus Überraschung als aus Schmerz.

„Warum hast du das gemacht, du … du Idiot?!“

„Idiot?“ Ungläubig lachend rieb er sich den Bauch. „Das ist jetzt nicht unbedingt die Reaktion, die ich erwartet hätte.“

„Nein? Was hast du denn erwartet?!“ Wütend und immer noch geflasht von dem Kuss machte ich einen wackeligen Schritt vom Bett zurück. „Nach Jahren der Feindschaft vertragen wir uns endlich, und das Erste, was dir einfällt, ist, mich zu küssen?“

„War der Kuss denn so schlecht?“ Mit einem selbstgefälligen Lippenverziehen rutschte er bis zur Bettkante vor.

„Darum geht’s doch gar nicht! Es … das …“ Frustriert brach ich ab. Für Ian war Herumknutschen vielleicht so alltäglich wie Essen und Trinken, aber nicht für mich. Ich küsste Jungs nicht einfach so. Für mich gehörte mehr dazu als bloße Anziehung. Scheiße, ich wollte lieber nicht so genau darüber nachdenken, was das bedeutete.

„Bitte geh“, verlangte ich und verschränkte befangen die Arme vor der Brust. *Als ob das ungeschehen machen könnte, dass er dir die Zunge in den Hals geschoben hat!*

Ungläubig sah Ian mich an. „Wirklich jetzt?“

Entschieden deutete ich zur Tür. „Wirklich. Geh bitte einfach.“ *Ich will mich so schnell wie möglich erhängen, damit ich gar nicht erst über die Konsequenzen nachdenken muss.*

Ian zögerte, wartete offenbar darauf, dass ich den vermeintlichen Scherz auflösen würde. Als ich es nicht tat, stand er seufzend auf, aber er ging nicht zur Tür. Er verharrte vor mir.

Wehe, du küsst mich noch mal, dachte ich und starrte auf seine Brust.

„Was denn, kannst du mich jetzt nicht mal mehr angucken?“, wollte er eine Spur *zu* belustigt wissen. Wie ich schon befürchtet hatte. Für ihn war das hier nichts weiter als ein Zeitvertreib. „War dir der Kuss so unangenehm?“ Genervt hob ich den Blick, damit er endlich Ruhe gab. Er war nicht freundlich. „Wir haben jetzt aber nicht wieder Krieg, oder? Das kannst du gleich wieder vergessen. Einen Friedensvertrag mit mir bricht man nicht so leicht.“

Am liebsten hätte ich ihn weiter mit Schweigen bestraft, aber etwas sagte mir, dass Ian so lange hier stehen bleiben würde, bis ich ihm eine befriedigende Antwort gegeben hatte. „Nein, haben wir nicht.“

„Versprich es.“

Wie sollte ich denn? Und wie sollte ich Ian je wieder unter die Augen treten, ohne an diesen berauschenden Kuss denken zu müssen? Keine Ahnung, was ihn da geritten hatte, aber er hatte mir keinen Gefallen damit getan. Das war, als würde man ein Kleinkind an einem Eis lecken lassen, ihm den Rest dann aber verwehren. „Anna?“, hakte er nach.

„Jaaa! Ja, ich verspreche es! Zufrieden?“

Als sein Mund ein glückliches Lächeln formte, wusste ich, dass ich verloren war. Ian hatte mir eine Kostprobe von etwas gegeben, das ich nie würde haben können. Und das war schlimmer als alle Gemeinheiten, die er mir je angetan hatte, zusammen.

Beruhigt von meiner Antwort ging er aus dem Zimmer und schloss leise die Tür hinter sich.

Erst viel später, als ich bestimmt schon eine Stunde wach im Bett gelegen hatte, ohne einschlafen zu können, erinnerte ich mich an Ians seltsame Worte kurz vor dem Kuss. *Schon gut. Das war kein Versehen.* Mein Magen machte einen Salto, als mir klar wurde, dass Ian mich absichtlich zu sich aufs Bett gelockt hatte. Im Grunde eine total offensichtliche, billige Methode.

Und ich war wie ein blindes Huhn in seine Falle getappt.

T(a)uchfühlung
11

Ey, du treulose Tomate. Du meldest dich ja gar nicht mehr! Stöhnend ließ ich den Kopf wieder aufs Kissen fallen, das Handy noch in der Hand. Die Nachricht war auf meinem Sperrbildschirm aufgeploppt und hatte mich ärgerlicher Weise vor der abgelaufenen Schlummerzeit geweckt. Dabei liebte ich es, nach dem Weckerklingen noch zehn Minuten zu dösen.

Die Nachricht stammte aus dem Gruppenchat, den Debbie für meinen Klinikaufenthalt erstellt hatte, und ja, es waren schon ein paar Tage ins Land gezogen, seit ich ein Lebenszeichen von mir gegeben hatte. Schuld daran war Ian, der mich mit seinem Kuss völlig aus der Bahn geworfen hatte und seitdem meine Gedanken beherrschte.

Okay, kein wirklich großer Unterschied zu vorher, nur, dass ich ihn in der Vergangenheit regelmäßig zur Hölle gewünscht hatte. Jetzt hingegen … Ich schüttelte die Gedanken ab, schrieb in den Gruppenchat und quälte mich dann aus dem Bett. Jetzt ergab es auch keinen Sinn mehr, noch weiter schlummern zu wollen. Ich war endgültig wach.

Die vierte Woche war angebrochen, und wie jeden Montag ging ich vor dem Joggen zum Wiegen und Messen.

Was sollte ich sagen? Zwei Kilo leichter, und mein Bauch- und Hüftumfang schrumpften auch kontinuierlich.

Ich hatte ja schon an meinen immer lockerer sitzenden Klamotten gemerkt, dass sich wieder etwas getan hatte, aber ich war eben ein Zahlenfreak. Erst der Blick auf die Waage ließ mich erleichtert aufatmen.

Jetzt hatte ich schon seit Wochen keine Essattacke mehr gehabt und zudem noch sieben Kilo abgespeckt. Konnte es besser laufen?

Ernährungstechnisch war ich damit auf der Zielgeraden, leider wurden meine Erfolge von den jüngsten Ereignissen etwas überschattet. Gestern hatten wir Sandra verabschiedet. Weinend waren sie und Beverly, die zu einer engen Freundin geworden war, einander um den Hals gefallen, und auch ich war umarmt worden. Schon am Vortag hatte Sandra sich für die Hilfe in der Freitagnacht bei mir bedankt, außerdem hatte sie mir das Versprechen abgerungen, niemandem davon zu erzählen – nicht mal Beverly. Beim Abschied hatte sie mir dann zugeflüstert, dass ich auch Ian ihren Dank aussprechen sollte.

Ian.

Irgendwie hatte der Schlingel es geschafft, sich von Ms. Butler eine Erlaubnis für einen Ausflug nach *Twisp* einzuholen – wahrscheinlich hatte er ihr auch die Zunge in den Hals geschoben.

Während er am Samstag seinen Auslauf gehabt hatte, war ich mit dem Vorwand in der Klinik geblieben, den letzten Tag mit den Mädels verbringen zu wollen, bevor Sandra am nächsten Morgen abgeholt würde. Den Sonntag hatte ich mich dann abwechselnd mal im Aufenthaltsraum, mal in meinem Zimmer oder bei Liezle aufgehalten, sodass es ihm unmöglich gewesen war, mich ausfindig zu machen.

Beim Abendbrot hatte ich von Kathy erfahren, dass er zweimal nach mir gefragt hatte, aber irgendwann war es ihm wohl zu blöd geworden und er hatte aufgegeben.

Mir war völlig klar, dass ich dieses Katz- und Mausspiel nicht ewig in die Länge ziehen konnte, aber der Abstand zu ihm tat gut. Er half mir, über den Kuss hinwegzukommen. Teilweise. Na gut, nur ein bisschen. Trotzdem musste ich es ihm ja nicht so leichtmachen. Ian sollte ruhig zu spüren bekommen, dass er Mist gebaut hatte. Aber ich durfte es nicht zu offensichtlich machen, denn „offiziell" hatte ich ihm ja verziehen.

Beim Joggen hielt ich mich bewusst an der Seite des Coachs. Das Seitenstechen nahm ich dabei würdevoll in Kauf, denn ich wusste, sobald ich mich zurückfallenlassen und verschnaufen würde, würde Ian mich zur Rede stellen. Selbstverständlich zögerte ich das Unvermeidliche damit nur hinaus. Als Hektor uns eine Stunde später zum Frühstück entließ, gab es keine Ausflüchte mehr.

Wie ein Türsteher versperrte Ian mir mit vor der Brust verschränkten Armen den Weg und verhinderte damit, dass ich den anderen ins Gebäude folgte. „Du hältst dich wohl für schlau, was?“ Amüsiert und auch ein bisschen tadelnd sah er mich an.

Ich erwiderte seinen Blick unschuldig. „Weiß nicht, was du meinst. Lässt du mich durch?“

Noch während ich das fragte, ging ich um Ian herum. Ich kannte ihn mittlerweile gut genug, um zu wissen, dass er mich *nicht* durchlassen würde. Und natürlich stellte er sich mir sofort wieder in den Weg.

„Erst, wenn du nicht mehr so komisch bist. Ich würde es vorziehen, dir nicht länger hinterherjagen zu müssen.“

Dann hättest du mich nicht küssen sollen. Laut sagte ich: „Ich bin nicht komisch.“

„Stimmt, mein Fehler. Es ist natürlich vollkommen normal, den ganzen Tag von einem Zimmer zum nächsten zu huschen, aus Angst, mir über den Weg zu laufen. Denkst du, ich hab‘ das nicht durchschaut?“

„Und küsst *du* öfter Mädchen und verhältst dich danach, als wäre nichts gewesen?“, stellte ich eine Gegenfrage.

Langsam wanderte sein rechter Mundwinkel hoch. „Ständig.“

Schnaubend marschierte ich an ihm vorbei, aber Ian war schnell.

Er hielt mich am Arm zurück, noch bevor ich ihm ganz den Rücken zukehren konnte, und fügte ernster hinzu: „Aber ich musste mich noch nie dafür entschuldigen."

„Dann wird das jetzt wohl deine Premiere." Abwartend zog ich eine Braue hoch, bis er hörbar die Luft ausstieß und mich freigab.

„Ich verstehe zwar echt nicht, was an dem Kuss so schlimm war, aber bitte, es tut mir leid." Hätte nur noch gefehlt, dass er die Augen rollte. Aber wie sollte er es auch verstehen? Er hatte dabei ja nichts empfunden. „Bist du jetzt wieder normal? Bitte?"

„Erst will ich wissen, warum du das gemacht hast. Warum hast du mich geküsst? Als eine Art Experiment? Um zu testen, ob dir bei Horror-Annabelle die Lippen abfallen? Sag schon, ich bin gespannt."

Ian merkte wohl, dass er auf einem schmalen Grad wanderte. „Anna …"

„Sag es mir!", verlangte ich jetzt nachdrücklicher. „Oder ich nehme deine Entschuldigung nicht an."

Kurz flackerte so etwas wie belustigte Anerkennung in seinem Blick auf, dann sagte er: „Ich weiß es nicht, okay? Ich wollte …" Hilflos zuckte er die Schultern. „Einfach gucken, was passiert. Können wir das jetzt bitte vergessen?"

Abschätzend musterte ich mein Gegenüber. Ein Sonnenstrahl brach durch die Wolken und brachte sein blondes Haar zum Leuchten. Ian war das Ebenbild eines Engels, aber sein Äußeres war trügerisch … wie seine Worte mir wieder bestätigt hatten. Ian war alles andere als engelhaft, aber vermutlich konnte ich ihm nicht mal einen Vorwurf machen. So viele Mädchen wie er bestimmt schon geküsst hatte, war er wohl irgendwann abgestumpft. Ich würde es ihm trotzdem nie ganz verzeihen, dass er auf so leichtfertige Weise mit meinen Gefühlen gespielt hatte.

„Zwei Regeln!", sagte ich und verschränkte befehlshaberisch die Arme vor der Brust. „Erstens: Du wirst mich nie wieder küssen. Oder ich scheuer dir erst eine und verpfeife dich dann wegen sexueller Belästigung bei der Klinikleitung!"

Ich konnte sehen, dass ihm etwas Spöttisches auf der Zunge lag, aber Ian nickte brav. „Und zweitens?", fragte er und unterdrückte dabei *gar nicht* auffällig ein Lächeln.

„Tatsch nie wieder *Groot* an!"

***

In dieser Woche hielten Professoren aus verschiedenen Universitäten spannende Vorträge über Gesundheit und Ernährung. Sie veranstalteten abwechslungsreiche Workshops, stellten sich unseren Fragen, ließen uns in kleinen Gruppen miteinander diskutieren und festigten mit Rätseln und Puzzles spielerisch unser Wissen. Die Veranstaltung lief die ganze Woche und brachte ein bisschen Pepp und Abwechslung in den vertrauten Klinikalltag.

Besonders gefiel mir, dass wir die Ernährung nicht nur aus Sicht der Fettleibigen, sondern auch aus der der Bulimiker und Diabetiker beleuchteten. Die Mädchen sprachen untereinander zwar ganz offen über ihre Krankheiten, aber es war noch mal etwas anderes, das Ganze aus wissenschaftlicher Sicht erklärt zu bekommen. Bei meinem vollen Wochenplan kam ich ja sonst nicht dazu, auch die anderen Kurse zu besuchen.

Anfangs war es komisch ohne Sandra. Ich hatte sie als Teil der Clique kennengelernt, und nun drückte ihre Abwesenheit spürbar die Gesamtstimmung. Vor allem Beverly nahm ihre doch sehr plötzliche Abreise mit. Auch hatte ich das Gefühl, dass sie, jetzt, da sie die Dickste in der Gruppe war, nicht mehr so selbstbewusst auftrat. Das war natürlich bescheuert, denn die halbe Klinik bestand aus dicken Kindern – manche wogen sogar das Doppelte von Beverly –, aber aus Erfahrung wusste ich, dass man die Logik gern mal beiseiteschob, wenn es um den eigenen Körper ging.

„Na, Lieblingsmitschülerin?“, fing Ian mich am Freitag nach dem Turnen ab.

Er knuffte mich in die Seite, wohlwissend, dass ich das nicht leiden konnte, und wich meinem

Ellenbogen agil aus, als ich ihm damit in die Rippen stoßen wollte. Mahnend verengte ich die Augen, während ich weiterging, aber er legte nur grinsend einen Arm um mich, als wären wir die besten Freunde.

Ich wusste wirklich nicht, was ich von seinem neuerlichen Benehmen halten sollte.

Ian hielt sich zwar an meine Bedingung, mich nicht zu küssen, dafür behandelte er mich jetzt wie einen Kumpel, hing in jeder freien Minute mit mir ab, witzelte herum und sprach mit mir sogar über Mädchen. Hallo? Es schmeichelte mir ja, dass er meine Gesellschaft so schätzte, aber checkte er wirklich gar nicht, dass sich nach dem Kuss etwas zwischen uns geändert hatte?

Ich konnte jedenfalls nicht mehr von ihm berührt werden, ohne daran denken zu müssen, wie seine Hände auf meinen Hüften gelegen hatten. Warm, fest, beinahe besitzergreifend.

Oder an das Gefühl unserer aneinandergeschmiegten Becken. Genauso war es mit seinen Lippen. Immer, wenn er mich jetzt anlächelte, wurde ich gedanklich zu unserem Kuss zurückkatapultiert. Es war zum Verrücktwerden. Und Ian der Nullpeiler bekam davon überhaupt nichts mit.

„Schon eine Idee, was wir am Sonntag machen?“

„*Wir* machen gar nichts“, sagte ich und befreite mich aus seiner Umarmung, ohne stehen zu bleiben. „Laura und Debbie kommen mich besuchen, und die Zeit mit meinen Mädels ist mir heilig. Ich habe die beiden fast fünf Wochen nicht gesehen. Jungs“, ich wedelte mit der Hand, als wäre er eine lästige Fliege, „sind daher unerwünscht.“

Ian wirkte keineswegs gekränkt. „Okay, aber sie bleiben ja nicht den ganzen Tag. Danach reservierst du ein bisschen Zeit für mich, ja? Du weißt, der Sonntag ist am schlimmsten für mich.“ Und damit legte er den Arm einfach wieder um mich.

Ein blöder Schwarm Schmetterlinge stieg in meinem Bauch auf. Verstohlen musterte ich Ians Profil. *Er weiß es nicht besser. Er kann nichts dafür,* dachte ich, bemüht, den aufgescheuchten Schwarm Kraft meiner Gedanken niederzudrücken. Aber dann strichen Ians Finger über meine Schulter, sacht und scheinbar ohne, dass er es bemerkte, und die Schmetterlinge wichen einem Feuerwerk. Ich musste kurz die Augen schließen, so intensiv war das Bauchkribbeln. Und ich war völlig machtlos dagegen. Seitdem Ian mich geküsst hatte, sprang mein Körper auf ihn an, als bestünde er aus blanken, freiliegenden Nerven, die auf jeden Kontakt mit ihm hochsensibel reagierten. Bitter lachte ich innerlich auf. Ich hatte mich doch neulich gefragt, was schon passieren sollte, wenn ich Ian eine zweite Chance gab.

Jetzt kannte ich die Antwort.

***

Tag 27

Nach dem Frühstück am Samstag packte ich meine Tasche für den bevorstehenden Ausflug. Einmal im Monat bot *Patterson* einen kostenlosen Tagesausflug ins nahegelegene Schwimmbad an. Darauf freute ich mich schon die ganze Woche. Ich wühlte meinen Badeanzug aus der Unterwäscheschublade und betrachtete ihn kurz. Normalerweise trug ich Bikinis, aber nachdem ich auf der Ausstattungsliste gelesen hatte, dass wir Bademode einpacken sollten, hatte ich mir extra ein Exemplar zugelegt, das meinen Überpfunden schmeichelte. Noch war ich nicht so weit, meinen Bauch zu zeigen.

Er strahlte in einem hellen Orange und wies einen tiefen V-Ausschnitt auf. An den Seiten hatte er zwei breite Schlaufen, die man vorne am Bauch zusammenband, was ihn zusätzlich verdeckte. Das Genialste aber war der hohe Beinausschnitt, der die Schenkel automatisch dünner und länger machte. Da sollte noch mal einer sagen, Badeanzüge könnten nicht sexy sein.

Den Badespaß wollte sich offenbar niemand entgehen lassen, und so hatte sich im Foyer gefühlt die ganze Klinik versammelt. Eine überfordert wirkende Ms. Harvey versuchte, die Kinder dazu zu bringen, eine Schlange zu bilden und sich am Empfang in einer Liste einzutragen, aber es tanzte immer wieder jemand aus der Reihe, den sie dann streng zur Ordnung rief. In dem Durcheinander machte ich Liezle und Kathy aus. Die beiden standen schon etwas weiter vorn, und ich gesellte mich zu ihnen.

Kaum hatten wir uns in die Liste eingetragen, scheuchte Ms. Harvey uns vor die Tür, wo Pfleger warteten und die Patienten auf zwei Busse aufteilten.

Beverly kam nicht mit. Sie wollte den Tag lieber im Zimmer entspannen, aber uns war allen klar, warum sie wirklich blieb. Hoffentlich kam sie bald über Sandras Abwesenheit hinweg und fand zu ihrer fröhlichen Art zurück. Es war schade, dass Sandra gegangen war, aber sie war ja nicht aus der Welt. Sandra und Beverly lebten im selben Bundestaat und konnten sich an den Wochenenden oder in den Ferien besuchen.

Keine Ahnung, warum sich nie jemand in die letzte Reihe setzte – ich fand, das waren die besten Plätze überhaupt –, aber als wir in den Bus stiegen, waren die hintersten Reihen noch frei. „Kommt mir vor wie eine Ewigkeit, seitdem ich das letzte Mal im Schwimmbad gewesen bin“, sagte Kathy und ließ sich mit Schwung auf den rechten Fensterplatz fallen. „Bei den Gebühren, die unsere Eltern zahlen, könnte *Patterson* ruhig mal mehr Tage im Monat springen lassen.“

Liezle nahm auf der anderen Fensterseite Platz, und ich machte es mir in der Zweierreihe vor ihr bequem. So hatte jeder seinen Freiraum und konnte sich nach Lust und Laune ausbreiten. Meine Tasche legte ich auf den leeren Nachbarsitz, dann fischte ich meine Trinkflasche und das Buch heraus und steckte beides in das Ablagenetz, das an der Rückseite des Vordersitzes angebracht war. Die abgepulten Stellen ließen mich nur erahnen, wie viele Kinder schon vor mir hier gesessen haben mussten, aber ansonsten war der Bus in gutem Zustand. Viel schlimmer als zerfledderte Sitzlehnen hätte ich es gefunden, wenn es muffig gerochen hätte.

„Findest du?“, fragte Liezle und angelte Kopfhörer aus ihrem Rucksack. „Also, mir reicht der eine Tag im Monat. Ich hätte keine Lust, jede Woche Schwimmen zu gehen, das würde mir auf Dauer langweilig werden.“

„Dir vielleicht. Ich würde schon gern öfter hin“, hielt Kathy dagegen. „Sie könnten es doch einfach anbieten, und jeder entscheidet dann selbst, ob er hinfährt oder nicht. Nach *Twisp* lassen sie uns ja auch jedes Wochenende fahren. Der Weg wäre jedenfalls fast derselbe.“

Ich ließ die beiden diskutieren, nahm einen durstigen Schluck aus meiner Wasserflasche und spähte aus dem Fenster. Der Himmel war grau und die Temperaturen gerade noch an der Grenze des Ungemütlichen. In der Nacht musste es geregnet haben, denn der Boden wies an manchen Stellen noch einen feuchten, schimmernden Film auf. Perfektes Wetter, um den Tag drinnen zu verbringen. Ich wandte den Blick ab und nahm einen weiteren Schluck, als ein blonder Junge den Bus betrat. Ich erstickte fast an dem Wasser, als ich erkannte, wer es war.

Oh, nein! Nein, nein, nein!

Was machte der denn hier?

Hustend setzte ich die Flasche ab, und Liezle beugte sich vor, um mir kräftig auf den Rücken zu klopfen. „Geht's?“, fragte sie amüsiert, als ich wieder Luft bekam. Ich nickte ihr mit tränenden Augen zu und bedankte mich krächzend. Dann hatte Ian sich auch schon einen Weg zu uns gebahnt.

„Ist hier noch frei?“, fragte er gut gelaunt und setzte sich, ohne unsere Antwort abzuwarten, in die Reihe neben mich. Ein verstohlener Blick auf seinen ausgebeulten Rucksack ließ die schlimmsten Befürchtungen in mir aufsteigen. Das musste ein großes Handtuch sein, das er da mit sich schleppte, was wohl bedeutete, dass er nicht zum Aufpassen, sondern zum Baden mitkommen würde.

Ian trug seine Lieblingskombi: Grauer, körperbetonter Hoodie mit schwarzer Hose und weißen Sneakers. Lässig legte er einen Arm auf die Lehne hinter sich und lächelte unserer kleinen Gruppe zu. Mir hatte es die Sprache verschlagen. Mit hochrotem Kopf drehte ich die Flasche zu und steckte sie ins Netz zurück.

„Hat Ms. Harvey euch auch so angeblafft?“, wollte er wissen und fuhr sich kopfschüttelnd durchs Haar. „Ich dachte, sie geht mir gleich an die Gurgel, als ich ohne Anmeldung an ihr vorbeispazieren wollte. Woher soll ich denn wissen, dass ich mich als Teil des Personals auch eintragen muss?“

„Dabei könnte man meinen, sie hätte aus den letzten Malen gelernt und holt sich Unterstützung“, sagte Kathy. „Ist ja nicht so, als wäre der Ansturm nicht jedes Mal so groß.“

Die beiden lachten einstimmig, während meine Laune geradewegs die Kellertreppe hinunterpolterte. Das war ein Desaster! Eigentlich konnte ich direkt wieder aussteigen. Ich würde Ian mit Sicherheit nicht meine Speckrollen präsentieren. Da konnte mein Badeanzug noch so gut kaschieren!

Wie schnell dein Selbstbewusstsein den Bach runter geht, dachte ich spöttisch. Als ich gestern im Badeanzug vor dem Spiegel gestanden hatte, war ich beinahe zufrieden gewesen. Noch die fehlenden sechs Kilo runter und meine Wohlfühlfigur war wieder hergestellt. Aber dass Ian nicht kapierte, in was für eine Verlegenheit er mich mit seiner Anwesenheit brachte, war wieder mal typisch. Ich glaube, das Wort Schamhaftigkeit kannte er nicht!

Ich spürte seinen Blick auf mir, hatte aber das Buch aufgeschlagen und tat jetzt so, als würde ich darin lesen. In Wahrheit überlegte ich, wie spaßig es wohl sein konnte, den ganzen Tag mit einem Handtuch auf der Liege zu verbringen und den anderen beim Planschen zuzugucken. Denn etwas anderes blieb mir wegen Ian ja jetzt nicht mehr übrig. Es sei denn, ich schaffte es, ihn jedes Mal abzuwimmeln, wenn ich ins Wasser gehen oder es wieder verlassen wollte. Vielleicht sollte ich Kathy und Liezle um Hilfe bitten, damit sie ihn für mich ablenkten.

Klang gar nicht schlecht, der Plan. Vielleicht war der Tag ja doch nicht ganz verloren.

„Ihr zwei seid in letzter Zeit ja unzertrennlich, was?“, hörte ich Liezle auf etwas fragen, das mir entgangen war. Ich saß schräg auf meinem Platz, den Rücken halb an der Scheibe, damit ich die Mädchen im Blick hatte, und sah stirnrunzelnd von meinem Buch auf. Erst zu ihr, dann zu Ian, der sich ähnlich hingesetzt hatte, nur, dass seine Ellenbogen zusätzlich auf den Sitzlehnen neben ihm ruhten.

Sein Blick wanderte zu mir. „Keine Ahnung. Sind wir das, Anna?“

Wie er meinen Namen aussprach. Noch anzüglicher ging es wohl nicht, oder?

„Wir haben unsere Differenzen geklärt“, sagte ich in sachlichem Ton. Dabei vermied ich es, Liezle zu lange in die Augen zu gucken, und senkte den Blick schnell wieder auf mein Buch. Da Ian ja offiziell zur anderen Seite des Ufers gehörte, hatte ich den Kuss natürlich für mich behalten. Aber auch wenn er das Gerücht *nicht* in die Welt gesetzt hätte, wäre ich damit nicht hausieren gegangen. Allein schon aus Rücksicht auf Beverly, die vermutlich immer noch an seiner Abweisung zu knabbern hatte.

Deshalb verstand ich auch nicht, warum er mich so anstößig anguckte. Oder hatte er etwa schon wieder vergessen, dass er angeblich schwul war? Ohne auch nur ein Wort daraus gelesen zu haben, blätterte ich die Seite um, dann wurden die Türen geschlossen, und der Bus fuhr los. Zum Glück kamen meine Mädels morgen, dann konnten wir eine Krisensitzung abhalten, und ich konnte mir all die wirren Gefühle von der Seele reden. Vielleicht hatten sie ja einen Rat, wie ich am besten mit unserer neuen *Freundschaft* umgehen sollte.

In weiteren Gesprächen, an denen ich mich aber kaum beteiligte, stellte sich heraus, dass die Fahrt eine Art Belohnung für Ian war. Offenbar hatte er in dieser Woche so gutes Engagement gezeigt, dass er damit Ms. Harveys Herz erweicht und wieder eine Mitfahrerlaubnis erwirkt hatte. Gab es auch etwas, dass der Junge nicht bekam?, fragte ich mich kopfschüttelnd. Wahrscheinlich wäre es ihm selbst im Knast noch gelungen, Extrawürste für sich herauszuschlagen.

***

Ein Tagesticket kostete laut Webseite fürstliche 31 Dollar, dennoch war der Parkplatz des Schwimmbads zum Brechen voll. Der Grund dafür war simpel: Es waren Schulferien, und wir waren auch nicht die Einzigen, die per Bus anreisten. Wie die Ameisen strömten wir aus dem Fahrzeug und liefen unter leichtem Nieselregen auf das von außen eher unspektakuläre, riesige, verglaste Gebäude zu. Dafür sah man schon von Weitem gelbe Rutschen, Palmen und etwas anderes, Unförmiges, das ich von hier aus nicht erkennen konnte, zum gläsernen Dach hinauf ragen. Der Anblick erinnerte mich an das Gewächshaus von *Patterson*, nur ohne die Rutschen natürlich. Um 17 Uhr mussten wir wieder bei den Bussen sein. Das bedeutete sechs Stunden Spiel, Spaß und Bewegung.

Schon in der hellblau gestrichenen Eingangshalle schlug uns feuchtwarme Luft entgegen – es war, als würde man gegen eine unsichtbare Wand laufen. Eine Rolltreppe führte uns zwei Etagen höher zu den Ticketkassen.

Tropische Pflanzen und dicke Bambusstäbe zierten dort die Ecken, braune, kieselige Bodenkacheln täuschten vor, man würde auf Sand laufen, und geflochtene Sitzbänke und Vogelgezwitscher aus den Lautsprecherboxen über uns verbreiteten Urlaubsflair. Durch eine verglaste Fassade konnte man die vielen Menschen sehen, die das Wasserparadies unter uns bevölkerten. Fröhlich planschten sie in den Becken, dösten auf bequem aussehenden Liegen, rutschten, saßen in den Restaurants und an den Bars und stellten sich unter kleine Wasserfälle, um das Wasser auf ihre Schultern prasseln zu lassen.

Bei den Massen an Autos, die sich auf dem Parkplatz tummelten, hatte ich befürchtet, die Leute würden hier wie Hühner zusammengepfercht schwimmen, aber das Areal war so weitläufig, dass sich die Menge gleichmäßig verteilte.

Der Blick durch die Glaswand war praktisch, weil man sich gleich einen Überblick verschaffen konnte. Hinten in der Halle waren zum Beispiel die Rutschen und die Becken für die Kleineren. Außerdem erkannte ich jetzt, was es mit dem unförmigen Ding auf sich hatte. Es war ein braunes Piratenschiff, auf dem Kinder herumkletterten und von dem aus zwei Rutschen herabführten. Kindliche Freude stieg in mir auf, und ich musste ein Grinsen unterdrücken. Es war Jahre her, seitdem ich das letzte Mal in einem Schwimmparadies wie diesem gewesen war. Jetzt fragte ich mich, warum meine Mädels und ich noch nie zusammen in eines gefahren waren.

Unsere Betreuer kümmerten sich um den Eintritt, dann durfte unsere Großgruppe die Schleuse passieren, und wir bekamen jeder ein Bändchen um das Handgelenk, mit dem wir uns im Schwimmbad frei bewegen konnten. Auf der Webseite hatte ich gesehen, dass es neben diversen Schwimmbecken auch separate Bereiche mit

Whirlpool und sogar einem Thermalbecken gab. Um die Verpflegung mussten wir uns selbst kümmern, aber Dad hatte mir genug Geld geschenkt, um hier so richtig die Sau rauslassen zu können, wenn ich wollte. Er sollte öfter ein schlechtes Gewissen haben.

„Ich muss euch um einen Gefallen bitten, und es ist mir echt peinlich“, hob ich an, als wir uns jeder einen Spind genommen hatten und davor umzogen. Ich sprach leise, weil noch andere Mädchen aus der Klinik in dem Umkleideraum waren.

„Hast du vergessen, dich zu rasieren? Das muss dir nicht peinlich sein. Vorbereitet wie ich bin, habe ich immer einen Ersatzrasierer dabei“, meinte Kathy spöttisch und holte den Kulturbeutel wieder heraus, den sie schon zu ihren abgestreiften Klamotten in den Spind gestopft hatte.

„Haha! Nein, das ist es nicht. Es … ist wegen Ian.“

Jetzt hatte ich auch Liezles Aufmerksamkeit. Ihr hautenger, roter Badeanzug betonte, was sie nicht hatte: Kurven oder auch nur einen Gramm Fett am Leib. Da, wo ich zu dick war, war sie schmal wie ein Brett. Zum ersten Mal wurde mir klar, dass ich es mit meinen so verhassten Überpfunden trotzdem besser getroffen hatte als sie, denn scheinbar war es für mich leichter, abzunehmen, als für sie, zuzunehmen. Sie kam um Kathy herum und stellte sich vor mich. „Was hat er angestellt?“

„Gar nichts. Es ist vielmehr … wegen seiner Anwesenheit“, druckste ich herum.

„Du schämst dich vor ihm“, half Kathy mir, es auszusprechen.

Ich nickte beschämt. „Ich hatte mich auf den Tag gefreut, aber jetzt, da er hier ist, will ich mich nicht vor ihm entblößen. Ich weiß, das klingt lächerlich, aber ihr müsst ihn für mich ablenken, wenn ich ins Wasser gehe. Und auch, wenn ich wieder rauskomme.“

So neckisch Liezle sonst immer war, aber jetzt verzog sie keine Miene. Sie nickte nur mitfühlend. „Klar machen wir das. Und das ist nicht lächerlich. Wir alle hier wissen wie es ist, sich in seinem Körper nicht wohlzufühlen.“

Erleichtert sackte ich ein Stück zusammen. „Danke euch. Ich hatte schon befürchtet, ich müsste den ganzen Tag mit einem Handtuch umschlugen am Rand sitzen.“ Jetzt wurde Liezles Miene doch spöttisch. Als sie einen erheiterten Blick mit Kathy tauschte, fragte ich: „Was?“

„Du musst uns schon für ziemlich blöde halten, wenn du denkst, dass wir nicht spätestens *jetzt* darauf kommen würden“, meinte sie und stützte einen Arm seitlich von mir an die Wand, so, wie es ein Kerl machen würde, der mich bedrängen wollte.

Bevor ich fragen konnte, was sie meinte, sagte Kathy: „Ian ist gar nicht schwul. Nicht, dass wir ihm das wirklich abgekauft hätten, aber so wie ihr beide euch neuerdings benehmt, müsste man schon *sehr* schwer von Begriff sein, um das Knistern zwischen euch nicht zu bemerken."

Ertappt öffnete ich den Mund. „Knistern? Ich …"

„Ach, komm. Willst du das wirklich durchziehen?", fragte Liezle jetzt belustigt. „Wir wissen es, okay? Ihr steht aufeinander. Kommt mir zwar ein bisschen plötzlich vor, wie du deine Meinung über ihn geändert hast, aber, hey, es ist dein Leben. Mach, was du willst."

Ich kam mir richtig dämlich vor. Wie hatte ich ernsthaft glauben können, sie würden sich nicht irgendwann darüber wundern, dass wir auf einmal so oft miteinander abhingen?

Wobei das Ians Schuld war, der seit unserem Kuss wie eine Klette an mir klebte.

Dass er auf mich stand, würde ich so allerdings nicht unterschreiben.

Er hatte es einfach mal ausprobieren wollen. Hatte er ja selbst gesagt. Nach romantischen Gefühlen klang das nicht für mich. Ich schätzte, er hatte in dem Moment einfach einen unkontrollierten Testosteronschub oder so was gehabt.

„Okay, ihr habt recht. Da ist etwas zwischen uns. Glaube ich. Vermute ich. Ach, keine Ahnung." Ich schüttelte den Kopf. „Aber was ist mit Beverly? Wird sie nicht …?"

„Ich denke nicht, dass sie etwas ahnt", unterbrach Liezle mich jetzt wieder ernst. „Und selbst wenn, wird ihr der Korb so unangenehm sein, dass sie um jeden Preis weiter glauben will, dass Ian schwul ist. Aber vielleicht solltet ihr euch in ihrer Nähe zurückhalten." Und schon war die Erheiterung in ihrem Blick zurück.

***

Während ich meine Speckröllchen hinter dem umgeschlungenen Handtuch versteckte, hatte Ian seins locker über die Schulter geworfen. Natürlich. Es gab ja auch nichts, wofür er sich schämen müsste. Unter seinen schwarzen Badeshorts lugten stramme, dezent beharrte Beine hervor. Von seinem Oberkörper wollte ich gar nicht erst wieder anfangen. Selbst Liezle und Kathy starrten seinen Sixpack einen Moment *zu* lange an.

„Habt ihr da drinnen noch ein Kaffeekränzchen gehalten?", fragte er und stieß sich vom Geländer ab, an dem er mit einem angewinkelten Bein gelehnt hatte.

„Wir sind Mädchen. Wir brauchen immer länger", erklärte ich ungerührt und zog das Band um mein Handgelenk fester.

Das sehe ich, schien Ians Blick zu sagen, als der langsam, *viel* zu langsam über meinen Körper wanderte. Hitze schoss mir in die Wangen, dabei konnte er nichts sehen, das mir unangenehm sein sollte. Meine Beine waren von der Gewichtszunahme größtenteils verschont geblieben. Die

Pfunde hatten sich mehr am Bauch, den Schenkelansätzen und am Po abgelagert.

Aus dem Augenwinkel konnte ich sehen, wie die Mädchen Blicke tauschten, aber ich wollte gar nicht sehen, was sie da heimlich hinter meinem Rücken kommunizierten, sonst würde ich noch mehr erröten.

„Na dann, hopp, hopp." Auffordernd klatschte Ian in die Hände, wie, um uns wachzurütteln. „Es gibt viel zu entdecken. Ich will so wenig wie möglich Zeit verplempern."

„Okay, aber vorher brauche ich was zu trinken", meinte Kathy und hakte sich unerwartet bei ihm ein. Verdutzt senkte Ian die Hände und sah sie an.

„Kommst du mit?", fragte sie ihn. „Die beiden können ja schon mal nach freien Liegen suchen."

Im ersten Moment war ich genauso irritiert wie Ian, dann traf mich Kathys Blick.

Durchdringend.

Oh, dachte ich, und im nächsten Moment: *Genial.* Ich hakte mich bei Liezle ein. „Gute Idee. Bis gleich." Dann entfernten wir uns eilig.

Kichernd liefen wir durch die begrünte Anlage, die einem, wenn man die gläserne Kuppel um uns herum einmal ausblendete, das Gefühl gab, man würde sich tatsächlich in den Tropen befinden.

Die Pflanzen waren auf jeden Fall echt, die Strohhütten, in denen sich Toiletten, zusätzliche Schließfächer und Personalräume befanden, vermutlich ebenfalls, aber ob das auch für die Felsen galt, die aus dem Wasser ragten und von denen Wasserfälle plätscherten? Letztlich war das auch egal, denn falls nicht, sahen sie zumindest täuschend echt aus.

„Fängt doch schon mal ganz gut an“, meinte Liezle zufrieden und tätschelte meine Hand. „Jetzt müssen wir es nur noch etwa ein Dutzend Mal schaffen, ihn auf ähnliche Weise abzulenken, dann sind die sechs Stunden rum.“

Es war naiv gewesen, zu glauben, wir würden bei dem Besucheransturm noch eine freie Liege finden. Die Matten waren hoffnungslos belegt, sodass die Leute irgendwann dazu übergegangen waren, ihre Handtücher und Badeutensilien an die umstehenden Palmenstämme und über die Brüstungen zu hängen. Am Ende machten wir es genauso und behängten eine Palme nahe dem Schwimmbecken, deren gezackte Rinde wunderbar als Haken fungierte.

Dann eilte ich ins Wasser. Das kühle Nass bildete einen erfrischenden Kontrast zur schwülen Luft. Ein paar Minuten schwammen Liezle und ich umher, dann kamen die anderen, und Liezle zeigte ihnen, wo unsere Sachen hingen. Ian schien von unserem Ablenkungsmanöver nichts bemerkt zu haben. Zumindest ließ er sich nichts anmerken, als sie bei uns im Wasser waren. Detailreich erzählte er lieber, was er mit dem frechen Bengel machen würde, der ihm an der Bar auf den Fuß getreten war und ihn daraufhin auch noch dämlich angemacht hatte, und wir amüsierten uns darüber.

Die Mädchen waren echt toll. Anstatt Ians Nörgelei nachzugeben, der nach einer Weile keine Lust mehr auf langweiliges Herumschwimmen hatte, blieben sie mit mir im Becken und schlugen vor, dass er doch allein gehen sollte, wenn er sich langweilte.

Was Ian dann auch machte.

Als die Luft rein war, flitzten wir ins angrenzende Becken. Dort gab es einen Strudel und eine Lagune. Etwa eine halbe Stunde später stieß Ian wieder zu uns, und wir spielten, wer dem Sog des Strudels am längsten standhalten konnte. Gut, das Ergebnis war nicht überraschend – es war natürlich Ian –, aber ich hatte schon lange nicht mehr so gelacht. Am Ende schubsten wir uns alle gegenseitig in den Sog. Ich ging ein paar Mal fast unter, solche Bauchkrämpfe hatte ich vor Lachen.

Herumalbern machte hungrig. Nach etwa 90 Minuten waren wir uns alle einig, dass es Zeit für einen Imbiss war. Aber zuerst ein weiteres Ablenkungsmanöver.

Nach einem kurzen, unauffälligen Blickaustausch war entschieden, dass Liezle diesmal in die Rolle der Schauspielerin schlüpfte. So überzeugend, dass ich es fast selbst glaubte, simulierte sie eine plötzliche Schwindelattacke, woraufhin Ian sie an den Beckenrand schaffte. Unter dem Vorwand, ihre Wasserflasche holen zu wollen, nahmen Kathy und ich den langen Weg zu unserer Palme. Mit Handtüchern umschlungen kehrten wir dann zurück und ließen sie ein paar Pseudo-Schlucke trinken.

„Geht's wieder?", fragte Ian fürsorglich. Ein bisschen tat es mir ja schon leid, dass wir ihn so an der Nase herumführten.

Zudem war unklar, ob er nicht irgendwann doch stutzig werden würde. Was sollte als Nächstes kommen? Vorgetäuschtes Ertrinken? Und das alles nur wegen meiner blöden Komplexe.

Liezle bejahte und bedankte sich bei ihm, dann zogen wir weiter.

Mit gesunder Ernährung war hier leider nicht viel. Für Liezle, Kathy und Ian vielleicht kein Problem, aber für mich war es echt schwierig, etwas halbwegs Gesundes zu finden. Das Angebot bestand hauptsächlich aus Pommes, Burgern und anderen fettigen Dingen, die wohl schnell Energie liefern sollten, und die Salate ertranken nur so in ungesundem Dressing. Schließlich fanden wir doch noch etwas für mich: Einen putzigen Stand im Hüttenstil, der mit Hähnchen und Gemüse belegte, gegrillte Sandwiches und leckere Smoothies anbot.

Na, ging doch.

Unter einem Dach aus dichten Palmenblättern setzten wir uns an einen Vierertisch aus geflochtenem Bambus und vertilgten unser Essen. Das Sandwich stopfte mehr, als man auf den ersten

Blick vermutete, aber der Erdbeer-Bananen-Smoothie gab mir den Rest. Ich schaffte nur ein paar Schlucke, dann musste ich ihn an Kathy weiterreichen, bevor mir vom Anblick noch schlecht wurde. Liezle trank auch einen Smoothie, und Ian knallte sich natürlich einen Burger mit Pommes rein.

Danach ging erst mal gar nichts mehr. Eine halbe Stunde lang saßen wir einfach nur mit dicken Bäuchen herum, unterhielten uns oder dösten halb vor uns hin. Als die Badelust allmählich zurückkehrte, lud ich uns alle auf eine Limo ein, dann machten wir uns auf den Weg zu einem Becken, in dem wir noch nicht gewesen waren. Ich grübelte gerade darüber, wie wir es wohl diesmal anstellen sollten, Ian abzulenken, als er mir die Entscheidung abnahm.

Indem er mich einfach samt Handtuch ins Becken schubste.

Ich durchbrach die Oberfläche, kämpfte mich strampelnd wieder hoch und spuckte Wasser. Kathy und Liezle lachten, nur Ian wirkte ein wenig erschrocken. Und dann begriff ich, dass nicht er mich geschubst hatte, sondern eins von den Mädchen. Kathy.

Frech zwinkerte sie mir zu, und sorgte damit gleich für eine weitere Erkenntnis. Sie hatte es getan, damit wir Ian nicht erst wieder ablenken mussten. Blöd nur, dass mein Handtuch jetzt vollgesogen war.

„Das war aber nicht nett“, bemerkte Ian und sah zu den Mädchen.

Kathy zuckte amüsiert die Schultern, und auch Liezle schmunzelte. „Ach, sie weiß schon, wofür das war. Wir hatten noch eine Rechnung offen, nicht wahr, Anna?“

Diese blöden Kühe. Schnaubend sammelte ich mein Handtuch ein.

Das war dann wohl die Rache dafür, dass ich sie wegen Ian und mir angelogen hatte. Wobei sie ja noch nicht mal das Schlimmste wussten: Dass wir uns geküsst hatten.

„Gib her, ich nehme es“, sagte Liezle zu mir, und ich reichte ihr das schwere Handtuch. Sie wrang es aus und verkündete dann: „Ich glaube, Kathy und ich gehen mal zu den Whirlpools. Was sagst du?“, fragte sie ihre Freundin.

Kathy nickte zustimmend.

Ich starrte die beiden ungläubig an. Wollten die mich jetzt ernsthaft mit Ian alleinlassen? Gehörte das etwa auch noch zur Strafe?

„Kommst du mit oder bleibst du hier?“, fragte Kathy Ian in einem Ton, als stünde die Antwort sowieso schon fest.

„Ich bleibe natürlich hier“, meinte Ian. „Irgendjemand muss ja darauf aufpassen, dass der Winzling hier nicht zwischen all den großen Kindern verloren geht.“

Ich guckte ihn böse an. Nicht witzig!

„Natürlich", sagte Kathy spöttisch und sah dann noch mal zu mir. „Viel *Spaß* euch zwei."

Hilflos musste ich dabei zusehen, wie die beiden davongingen. Folgen konnte ich ihnen ja nicht, und jetzt hatte Liezle auch noch mein Handtuch.

„Mann, die zwei sind schlimmer als überfürsorgliche Eltern. Was hast du denen über mich erzählt?", wandte Ian sich kopfschüttelnd an mich. Aber er erwartete offenbar keine Antwort, denn er hängte schon sein Handtuch auf und sprang dann zu mir ins Wasser.

***

Ian wollte unbedingt rutschen. Zu seinem Pech waren nicht nur die Besucherzahlen rekordverdächtig, die Wartezeiten an den Wasserrutschen waren es auch. Man musste Ewigkeiten anstehen, bis man oben angekommen war.

Für mich der perfekte Vorwand, um lieber im Wasser zu bleiben und dort auf ihn zu warten. Ich schwamm ein paar Bahnen, relaxte danach eine Weile im warmen Sprudelbecken und flitzte irgendwann ins angrenzende, größere Becken.

Wie ich Ian kannte, würde er nach dem Rutschen ohnehin vorschlagen, dorthin zu gehen, wo mehr *Action* war, außerdem hatte ich mir die Grotte noch nicht angesehen.

Als Ian von den Rutschen zurückkam, machte ich winkend auf mich aufmerksam, und er steuerte auf mich zu. Groß und athletisch wie er war, zog er dabei sämtliche weibliche Blicke auf sich. Manche verstohlen, andere lächerlich offensichtlich. Ich rollte die Augen. Daran würde ich mich künftig wohl gewöhnen müssen, wenn ich mit Ian abhing.

Wobei ich starke Zweifel hatte, dass unsere *Freundschaft* – oder wie auch immer man das nennen sollte, was wir hatten – über den Klinikaufenthalt hinaus bestehen bleiben würde. Wie sollte das funktionieren? Ich war die Klassenstreberin, beziehungsweise der Nerd, und Ian so was wie ein Rockstar. Es war doch sehr unwahrscheinlich, dass seine Testosteron gesteuerten, großkotzigen Kumpels und seine Cheerleader/Zicken-Bekanntschaften mich mit offenen Armen in ihren Reihen aufnehmen würden. Zumal ich das auch gar nicht wollte.

Was willst du dann?

Das hatte ich wohl selbst noch nicht herausgefunden. Auf der einen Seite machte mich der Gedanke, wieder getrennte Wege zu gehen, traurig, auf der anderen konnte ich es kaum erwarten, endlich aus seinem Wirkungsbereich zu kommen. Ian tat mir nicht gut, das spürte ich von Tag zu Tag mehr. Seine bloße Existenz riss mich entzwei, und ich befürchtete, je länger ich seiner Nähe ausgesetzt war, desto mehr gerieten auch meine

Grundsätze ins Wanken. Immerhin hatte ich zugelassen, dass mein Erzfeind mich küsste, und hatte ihm danach einfach verziehen. Welcher geistig gesunde Mensch machte denn so was?

Mit einem gekonnten Kopfsprung landete Ian im Becken und tauchte wasserspritzend neben mir auf. „Und?“ Ich wischte mir die Tropfen aus dem Gesicht. „Hat sich das Anstellen gelohnt?“

„Und wie! Gleich in doppelter Hinsicht.“ Zuerst verstand ich seinen sarkastischen Ton nicht. Dann drehte Ian mir den Rücken zu und präsentierte mir einen schmerzhaft aussehenden blauen Fleck in der Nähe seines unteren, rechten Lendenwirbels.

„Ich hab‘ da oben nicht nur kostbare Lebenszeit verschwendet, sondern mir auch noch ein hübsches Andenken eingefangen.“

Scharf zog ich die Luft ein. „Autsch“, murmelte ich und fuhr mit den Fingerspitzen sacht darüber. Meine Hand bewegte sich wie von selbst, ich dachte gar nicht darüber nach. Als Ian unter meiner Berührung zusammenzuckte, nahm ich sie erschrocken wieder weg. „Entschuldige. Hat das wehgetan?“

Langsam drehte er sich wieder zu mir um. „Nicht so sehr wie es gekribbelt hat.“

Gekribbelt? Das Wort blieb mir im Hals stecken, als Ians Blick mich traf. Darin lag ein Gewicht, das meine Gedanken ganz schwer und träge machte. Ein heftiges Kribbeln erwachte in meinem Bauch und wanderte langsam in Richtung Herz empor.

„Tja." Mit vorgetäuschter Lässigkeit schwamm ich zum Beckenrand, um mich dort anzulehnen. In Wahrheit wollte ich bloß Abstand zwischen mir und dieser … dieser Unverschämtheit von einem Blick bringen. Anstatt ihm nur zu verbieten, mich zu küssen, hätte ich ihm auch untersagen sollen, mich so anzugucken. Dieser anzüglich erheiterte Ausdruck in seinen Augen war beinahe genauso verheerend wie seine Küsse. Ich streckte die Arme auf dem Beckenrand aus und hob meine Beine in einem rechten Winkel an – die verminderte Schwerkraft im Wasser machte es möglich. „Ich hab' dir ja gleich gesagt, dass du deine Zeit da oben verschwendest."

Ian hatte sich mit mir mitgedreht. Noch immer maß er mich mit einem Ausdruck in den Augen, der mir eine Spur zu intensiv war, um sich noch freundschaftlich anzufühlen. Ich hätte ihn nicht anfassen sollen, aber bei Ians Körper war das wie bei der Motte mit dem Licht. Kaum einen Blick darauf geworfen, konnte man sich dessen Herrlichkeit nicht oder nur schwer entziehen. Schmunzelnd kam er zu mir und lehnte sich neben mich an die glatte Beckenwand. Ich grübelte erst gar nicht darüber, ob er wegen meiner Flucht oder meines Spruchs so schmunzelte.

„Erzähl mir etwas über dich", bat er aus heiterem Himmel. „Etwas, das ich noch nicht weiß."

Belustigt sah ich zu ihm. „Hmmm, mal überlegen. Dass ich eine Streberin und ein Nerd bin, ist ja bekannt.“ Nachdenklich tippte ich mir mit dem Zeigefinger auf die Unterlippe. „Aber du wusstest bestimmt nicht, dass ich mal Judo gemacht habe.“

So zweifelnd, dass es schon an Beleidigung grenzte, sah er mich an. „Du lügst doch.“

Ich schüttelte den Kopf und bewegte die waagerecht ausgestreckten Beine im Wasser.

„Wenn ich’s dir doch sage. Ich habe mal einen Judo-Kurs belegt. Als ich zehn war. Ganze fünf Tage lang.“

Ian lachte. „Das kling schon eher nach dir.“

„Jetzt du“, verlangte ich grinsend.

„Ich hasse Weihnachten.“

„Was? Warum das denn?“

„Zu viel Tamtam um einen einzigen Tag, und überall stinkt es nach Lebkuchen und Glühwein. Ekelhaft.“

Ich betrachtete Ian, als sähe ich ihn zum ersten Mal. Menschen, die Weihnachten nicht mochten, kamen für mich von einem anderen Planeten. Selbst, wenn man die gewaltige Maschinerie missbilligte, die inzwischen dahintersteckte, war da immer noch die besinnliche, kuschelige Atmosphäre zu Hause, das Beisammensein mit der Familie, Weihnachtslieder, der Duft nach Plätzchen, Orangen, Truthahn … Ich wettete, gegen Letzteres hatte der Herr *nichts* einzuwenden. „Dann ist hier ein Fakt über mich: Ich *liebe* Weihnachten.

Alles daran. Besonders Lebkuchen und Glühwein. *Herrlich.*"

Ian lachte erneut, und mit einem Mal hatte ich das furchtbar intensive, beängstigende Gefühl, mich an ihn lehnen zu wollen. Einfach, weil ich wusste, wie gut es sich anfühlen würde, und dass er stark genug wäre, mich zu halten. Ich schluckte diskret und sagte eilig: „Du bist dran."

„Ich habe eine Katze."

Erstaunt öffnete ich den Mund. „Ach, Quatsch, das glaube ich nicht."

„Was ist daran jetzt bitte so schwer zu glauben?", fragte er belustigt. „Katzen sind ja jetzt keine seltenen Haustiere."

„Na, weil … du und kuscheln?" Ich schüttelte mich, als wäre die Vorstellung bizarr. „Das passt überhaupt nicht!"

Amüsiert drehte Ian sich mit dem Bauch zum Beckenrand. Er verschränkte die Arme darauf, legte den Kopf auf seine Handgelenke und sah mich an. „Wie soll ich das denn bitte verstehen? Denkst du, ein großer, starker Kerl wie ich steht nicht auf kuscheln?"

Ich zog eine Braue hoch. „Niemand hat was von groß und stark gesagt. Und ja, genau das denke ich. Du bist doch so klobig wie ein Felsbrocken, du kannst zärtlich nicht mal buchstabieren." Okay, das Gespräch entwickelte sich in eine gefährliche Richtung. Zumal es auch gar nicht stimmte, was ich da faselte. Wie zärtlich Ian sein konnte, hatte er vergangenen Freitag eindrucksvoll bewiesen.

Doch er ließ sich von mir nicht provozieren. Sein Lächeln war träge. „Du hast ja *keine* Ahnung. Ich kann stundenlang mit meinem Kater im Bett liegen und ihn knuddeln. Wir schnurren dann immer um die Wette, weißt du?“ Ein warmer Schauer durchlief mich, denn natürlich musste mein krankes Hirn sich direkt vorstellen, wie es wäre, wenn *ich* die Katze in seinem Bett wäre. *Böse Anna! Denk an was anderes!* Aber da fügte Ian schon hinzu: „Irgendwie hatte ich mir spannendere Details aus deinem Leben erhofft.“

„Zum Beispiel?“

Unschuldig zuckte er die Schultern. „Zum Beispiel einen Schwank aus deinem Liebesleben.“

„Ähhh.“ Ich lachte ungläubig. „Eher nicht.“

„Warum nicht?“

Ich rollte die Augen. Die Frage konnte auch nur Ian stellen. „Es geht nicht jeder so offen mit seinem Liebesleben um!“

„Offen?“ Stirnrunzelnd schnipste er mit dem Finger über die Wasseroberfläche, aber ich war nicht sicher, ob er seine Verdutztheit nur spielte. „Wo gehe ich denn bitte offen damit um?“

Hätte ich nicht schon eine höhnische Grimasse gemacht, hätte ich spätestens jetzt eine gezogen. „Pff, ich bitte dich, die Frage ist ja wohl ein Witz! Jeder auf unserer High School weiß über dein Liebesleben Bescheid. Jedes Mal, wenn du ‘ne

Neue hast, hängst du doch Plakate in den Gängen auf. Also ehrlich! Du und privat. Dass ich nicht lache!" Ian verfolgte meinen Monolog mit zuckenden Lippen, sodass sich mir der Verdacht aufdrängte, dass er mich mit der Frage nur auf den Arm hatte nehmen wollen. Als ich fertig war und er zu meinen Vorwürfen schwieg, fragte ich: „Was ist?"

„Du bist süß, wenn du dich aufregst."

„Ich … rege mich nicht auf", behauptete ich und konnte gerade so ein Keuchen unterdrücken. *Gar nicht erst darüber nachdenken*, ermahnte ich mich. *Nicht daran denken, dass er dich süß genannt hat. Verdammt, du sollst doch nicht darüber nachdenken!* Es ging nicht. Meine Ohren wurden heiß und vermutlich mein ganzer Kopf.

„Und noch süßer, wenn du rot wirst", überging er meinen Einspruch.

Prompt wurde mir Ians Blick unangenehm. Ich verschränkte die Arme vor der Brust. Abwehrhaltung. Leider war sie lächerlich offensichtlich, sodass es nicht überraschend kam, als seine Mundwinkel noch ein kleines bisschen mehr zuckten. „Können wir bitte beim Thema bleiben?", fragte ich angesäuert. Ich hasste es, wenn er mich aus dem Konzept brachte. Ärgerlicherweise schien ihm das auch noch Spaß zu machen.

Ian legte den Kopf schräg und tat so, als müsste er nachdenken. „Bei welchem Thema waren wir denn?" Er verarschte mich, das war mir klar. Als würde *ich* ihn aus dem Konzept bringen. Lächerlich! Aber seine Augen schienen von innen heraus zu leuchten, und plötzlich wusste ich es tatsächlich nicht mehr. Der Faden war einfach weg. *Wie peinlich.* Mangels geistreicher Handlungsmöglichkeiten spritzte ich ihm einen Schwall Wasser ins Gesicht. Passenderweise war Ians Mund geöffnet, weshalb er sich an der Wasserladung verschluckte. Ich lachte ihn aus. Aber es blieb mir im Hals stecken, als er noch beim Husten nach mir griff.

Mühelos tauchte Ian mich unter.

Jetzt war ich diejenige, die überrascht Wasser schluckte.

Sein Griff lockerte sich, und ich kam hustend und spuckend wieder hoch. Energisch wischte ich mir das Chlorwasser aus den Augen und funkelte ihn an.

„Du brauchst mich gar nicht so mordlustig angucken, das hast du verdient", meinte er mit Lachfältchen um die Augen.

„Du hast mich zuerst provoziert, also hast *du* es wohl eher verdient." Damit packte ich Ians Schultern und drückte sie mit ganzer Kraft nach unten. Nichts. Er sah mich nur neugierig an. „Das – ist – so – unfair!", schnaufte ich angestrengt. „Ich will dich auch mal untertauchen!"

Leider war das unmöglich. Ian war zwei Köpfe größer als ich. Dort, wo er stehen konnte, berührten meine Füße schon längst keinen Grund mehr. Woher sollte ich die nötige Kraft dafür aufbringen? Wasser rann von meinen Händen auf seine Schultern.

Ian lachte leise. „Na gut, wir wollen fair bleiben. Ich lass dich auch mal." Gönnerhaft lockerte er die Schultern, dann startete ich einen weiteren Versuch. Natürlich war es kein richtiger Sieg, aber ich freute mich trotzdem wie ein Schneekönig, als sein Kopf endlich unter Wasser verschwand.

Ian wehrte sich nicht. Seine Arme schwebten schlaff im Wasser, und ich vermutete, er zog auch die Beine an, um es mir einfacher zu machen.

Auf einmal schlug meine Freude in blanke Panik um.

Es war, als würde eine fremde Macht die Kontrolle über meine Gedanken übernehmen.

Was, wenn Ian unter Wasser die Augen geöffnet hatte? Dann könnte er alles von mir sehen. Mein Monstrum von einem Bauch! Meine Schenkel! Als hätte ich mich daran verbrannt, riss ich die Hände von seinen Schultern und schwamm davon. Auf die schummerige Grotte zu, die in rund 20 Metern Entfernung mit dunklem Wasser lockte, das Schutz vor seinen Blicken versprach. Ich war so dumm! Da versteckte ich seit Stunden aufwendig meinen Körper vor ihm, und jetzt gewährte ich Ian einen Eins-A-Blick auf meine Speckrollen. *Bravo, Anna! Der Intelligenzakt des Jahres!*

Die Grotte war ein Labyrinth aus Gängen und dunklen Nischen. Eine schwarze, steinige Decke spannte sich hoch über meinem Kopf, der Boden war hier und da von blassgelbem Licht erhellt. An den beleuchteten Stellen war das Wasser flach genug, um stehen zu können, aber man musste sich hauptsächlich schwimmend durch die Grotte bewegen. Leider kam ich dadurch langsamer voran als erhofft, aber mit etwas Glück würde ich Ian auf diese Weise …

„Habe ich schon wieder was falsch gemacht?“ Erschrocken wirbelte ich herum. Ian ragte hinter mir auf, als würde er schon die ganze Zeit dort stehen. Natürlich. Wie hatte ich annehmen können, jemanden abzuhängen, der doppelt so groß war wie ich und sich demzufolge auch doppelt so schnell im Wasser bewegte? „Falls ja, musst du mir auf die Sprünge helfen. Da kommt mein beschränktes Sportlerhirn nicht mit, fürchte ich.“

Sein ungewöhnlich bedrückter Ton rührte etwas in mir. „Du hast nichts falsch gemacht. Es liegt an mir, nicht an dir.“ Ausnahmsweise stimmte das sogar mal. Ian konnte nichts dafür, dass ich Komplexe hatte. Jedes andere Mädchen hätte den – wenn auch geschenkten – Moment des Sieges einfach genossen, aber nein, ich hatte ja eine halbe Panikattacke kriegen müssen. Wahrscheinlich hatte er die Augen gar nicht offen gehabt.

Ein Pärchen erschien hinter uns. Wir machten ihm Platz, indem wir in eine Nische auswichen. Ich schwamm bis zur Steinwand und setzte mich dort auf eine felsige Erhebung, die wohl als Sitzmöglichkeit dienen sollte. Dabei spürte ich überdeutlich Ians Blick auf mir.

„Anna …“ Er zögerte, schien nach den richtigen Worten zu suchen. „Darf ich dir mal was sagen? Etwas Persönliches?“

Mir schnürte es die Kehle zu. Damit konnte er ja nur meine Komplexe meinen! Fieberhaft schüttelte ich den Kopf. „Lieber nicht.“

„Du weißt doch gar nicht, was ich sagen will.“

Mein Blick war auf das dunkle Wasser vor mir gerichtet. „Egal. Ich will es nicht hören.“

„Dein Körper ist perfekt so, wie er ist.“ *Und er hat es doch gesagt.*

Sein Unterkörper rückte in mein Sichtfeld. Ian kam näher, aber ich war wie gelähmt. Krampfhaft umklammerten meine Hände jetzt die runden, buckeligen Kanten der Erhebung. Bis auf meine Brust war mein Körper von dunklem Wasser verdeckt, und doch war es, als säße ich vor Ian entblößt da. Als würde er alles von mir sehen. Jede Unförmigkeit. Jeden noch so kleinen Fehler.

„Hast du gehört, was ich gesagt habe?“

Natürlich, aber seine Worte prallten an mir ab wie das Wasser an den nackten Steinwänden um uns herum. Seine Worte hatten keine Bedeutung.

Jemandem Komplexbehafteten konnte man nicht gut zureden. Genauso gut hätte ich Sandra beteuern können, dass sie die Therapie gar nicht nötig hätte. Dass sie mit ihren 110 Kilo perfekt wäre und nichts an sich ändern müsste.

Plötzlich waren zwei Finger unter meinem Kinn und hoben meinen Kopf an. Eine einzelne, dumme Träne kullerte über meine Wange, als ich Ian unfreiwillig in die Augen sah. Jetzt war es passiert. Meine Komplexe hatten mich wieder fest im Griff, und nun kannte Ian meine verletzlichste Seite. Wie hatte die Stimmung so schnell umschlagen können? Hatten wir nicht eben noch sorglos geplaudert?

„Ich will dir mal was sagen, Anna. Ich habe nämlich den Eindruck, dass es bitter nötig ist. Keine Ahnung, wie deine Figur vorher ausgesehen hat, bevor du in *Patterson* eingeliefert wurdest, und es ist mir ehrlich gesagt auch egal, denn ich bin mir sicher, dass ich dir das Gleiche gesagt hätte wie jetzt: An deinem Körper ist nichts, wofür du dich schämen müsstest."

„Oh, Gott, wo ist nur das Loch zum Versinken, wenn man es braucht?", stöhnte ich schamrot und befreite mich aus seinem Griff. „Hör zu, I-an." Ich wischte mir die verräterische Träne aus dem Gesicht und sah ihm jetzt fest in die Augen, auch wenn es mir schwerfiel. „Was du sagst, ist nett gemeint, aber ich brauche keine Aufmunterung."

„Das ist keine …", warf er ein, doch ich ließ ihn gar nicht erst aussprechen.

„Ich bin nicht umsonst in diese Klinik gekommen. Zu behaupten, ich wäre perfekt, ist genauso absurd, als würdest du einem Alkoholkranken sagen, er wäre nicht süchtig. Ich hatte heftige Essattacken, Ian, und ich habe schwindelerregend schnell zugenommen."

„Anna …"

„Nein, bitte, Ian. Ich weiß zu schätzen, was du hier versuchst. Jetzt, da wir uns verstehen, fühlst du dich offenbar dazu verpflichtet …"

„Würdest du mir bitte mal …?"

Mit einer Geste schnitt ich ihm das Wort ab. Erst musste ich das loswerden. Es war wichtig. „Fühlst du dich offenbar dazu verpflichtet, mich aufmuntern zu müssen, aber die Sache ist …"

Bevor ich weiterreden konnte, zog er mich an den Hüften von meinem Platz herunter und zu sich heran. Überrascht prallte ich gegen ihn. Diesmal gab es keinen Stoff, der uns trennte. Haut traf auf Haut. Genauer gesagt, seine Handflächen auf meine nackten Oberschenkel. Mein Wortschwall erstarb, als hätte er mir einen Korken in den Mund gestopft.

„Scheinbar habe ich mich nicht richtig ausgedrückt", sagte er jetzt deutlich heiserer. „Was ich eigentlich meinte, war: Ich finde deinen Körper heiß. Hörst du?" Behutsam brachte er seine Lippen an mein Ohr und flüsterte: „*Sexy.*"

Ich schauderte so heftig, dass ich mich nicht gewundert hätte, wenn mein Körper auseinandergefallen wäre. Sexy? Heiß? Was redete er da bloß? Meine Arme schlangen sich wie von selbst um seinen Hals. Es war ein Reflex, da meine Beine in der Luft hingen und ich mich irgendwo festhalten musste.

Ians Hände waren zu meinem Hintern gewandert, krallten sich in mein Fleisch und hielten mich so über Wasser.

Diese Stellung war so gar nicht jugendfrei, besonders in Bezug auf den wenigen Stoff, der unsere Becken voneinander trennte.

„Das …“, stammelte ich völlig fertig. „Du hättest nicht … Ich hatte nicht …“

„Also hör endlich auf, so einen Stuss von dir zu geben“, bat er, ohne auf mein Gestotter einzugehen. Er ließ noch einige Sekunden verstreichen, in denen mein Herz deutlich gegen seinen Oberkörper trommelte, dann ließ Ian mich langsam herunter. Wir sahen uns an.

„Mir … fehlen gerade ein bisschen die Worte“, gestand ich wackelig. Meine Hände waren zu seinen Schultern gerutscht, denn bei der Tiefe konnte ich nicht stehen, und im Moment war ich unfähig, mich eigenständig über Wasser halten zu können. Selbst das Wasser hatte eine festere Konsistenz als meine Gliedmaßen.

Ians Mundwinkel hoben sich. „Na, Gott sei Dank. Dein Geschwafel konnte ich keine Sekunde länger ertragen.“

***

Den Rest des Tages war ich komplett durch den Wind. Dass Ian sich danach wieder normal benahm, trug leider auch nicht dazu bei, dass sich an dieser Tatsache so schnell etwas änderte. Kathy und Liezle verzichteten darauf, mich über unsere *Aktivitäten* auszuquetschen, aber bei dem tiefroten Schädel, den ich zur Schau trug, konnten sie sich wohl denken, dass zwischen uns etwas vorgefallen war.

Auf der Rückfahrt hingen die Patienten sichtlich in den Seilen.

Alle waren vom Baden ausgelaugt und wirkten mehr tot als lebendig. Nur meine Wenigkeit fühlte sich, als säße sie auf einer Hochspannungsleitung. Ians Hände hatten auf meinen Schenkeln gelegen. Er hatte meinen Hintern angefasst und war nicht vor Ekel davongeschwommen. *Ich finde deinen Körper heiß.* Schaudernd wagte ich einen Blick in seine Richtung, aber er döste, genau wie Liezle.

Kopfschüttelnd wandte ich mich wieder zum Fenster und versuchte, mein aufgewühltes Herz zu beruhigen. Erfolglos. In seiner verqueren Denkweise glaubte Ian vielleicht, dass er mir damit einen Gefallen getan, ja, mein Selbstwertgefühl aufgepäppelt hätte. In Wahrheit hatte er alles nur noch schlimmer und komplizierter gemacht.

Meine Mädels würden morgen jedenfalls den Klatsch ihres Lebens zu hören kriegen.

***

Ian

Ich lag mit einem üblen Ständer im Bett und verstand die Welt nicht mehr. Oder eigentlich schon, jetzt mehr denn je, aber das machte es nicht einfacher, es zu begreifen. Eine Woche war es jetzt her, dass ich Anna geküsst hatte. Eine Woche, in der ich versucht hatte, sie lediglich als Kumpeline zu behandeln, mit der man Witze reißen, sich foppen, einfach nur Spaß haben konnte. Das Irritierende war, dass man all diese Dinge mit Anna machen konnte, aber Kumpels waren wir garantiert nicht.

Dabei war sie überhaupt nicht mein Typ. Ich stand auf gertenschlanke, durchtrainierte Mädchen mit langen Beinen, blonden Haaren und einem engelhaften Gesicht. Den typischen Cheerleader eben. Anna war nichts davon. Ihr Blick war so rebellisch, dass ich jedes Mal, wenn sie mich anfunkelte, Schiss hatte, sie würde Mordpläne schmieden. Und was ihre Figur anging, wollte mir einfach nicht in den Schädel, warum mir allein schon beim Gedanken daran fast einer abging. Ich hatte nichts gegen kurvige Frauen, meine Mom war selbst korpulent, aber ich stand nicht auf Kurven. War einfach so.

Jetzt musste ich daran denken, wie meine Hände auf ihren weichen, ausladenden Hüften gelegen hatten, und mein Freund meldete sich mit einem unkontrollierbaren Zucken. Alles, was ich Anna heute gesagt hatte, entsprach der Wahrheit. Das Mädchen machte mich an. Ihre großen, braunen Augen, ihr Lächeln, ihr schwarzer Humor, ihre mehr oder weniger vorhandenen Überpfunde. Das war doch verrückt!

Zu Hause wartete das heißeste Mädchen der Schule auf mich, und ich fantasierte hier über einen Giftzwerg, der mir gerade mal bis zur Brust reichte. Wir passten vorne und hinten nicht zusammen. Das besagte schon die Hierarchie der High School. Seit jeher galt in der Schule das ungeschriebene Gesetz, bei dem die Footballspieler mit den Cheerleadern gingen, die Künstler mit den Schauspielern, die Streber mit den Strebern und so weiter. Dabei bildeten die Sportler die Spitze der Nahrungskette, die Nerds das Ende und alle anderen tummelten sich irgendwo dazwischen. Etwas mit Anna anzufangen, wäre, als würde ein Löwe beschließen, mit einer Gazelle rumzumachen.

Doch in *Patterson* galten diese Regeln nicht. Hier gab es keine beliebten und unbeliebten Kids, keine Diskriminierung wegen seiner Figur, keine teuren Autos, schicken Klamotten oder womit die Leute in der Schule sich sonst schmückten. Hier, auf diesem abgelegenen Fleckchen Erde, legte man seine Fassade ab. Man war man selbst. In Annas und meinem Fall zwei Menschen, die aufeinander standen.

Aus heiterem Himmel
12

Anna

Platsch. Gedankenverloren starrte ich meinen Esslöffel an, von dem eine pampige Masse namens Haferflocken in die Schüssel darunter tropfte. Wann hatte ich angefangen, diesen Brei zu mögen? Ich konnte mich an eine Zeit erinnern, die ersten Wochen hier, in der ich mich vor Ekel fast übergeben hätte, und jetzt aß ich das Zeug freiwillig. Kurios. Aber in letzter Zeit passierten ja so einige kuriose Dinge in meinem Leben.

Angefangen mit einem berauschenden Kuss und einer folgenschweren Unterhaltung in einer schummerigen Grotte. *Ich finde deinen Körper heiß.* Ians Worte ließen mich nicht mehr los. Sie hatten meine Gedanken auf einen gefährlichen Pfad gelenkt. Einen, auf dem man sich schnell verlieren konnte, wenn man ihm zu lange folgte.

Gestern im Bett hatte ich mir vorgestellt, wie es wäre, diese Dinge jeden Tag aus seinem Mund zu hören. Schmeicheleien. Koseworte. Liebesgeständnisse. Ich war so töricht gewesen, mir vorzustellen, mit Ian zu *gehen*, und jetzt wollte mir der Gedanke nicht mehr aus dem Kopf.

Platsch. Ein weiterer Klecks landete in der Schüssel, ehe ich mir den Löffel endlich in den Mund schob. Ian hatte mich ja schon vor unserem Kuss nicht mehr kalt gelassen, aber seit meinem kleinen Gefühlsausbruch gestern wusste ich es mit endgültiger Sicherheit: Ich war in ihn verschossen. Irgendwann zwischen den schweißtreibenden Trainingseinheiten und meinem Zuckerentzug hatte ich mich in Ian verknallt. Ich wünschte, ich wüsste genau, wann es passiert war, damit ich den Tag aus meinem Gedächtnis streichen konnte, denn etwas sagte mir, dass er nicht auf dieselbe Weise fühlte. Er fand mich vielleicht „heiß" – wobei ich ja eher die Vermutung hegte, dass er sich beim Rutschen den Schädel angeschlagen und seitdem einen Knacks weghatte –, aber Ian fand eine Menge Mädchen heiß, das musste nichts bedeuten.

Gott, wenn ich an das Gespräch gestern dachte! Derartige Gefühlsduselei war überhaupt nicht meine Art und nur ein weiterer Beweis dafür, wie sehr Ian meine Gefühle inzwischen durcheinanderwirbelte. Es war, als hätte er sie mir entrissen, in die Waschmaschine gestopft und auf *extra lange* Schleudern gedrückt.

Ich bemerkte Liezles Blick, aber entweder sprach sie mich wegen Beverly nicht an oder sie meinte es ernst damit, sich nicht mehr in Ians und meine *Angelegenheiten* einmischen zu wollen. Beverly schien sich einigermaßen gefangen zu haben. Sicher würde sie Sandra noch eine ganze Weile vermissen, aber an diesem Morgen schaute sie zumindest nicht mehr wie sieben Tage Regenwetter drein.

Ein Fortschritt.

Um kurz vor 12 Uhr begab ich mich vor die Tore der Klinik. Debbie hatte mir geschrieben, dass sie gleich da sein würden, und jetzt juckte es mich in den Fingern, meine Mädels endlich in die Arme zu schließen. Fünf Wochen waren eine lange Zeit.

Ich konnte mich nicht daran erinnern, wann oder ob wir jemals so lange getrennt gewesen waren. Während die Minuten verstrichen, warf ich immer wieder prüfende Blicke zum Himmel.

Für den Nachmittag war heftiger Regen angesagt, und ich wollte den beiden unbedingt den Nationalpark zeigen, aber noch sah alles freundlich aus.

Hinter einem schwarzen BMW sah ich ihn dann endlich: Lauras roten Opel. In dem Gewimmel aus eintreffenden, hupenden Autos assistierte ich ihnen mit Handzeichen beim Einparken, dann kam der Motor zum Stillstand.

„Wie war die Fahrt? Ich hoffe, nicht zu anstrengend? Gott, ich bin so froh, dass ihr hier seid!“, überfiel ich Debbie, nachdem sie ausgestiegen war. Wie üblich trug sie ihren braunen Pferdeschwanz seitlich, aber auf Make-up hatte sie heute verzichtet.

„Für dich nehmen wir doch jeden Weg auf uns. Wahnsinn, guck dich nur an!“ Sie drehte mich einmal im Kreis. „Bist ja fast magersüchtig!“

Wir umarmten uns, und sie gab mir einen Kuss auf die Wange, wobei sie sich tief zu mir herunterbeugen musste. Einen Kopf größer und sie könnte Ian Konkurrenz machen. Von hinten hatte man uns schon für Mutter und Tochter gehalten, so erheblich war der Größenunterschied.

Sie trat zurück und machte Platz für Laura, die ich so fest an mich drückte, dass ich ihr sicher ein paar Rippen brach. Laura war nicht ganz so groß wie Debbie, aber nun ja, ich war ein Zwerg, mich überragte so ziemlich jeder. Wir quiekten wie aufgeregte Schweinchen, und weil ich mich so über ihre Ankunft freute, schlang ich den anderen Arm noch mal um Debbie und wir machten Gruppenkuscheln.

Meine Freundinnen um mich zu haben, auch wenn eine leider fehlte, gab mir ein Gefühl von Stärke und Zugehörigkeit. In *Patterson* hatte ich tolle Menschen kennengelernt, ohne Frage, aber nichts ging über das behaglich vertraute Gefühl, wieder unter *seinesgleichen* zu sein.

Wir verloren keine Zeit. Jede gemeinsame Minute war kostbar, daher legte ich direkt los, und brachte sie auf den neusten Klatschstand. Ich hatte gedacht, dass es mir schwerfallen würde, über den Kuss und die Sache in der Grotte zu sprechen, aber die Worte sprudelten nur so aus meinem Mund. Laura und Debbie lauschten mir ungläubig. Gelegentlich klappte ihnen die Kinnlade herunter, aber sie unterbrachen mich nicht. Am Ende hatte ich mir den Mund so fusselig geredet, dass mein Hals nach Flüssigkeit schrie. Debbie hatte eine Flasche Wasser in ihrer Tasche und gab sie mir.

„Und? Was sagt ihr dazu?", fragte ich, nachdem ich meinen Durst gestillt hatte. Es war eine gute Entscheidung gewesen, mit dem Waldspaziergang zu starten, denn der Himmel wurde zunehmend dunkler. Wir machten uns auf den Rückweg.

„Gib mir einen Moment, ich glaube, ich stehe unter Schock", sagte Laura und knöpfte ihre blauweiße Collegejacke bis zum Hals zu. Sie reichte gerade so an den Bund ihrer grauen Röhrenjeans, womit sie es wettertechnisch aber immer noch besser als Debbie getroffen hatte.

Die trug einen schwarzen Rock zu einem grünen Pullover, aber keine Strumpfhose. Mir zitterten schon vom Hinsehen die Knie.

„Ich will dich ja nicht beleidigen", sagte Debbie, nahm die Flasche zurück und steckte sie wieder ein. „Aber bist du sicher, dass Ian nicht einfach nur die Langeweile zu Kopf gestiegen ist?"

„Glaub mir, diese Möglichkeit habe ich mehr als nur einmal in Betracht gezogen." Ich war nicht beleidigt. Vielmehr fühlte ich mich befreit, als hätte ich eine Beichte abgelegt. „Aber du hättest sehen müssen, wie er mich dabei angeguckt hat. Als ob …“ Schulterzuckend brach ich ab.

„Oh, nein!“ Laura sah mich an. „Den Blick kenne ich. Du bist verknallt, oder? Leugne es nicht, ich kann es in deinen Kulleraugen sehen!“

„Jetzt übertreib nicht“, sagte ich lachend, wenn auch wackelig. „Ich mag ihn. Ein bisschen.“

Lauras Augen verengten sich wissend. „Du meinst wohl ein bisschen *sehr*!“

Hilfesuchend wandte ich mich an Debbie, aber sie schüttelte nur den Kopf, als wollte sie sagen: *Was hast du dir da nur eingebrockt, Mädchen?*

„Und was ratet ihr mir jetzt?“ Auffordernd klatschte ich in die Hände. „Kommt schon, Leute, ich hab‘ auf euch gezählt.“

„Meinen Rat kennst du.“ Debbie musterte mich von der Seite. „Ian ist ein Frauenheld. Der bringt dir doch bloß Kummer, wenn du dich auf ihn einlässt.“

„Aber wenn er sich geändert hat …“, hielt Laura unerwartet dagegen. „Anna denkt sich das ja nicht aus, und normalerweise kann sie Jungs gut einschätzen.“

„Es sei denn, sie ist verblendet. Sie wäre nicht das erste Mädchen, das sich von ‘nem heißen Sportler um den Finger wickeln lässt.“

„Hey! Ich habe mich nicht um den Finger wickeln lassen!“, stellte ich klar. Das klang, als wäre ich naiv und leicht zu haben. „Ich … habe lediglich erkannt … dass er … sich geändert hat“, schusterte ich mir eine plausible Erklärung zusammen.

Aber wirklich überzeugend hörte sich das nicht an. Verdammt, *hatte* ich mich um den Finger wickeln lassen?

Debbie warf mir einen mitfühlenden Blick zu. Ihre Antwort war ja.

So ging es den Rückweg über weiter. Laura setzte sich für Ian ein, während Debbie keinen Zentimeter von ihrer Meinung abrückte. Ich hatte ganz vergessen, wie unerbittlich sie sein konnte. Leider brachte mich die Uneinigkeit der beiden keinen Schritt weiter. Irgendwann beendete ich ihre Diskussion.

„Okay, halten wir fürs Protokoll fest: Ihr seid *keine* Hilfe! Die eine sagt, ich soll mich auf Ian einlassen, die andere rät mir davon ab. Es ist, als säßen ein Teufelchen und ein Engelchen auf meinen Schultern.“

„Ich bin das Engelchen“, warf Laura nicht sehr hilfreich ein, während Debbie, ganz die Mutti, sagte: „Süße, wenn du ernsthaft gehofft hast, dass wir dir die Entscheidung abnehmen können, steckst du tiefer in der Klemme, als ich es ohnehin schon befürchte. Muss ich dich daran erinnern, was du alles an Ian hasst?“

„Nicht nötig“, winkte ich ab. „Aber er hat sich geändert. Wäre es nicht so, würde ich nicht …“

mittlerweile jede freie Minute an ihn denken. „Er hat sich geändert. Glaub mir."

„Wo ist er gerade?", wollte Laura wissen. Sie hatte sich bei mir eingehakt und kickte laufend irgendwelche Stöcke auf dem Boden weg, wodurch wir mehr wankten als gerade gingen. „Ich will mich selbst davon überzeugen, dann sehen wir ja, was von deinem Urteilsvermögen noch übrig ist."

„Auf keinen Fall! Ich habe ihm gesagt, dass wir unter uns bleiben wollen", schlug ich ihr die Idee sofort wieder aus dem Kopf.

„Wie panisch sie gleich wird", sagte Laura über meinen Kopf hinweg grinsend zu Debbie.

„Ich bin nicht panisch. Aber ich kenne euch. Ihr würdet ihn wie eine Zitrone ausquetschen und dann denkt er noch, ich würde hinter seinem Rücken schon Hochzeitspläne schmieden."

Wir traten unter den Bäumen hervor und befanden uns wieder auf dem Klinikgelände. Inzwischen hingen regenschwere Wolken über der Anlage, und wir gingen hinein. Kurz schauten wir im Aufenthaltsraum vorbei, und ich stellte ihnen Liezle, Kathy und Beverly vor, dann holten wir in der Kantine Getränke und Snacks und machten es uns anschließend in meinem Zimmer gemütlich.

Jetzt waren die Mädels mit Erzählen dran. Debbie berichtete, dass jemand vor zwei Tagen versucht hatte, eine Fensterscheibe im Blumengeschäft ihrer Mutter einzuschlagen, was ja wohl ungeheuerlich war. Offenbar hatte derjenige einbrechen wollen, war aber an dem verstärkten Glas gescheitert. Jetzt überlegte ihre Mom, ob sie in die eigene Tasche greifen und zur Sicherheit noch ein Fenstergitter kaufen sollte, was optisch aber nicht besonders einladend aussehen würde. Mit Laura und ihrem Freund lief alles super. Sie berichtete von ihrem Familien-Trip durch Montanas Wälder und dass sie überlegte, Andrew bald ihren Eltern vorzustellen, sodass sie nächstes Jahr möglicherweise alle zusammen verreisen könnten.

Während wir uns unterhielten, schielte ich immer wieder auf die Uhr meines Handys. Die Zeit rann mir wie Sand durch die Finger und ehe ich mich versah, waren die vier Stunden auch schon rum und ich musste meine Freundinnen schweren Herzens wieder fahren lassen.

Ich tröstete mich mit dem Gedanken, dass ich sie in vier Wochen wieder ganz für mich haben würde. Dann suchte ich Ian auf, um den Rest des Sonntags mit ihm zu verbringen.

Ich hatte es ihm schließlich versprochen.

***

Zwei Tage später lag ich mit einer Grippe flach. Schon gestern hatte ich leichte Gliederschmerzen und Unwohlsein verspürt, aber ich hatte gehofft, dass, wenn ich nur genug Ingwertee mit Zitrone trank, ich einer ernsthaften Erkrankung noch von der Schippe springen könnte. Hatte leider nicht funktioniert.

Trotz vier Tassen Ingwertee, die ich über den Tag verteilt getrunken hatte. Es war nicht schwer zu erraten, wo ich mich angesteckt haben könnte. Im Schwimmbad hatten Hunderte von Menschen dieselbe feuchtwarme Luft geatmet, im selben Wasser gebadet und dieselben Geländer, Griffe, Liegen und was sonst noch alles angetatscht.

Anstelle von Bade- hätten sie lieber Bazillen-Paradies über den Eingang schreiben sollen, aber nörgeln machte mich auch nicht wieder gesund.

Ich hatte natürlich die ganze Palette abbekommen: Kopf- und Gliederschmerzen, trockener Husten, Halsschmerzen, Schwindel, Müdigkeit und Appetitlosigkeit.

Liezle konnte mich leider nicht besuchen, sie war sehr anfällig gegenüber Krankheiten. Dafür schauten, neben dem Arzt, Beverly und Kathy regelmäßig vorbei.

Am zweiten Tag kam Ian mich besuchen. Mit einem beladenen Teller und einer Limo schob er sich durch die Tür und kickte sie dann mit dem Fuß hinter sich zu.

„Was machst du da?“, krächzte ich und setzte mich umständlich in eine halbwegs würdevolle Position auf. Zum Glück hatte ich vor zehn Minuten das Zimmer gelüftet, sodass es hier drinnen einigermaßen frisch roch. Er stellte das Essen auf Liezles ehemaligem Schreibtisch ab, drehte den

Stuhl in meine Richtung und nahm Platz. „Mittagessen."

„Aber ich bin krank. Der ganze Raum ist kontaminiert. Du steckst dich an!"

Ungerührt nahm er die Gabel und piekte ein Stück Fleisch auf. „Vorgestern haben wir noch zusammen rumgehangen, schon vergessen? Wenn, dann hättest du mich längst angesteckt, außerdem werde ich nicht so schnell krank."

Trotzdem. Ians Anwesenheit war mir unangenehm. Abgesehen davon, dass ich ihm seit der Sache in der Grotte kaum noch in die Augen schauen konnte, machte mein bleiches Gesicht der Wand hinter mir ernsthaft Konkurrenz.

Zudem war meine Stirn nass und meine Haare standen ab wie beim Struwwelpeter. Am liebsten hätte ich mich unter die Decke verkrochen.

„Aber es ist doch bestimmt total langweilig hier."

„Du meinst langweiliger als im Aufenthaltsraum, wo ich den Pflegern dabei zugucken muss, wie sie Zeitung lesen? Bestimmt nicht." Er aß das Fleisch und schob eine ganze Kartoffel hinterher.

Ungeduldig stieß ich die Luft aus. „Dann muss ich wohl Klartext reden. Es ist mir peinlich, dass du hier bist, du Idiot."

„Warum das?", nuschelte er mit vollem Mund und sah auf.

Ich verzog das Gesicht. Ernsthaft? „Vielleicht, weil ich wie etwas Aufgequollenes aus der Kanalisation aussehe? Ich bin krank! Was *denkst* du denn, warum?“

Ian lachte und verschluckte sich, was in einem qualvollen Husten endete. Mir hatten diese wenigen Sätze alles abverlangt, und ich musste erschöpft den Hinterkopf an den Bettpfosten lehnen.

Als er wieder Luft bekam, fragte er: „Kannst du mit solchen Sprüchen bitte warten, bis ich nichts mehr im Mund habe? Ich wäre beinahe erstickt.“

Aber er hatte es endlich kapiert.

Nachdem er aufgegessen hatte, ging er wieder, und ich sank ins Kissen zurück. Ich schlief sofort ein und wachte erst wieder auf, als es draußen schon dunkel war. Ein Klopfen an der Tür hatte mich geweckt. Ian schon wieder.

Diesmal brachte er ein ganzes Tablett mit. Zuerst dachte ich, es wäre sein Abendessen, aber als er es auf den Tisch neben meinem Bett stellte, sah ich eine Thermoskanne, eine Schüssel mit Suppe, Brot und verschiedene Obstsorten.

„Wow, danke! Sind denen die Schwestern ausgegangen, dass sie jetzt schon dich schicken?“, fragte ich und rieb mir das Gesicht, um wacher zu werden.

Ian ging zum Fenster und riss es auf. „Nein, aber auf dem Weg hierher, habe ich eine Pflegerin eingeholt und ihr angeboten, das für sie zu übernehmen. Unter der Voraussetzung natürlich, dass sie diese überaus freundliche Geste vor Ms. Butler erwähnt."

„Du Schlingel."

Grinsend kam er wieder zu mir. „Man muss schleimen, wo man kann."

Als er sich ans Ende des Bettes setzte, guckte ich ihn mahnend an. „Du provozierst es aber auch richtig, krank zu werden, was?"

„Keine Sorge. Nicht jeder hat so ein unterentwickeltes Immunsystem wie du." Er deutete auf die Auswahl. „Worauf hast du Lust?"

„Auf die Banane."

„Keine Suppe?"

„Doch, aber damit warte ich, bis du weg bist, sonst kommst du noch auf die Idee, mich füttern zu wollen."

Leise lachend reichte er mir die Banane. „Ganz schön undankbar, wenn man bedenkt, dass ich hier meine kostbare Freizeit an deinem Krankenlager verbringe."

Ich schälte die Spitze der Banane ab. „Um Extrapunkte bei Ms. Butler zu sammeln. Purer Eigennutz." Wir wussten beide, dass es nicht so war, aber Ian aufzuziehen, half mir, von den Gefühlen abzulenken, die seine Anwesenheit in mir weckte. In Wahrheit rührte es mich fast zu Tränen, wie er sich um mich kümmerte.

Schmunzelnd sah Ian auf die Uhr. „Ich muss leider schon wieder weg. Das Abendessen ist gleich vorbei und ich hab' noch einen Spaziergang vor mir. Coach Hektor lässt mich die Abendausflüge jetzt immer allein leiten, wusstest du das?“

Er stand auf, aber bevor er ging, nahm er mein Handy vom Bett und tippte darauf herum.

Mir blieb fast die Banane im Hals stecken. „Was machst du da?“

Ian antwortete, ohne aufzusehen. „Ich sorge dafür, dass wir uns SMS schreiben können.“

„SMS? Ich dachte, du hast kein Handy.“

„Jetzt schon. Ich war doch letzte Woche in *Twisp*, da konnte ich mir endlich eins kaufen. Ist allerdings das übelste Schrottding, mit dem man wirklich nur telefonieren und simsen kann. Aber nicht ausplaudern. Niemand hier weiß, dass ich damals meine Sim-Karte habe mitgehen lassen.“

Das war ja alles schön und gut, aber es befähigte ihn wohl kaum, sich einfach meine Nummer zu krallen.

Hätte ich die Kraft dafür gehabt, hätte ich mich aufgerichtet und es ihm aus der Hand gerissen, aber ich fühlte mich wie ausgelutscht, und in meinem Kopf begann es auch schon wieder, zu rotieren. „Habe ich dabei vielleicht auch ein Wörtchen mitzureden?“

„Nicht wirklich. So.“ Er gab mir das Handy zurück. „Jetzt kannst du mir schreiben, wenn irgendwas ist.“ Er lächelte ironisch. „Oder wenn du Sehnsucht nach mir hast.“

Schnaubend nahm ich es an mich. „Das wird nicht passieren.“

***

Am Tag darauf schrieb ich ihm. Es war später Nachmittag und Ian hatte sich heute noch nicht bei mir blicken lassen. Falls das Taktik war, schlug sie an.

Mein unfassbar aufregender Tag hatte in der Hauptsache aus schlafen, Hörbuch hören, Suppe löffeln, literweise Tee trinken, wieder schlafen und einen ganzen Berg Medikamente schlucken bestanden.

Jetzt war mir furchtbar langweilig, und Beverly und Kathy würden erst nach dem Abendessen vorbeischauen.

Was machst du?, schrieb ich, nachdem ich mich aus dem Bett gequält und das Fenster angekippt hatte.

Der Witzbold hatte sich unter dem Namen *Mr. Sixpack* in mein Handy eingespeichert. Ich hatte es auf *Idiot* geändert.

Es dauerte ein paar Minuten, dann schrieb er: *Und schon hat sie Sehnsucht nach mir ;) Hat ja nicht lange gedauert.*

Vor meinem geistigen Auge konnte ich sehen, wie er selbstgefällig den Mund verzog. *Du verwechselst Sehnsucht mit Langeweile.* Ich schickte die Nachricht ab und fügte Sekunden später hinzu: *Aber das ist nicht der eigentliche Grund, weshalb ich dir schreibe. Groot hat sich beschwert. Er hat deinetwegen ein Schleudertrauma, und jetzt überlegt er, ob er dich anzeigen soll.*

Es sei denn, du entschuldigst dich in aller Förmlichkeit bei ihm.

Es folgten mehrere lachende Smileys. *Du hast echt 'nen Dachschaden.*

Sagt Debbie auch immer. Ihr zwei solltet eine Petition gegen Nerds starten.

Danach folgte eine Weile erst mal nichts mehr. Ich vermutete, weil Ian in einem Sportkurs steckte und nur heimlich mit mir schreiben konnte. Als mein Handy schließlich vibrierte, weckte es mich aus dem Schlaf. Diese Grippe war aber auch kräftezehrend. Ich fühlte mich wie eine 90-Jährige.

Sorry, konnte nicht mehr antworten. Na, dann komme ich nach dem Abendessen mal lieber vorbei und entschuldige mich bei dem Baum. Ich würde ihm ja Blumen mitbringen, aber das wäre so, als würde ich dir einen Strauß abgetrennter Gliedmaßen schenken, oder?

30 Minuten später trudelte Ian bei mir ein. Ob ich ein schlechtes Gewissen haben sollte, weil ich vorher die Mädels abgewimmelt hatte? In letzter Zeit machte es mir einfach mehr Spaß, mit ihm allein zu sein. Wir konnten uns dann in aller Ausgelassenheit necken, ohne von Kathy und Liezle wissende Blicke zu kassieren oder uns wegen Beverly zurückhalten zu müssen. Das entwickelte sich langsam zu einer richtigen Passion von mir.

Ian brachte wieder Obst und eine Kanne Tee mit, aber diesmal hatte ich schon gegessen, und er verzehrte die Banane selbst. Demütig entschuldigte er sich bei meiner Figur, dann entschieden wir, einen Film zu gucken, und einigten uns auf den Horrorfilm *Escape Room*. Nicht zu fantasylastig, aber auch nicht zu realistisch.

Ian machte auf meinem Schreibtisch Platz, dann stellte er den Laptop auf und setzte sich auf einen Stuhl neben meinem Bett. Es konnte unmöglich bequem sein, zwei Stunden lang auf dem knochenharten Ding zu sitzen, aber Ian beschwerte sich nicht. Stattdessen erkundigte er sich immer wieder, ob ich noch etwas trinken oder essen wollte.

Bis zur Hälfte des Films fieberten wir beide richtig mit. Jeder hatte seinen Lieblingscharakter, von dem er unbedingt wollte, dass er das Spiel überlebte. Dann schwächelte die Story irgendwann, aber das war nicht schlimm, weil Ians genervte Kommentare deswegen unterhaltsam genug waren.

Gelegentlich warf ich ihm verstohlene Blicke zu und überzeugte mich davon, dass er real war und nicht nur eine fieberbedingte Fantasie von mir.

Hätte mir jemand vor einem Monat gesagt, dass der Star unserer Schule mal an meinem Krankenbett sitzen und sich um mich kümmern würde, hätte ich an dessen geistiger Verfassung gezweifelt. Dabei wusste ich manchmal nicht, was ich erstaunlicher finden sollte: Dass Ian sich in den letzten Jahren so stark verändert hatte oder dass mir diese Veränderung entgangen war.

Wir diskutierten noch eine Weile über das Ende, dann packte mich wieder die Müdigkeit und ich wurde mehrmals von einem Gähnen unterbrochen. „Ich lass dich mal wieder in Ruhe“, meinte Ian schmunzelnd und stand auf. Er schob den Stuhl zum Schreibtisch zurück. „Du siehst aus, als würdest du jeden Augenblick ins Koma fallen. Hast du alles, was du brauchst?“

„Ja, danke dir. Ian?“ Er hatte sich schon halb abgewandt und drehte sich noch mal zu mir um. „Danke, dass du da warst. Es war … sehr schön.“ Als er lächelte, zersplitterte etwas in mir, auf großartige und zugleich unerträgliche Weise. So ähnlich hatte ich mich bei meinen Fressattacken damals gefühlt. Herrlich berauscht, aber wissend, dass es mich krank machte. „Gute Nacht“, sagte ich und schüttelte das Gefühl ab.

„Nacht, Bazillenkutsche.“

***

Tag 31

Am nächsten Tag bekam ich Post von Oma Ruth. Sie hatte mit Verspätung auf meinen Brief geantwortet und Geld und selbst gebackene Plätzchen geschickt. Letzteres war beim Abnehmen leider nicht hilfreich, zumal ich durch die Grippe schon genug kostbare Zeit im Bett verschwendete, deshalb gab ich die Plätzchen Kathy. Das Geld würde ich bei meinem nächsten Ausflug nach *Twisp* verprassen, und ich wusste auch schon wie.

Es dauerte noch vier Tage, ehe ich wieder vollends genesen war, aber dank Ian verging die Zeit wie im Fluge. Tagsüber simsten wir miteinander, in seinen Pausen kam er meistens zu mir und abends schauten wir Filme oder unterhielten uns. Die Mädchen fühlten sich schon richtig vernachlässigt von mir, aber ich versprach ihnen, wieder mehr mit ihnen zu unternehmen, sobald ich wieder gesund war.

Wobei ich mittlerweile unentschlossen war, ob ich das überhaupt noch wollte. Gesundwerden. Wären die lästigen Glieder- und Kopfschmerzen nicht, hätte ich von mir aus noch *wochenlang* ans Bett gefesselt sein können. Es war zu schön, von Ian betüddelt zu werden – das konnten bestimmt nicht viele Mädchen auf unserer Schule behaupten

–, aber ich war auch froh, als ich endlich wieder Sport machen konnte.

Es war Mittwoch. Ich hatte mit den Mädels gerade zu Mittag gegessen und befand mich nun auf dem Weg zu Ian. Er hatte mich schon so oft nach dem Essen abgefangen, dass ich jetzt auch mal die Initiative ergreifen wollte.

Wir hatten nur noch dreieinhalb Wochen hier, danach waren wir wieder in der Schule, und dann würde Ian wieder vom Football und von hübschen Cheerleaderinnen eingespannt werden, während ich mit ziemlicher Sicherheit nach und nach wieder in Vergessenheit geraten würde.

Dieser Gedanke bestürzte mich.

Ich wollte nicht, dass wir uns wieder aus den Augen verloren.

Ich wollte festhalten, was wir aufgebaut hatten. Gott, war ich am Ende etwa zu Ians Groupie geworden? Und falls ja, wie hatte es so weit kommen können?

Die Belegschaft hatte dieselben Essenszeiten wie wir, aß aber in einem anderen Flügel. An der gegenüberliegenden Wand des Personalraums gelehnt wartete ich darauf, dass Ian herauskam.

Er stolperte beinahe vor Überraschung, als er mich entdeckte. „Du, im Personalflügel? Bist du schon wieder krank?“

Lächelnd stieß ich mich von der Wand ab. „Nein, ich wollte zu dir. Du hast doch jetzt frei, oder?“

„Ja, aber ich muss kurz ins Zimmer, mir was anderes anziehen." Er zeigte mir einen Fleck auf seinem weißen Shirt. „Hab gekleckert."

Wir machten uns auf den Weg, und während Ian mir von seinem Tag erzählte, überlegte ich, wie ich mein Anliegen formulieren könnte, ohne wie ein verschossenes Fangirl zu klingen. Das ich natürlich nicht war!

In seinem Zimmer nahm ich dann all meinen Mut zusammen.

„Hör mal … wegen letzter Woche. Du hast dich so toll um mich gekümmert, als ich krank war, dass ich mich dafür gern revanchieren würde."

Ian zog sein Shirt über den Kopf, feuerte es achtlos auf den Boden und ging zum Schrank, um nach einem neuen zu kramen.

Beim Anblick seines nackten, muskulösen Rückens durchzuckten mich Erinnerungsfetzen aus der Grotte. Ian, wie er sich an mich drückte. Ian, wie er seine Lippen an mein Ohr brachte und mir gefährliche Dinge zuflüsterte. Ich schluckte.

„Wie wäre es, wenn wir am Samstag nach *Twisp* fahren? Die Mädchen wollen nicht, aber … na ja, wir könnten zu zweit hin. Um einen Kaffee zu trinken. Oder einfach nur rumzuschlendern." Mann, konnte meine Stimme bitte noch mehr zittern?!

„Ich lade dich selbstverständlich ein", warf ich eilig und viel zu nervös hinterher.

Ian hatte ein sauberes Shirt übergestreift und drehte sich zu mir um. Einen Moment lang betrachtete er mich mit einem Blick, den ich nicht deuten konnte, dann sagte er: „Ich hatte gerade ein Telefonat mit Direktor Perry. Sie haben meine Strafe verkürzt. Übermorgen kann ich hier weg."

Ich blinzelte benommen. „*Was*?"

„Ich weiß, ich kann's selbst kaum glauben." Er ging zum Bett und setzte sich, während ich mich fühlte, als hätte er mir den Boden unter den Füßen weggerissen.

„Aber … wie kommt's denn so plötzlich?" Jetzt, da ich wieder genesen war, hatte ich mich darauf gefreut, die letzten Wochen hier noch intensiver mit Ian zu verbringen.

Ihn noch besser kennenzulernen und vielleicht sogar herauszufinden, ob er nicht ein klein wenig von den Gefühlen erwiderte, die ich für ihn empfand. Und jetzt sollte er aus heiterem Himmel einfach weggehen?

Er lehnte sich an die Wand und verschränkte die Arme hinter dem Kopf. Ich stand noch immer stocksteif im Eingang, als wäre ich dort festgefroren. „Ich vermute mal stark, dass mein Coach Druck gemacht hat. Perry hat zwar was davon gefaselt, dass ich meine Lektion gelernt hätte und die letzten Ferienwochen ruhig zu Hause verbringen sollte, aber der wirkliche Grund dürfte wohl eher das bevorstehende Footballspiel sein. Am Mittwoch nach den Ferien spielen wir gegen unsere Nachbarschule. Bedeutet: Es geht um einen Haufen Geld und Ansehen für unsere High School. Perry braucht gar nicht so großzügig zu tun. In Wahrheit sind sie ohne mich aufgeschmissen. Ohne den Captain läuft so ein Footballspiel nun mal nicht."

Ich sollte etwas sagen. Ihn beglückwünschen, mich für ihn freuen, aber in meinem Hals herrschte schmerzhafte Dürre.

Stirnrunzelnd nahm Ian die Arme herunter. „Hey, das sind *gute* Neuigkeiten. Das bedeutet, ich kann endlich wieder Football spielen. Meiner Leidenschaft nachgehen, meine Freunde sehen. Im Gegensatz zu dir bin ich nicht freiwillig hier. Kannst du also wenigstens so *tun*, als würdest du dich für mich freuen?"

„Ja, nein, ich freue mich für dich", beeilte ich mich, zu sagen. Um ihn davon zu überzeugen, setzte ich ein Lächeln auf und kam endlich ins Zimmer. Bemüht lässig schlenderte ich zu seinem Schrank, verschränkte die Arme hinter dem Rücken und lehnte mich an. „Ich bin nur überrascht. Wer soll mich denn jetzt beim Joggen antreiben, wenn du weg bist?"

Das entlockte ihm ein träges Lächeln. Schwungvoll kam Ian vom Bett hoch, wobei es protestierend knarzte, und näherte sich mir dann mit provozierend langsamen Raubtierschritten. „Heißt das etwa, Horror-Annabelle wird mich vermissen?"

Als er vor mir stand, boxte ich ihn in den Bauch. Etwas, das ich in letzter Zeit oft tat, wie mir auffiel, aber der Widerstand, auf den ich traf, war zu faszinierend. „Hey, ich will diesen Namen nie wieder hören! Und wage es ja nicht, mich in der Schule so zu nennen!“

Grinsend stützte er die Arme seitlich von mir an die Schranktüren. „Würde mir nie einfallen. Ich stehe zu meinen Freunden.“

Und damit war ich zwischen dem Schrank und Ian gefangen. Mein Herz schlug schneller, trotzdem stieß mir das Wort *Freunde* bitter auf. War ich wirklich nicht mehr für ihn? Wie konnte er jemanden küssen, ihn so anfassen wie in der Grotte neulich und dabei nichts Tieferes empfinden? Vielleicht war ich ja zu prüde für diese Welt, aber das ging einfach über meinen Horizont hinaus. „Ian …“

Langsam neigte er den Kopf, denn ich zögerte. „Ja?“

Ich starrte zu ihm hoch. In seine blauen Augen, in denen eine unterschwellige Herausforderung lag, die mich ganz durcheinanderbrachte. *Was* wollte er von mir? Warum tat er solche Dinge? Drängte mich gegen die Wand, flirtete mit mir, küsste mich, ging aber nicht weiter? Es lag mir auf der Zunge, ihn das zu fragen. Endlich Klarheit zu schaffen, jetzt, da er überstürzt abreisen würde. Aber ich konnte nicht. Die Worte, die mir auf der Zunge lagen, rutschten meinen Hals hinunter und verklumpten dort zu einem unangenehmen Kloß.

Wenn ich mich ihm öffnete, würde unsere frisch erblühte Freundschaft wieder verwelken.

Ich hatte angefangen, in Ians Flirtereien etwas hineinzuinterpretieren, das nicht da war. Und das war mein Problem, nicht seins. Er war nun mal kein Beziehungsmensch. Er stand auf flüchtige, unkomplizierte Abenteuer. Das wusste ich, weil er es neulich im Wald gesagt und Beverly deswegen noch tagelang danach gejammert hatte.

Und selbst, wenn ich es nicht durch sie erfahren hätte, musste ich mir nur mal seine Techtelmechtel in der Schule angucken. Ian war dafür bekannt, sich von einem Rock zum nächsten zu hangeln. Herrgott, sein Name ging teilweise als Synonym für Affäre herum.

Wie hatte ich mir nur eine Sekunde lang einbilden können, dass es bei mir anders sein würde? Ian mochte nicht mehr das Arschloch von früher sein, aber das hieß nicht, dass er zu einem Heiligen mutiert war. Man konnte aufrichtig sein und trotzdem nur auf heiße Flirts stehen – daran war nichts Verwerfliches.

Unter größter Anstrengung gelang es mir, spöttisch das Gesicht zu verziehen. „Ich hätte es zwar nie für möglich gehalten, aber ich denke, ich werde deine nervige Person tatsächlich vermissen." Und damit hatte ich der elektrisierenden Spannung den Stecker gezogen.

Empört knuffte Ian mich in die Seite. „Ach, es war also nervig, wie ich mich um dich gekümmert habe, ja? Na, vielen Dank auch!“

Halb lachend, halb quiekend kämpfte ich mich unter seinem Gefängnis aus Armen hervor und rannte aus dem Zimmer. Im Flur holte Ian mich ein, dann schlenderten wir lachend und uns gegenseitig aufziehend in den Park, und ich dachte die ganze Zeit nur, was für eine Heuchlerin ich war. Die Heuchlerin des Jahrhunderts.

Das Übliche
13

Die Wochen ohne Ian vergingen erstaunlich schnell. Unser Abschied am übernächsten Tag war kurz und schmerzlos gewesen. Am Freitagmorgen hatte ich ihn zum Parkplatz gebracht, wo sein Vater schon auf ihn gewartet hatte. Unter dessen strengem Blick hatte Ian mich kurz und kumpelhaft umarmt, dann war er eingestiegen und mit seinem *Alten* weggefahren. Und das war's. Ian war verfrüht in sein altes Leben zurückgekehrt, und ich war wieder zu den Mädels gegangen und hatte mit ihnen Karten gespielt.

Ich wusste noch, wie unwirklich sich dieser Moment angefühlt hatte.

Dabei war es nicht so, dass der Kontakt zu Ian danach sofort abgebrochen wäre. Wir hatten noch am selben Abend miteinander geschrieben, und er hatte mir – diesmal über WhatsApp – berichtet, wie komisch es wäre, wieder zu Hause zu sein. In seinem eigenen Bett zu schlafen und mit der altbekannten Anspannung zu Hause. Am nächsten Tag war er dann zum Training gegangen und am darauffolgenden und immer so weiter. Zunächst hatte er mir noch jeden Abend fleißig berichtet, wir hatten auch über seinen besten Freund William geschrieben, der ebenfalls frühzeitig entlassen worden war. Nach einer Woche hatte es dann langsam abgenommen und Ian hatte in immer größeren Abständen geantwortet.

Er hatte sich dafür entschuldigt, mir erklärt, dass es am Training und an seinen Freunden liegen würde, die ihn jetzt, da er wieder zurück wäre, natürlich belagerten, und ich hatte vollstes Verständnis gehabt. Zwischenzeitlich hatte ich ja immer gehofft, dass er mich mal anrufen würde, aber es war immer nur bei WhatsApp-Nachrichten geblieben. Und während die immer seltener geworden waren, hatte ich mich gefragt, ob es nicht ein Fehler gewesen war, nicht mit meinen Gefühlen herauszurücken. Es wäre zwar unendlich peinlich gewesen, wenn er mich zurückgewiesen hätte, aber wenigstens hätte ich dann Klarheit gehabt.

So hatte ich weiter im Trüben gefischt und sogar eine Weile lang versucht, mich mit Wuschel abzulenken. Es hatte nicht funktioniert. Wuschel war süß und nett gewesen wie immer, aber nachdem mein Herz sich einmal für Ian entschieden hatte, hatte es in Wuschels Nähe nicht mehr höher geschlagen.

Und nun war der letzte Abend angebrochen, und ich saß mit Liezle, Kathy und Beverly am Lagerfeuer. Die kühle Nacht wurde vom orangenen, gleißenden Feuer gewärmt und roch nach gegrilltem Fleisch und Marshmallows. Der Abend war von Gelächter und Abschied erfüllt. Überall saßen und standen Patienten zusammen, umarmten sich, redeten und sagten den Angestellten, die sie besonders ins Herz geschlossen hatten, auf Wiedersehen. Bei mir waren es ganz klar Coach Hektor und Mr. Simeone.

Dr. Peers, die Leiterin der Klinik, hatte am Nachmittag eine Abschiedsrede im Foyer gehalten und viele, unter anderem auch mich, zu Tränen gerührt. Manch einer mochte das als übertrieben ansehen, aber für viele von uns war *Patterson* zu mehr als nur einer Abnehm-Klinik geworden. Wir hatten hier zusammen geschwitzt, Blut und Tränen vergossen, waren an unsere Grenzen gegangen, hatten die unterschiedlichsten Menschen und Schicksale kennengelernt … So etwas ließ man nicht einfach hinter sich. Ich war mir sicher, dass mir der Aufenthalt hier noch lange in Erinnerung bleiben würde.

Mein Ziel von 13 Kilo hatte ich leider nicht geschafft. In den letzten Wochen ohne Ian hatte ich noch mal ordentlich Gas gegeben, aber mein Körper trennte sich inzwischen nur noch sehr widerwillig von seinen Pfunden, sodass es am Ende „nur" zehn Kilo geworden waren. Trotzdem war ich so zufrieden wie schon lange nicht mehr mit mir, denn ich hatte meine Essattacken und Stimmungsschwankungen überwunden, und das war das Wichtigste. Für mich hieß es jetzt, dranzubleiben und auf keinen Fall eine zu lange Sportpause einzulegen. Mein Aufenthalt hier hatte mich nämlich eines besonders gelehrt: Sport trieb man nicht nur, um abzunehmen, sondern vor allem um körperlich und mental gesund zu bleiben.

Gleich am Samstag würde ich mich bei einem Fitnessstudio anmelden, Colleen hatte schon zugesagt, mitzumachen, außerdem würde ich ab sofort an drei Abenden in der Woche joggen gehen.

Meine Mutter würde aus allen Wolken fallen.

Lieber wäre mir ja morgens gewesen, aber wir wollten realistisch bleiben.

Ich hatte mich vielleicht vom Sportmuffel zum Joggingliebhaber entwickelt, aber ein Frühaufsteher würde ich auch in hundert Jahren nicht werden, und kein Mensch, der noch alle Tassen im Schrank hatte, ging morgens vor der Schule joggen.

„Wir sollten eine WhatsApp-Gruppe eröffnen“, schlug ich vor und nippte an meiner Limo. Das knisternde Feuer wärmte meine Wangen und tauchte Liezles blondes Haar in einen warmen Orangeton. Irgendwo zwischen all den Menschen um uns herum spielte jemand Gitarre und ein Mädchen sang dazu. „Um uns gegenseitig auf dem Laufenden zu halten. Aber es sollte ganz zwanglos sein. Wenn wir uns vornehmen, jede Woche miteinander zu schreiben, halten wir uns irgendwann eh nicht mehr dran. Schreiben wir uns einfach, wenn uns danach ist. Etwa, um Erfolge oder

Misserfolge zu teilen, oder einfach nur, um zu schauen, wie es den anderen geht."

„Gute Idee." Kathy holt ihr Handy heraus und setzte meinen Vorschlag sogleich in die Tat um. „Aber wir brauchen ein Gruppenfoto. Und einen coolen Namen."

„Ich hab' einen", sagte Liezle grinsend und rückte mit uns zusammen. „Die *Patterson Five*. Und Sandra fügen wir auch der Gruppe hinzu."

Damit waren alle einverstanden. Kathy machte ein Selfie von uns, dann tauschten wir unsere Handynummern und ich holte noch eine Runde Limo für alle. Als ich sie verteilt und mich wieder zu ihnen gesetzt hatte, sagte Kathy seufzend: „Ich werde *Patterson* vermissen."

Beverly nickte. „Ich auch. Hier war alles so unkompliziert. Alle waren freundlich, jeder hat jedem geholfen und niemand hat über irgendjemandes Figur gelacht. In der Schule werde ich wieder der harten Realität ausgesetzt sein. Davor graut es mir jetzt schon." Sie bückte sich nach einer Handvoll Sand und ließ ihn langsam durch ihre Finger rieseln. Dann sah sie zu mir. „Was ist mit dir? Wirst du die Klinik vermissen?"

„Auf jeden Fall. Mir hat die ruhige Lage gefallen, und die Motivation, die man uns hier gegeben hat. Ich habe ein bisschen Angst, dass ich das Sportpensum nicht werde beibehalten können, und das will ich, unbedingt. Die regelmäßige Bewegung hat mir so vieles erleichtert, aber zu Hause muss ich mich selbst motivieren, das macht mir ein bisschen Sorgen."

„Du schaffst das", sagte Liezle zu mir. „Ihr alle werdet das."

„*Wir*", verbesserte ich sie und prostete ihr zu.

„Na, ich werde wohl noch eine Weile brauchen", meinte sie schmunzelnd und schlürfte ihre Limo durch den Strohhalm. Darauf herumkauend erklärte sie: „Noch bin ich nicht außer Gefahr. Zwei Monate werde ich mindestens noch hierbleiben müssen." Sie machte eine wegwerfende Handbewegung. „Aber das wird schon. Und jetzt genug vom Ab- und Zunehmen." Sie legte den einen Arm um meine Schultern und den anderen um Beverlys. „Genießen wir unsere letzten Stunden."

***

Tag 1 nach der Klinik

Geblendet von einem aufdringlichen Sonnenstrahl erwachte ich blinzelnd und sah mich für einen Moment orientierungslos um. Statt weißer, kahler Wände lächelten mich Comic-Poster und eingerahmte Büchersprüche an. Schwere, graue Vorhänge schmückten meine großen Fenster, und der Diffuser auf der Fensterbank verbreitete einen angenehmen Duft. So ein Dachgeschosszimmer hatte schon seine Vorteile. Angefangen mit jeder Menge Platz und Privatsphäre. Zudem waren bei mir nur die kurzen Wände schräg, was es mir erlaubte, ein ellenlanges Bücherregal zu beherbergen, für das so mancher Bookstagrammer töten würde.

Alles um mich herum war mir vertraut, und doch wieder nicht. Zum Beispiel hatte ich bis eben geglaubt, wir würden in einer ruhigen Straße wohnen. Jetzt hörte ich ein Auto an meinem angekippten Fenster vorbeirauschen, leise nur, aber im Vergleich zu der drückenden Stille in *Patterson* war es, als würde eine Marschkapelle unter meinem Fenster entlangspazieren.

Wie schnell man sich an andere Wohnverhältnisse gewöhnte. Ich würde wohl noch ein paar

Tage brauchen, bis ich mit meinem Zimmer wieder warm geworden war.

Als ich ins Bad ging, um mir das Gesicht zu waschen, registrierte ich etwas Ungewöhnliches: Kein nerviges Pfeifen drang aus dem Erdgeschoss zu mir hoch, so, wie ich es von meinem Dad gewohnt war. Gut, es war Samstag, da schlief auch Mr. Workaholic mal länger, aber es schien, als wäre ich tatsächlich als Erste aufgewacht. Ich, die Langschläferin aus der Familie.

Kopfschüttelnd putzte ich mir die Zähne, dann kehrte ich ins Zimmer zurück. Es fühlte sich ein bisschen wie verkehrte Welt an. Um etwas Ordnung in meinen verwirrten Geist zu bringen, holte ich den neuen Stundenplan aus der obersten Schreibtischschublade. Wollten wir doch mal sehen … Gleich am Montag in der ersten Stunde hatte ich Sport, danach eine Doppelstunde Biologie, gefolgt von Englisch und Kunst. *Montag.* Das war in zwei Tagen. Ich hatte wirklich die kompletten Ferien in der Klinik verbracht. Das wurde mir erst jetzt so richtig bewusst.

Aber Sport am Montag war gut. Vor ein paar Monaten hätte ich darüber noch gejammert, jetzt freute ich mich, dass die Woche mit einer gesunden Portion Bewegung starten würde. Hoffentlich ließ mein Enthusiasmus nie wieder nach.

Ich studierte den Stundenplan weiter, ging Wochentag für Wochentag durch, als mein Handy vibrierte. Ein Blick darauf und mein Mund dehnte sich zu einem breiten Grinsen. Kathy hatte in die Gruppe geschrieben. *Fühlt ihr euch auch, als wärt ihr auf einem fremden Planeten aufgewacht?* Ich ließ den Stundenplan links liegen, nahm das Handy und ging wieder ins Bett. *Schon, ja*, schrieb ich und zog die warme Decke wieder über mich. *Es ist ein bisschen wie bei „28 Days Later". Hat jemand den Film gesehen?* Sowohl Liezle als auch Beverly antworteten mit lachenden Smileys, was bedeutete, dass alle außer Sandra wach waren.

Unsere innere Uhr war offensichtlich noch auf Frühaufstehen programmiert.

Wir schrieben bestimmt eine Stunde lang, machten Fotos von unseren Zimmern und verschickten minutenlange Sprachnachrichten. Und während wir auf diese Weise unsere Rückkehr ins „echte" Leben verarbeiteten, stellte sich bei mir allmählich das verloren geglaubte heimelige Gefühl ein. Im Grunde hatte sich doch nichts geändert. Wir waren immer noch alle zusammen … nur mit ein paar klitzekleinen Kilometern zwischen uns.

***

Am Montag traf ich Laura, Colleen und Debbie vor den Toren der Schule. Glücklich fielen wir einander in die Arme, und ich wurde mit Komplimenten für meine Figur überschüttet. Nach außen hin gab ich mich ruhig, aber innerlich zitterte ich wie Espenlaub. Gleich würde ich Ian wiedersehen. Für mein Herz offenbar ein Grund, in Panik zu geraten. Würde es komisch zwischen uns sein, oder würden wir hier genauso locker miteinander umgehen wie in der Klinik?

Es war schon ein paar Tage her, seitdem wir miteinander geschrieben hatten. Das letzte Mal war am Freitag vor einer Woche gewesen. Ich hatte ihn über weitere Abnehmerfolge informiert und mich bei der Gelegenheit über ein frisch gepostetes Instagram-Foto von ihm lustig gemacht.

Daraufhin waren wir kurz wieder in alte Muster verfallen und hatten uns nach allen Regeln der Kunst geneckt, was mir richtige Bauchkrämpfe vor Lachen beschert hatte. Dann hatte er sich verabschiedet, weil er auf eine Party gegangen war.

Seitdem hatte er nichts mehr von sich hören lassen.

Jetzt blickte ich an unserem alten Schulgebäude hoch, das eine Finanzspritze tatsächlich gut gebrauchen könnte, so marode wie es an manchen Stellen aussah. Um unser aller Wohl Willen sollten wir die Daumen drücken, dass wir das Footballspiel am Mittwoch gewannen. Nicht, dass das Dach irgendwann über uns einstürzte. Mal sehen, vielleicht ging ich ja hin und feuerte Ian an. Wäre auf jeden Fall eine Premiere für mich.

Meine Freundinnen quasselten vergnügt. Ich hörte nur mit halbem Ohr zu und beschränkte mich auf sporadisches Lächeln und Nicken. Meine

Nervosität nahm mit jedem Schritt zu, was völlig bescheuert war. Was dachte ich denn, was Ian tun würde? Dass er mich auf einmal keines Blickes mehr würdigte? Dass er mich die ganze Zeit nur verarscht und in den Gängen Plakate mit Sprüchen über Horror-Annabelle aufgehängt hatte?

Es wird zwischen euch genauso sein wie in Patterson. Du machst dich völlig grundlos so verrückt.

In der Umkleidekabine trafen wir die restlichen Mädchen aus unserer Klasse. Es folgte ein hektisches Durcheinander aus Umarmungen, Küsschen, Gekicher und dem Blitzaustausch von Neuigkeiten. Jede wollte darüber reden, was sie in den Ferien erlebt hatte, wen sie kennengelernt oder mit wem sie Schluss gemacht hatte, und das alles am besten, bevor wir mit Umziehen fertig waren.

Mein Sportoutfit bestand aus blauen Sneakers, einer schwarzen Leggings und einem überweiten, langen Shirt. Ich musste schmunzeln, als ich an mir heruntersah. Das Shirt war noch aus meiner *Patterson*-Zeit und sah jetzt, da ich so stark abgenommen hatte, wie ein Zelt an mir aus. Ich hatte es ohne nachzudenken eingepackt. Eine Gewohnheit, die ich erst wieder ablegen musste, denn jetzt gab es nichts mehr, das ich verstecken musste.

Wir gingen in die Turnhalle, wo der Großteil der Jungs und unsere Sportlehrerin schon auf uns warteten. Ich hielt Ausschau nach Ian und erfasste mit einem Blick, dass er nicht unter ihnen war. *Weil er immer auf den letzten Drücker kommt*, erinnerte ich mich. Richtig. Darüber hatte ich mich früher immer aufgeregt. Und dann, zehn Sekunden bevor es zum Unterricht klingelte, rückte Ian mit seiner Football-Entourage aus William, Stan, Bryce und Joseph an. Ich musste mir auf die Lippe beißen, um nicht zu grinsen. Manche Dinge änderten sich einfach nicht.

Ian kam direkt auf mich zu, was mich gleichermaßen verwunderte als auch einschüchterte. Normalerweise ging ich als Kleinste in einer Gruppe immer unter, aber es schien, als hätte er mich sofort entdeckt. „Hey, Lieblingsmitschülerin." Mit einem typisch anzüglichen Funkeln in den Augen blieb er vor mir stehen.

„Hey." Ich strahlte ihn an, und dabei war ich mir bewusst, dass gerade sämtliche Blicke auf uns gerichtet waren. Unsere Feindschaft war in der Klasse bekannt. Jeder hier wusste, wie sehr wir uns hassten. Oder gehasst hatten. Ich konnte ihnen die dämlichen Blicke nicht verübeln, auch Heather Lanes nicht, die sich jetzt mit großen Augen zu ihren Freundinnen umdrehte und tuschelte. „Du weißt, dass die uns alle anstarren?", murmelte ich, ohne dabei die Kiefer zu bewegen.

Ian lächelte breit, und das entschädigte mich für all die Wochen, in denen ich ihn nicht gesehen hatte. In denen ich gegrübelt hatte, ob ich mich ihm doch hätte anvertrauen sollen. Und in denen ich sein Insta-Profil gestalkt und mich zusammengerissen hatte, seinen begeisterten Kommentatorinnen nicht zu antworten, dass ich zuerst dagewesen war und sie sich gefälligst hinten anstellen sollten.

Verdammt, ich *war* sein Groupie! Das konnte ich wohl nicht länger leugnen.

„Ich könnte dich vor allen durchkitzeln oder umarmen“, überlegte er. „Dann würden sie aber so *richtig* vom Glauben abfallen.“

Lachend sagte ich: „Bitte nicht. Ich habe vom letzten Mal noch Seitenstechen.“ Dabei hätte ich nichts lieber getan, als mich von ihm durchkitzeln oder umarmen zu lassen. Es kam mir vor wie eine Ewigkeit, seitdem er mich das letzte Mal berührt hatte. An das Gefühl, das seine warmen Hände auf mir hinterlassen hatten, erinnerte ich mich allerdings noch sehr genau. Mit einem lauten Pfiff, der mir in den Ohren klingelte, verhinderte unsere Sportlehrerin, dass ich in die Erinnerung abdrifte, dann verkündete sie das heutige Sportthema.

Volleyball.

Ian und ich sahen uns an und mussten lachen. Was für eine Ironie des Schicksals, dass wir uns nach all der Zeit und mit unserer Vorgeschichte ausgerechnet im Sportunterricht beim Volleyball wiedersahen.

Ian und Heather wurden zu den Mannschaftskapitänen gewählt, dann stellten sie ihre Teams zusammen, die sich anschließend auf den Spielfeldern positionierten. Heather beorderte mich ans Netz, das so hoch über mir aufragte, dass es mir vermutlich nicht mal auf einer Leiter gelingen würde, den Ball hinüberzubefördern. Als stünden mir meine Gedanken ins Gesicht geschrieben, lachte Ian leise. Auf der anderen Seite des Netzes stand er mir gegenüber und funkelte mich so vergnügt an, dass ich lieber nicht wissen wollte, was er gerade dachte.

Er hatte mich absichtlich nicht in sein Team gewählt, das wusste ich. Vermutlich wollte er so sicherstellen, dass er auch ja den besten Blick auf mich hatte, wenn ich mich hier zum Göppel machte. Lächelnd schüttelte ich den Kopf, denn ich wusste, dass ich nichts mehr vor ihm zu befürchten hatte.

Nicht, dass ich früher Angst vor Ian gehabt hätte, aber ich war in seiner Nähe stets wachsam gewesen, hatte mich innerlich verkrampft, wenn er an mir vorbeigegangen war, und nur auf einen dummen Spruch oder Blick gewartet. Erstaunlich, wie schnell sich die Dinge ändern konnten. Das Einzige, das ich jetzt noch vor ihm zu befürchten hatte, war, dass er mich gnadenlos durchkitzelte, wenn ich zu frech wurde, und ich dabei vor Lachen erstickte.

„Du siehst nervös aus“, säuselte er. „Angst, dass ich dich beim Volleyball auseinandernehme, so wie früher?“

Ungerührt lächelte ich zurück. „*Du* solltest lieber nervös sein. Ich kriege den Ball vielleicht nicht *übers* Netz, aber ich kann’s ja mal *untenrum* versuchen. Mit etwas Glück treffe ich du-weißt-schon-wohin."

„Autsch", kommentierte sein Kumpel William, der offenbar zugehört hatte, während Ian den Kopf in den Nacken legte und lachte. Aus dem Augenwinkel bemerkte ich Heathers ungläubigen Blick.

Geringschätzig fragte sie: „Fangen wir heute noch an, oder sollen wir euch beiden erst noch Kaffee und Kuchen servieren?"

Als Ian ihr nur träge zuzwinkerte und Heathers strenge Gesichtszüge sofort weicher wurden, durchzuckte mich stechende Eifersucht.

Ich hatte ganz vergessen – oder besser gesagt verdrängt –, dass die beiden vor den Ferien angebandelt hatten. Ob zwischen ihnen etwas lief? In *Patterson* hatte Ian keinen Kontakt zur Außenwelt gehabt, allerdings war er drei Wochen vor mir zurückgekehrt. In der Zeit hätten sie sich wieder näherkommen können. Zum Glück kam ich nicht dazu, weiter darüber nachzudenken. Ian gab seiner Teamkollegin Sylvia ein Zeichen, und sie machte den Aufschlag.

***

„Willst du uns verraten, was das eben war?", sprach Laura mich später auf dem Weg von der Turnhalle zum Schulgebäude an. Unsere Mannschaft hatte mit Abstand gewonnen, aber das war natürlich nicht mein Verdienst gewesen. Ich war dem Ball das gesamte Match über nur ausgewichen und hatte Platz für diejenigen gemacht, die tatsächlich spielen konnten. Wobei ich immer wieder giftige Blicke von Heather geerntet hatte, von denen ich mir aber sicher war, dass sie nichts mit meinem fehlenden Volleyballtalent zu tun gehabt hatten.

Anfangs hatte Ian sich noch über mein Rumgehampel amüsiert, aber nachdem unsere Mannschaft einen Punkt nach dem anderen gemacht hatte, war seine Laune dahingeschwunden, worüber *ich* mich wiederum amüsiert hatte.

Ian war ein Sportler durch und durch. Verlieren ging ihm gegen den Strich. Zu seinem Pech waren seine Teamkameraden heute nicht ganz auf der Höhe gewesen – jetzt schmollte er deswegen bestimmt den ganzen Tag.

In der Umkleidekabine hatten meine Mitschülerinnen mich angeglotzt, als hätte ich mir die Haare pink gefärbt. Manche neugierig, andere, und mit *andere* meinte ich die Cheerleaderinnen, feindselig.

Jetzt waren Laura, Debbie, Colleen und ich zum ersten Mal wieder unter uns. Es hatte geregnet. Der graubraune Pflasterweg glänzte vor Feuchtigkeit und unsere Schuhsohlen machten platschende Geräusche auf dem Boden, während es kaum spürbar nieselte. Ich biss in meinen Apfel und fragte kauend: „Was meinst du?“

„Euren Flirt! Oder was auch immer du und Ian in der Turnhalle getrieben habt."

Stirnrunzelnd sah ich sie an. „Wir haben gar nichts getrieben." Also nichts, was wir in der Klinik nicht auch getan hatten. Ian und ich hatten uns lediglich mit Blicken aufgezogen, was im Übrigen total Spaß gemacht hatte.

Zeitweise hatte ich mich wieder wie in *Patterson* gefühlt. Aber geflirtet?

Laura sah Zustimmung heischend zu Debbie und Colleen. „Wollt ihr es ihr sagen?"

Okay, jetzt machten sie mir Angst. Beunruhigt schluckte ich den Bissen hinunter und hob fragend die Schultern. Rückte jetzt mal jemand mit der Sprache raus? Dann sagte Debbie: „Süße, zwischen euch haben dermaßen die Funken gesprüht, dass ich nur darauf gewartet habe, dass das Netz in Flammen aufgeht."

„Du hättest Heathers Gesicht sehen müssen", bestätigte Colleen. „Sie wollte dich killen."

„Ihr übertreibt. Wir haben uns lange nicht gesehen und uns einfach nur ein bisschen auf die Schippe genommen. Ist doch nichts dabei."

Alle drei sahen mich an. „Also, ich muss schon sagen." Kopfschüttelnd wich Laura einer Pfütze aus. „Du bist sonst so eine Streberin und Besserwisserin, aber wenn es um Ian geht, scheint es neuerdings da oben bei dir auszusetzen."

Vorwurfsvoll musterte ich sie. Hatten meine Freundinnen sich etwa gegen mich verschworen, oder was war hier auf einmal los? Der Nieselregen wurde stärker. Wir legten einen Zahn zu.

„Ich verstehe sowieso nicht, was der Junge für ein Problem hat", sagte Debbie und hielt sich jetzt ihre aktenkofferförmige Schultasche über den Kopf, um ihre Haare zu schützen. „Nach allem, was er mit dir gemacht hat, steht er ja offensichtlich auf dich. Warum geht er dann nicht einfach mit dir?"

„Du weißt warum", sagte ich. „Er ist kein Beziehungstyp, und ihm ist vermutlich klar, dass ich einer bin."

„Hast du ihn denn mal gefragt?", erkundigte sich Colleen neben mir. Sie war zwar nicht in *Patterson* gewesen, aber dank der WhatsApp-Gruppe war sie genauestens über Ian und mich informiert.

„Brauche ich nicht. Ihr kennt Ian. Ihr wisst, wie er drauf ist, wenn es um Mädchen geht."

„Na gut, und wie soll das jetzt mit euch weitergehen? Gibst du irgendwann nach, schläfst mit ihm, und das war's dann?", fragte Laura.

Jetzt guckte ich beleidigt. „Danke, aber ich heiße nicht Heather Lane!"

Wir hatten das Schulgebäude erreicht und gingen durch die zweiflüglige Glastür. Genau im richtigen Moment. Hinter uns brach eine Wolke auf und das Wasser stürzte nur so vom Himmel. Wir gelangten in den Hauptkorridor, von dem aus schmale Flure zu den Unterrichtsräumen, zur Mensa und zum Vordereingang abgingen. Verteidigend hob Laura die Hände. „Ich meine ja nur. Ich will nicht, dass du etwas Dummes machst."

Abrupt blieb ich stehen und drehte mich zu meinen Freundinnen um, sodass sie gezwungen waren, dasselbe zu tun. „Leute, bitte. Ich weiß eure Sorge zu schätzen, aber zwischen Ian und mir läuft nichts, und da wird auch nie etwas laufen. Ich weiß *genau,* wer er ist. Lieber sterbe ich als einsame Jungfer, als mich auf ein Abenteuer mit ihm einzulassen."

Wie auf Kommando stürmten in dem Moment Ian und seine Jungs hinter uns durch die Tür. Lachend schüttelten sie ihre pitschnassen Haare und klopften den Regen von ihren Sporttaschen. Einen Arm um Bryces Schultern gelegt fasste Ian mich ins Auge, und sein Lachen ebbte zu einem milden Schmunzelnd ab.

„Hey, reserviert mir schon mal einen guten Platz mit", bat er an niemand Bestimmtes gewandt und löste sich von Bryce. „Ich komme gleich nach."

Seine Kumpels, alle hochgewachsene Footballspieler, sahen neugierig in unsere Richtung, dann gingen sie brav und ohne Einwände zu erheben an uns vorbei. Dabei streifte mich Williams Blick, und etwas Spöttisches, Wissendes funkelte in seinen Augen.

„Mädels?" Gewohnt selbstsicher kam Ian auf uns zu. Schon in *Patterson* hatte er immer eine gewisse Furchtlosigkeit ausgestrahlt. Hier in der

Schule schien dieser Effekt noch stärker zu sein. Kein Wunder. In diesen Mauern war Ian der unangefochtene König, und das merkte man ihm an. Früher hatte ich sein Auftreten als arrogant empfunden, aber da hatte ich ihn auch gehasst und nur das gesehen, was ich hatte sehen wollen. Jetzt erkannte ich vielmehr Gewissheit darin. Die nüchterne Gewissheit, dass sich ihm sowieso niemand in den Weg stellen würde.

Niemand außer mir, dachte ich mit grimmiger Belustigung. „Kann ich mal kurz Anna entführen?"

Schmetterlinge lösten sich in meinem Bauch. „Aber *sicher* doch", sagte Laura und betonte das Wort auf eine Weise, die mich an Kathy erinnerte. Die hatte auch immer so einen spöttischen Ton bei Ian angeschlagen. Meine Freundinnen gingen davon, und Ian ließ seinen Blick über mich wandern.

„Sieh einer an. Anna McCoy in engen Klamotten. Ich hatte ganz vergessen, was für einen …" Gefährlich langsam hob ich eine Braue. „Für eine tolle Figur du hast", verbesserte er sich mit einem unschuldigen Lächeln. „Jap. Genau."

Gegen meinen Willen war ich geschmeichelt, dabei wusste ich doch genau, dass ich seinen Komplimenten lieber keine Bedeutung beimessen sollte. „Muss ich dich etwa wieder boxen?"

„Bitte nicht." Mit schmerzhaft verzogener Miene rieb er sich den Bauch. „Ich wurde gestern beim Training so hart getackelt, dass ich eine Woche lang Schmerzen beim Bücken haben werde.“ Wasser rann von seinen Haaren auf die Schultern und von dort auf den beigen Linoleumboden, der bereits voller nasser, schmutziger Fußabdrücke war. Ian nickte zu meiner Jeans hin. „Aber du siehst wirklich gut aus. Scheint, als hättest du dein Ziel erreicht.“

„Nicht ganz. Drei Kilo fehlen noch, aber danke.“

Einen Moment lang sahen wir uns nur an, niemand schien so recht zu wissen, was er als Nächstes sagen sollte.

Mein Puls schnellte in die Höhe, und ich rückte verlegen den Schulterriemen meiner Tasche zurecht. „Und? Wie ist es so, wieder zu spielen? Freust du dich schon auf das Match übermorgen?“ Erleichtert, dass ich eine geistreiche Frage gestellt hatte, atmete ich unauffällig durch.

Die Welt musste wirklich verkehrt herum stehen, wenn mir in Ians Gegenwart plötzlich die Worte fehlten. Früher hatte ich immer eine ganze Palette an Beleidigungen für ihn parat gehabt. Immer griffbereit im Hinterkopf, um ja schnell genug kontern zu können.

Jetzt geisterten sie dort nutzlos herum, denn den Großteil davon konnte ich ja nicht mehr gebrauchen.

Ich sollte mal bei Gelegenheit entrümpeln und Platz für Smalltalk-Themen schaffen.

Meine Frage ließ Ians Augen aufleuchten. „Es ist großartig. Manchmal kann ich gar nicht glauben, wie ich es so viele Wochen ohne aushalten konnte. Ich fühle mich wieder richtig ausgeglichen, seitdem ich spiele.“ Das merkte man. Ian strahlte eine ungeheure Zufriedenheit aus.

„Freut mich für dich“, sagte ich lächelnd.

Er legte den Kopf schräg, und ich hatte das prickelnde Gefühl, dass seine Augen mehr taten als mich nur zu mustern. „Und du? Wie ist es für dich, wieder zu Hause zu sein?“

„Na ja, es sind erst zwei Tage, aber … gut, würde ich sagen. Ich muss mich erst wieder an die Straßengeräusche gewöhnen. Und an die Macken meiner Eltern.“

Es hatte aufgehört, wie aus Eimern zu gießen. An Ians Schulter vorbei konnte ich sehen, wie die Sonne hinter den Wolken hervorbrach.

Innerhalb von Sekunden erstrahlte der eben noch triste Schulhof in gleißendem Licht, das auf dem nassen Boden wie Diamanten glitzerte. Am Horizont zeichnete sich ein Regenbogen ab.

Lachend verschränkte er die Arme vor der Brust und lehnte sich mit der Hüfte gegen die mit Flyern und Plakaten zugekleisterte Wand. „Ja, wem sagst du das? Mein Alter nervt mich jetzt wieder mit Kontrollanrufen. Ist überhaupt nicht peinlich, alle halbe Stunde beim Training angerufen und ausgehorcht zu werden, ob man auch ja hingegangen ist und sich nicht irgendwo anders herumtreibt." Er rollte die Augen und schlug dann vor: „Hey, wie wäre es, wenn du übermorgen zum Spiel kommst?"

Ich tat, als müsste ich darüber nachdenken. „Na, ich weiß nicht. Eigentlich gehe ich ja aus Prinzip nicht zu deinen Spielen."

Er schmunzelte. „Aber jetzt sind wir Kumpels. Das heißt, du musst kommen und mich moralisch unterstützen. Das machen Freunde so."

„Wenn das so ist, musst du aber auch zu meinem Geburtstag kommen. Ich feiere im *The Crash*. Diesen Samstag."

„*The Crash*. Da war ich ewig nicht mehr. Hört sich gut an."

Dass er so ohne Weiteres zusagte, überraschte mich. „Das heißt, du kommst?"

„Das fragst du noch?" Belustigt verlagerte Ian das Gewicht. „Klar komme ich."

„Cool. Wir treffen uns um 20 Uhr vor dem Club. Ich habe einen Tisch dort reserviert. Du kannst William oder einen anderen Kumpel mitbringen, wenn du möchtest. Ich will ja nicht, dass es dir unangenehm ist, so als einziger Junge unter Mädchen", wollte ich ihn aufziehen, doch Ian hob nur unbeeindruckt die Brauen. „Ich mich vor Mädchen schämen? Kennen wir uns? Jetzt komme ich erst recht allein!"

Als ich diesmal lächelte, musste ich mich dazu zwingen. Das sah ihm ähnlich. Nie was anbrennen lassen. Immer für ein Abenteuer bereit. Mann, ich musste meine Eifersuchtsgefühle dringend loswerden. Am besten vergrub ich sie in unserem Garten, tief, damit ich ja nicht mehr herankam. Diese Gefühle waren nicht gesund. Sie vergifteten meinen Geist, und ich wollte auf keinen Fall wie die anderen Verschmähten von Ian Miller enden. Von heftigem Gerangel über wüste Beschimpfungen, Haare raufen, Racheaktionen und Tränenvergießen hatten wir in diesen Mauern schon alles gehabt. Ausgelöst durch Ian, der zwar immer von vornherein klarstellte, dass er nichts Festes wollte, die armen Mädchen am Ende aber doch so sehr verzauberte, dass sie durchdrehten, wenn er sie wieder abservierte.

Das Übliche eben.

Irgendjemand brachte die Sicherungen in den Köpfen immer zum Durchbrennen. Bei den Mädchen war es Ian, bei den Jungs Heather, beziehungsweise generell Cheerleaderinnen.

„Also, *Kumpel*", griff ich seine eigenen Worte von eben auf. „Dann sehen wir uns am Mittwoch und Samstag."

Er machte eine lässig salutierende Geste. „*Kumpeline*."

Schmunzelnd wandte ich mich zum linken Gang und Ian lief geradeaus. Dachte ich zumindest, denn als ich mich nach zwei Schritten umdrehte, um schnell noch einen Blick auf ihn zu erhaschen, stand Ian noch an derselben Stelle. Fragend schüttelte ich den Kopf, doch er winkte nur schmunzelnd. Nach zwei weiteren Schritten blieb ich stehen, drehte mich zu ihm um und rief lachend: „Was *machst* du da?"

Lächelnd zuckte er die verschränkten Arme, als wollte er sagen: *Weiß ich selbst nicht.* Das war doch bescheuert, wie er da lehnte und mich beobachtete. Mit kribbelndem Bauch drehte ich mich wieder um und setzte meinen Weg fort.

Aus diesem Jungen sollte mal einer schlau werden.

Geständnisse
14

Footballspiele wurden an unserer Schule immer richtig zelebriert. An den Spieltagen hingen Plakate und Banner mit dem Logo unserer Schulmannschaft in den Gängen aus, besonders begeisterte Anhänger kamen mit Fan-Trikots in die Schule, Maskottchen rannten schon tagsüber herum und verbreiteten gute Stimmung und so gut wie alle Gespräche drehten sich um das bevorstehende Event und den ersehnten Sieg. Tests oder Klausuren gab es an den Tagen nicht. Man wollte die ohnehin schon aufgeregten Spieler nicht noch mehr ablenken, dafür sah man nach jeder Unterrichtsstunde Cheerleaderinnen in den Gängen herumhüpfen und ihrer Choreografie den letzten Feinschliff geben. Kurzum: Es herrschte Ausnahmezustand. Alle liebten diese besonderen Tage. Selbst die verbohrtesten Lehrer ließen den Unterricht heute locker angehen.

Nur wenige Schüler gingen nach dem Unterricht nach Hause. Für die meisten lohnte es sich nicht, da in zwei Stunden das Spiel beginnen würde. So lange hatten die Footballspieler jetzt Zeit, sich vorzubereiten und warmzulaufen.

Meine Freundinnen und ich gingen in die Mensa, die sich rasend schnell füllte, und bestellten Snacks und Getränke. Da ich keine Ernährungsklinik mehr im Rücken hatte, die mir meine Kost vorgab, hatte ich angefangen, Kalorien zu zählen.

Mithilfe einer App hatte ich mir ausgerechnet, wie viele Kalorien ich am Tag zu mir nehmen durfte, um abzunehmen, und das Gute: Ich durfte sogar in Maßen naschen, solange ich am Ende des Tages nicht über meine Kaloriengrenze kam.

Aus den Lautsprechern in den Ecken erklang peppige Musik, und durch die verglaste Front konnte man sehen, wie im Footballstadion Vorbereitungen getroffen wurden. Der Regen hatte endgültig nachgelassen, ich hoffte, das würde den Rest des Tages so bleiben, denn das Stadion war nicht überdacht.

Dass ich mir nach vier Jahren gemeinsamer Schulzeit das erste Mal ein Footballspiel ansah, ließen meine Freundinnen natürlich nicht unkommentiert. Ich hatte ihnen berichtet, dass Ian mich eingeladen hatte, auch, dass er zu meinem Geburtstag kommen würde, woraufhin sie die eine oder andere spöttische Bemerkung hatten fallen lassen.

Es würde wohl noch eine Weile dauern, bis sie endlich einsahen, dass Ian und ich wirklich nur Freunde waren. So lange musste ich ihre wissenden Blicke und Kommentare jetzt einfach ertragen.

Dank der ausgelassenen Stimmung vergingen die zwei Stunden im Nu.

Drei Maskottchen hatten mit Tutus und Puscheln bewaffnet eine sehr unanständige Choreografie aufgeführt und jede Menge Lacher und Beifall geerntet. Viele hatten ihre Handys gezückt und Videos davon gemacht, die wohl spätestens morgen überall im Netz kursieren würden. Dass sie unsere Cheerleaderinnen damit aufs Korn genommen hatten, störte niemanden. Die talentierten Mädchen wurden zwar von allen bewundert und beneidet, aber das hielt ihre Mitschüler nicht davon ab, sich gelegentlich über die Zicken-Bande lustig zu machen, und so ein Footballspiel war eine perfekte Gelegenheit dafür. Jetzt strömten die Schüler wie eine angetriebene Rinderherde zum Stadion, und wir nahmen unter wildem Geschubse und Gedrängel auf einer der beiden Tribünen Platz.

Debbie war vor einer halben Stunde gegangen, weil sie ihrer Mutter versprochen hatte, die übrigen Stunden bis Ladenschluss noch im Blumengeschäft auszuhelfen. Rechts von mir saß Colleen und futterte nach Zucker und Karamell duftendes Popcorn, das sie an einem Stand hinter der Tribüne gekauft hatte. Richtig gemein, ihr dabei zusehen – oder besser gesagt zu*riechen* – zu müssen, aber ich blieb stark und nippte eisern an meinem Sprudelwasser, denn mein Zuckerkontingent für heute war aufgebraucht.

Laura hielt ungeduldig Ausschau nach ihrem Freund Andrew. Er sollte kurz vor dem Spiel zu uns stoßen, deshalb hielt sie ihm den Platz neben ihr frei, aber noch war er nicht aufgekreuzt.

Ich versuchte, sie zu beruhigen, indem ich laut überlegte, ob er vielleicht die falsche Tribüne erwischt hatte und auf der gegenüberliegenden Seite des Feldes gerade nach ihr suchte, aber es half nicht wirklich. Laura war in solchen Dingen sehr kleinlich. Sie konnte es auf den Tod nicht ausstehen, wenn man zu spät zu einer Verabredung kam.

Colleen hatte ihr Popcorn zur Hälfte aufgegessen, als die Cheerleaderinnen unter tosendem Applaus ins Stadion einmarschierten. Sie formierten sich auf dem Feld, dann dröhnte Musik aus den riesigen Lautsprechern und die Show begann.

Angeführt wurde die Hampel-Truppe von Heather Lane, der Kapitänin. Diese Eifersuchtsgefühle standen mir vermutlich nicht zu, aber seit heute Morgen hasste ich das Mädchen noch mehr. Wie neidisch sie Ian und mich beobachtet hatte, und wie ein Zwinkern von ihm genügt hatte, um sie wieder zu besänftigen. Wenn Heather in Ian verknallt war, hatte ich ein Problem. Gut, das hatte ich auch so schon, denn er hegte ja offenbar keine ernsthaften Gefühle für mich, aber mit der Cheerleader-Kapitänin als Konkurrentin schrumpften meine Chancen gen null. Sie war alles, was ich nicht war: Beliebt, groß, blond, liebreizend – zwar nur äußerlich, aber das reichte den Jungs ja offenbar schon –, gelenkig, selbstbewusst und leider unglaublich sexy. Ich war nicht lesbisch, aber wäre ich ein Kerl hätte ich sie an Ians Stelle schon zehnmal flachgelegt. Also ja, ich hasste sie.

Mitgerissen von der Show und offenbar gedankenlos hielt Colleen mir mehrmals ihre Popcorntüte unter die Nase, ehe sie sich darauf besann, dass ich ja nur noch in Maßen aß, und sie sie entschuldigend wieder zurückzog. Die Jacke über meine angewinkelten Beine gelegt, um sie warm zu halten, schmunzelte ich jedes Mal darüber. Dabei war es vielmehr traurig, zeigte es doch, wie sehr sich meine Zuckersucht in die Köpfe meiner Freundinnen eingebrannt hatte.

Ich beobachtete die Cheerleaderinnen beim Spagat machen, sich in die Luft werfen und übereinander klettern, und bemühte mich, dabei nicht zu genau auf Heather zu achten, die eine wirklich hervorragende Akrobatin war, wie mir leider trotzdem nicht entging.

Nach einer Viertelstunde räumten sie dann das Feld für die Footballteams und Applaus brandete durch die voll besetzten Reihen. Letzte Anweisungen von den Coaches wurden entgegengenommen, Kampfgeschrei ausgestoßen und mit der gegnerischen Mannschaft abgeklatscht, dann bezogen die Teams Stellung und unseres eröffnete das Spiel mit dem traditionellen Kickoff.

***

Mein Vater hatte in der Schule selbst Football gespielt und war bis heute ein begeisterter Anhänger des Sports. Ich war damit aufgewachsen und daher auch mit den Regeln vertraut. Früher hatte ich mit Dad jeden Sonntag vor dem Fernseher gesessen, Mac'n'Cheese gefuttert, bis ich fast geplatzt wäre, und mit ihm mitgefiebert. Wobei mich seine Ausraster und Moms darauffolgende Standpauken als Kind am meisten unterhalten hatten.

Mit 13 Jahren ungefähr hatten sich meine Interessen dann zu Büchern und Filmen hin verlagert und ich hatte dem Football immer weniger Beachtung geschenkt. Als mein Erzfeind und ich dann auch noch auf dieselbe High School gekommen waren und Ian der Schulmannschaft beigetreten war, hatte ich das Interesse am Football endgültig verloren.

Noch bevor das erste Viertel vorbei war, fragte ich mich allerdings, wie ich die Schul-Matches nur so lange hatte ignorieren können. Das Spiel war der Wahnsinn: spannend, hitzig, richtig nervenaufreibend. Zum einen fieberte ich natürlich wegen Ian so mit, der wirklich gut war, als Quarterback aber auch ordentlich einzustecken hatte. Zum anderen durchfluteten mich glückliche Kindheitserinnerungen, und vielleicht war es nur

Wunschdenken, aber ich bildete mir ein, wie Ians Blicke in den kurzen Pausen immer wieder über die Tribüne glitten, als hielte er Ausschau nach mir.

Spätestens beim zweiten Viertel hatte mich dann das Football-Fieber gepackt, und ich schrie und jubelte mit meinen Schulkameraden mit. Laura war selbst ein Footballfan, aber so hatte sie mich noch nie gesehen – wie ihre belustigten und teilweise verstörten Blicke zeigten. Vom Rand des Spielfelds aus hatten die Cheerleaderinnen unsere Mannschaft unermüdlich angefeuert. Jetzt war Halbzeit, und sie hopsten wieder auf die *große* Bühne, um uns mit einer 12-minütigen akrobatischen Vorführung zu beglücken.

In dem Gedränge aus sich erhebenden und in Richtung Ausgang strömenden Schülern, denn viele wollten jetzt Snack- und Getränkenachschub holen, stieß der hochgewachsene, schwarzhaarige Andrew mit den niedlichen Grübchen, in die Laura sich so verliebt hatte, zu uns.

Er hatte uns endlich gefunden und erklärte seiner schmollenden Freundin, dass er sich auf der anderen Seite mit einem Kumpel verquatscht hatte. Ein paar Küsse und Streicheleinheiten später hatte Laura ihm verziehen, und Colleen und ich gingen Hotdogs holen.

Auch auf dieses kulinarische Vergnügen verzichtete ich, allerdings ließ ich es mir nicht nehmen, von Colleens Hotdog einmal abzubeißen.

Spannend ging das Spiel dann weiter, wobei sich die Mannschaften punktetechnisch ständig knapp überholten. Am Ende stand es unentschieden, und es musste eine 15-minütige Verlängerung gespielt werden, womit der Spannungsbogen dann auch wirklich bis aufs Letzte ausgedehnt wurde.

Das Fazit: Unsere Mannschaft gewann, aber nur sehr knapp.

Wer noch nicht gestanden hatte, sprang spätestens jetzt von seinem Platz auf. Die Menge explodierte beim Applaus förmlich, die Footballspieler sprangen sich jubelnd an und Schüler rannten auf das Feld, um ihren Helden persönlich zu gratulieren. Auch die Cheerleaderinnen liefen jetzt auf den Rasen. Klatschend hielt ich nach Ian Ausschau, den ich in dem Gedränge kurz aus den Augen verlor, und fand ihn wieder, als er seinen Helm abnahm und ihn sich unter den Arm klemmte.

Kurz überlegte ich, ob es komisch wäre, wenn ich zu ihm gehen und ihm auch gratulieren würde – so als Kumpel –, als Heather mir die Entscheidung abnahm, indem sie mir zuvorkam. Ich sah sie nur von hinten, aber gemessen an der Art und Weise, wie sie sich auf ihn zu bewegte, langsam und mit wiegenden Hüften, konnte ich mir gut vorstellen, dass sie gerade ihren sexlastigsten Blick aufgesetzt hatte.

Dicht trat sie an Ian heran, der sie um einen guten Kopf überragte und von oben bis unten durchgeschwitzt war, dann stellte sie sich auf die Zehenspitzen.

Und küsste ihn.

Es war kein flüchtiger und garantiert auch kein freundschaftlicher Kuss.

Gut möglich, dass Ian kurz verblüfft zurückzuckte, aber aus der Entfernung war es schwer zu beurteilen. Auf jeden Fall erwiderte er den Kuss. Seine Arme bewegten sich nicht, dafür schlang Heather ihre jetzt um seinen Hals und zog ihn, trotz verschwitzten Gesichts, dicht zu sich heran. Ich konnte mir nicht helfen, aber etwas sagte mir, dass dieser bühnenreife Kuss eigens für mich bestimmt war. Eine Demonstration der Schulkönigin, um mich daran zu erinnern, dass Ian ihr gehörte.

Aus dem Augenwinkel konnte ich sehen, wie Colleen den Kopf zu mir drehte. „Ähm, Anna?“ Sie klang so schockiert wie ich mich fühlte, sodass ich davon ausging, dass sie den Kuss ebenfalls bemerkt hatte.

„Ich weiß. Ich sehe es“, fiel ich ihr ins Wort, bevor sie es aussprechen konnte. Es reichte schon, dass ich es mir mit angucken musste. Ich brauchte nicht auch noch eine mündliche Bestätigung dafür, dass Heather den Jungen küsste, in den ich mich – und es war nicht länger zu leugnen – verliebt hatte.

Im Grunde war es mir schon länger klar gewesen.

Vielleicht sogar seit unserem Kuss, der in diesem Augenblick in unwirkliche Ferne rückte. Aber da hatte es sich noch nicht so intensiv angefühlt. So … endgültig. Ich hatte gespürt, dass ich Gefühle für Ian hegte, eventuell sogar ein klein wenig verschossen in ihn war, aber das hier … das war mehr.

Und dieses *Mehr* zersplitterte gerade auf sehr schmerzhafte Weise in seine Einzelteile. Ich wandte den Blick ab, obwohl sie sich gar nicht mehr küssten. Für ein, zwei Sekunden war ich gedanklich so weggetreten, dass mir entgangen war, wer sich von wem gelöst hatte. *Als ob das eine Rolle spielt. Er hat den Kuss erwidert. Mehr musst du nicht wissen.*

„Ich würde jetzt gern gehen", verkündete ich über den Tumult hinweg und kam mit einem dicken Kloß im Hals auf die Beine.

„Klar. Natürlich. Komm", stammelte Colleen und sprang auf, als befürchtete sie, ich würde jeden Moment zusammenbrechen und die steile Tribüne hinunterpurzeln. Laura, die mit ihrem Freund herumgeschmust und nichts mitbekommen hatte, sah stirnrunzelnd zu uns hoch. „Hey, warum so eilig? Lasst uns doch warten, bis sich der Andrang gelegt hat. Da unten herrscht doch jetzt total das Gedrängel."

„Geht nicht. Wir müssen gehen. *Jetzt*", erklärte Colleen in verschwörerischem Ton. Ich sah noch, wie Laura sie fragend anblinzelte, aber ich wollte nicht hören, wie Colleen ihr die Sachlage erklärte, und ging vor.

Nach zehn Schritten war jedoch Ende. Irgendjemand verstopfte den Gang, es gab weder ein Voran- noch ein Zurückkommen. *Dann eben über die Sitzreihen*, entschied ich und kletterte, vor Kälte und Wut zitternd, an den teilweise noch Sitzenden vorbei die Tribüne hinunter.

Der Gedanke, jetzt still zu stehen und warten zu müssen, war unerträglich für mich. Dabei richtete sich meine Wut vor allem gegen mich selbst, denn ich allein hatte mich in diese Tragödie manövriert.

Aufgewühlt stieg ich die Sitzreihen hinab, bis ich unten die Absperrung überwand und mich am Rande des Footballfelds wiederfand. Einige machten es mir nach und verließen die Tribüne jetzt über denselben Weg, meine Freundinnen waren nicht darunter. Wahrscheinlich hatten sie mich aus den Augen verloren. Ich würde einfach draußen vor dem Stadion auf sie warten. Bis dahin hatte sich dann hoffentlich auch mein Gefühlskarussell entspannt.

Spieler und Zuschauer wirbelten um mich herum, allesamt größer als ich, und schienen mich in ihrem Siegesglück gar nicht wahrzunehmen.

Irgendjemand rempelte mich an, machte sich aber nicht die Mühe, sich zu entschuldigen. Ian sprach ein paar Meter weiter mit ein paar Teamkollegen, und ich wandte mich schnell ab, damit er mich nicht erkannte. Mit gesenktem Kopf folgte ich zwei Cheerleaderinnen zum Ausgang, als …

„Anna."

Ich erstarrte. Verdammt, wie hatte er mich Winzling in der Menge bloß entdeckt?!

Die Schultern gestrafft drehte ich mich langsam zu ihm um. Die Trikots der Spieler, die Cheerleader mit ihren bunten Puscheln, die Musik und Lichter, alles verschwamm zu einer unbedeutenden, schemenhaften Masse, als Ian auf mich zukam. Den Helm lässig unter den Arm geklemmt blieb er schließlich vor mir stehen. Es musste an seiner Footballmontur liegen, denn er wirkte doppelt so groß und einschüchternd als sonst.

„Wolltest du etwa abhauen, ohne mir zu gratulieren?" Sein Ton war neckisch, doch sein Blick war ungewohnt ernst. Fast wirkte er wachsam.

„Herzlichen Glückwunsch", brachte ich heraus.

Wie immer schien Ian sofort zu bemerken, dass etwas nicht stimmte. Gut, ich gab mir auch nicht wirklich Mühe, meinen Unmut zu verbergen. Überhaupt hatte ich es satt, dass er keinen Plan hatte, was in mir vorging, seitdem er mich geküsst hatte. Seitdem er es gewagt hatte, auf diese Weise Gefühle in mir zu wecken und sie dann nicht zu erwidern.

„Alles okay?", fragte er stirnrunzelnd.

Ich konnte nicht anders und musste lachen. „Ja, klar doch. Alles *okay*." Ich deutete hinter mich. „Ich muss jetzt los. Mir ist kalt, und ich will zu Hause noch lernen.“ Damit drehte ich mich um und ließ ihn stehen. Oder ich hatte es vorgehabt. Noch bevor ich mich ganz von ihm weggedreht hatte, entschied ich anders und wandte mich Ian wieder zu. „Nein, weißt du was? *Gar nichts* ist okay. Ich habe dich und Heather gesehen. Wie ihr euch geküsst habt. Und ehrlich gesagt hat mich das verletzt.“ Tief und zittrig holte ich Luft. „Mann, Ian, ich habe Gefühle für dich. Und ich … ich kann nicht glauben, dass du das noch nicht gecheckt hast.“ So. Jetzt war es raus. Es gab kein Zurück mehr. Zum Zerreißen angespannt sah ich ihn an.

Doch Ian sagte nichts. Er starrte nur zurück, als hätte ich vor seinen Augen einen Säugling erdrosselt.

Ein trostloses Lachen entfuhr mir. „Ja, ich konnte mir schon denken, dass du so reagieren würdest. Aber ich musste das loswerden. Genaugenommen schleppe ich das schon eine ganze Weile mit mir herum. Ich hätte es dir fast schon im Institut gebeichtet, aber dann konnte ich es nicht und …“ Kopfschüttelnd unterbrach ich meinen Redeschwall.

Und Ian?

Der sah mich nur betroffen an.

Oder war es Mitleid? Auf jeden Fall machte es mich wütend, und, obwohl das nicht wirklich Sinn ergab, nur noch entschlossener.

„Na, jedenfalls … wenn ich schon mal dabei bin, mich zu blamieren, würde ich gern von dir wissen, ob da irgendetwas von deiner Seite aus ist. Du hast mich immerhin geküsst, und dann hast du mich angefasst und gesagt, dass du mich sexy findest. War das nur Spaß? Langeweile? Mitleid?" Tief holte ich Luft, und dann platzte die Frage, die mir schon seit Wochen im Kopf herumgeisterte und die mir schon so manche schlaflose Nacht beschert hatte, aus mir heraus. „Was empfindest du für mich, Ian?"

Bewegungslos wie eine Statue ragte er vor mir auf. Die Fassungslosigkeit stand ihm deutlich ins Gesicht geschrieben. Ich wusste nicht, was ich als kränkender empfinden sollte: dass er kein Wort sagte oder dass es für ihn offenbar so ein Schock war, dass Horror-Annabelle Gefühle für jemanden entwickeln könnte. „Anna, ich …"

Doch Ian wurde aus seiner ihm sichtlich unangenehmen Lage gerettet, als drei seiner Kameraden hinter ihm auftauchten. Lachend schob sich der größte von ihnen an Ian vorbei und baute sich mit seinem massigen Körper vor mir auf. Ich musste den Kopf in den Nacken legen, um ihm ins Gesicht sehen zu können. Woodrow war der Defensive Tackle, der größte und kräftigste Spieler im Team. Und er konnte mich nicht ausstehen, was auf Gegenseitigkeit beruhte.

„Horror-Annabelle auf dem Footballfeld. Ich kann mich nicht erinnern, dass ich dich jemals bei einem unserer Spiele gesehen hätte“, wunderte er sich mit schweißtriefendem Gesicht und hämischem Blick. „Hast du unser Team nicht mal als hirnlose Ansammlung von Muskelmasse bezeichnet?“

Normalerweise war ich schlagfertig, aber gerade war ich noch etwas geschockt von dem, was ich Ian gebeichtet hatte. Stumm blinzelte ich Woodrow an. Vermutlich guckte ich wie eine Gestörte. Eine gestörte *Horrorpuppe.*

Auf einmal legte mir jemand von der anderen Seite eine Hand auf die Schulter.

Es war Bryce.

Seine Pranke lag so schwer auf mir, dass ich das Gefühl hatte, niedergedrückt zu werden.

Da schien Ian aus seiner Starre zu erwachen. Mit zwei Schritten war er bei dem Schwarzhaarigen und riss dessen Hand so brutal von mir weg, dass sein Kumpel ihn ganz entgeistert anstarrte. „Lasst den Scheiß! Macht ‘nen Abgang!“

Stirnrunzelnd sah Bryce ihn an. „Alter, chill mal! Ich wollte sie nur festhalten, weil sie aussieht, als ob sie gleich umkippt!“

Da schaute Ian zu mir, und was auch immer er in meinem Gesicht sah, es rief die verschiedensten Emotionen in seinem Blick hervor, sodass ich mich fragte, was für einen Anblick ich wohl bot. Tränen hatte ich keine in den Augen, aber ich fühlte mich tatsächlich etwas wackelig auf den Beinen, und vielleicht war ich auch blass.

„Sorry, ich dachte …“, murmelte er, ohne den Blick von mir zu lösen, brach dann aber ab. Kopfschüttelnd und brummend zogen seine Teamkollegen von dannen. Jetzt standen Ian und ich uns viel zu dicht gegenüber.

„Nicht so viele Gefühlsbekundungen auf einmal“, schnaubte ich, als er wieder in Schweigen verfiel. *Herrgott, rück schon mit der Sprache heraus!*, dachte ich. *Sag mir ins Gesicht, dass du nichts für mich empfindest, und dann können wir die Sache endlich abschließen.*

Doch Ian, sonst immer so selbstbewusst und locker, schien mit der Situation überfordert zu sein. „Tut mir leid, ich bin nur … ein bisschen geschockt, denke ich“, brachte er nun immerhin einen ganzen Satz heraus.

„Das sehe ich.“ Aufgewühlt und verletzt verschränkte ich die Arme vor der Brust. „Aber schockiert es dich wirklich so sehr, dass ich etwas für dich empfinde? Dachtest du denn, ich küsse dich einfach nur *so*? Aus Spaß? So wie du offensichtlich?“

„Anna, ich …“ Hilflos massierte er seine Schläfe, als bereitete ihm dieses Gespräch Kopfschmerzen. „Ich weiß gerade nicht, was ich dazu sagen soll.“

In dem Moment kam William und schlang von hinten einen Arm um ihn. „Alter, was chillst du hier rum? Ab zur Nachbesprechung, und dann feiern wir unseren Sieg.“ William zwinkerte mir zu. „Sorry, Anna, aber ich muss unseren Captain mitnehmen. Euer Schwätzchen muss leider warten.“

„Tut mir leid“, murmelte Ian zu mir, als sein Kumpel ihn mitzog. „Ich muss …“ Doch er sprach nicht zu Ende, sondern nahm Williams *Rettung* sichtlich dankbar an und ging mit ihm. Nein, ich korrigiere: Er flüchtete. Vor mir. Dem Mädchen, das ihm ihr Herz ausgeschüttet hatte. Wow. Gerade stiegen in mir wieder ganz dezent alte Hassgefühl für diesen Jungen auf.

Ian

Wie betäubt ließ ich mich von William mitziehen, dessen Geschwafel in meinem eigenen Ohrenrauschen unterging. Ich sollte mich umdrehen. Sollte zu Anna zurückgehen und … keine Ahnung. Sie auf jeden Fall nicht so stehen lassen. Ohne eine Erklärung oder überhaupt einen vernünftigen Satz zustande gebracht zu haben. Aber ich konnte nicht. Ich stand unter Schock. Ein Schlag in die Fresse oder ein harter Tackle waren nichts dagegen. Mann, ich war nicht blöd. Ich hatte selbst schon gemerkt, dass Anna sich nach unserem Kuss mir gegenüber anders verhalten hatte. Nervöser. Unbeholfener. Und ich wollte sie ja selbst. Aber nicht so, wie sie es sich vielleicht erhoffte. Wie sie es brauchte.

Fuck, so war das immer bei mir. Sobald ein Mädchen Gefühle für mich entwickelte, schaltete etwas in meinem Kopf auf Fluchtmodus.

Über die Jahre hatte ich meine Kumpels durch so viele gescheiterte Beziehungen begleitet, dass man sagen könnte, ich war traumatisiert. Dieses ständige on-off-on-off, das Eifersuchtsgehabe, Rumgezicke ... Darauf hatte ich keinen Bock. Am Anfang einer Beziehung war immer alles Friede Freude Eierkuchen, und irgendwann fing dann das große Drama an. Und Mädchen liebten Dramen. Sie konnten gar nicht ohne.

Vergleichst du Anna gerade wirklich mit den Tussies, die du vorher gehabt hast? Stimmt. Anna war anders. Aber sie war auch ein Mädchen. Machten die nicht alle irgendwann Ärger?

Keine Ahnung, wie ich die Teambesprechung durchstand. Unser Coach lobte uns in den höchsten Tönen, dann gingen wir den Spielverlauf noch mal in allen Einzelheiten durch und am Ende stand ich selbst vor meiner Mannschaft und hielt eine Dankesrede. Das alles erlebte ich wie in Trance. Dabei drifteten meine Gedanken immer wieder zu Anna ab. Zu ihrem Gesichtsausdruck. Dem Schmerz in ihren Augen, den *ich* verursacht hatte.

Alles in mir drängte danach, mich bei ihr zu entschuldigen, am besten heute noch. Doch etwas sagte mir auch, dass es vielleicht besser für sie wäre, wenn ich es einfach bei dem Gespräch belassen würde. Wut ließ sich leichter verarbeiten als Schmerz, und machte ich mir nichts vor, unsere Freundschaft war im Arsch. Egal, was ich zu ihr sagen würde, es machte die Worte, die zwischen uns gefallen waren, nicht wieder rückgängig. Oder besser gesagt, Annas Worte. Ich hatte ja nur wie ein Göppel da gestanden und kein Wort herausgebracht.

Dann versuch es doch einfach mit ihr. Seitdem du aus der Klinik zurückgekehrt bist, vergeht kein Tag, an dem du nicht an sie denkst. Das Mädchen geht dir unter die Haut. Sie ist witzig, klug, locker, ein bisschen gestört, was dieses Baum-Vieh angeht, aber dafür überhaupt nicht arrogant. Dabei hätte sie allen Grund dazu, auch wenn sie es selbst vielleicht nicht so sieht. Du hast Gefühle für Anna, die über sexuelle Anziehung weit hinausgehen. Wenn es mit einem Mädchen klappen könnte, dann mit ihr.

Doch kaum hatte ich das erwogen, meldete sich auch schon die skeptische Stimme in meinem Kopf. Dieselbe, die mich schon seit Jahren erfolgreich davon abhielt, mich auf eine Beziehung einzulassen. Genau genommen seit dem Tag, an dem meine Eltern mir verkündet hatten, dass sie sich scheiden lassen würden und ich schmerzhaft erkannt hatte, dass alle Beziehungen irgendwann zum Scheitern verurteilt waren.

Schonungslos erinnerte diese Stimme mich jetzt daran, dass ich zwar ein guter Mannschaftskapitän war, der sich nicht davor scheute, Verantwortung für sein Handeln und für sein Team zu übernehmen, ich mit meinen 18 Jahren aber noch nie eine Beziehung geführt hatte. Was, wenn ich einfach nicht dafür gemacht war? Wenn ich Anna irgendwann verletzte? Man hatte ja heute gesehen, wie schnell das ging, und dabei waren wir nicht mal zusammen.

Als wir von der Teamsitzung kamen, war das Stadion bis auf eine Handvoll Leute leergefegt. Die gegnerische Mannschaft war schon mit dem Bus abgereist, jetzt konnten wir den Abend ausklingen lassen, unseren Sieg feiern und – in meinem Fall – unsere Sorgen im Alkohol ertränken. Wir hatten es zwar mitten in der Woche und morgen war wieder Schule, aber es war erst kurz vor 20 Uhr. Genug Zeit also, sich abzuschießen und bis morgen um 8 Uhr wieder auszunüchtern.

Ich hatte wirklich *keinen* Plan, wie es mit Anna und mir jetzt weitergehen sollte. Aber eins wusste ich ganz sicher: Ich wollte sie nicht noch mehr verletzen.

Klartext
15

Noch bevor ich den Schlüssel ins Schloss gesteckt hatte, wusste ich, dass es Ärger geben würde. Im Haus brannte Licht, was bedeutete, dass mein Alter noch wach war. Ich richtete den verschwommenen Blick auf meine Armbanduhr.

2 Uhr nachts.

Okay, vielleicht hatte ich den Abend etwas *sehr* lange ausklingen lassen, aber ich hatte die Zerstreuung gebraucht. Sie hatte mich davon abgehalten, allzu genau über mein Gespräch mit Anna nachzudenken und darüber, was ich ihr am liebsten gesagt hätte, aus einer tief verwurzelten Angst heraus aber nicht über die Lippen gebracht hatte.

Ich betrat das Haus, schloss die Tür hinter mir und wankte in den Flur, der am Wohnzimmer vorbeiführte.

Stan war als Einziger nüchtern geblieben und hatte uns Suffies nach Hause gefahren.

Jetzt konnte ich es kaum erwarten, ins Bett zu fallen.

Und morgen musst du dich dann Anna stellen.

Oder auch nicht und du ignorierst sie wieder, so, wie du es früher getan hast.

Nein, das konnte ich nicht. Das wäre nicht nur unsagbar feige, ich würde es auch gar nicht übers Herz bringen, mich ihr gegenüber wieder wie ein Arschloch zu verhalten. *Oder?* Fuck, ich wusste es nicht. In meinem Inneren kämpften zwei Stimmen.

Die eine wollte Anna um jeden Preis haben. Mit ihr zusammen sein, sie jeden Tag zum Lachen bringen und sie um den Verstand küssen. Die andere, die panische, wollte so schnell und so weit vor diesem Mädchen weglaufen, wie nur möglich.

Für eine davon würde ich mich entscheiden müssen, und etwas sagte mir, dass ich mir nicht allzu lange Zeit damit lassen sollte.

„Komm her, Junge!“, ertönte die tiefe, kratzige Stimme meines Vaters aus dem Wohnzimmer, als ich mich an ihm vorbeischleichen wollte.

Mit mahlenden Kiefern wandte ich mich nach rechts. Da saß er, breitbeinig vor dem laufenden Fernseher, ein Bier in der Hand und die Wampe in eines dieser hässlichen, weißen Unterhemden gezwängt. Was ich meinem Vater zugutehalten musste, war, dass er arbeiten ging. Er hielt nichts davon, dem Staat auf der Tasche zu liegen, und verdiente sich seine Brötchen lieber mit einem knochenharten Bauarbeiterjob.

Aber ansonsten war er ein Arschloch. Von den Frauen erwartete er, dass sie ihn bekochten, sich um die Erziehung kümmerten und ihm ja nicht widersprachen, und von seinem einzigen Sohn, dass er etwas Anständiges aus seinem Leben machte.

Footballspielen gehörte nicht dazu.

Ich ging zu ihm, blieb aber im Türrahmen stehen. Selbst durch meinen Suff nahm ich den schalen Biergeruch in der Luft wahr.

Demonstrativ schaute er zu der Wanduhr neben der Glotze. „Willst du mich eigentlich verarschen? Es ist 2 Uhr morgens und du musst heute zur Schule. Ich hab‘ dich bestimmt zehn Mal angerufen. Wo zur Hölle warst du?!"

„Bei einem Kumpel. Unseren Sieg feiern", nuschelte ich knapp, und rieb mir müde übers Gesicht. Ich sah doppelt und war jetzt nicht in der Stimmung, mir eine Standpauke anzuhören.

Geringschätzig schnalzte er mit der Zunge. Eine Angewohnheit, die mich stets zur Weißglut brachte. Das und seine ungepflegte Visage. Wenn ich ihn mir so ansah, konnte ich nicht begreifen, wie meine Mutter es nur so lange mit ihm ausgehalten hatte. Andererseits hatte er nicht immer so pennerhaft ausgesehen, mit seinen fettigen, strähnigen Haaren und dem ungepflegten Bart. Früher hatte er sich richtig anständig gekleidet. *Und auch noch nicht so viel getrunken.* Aber das war schon so lange her, dass meine Erinnerungen an diesen Mann genauso verschwommen waren wie mein Blick.

„Übertreib‘s bloß nicht, sage ich dir! Das letzte Mal, als du Mist gebaut hast, wärst du beinahe im

Knast gelandet. Solltest du deinen Schulabschluss noch mal gefährden, verbiete ich dir das Footballspielen!“

Wie auch immer, dachte ich, und schleppte mich in mein Zimmer. Lustlos zog ich die Schuhe aus, kickte sie weg und fiel dann mitsamt Klamotten ins Bett. Mein Handy drückte unangenehm in meinen rechten Oberschenkel, deshalb wälzte ich mich auf den Rücken und zog es aus der Hosentasche. Einem Impuls folgend öffnete ich WhatsApp und ging auf Annas Profil.

Vor drei Minuten online gewesen. Warum schlief sie um diese Uhrzeit nicht längst? *Weil du dich wie ein feiges Arschloch verhalten hast und sie vor Wut oder was auch immer bestimmt nicht schlafen kann.*

Stöhnend sank ich ins Kopfkissen und starrte mit verschwommenem Blick an die Decke. Ich könnte ihr schreiben oder ihr eine Sprachnachricht schicken. Aber was sollte ich ihr sagen? Sorry, ich steh‘ zwar auf dich, aber um eine Beziehung mit dir zu führen, habe ich dann doch zu große Bindungsängste, frag mich in fünf Jahren noch mal?

Ich wusste es nicht, und ich blieb auch nicht lange genug wach, um eine Entscheidung zu treffen. Die Müdigkeit zog mich in einen tiefen, traumlosen Schlaf.

***

Ich erwachte mit dem Kater meines Lebens. Mein Handy klingelte bestimmt zwei Minuten lang, ehe ich es ächzend schaffte, den zentnerschweren Arm zu heben und den Wecker auszuschalten. Ich würde mir ja schwören, nie wieder Alkohol zu trinken, aber allein schon beim Gedanken daran, Anna gleich in der Schule zu begegnen, wünschte ich, ich wäre wieder blau.

Mein Vater war schon weg, als ich todmüde und mit einem permanenten Hämmern im Schädel ins Erdgeschoss strauchelte. Ich setzte Kaffee auf, zwängte mir eine Banane und einen halb vertrockneten Bagel rein und nahm dann eine Aspirin.

Mein zehn Jahre alter Kurzhaar-Kater *Tiger* – ich weiß, nicht sehr einfallsreich – schlich um meine Beine und miaute mich an. Mom hatte ihn mir geschenkt, als wir nach Seattle gezogen waren. Wohl aus einem schlechten Gewissen heraus, weil der Umzug mich aus meiner Heimat und aus meinem alten Freundeskreis gerissen hatte. Wir waren wegen der Kohle nach Seattle gezogen. Dad hatte hier ein unschlagbares Jobangebot bekommen, und doch war es allein Mom gewesen, die sich darum bemüht hatte, mir die Eingewöhnung hier so angenehm wie möglich zu gestalten.

Einen reizenden Vater hatte ich, oder?

Tiger bekam sein Fressen, dann war der Kaffee fertig und ich trank in Kürze zwei Tassen. Schnell sprang ich danach unter die Dusche, putzte mir die Zähne und packte meine Sport- und Schultasche. Ich hatte so was von keinen Bock auf das Training heute.

Am liebsten würde ich nach dem Unterricht direkt wieder nach Hause kommen und mich im Bett verkriechen, aber am Sonntag hatten wir schon das nächste Spiel, und diesmal waren wir die Gastspieler an einer Schule.

Das bedeutete jeden Tag Training.

Minuten später sprintete ich zum Bus und schaffte es noch in letzter Sekunde, mit wilden Gesten und an die Tür klopfend, dass der Fahrer mich noch hereinließ. Meine Kumpels, die hinten im Bus saßen, machten sich über mich lustig.

„Verdammt", sagte William, als ich bei ihnen war, und nahm seinen Rucksack weg, damit ich mich neben ihn in die vorletzte Reihe setzen konnte. Sein dunkelblaues Basecap, von dem er sich einfach nicht trennen wollte, war dermaßen abgeranzt, dass ich nicht zum ersten Mal überlegte, es ihm einfach vom Schädel zu reißen und Frisbee mäßig in den Abfuhrwagen zu werfen, der jeden Morgen um 9 Uhr an unserer Schule vorbeifuhr. „Wir haben gewettet, ob du heute pünktlich zur Schule kommst. Ich meinte, dass du safe verschlafen wirst, so besoffen wie du gestern warst. Jetzt schulde ich Woodrow ein Mittagessen!"

Die anderen hinter uns lachten, und ich zeigte ihnen den Mittelfinger. „Als ob ihr gestern *nicht* hacke gewesen wärt."

„Also, ich war nüchtern", meinte Stan, während Bryce hinter mir verlangte: „Sag uns lieber, ob du dich wegen Annabelle wieder beruhigt hast. Oder immer noch Liebeskummer?" Wieder lachten sie mich aus.

Langsam drehte ich mich zu ihm um und knurrte: „Ich habe keinen Liebeskummer!"

Daraufhin johlten sie erst richtig los. Höhnisch erinnerte Bryce mich daran, wie aggressiv ich gestern reagiert hatte, als er Anna angefasst hatte, und dass ich den restlichen Abend völlig neben der Spur gewesen war. Und William, der Wichser, konnte es sich nicht verkneifen, mir noch mal wortgetreu widerzugeben, was ich gestern im Suff alles vor mich hin gelallt hatte.

An sich hatte ich nichts dagegen, wenn meine Freunde mich aufzogen – ich tat es ja selbst oft genug –, aber die Kopfschmerztablette hatte noch nicht angeschlagen und mein Disput mit Anna war auch nicht wirklich ein Thema, über das ich lachen konnte.

Meine Kumpels sprachen so laut, dass es mich nicht gewundert hätte, wenn auch die Leute aus der ersten Reihe alles mitbekommen würden. Irgendwann drehte Ryan zwei Reihen vor mir sich um und meinte zu mir: „Wenn ich dir einen Tipp geben darf, *Cap*: Lass die Finger von dem Mädchen. Ich hab' mir zwei Monate lang die Zähne an ihr ausgebissen. Dieser Freak ist härter zu knacken als jede Nuss."

Ich starrte meinen braunhaarigen Teamkollegen mit der knallroten College-Jacke an und registrierte, wie sich meine Hände zu Fäusten ballten. Ryan war mal mit Anna zusammen gewesen.

Ich erinnerte mich noch genau daran, wie er in der Umkleidekabine immer laut gewettet hatte, wann er sie wohl endlich flachlegen würde. Damals war es mir egal gewesen – Scheiße, ich glaube, ich hatte darüber sogar gelacht –, jetzt wollte ich ihm für diese Bemerkung eine reinhauen.

Mit mahlenden Kiefern wandte ich den Blick ab und starrte aus dem Fenster. Ryan war die schlimmste Sorte Jungs, die es gab, sogar noch schlimmer als ich, denn er spielte nicht mit offenen Karten. Während ich meine Einstellung zu Beziehungen von vornherein klarstellte, machte er sich einen Spaß daraus, anständige Mädchen zu verführen. Die Willigen waren ihm zu langweilig, er stand auf Herausforderungen. Er hätte es wie kein anderer verdient, dass ihm jemand die Selbstherrlichkeit aus dem Leib prügelte, aber ich würde nichts dergleichen tun. Mich konnte man nur schwer aus der Ruhe bringen, eine Eigenschaft, die William, der mich gern ärgerte, extrem an mir nervte. Wenn man Mannschaftskapitän werden wollte, brauchte man Nerven aus Stahl.

Nur gestern, als Bryce seine Pranke auf Anna gelegt hatte, waren mir kurz die Sicherungen durchgebrannt. Ich hatte gedacht, dass er sie hatte belästigen wollen, aber noch viel schlimmer war gewesen, als er mich auf ihren Gesichtsausdruck aufmerksam gemacht hatte. Etwas in ihrem Blick war gebrochen gewesen.

Meinetwegen.

Das hatte mir den Rest gegeben.

***

Von Gewissensbissen heimgesucht quälte ich mich durch die ersten drei Unterrichtsstunden. Ich schrieb nichts mit. Ich saß einfach nur da und ließ die Worte meiner Lehrer an mir vorbeirauschen, als wäre ich auf einer Autobahn. Das einzig Gute war, dass die Tablette angeschlagen hatte und meine katerbedingten Kopfschmerzen jetzt wie weggefegt waren. Wie es der Zufall wollte, hatte ich ausgerechnet heute keine gemeinsamen Kurse mit Anna, weshalb sich auch keine Gelegenheit für ein zweites Gespräch ergab. In den Pausen hielt ich Ausschau nach ihr, aber bisher hatte ich sie noch nicht entdeckt.

Nicht, dass ich wüsste, was ich zu ihr sagen sollte – ehrlich gesagt hatte ich mich immer noch nicht entschieden –, aber ich musste mich wenigstens für den fluchtmäßigen Abgang gestern entschuldigen.

Da ich mir nicht vorstellen konnte, dass Anna, die Streberin, die Schule meinetwegen schwänzen würde, nahm ich mir vor, in der Mittagspause die Mensa nach ihr abzusuchen. Wenn sie heute in der Schule war, dann fand ich sie dort, an ihrem Standard Chill-Ort. Nach dem Klingeln stopfte ich meine unbenutzten Schulsachen in den Rucksack, dann eilte ich, ohne auf meine Kumpels zu warten, aus dem Klassenzimmer. Am besten ich fing sie ab, bevor sie sich hinsetzte.

An der Unterlippe kauend wartete ich eine Minute später ungeduldig darauf, dass Anna sich endlich zeigte. Die Mensa füllte sich mit immer mehr Schülern, doch ihren braunen Schopf konnte ich nirgends ausmachen. Auch keine ihrer Freundinnen.

Mit vor der Brust verschränkten Armen lehnte ich an der gegenüberliegenden Wand, von der aus ich einen perfekten Blick auf die Schulkantine hatte, die im Grunde ein gläserner, großer Kasten war.

Den Blick vom Schulhof aus mit einberechnet konnte man von drei Seiten aus hineinschauen.

Verdammt, wo steckt sie nur?

Und dann sah ich sie. In einer schwarzen Röhrenjeans, die ihre Kurven perfekt zur Geltung brachte, roten Sneakers und einer weißen Bluse kam Anna die Treppe herunter und lachte über etwas, das eine ihrer Freundinnen gesagt hatte.

Ich hatte mich immer noch nicht daran gewöhnt, Anna in engen Klamotten zu sehen, deshalb brauchte ich auch einen Augenblick, um mich daran zu erinnern, dass ich sie nicht nur angaffen, sondern auch abfangen wollte.

Doch kaum hatte ich fünf Schritte in ihre Richtung gemacht, schlangen sich plötzlich zwei Arme von hinten um meine Mitte. Ein süßlich blumiger Duft stieg mir in die Nase. Heather. Seufzend schmiegte sie sich an meinen Rücken, wobei sie in der einen Hand, die mich umschlungen hatte, einen knallpinken Ordner hielt. Ich befreite mich aus ihrem Klammergriff und drehte mich zu ihr um.

Einen Schmollmund machend sah sie zu mir hoch, und ich starrte wie vom Donner gerührt zurück. Sie konnte nicht wirklich etwas dafür, aber als ich ihre Lippen betrachtete und mich daran erinnerte, wie sie mich gestern auf dem Feld geküsst hatte, wallte für einen Augenblick Hass in mir auf. Hätte sie mich nicht so überfallen, hätte Anna sich nicht verletzt gefühlt und zwischen uns würde jetzt nicht diese riesige Kluft liegen. Andererseits wäre Anna vermutlich sowieso irgendwann mit der Sprache rausgerückt. Wie ich es also drehte und wendete, früher oder später wären wir unweigerlich an diesem Punkt gelandet.

Und das war meine Schuld. Weil ich die Finger nicht von ihr hatte lassen können, obwohl ich gewusst hatte, dass Anna nicht der Typ für Affären war.

Ich war egoistisch gewesen, hatte in Kauf genommen, dass sie Gefühle für mich entwickeln könnte. Und das alles nur, weil ich ihren Lippen nicht länger hatte widerstehen können. Nein, ich hatte kein Recht, die Schuld auf Heather zu schieben. Sie hatte mich geküsst, weil wir das schon oft getan und ich noch nie Einwände dagegen erhoben hatte.

Aber gestern hatte ich sie gar nicht küssen wollen. Es war mehr ein Reflex gewesen, alte Gewohnheit könnte man sagen.

Dann hatte ich an Anna denken müssen, und ich hatte mich erschrocken von Heather losgemacht. Unglücklicherweise hatte Anna uns da schon gesehen, und das Drama hatte seinen Lauf genommen.

Jetzt betrachtete ich Heather und konnte nicht begreifen, wie ich einmal dermaßen auf sie hatte abfahren können. Ja, sie sah zum Anbeißen aus mit ihrem tiefen Ausschnitt, den gepuschten Brüsten und den blonden Haaren, aber sie weckte nicht annähernd so starke Gefühle in mir, wie Anna es zum Beispiel in der Grotte getan hatte. Wenn ich daran dachte, wie scharf ich damals auf Anna gewesen war, was ich in diesem Moment mit ihr hatte tun wollen … Mühsam schob ich den Gedanken beiseite.

Fakt war, dass ich nichts dergleichen getan hatte – ich hatte Anna nicht mal geküsst. Denn da war mir zum ersten Mal klar geworden, dass ich etwas für sie empfand. Ich hatte mich noch *nie* bei einem Mädchen zurückgehalten. Entweder hatte sie mit mir rummachen wollen oder nicht, und dann hatte ich es eben gelassen. Aber dass ich mich bewusst zurückhielt, nur, um sie nicht wieder zu überrumpeln? Es war das Schwierigste gewesen, das ich jemals getan hatte, aber in dem Moment hatte es sich richtig angefühlt.

„Hey, was ist denn los?“, fragte Heather und hob die Hand, um meine Wange zu tätscheln. „Du bist eben so schnell aus dem Klassenraum geflüchtet.“

„Lass das.“ Ich drehte den Kopf weg, und sie ließ stirnrunzelnd den Arm fallen.

„Warum? Was soll der Scheiß auf einmal?“ Und dann, als hätte sie die Antwort in meinen Augen gelesen: „Oh, mein Gott, sag mir nicht, es ist wegen dieser Horror-Puppe!“

Meine Augen verengten sich zu Schlitzen. Jegliche sexuellen Gefühle, die ich noch für Heather gehabt haben mochte, verpufften. „Und wenn es so wäre? Was geht dich das an? Wir sind nicht zusammen.“

Wie ein geprügelter Hund zuckte sie zurück, doch ihre Bestürzung hielt nicht lange an. So schnell, dass es schon gruselig war, drehte sie den Kopf zur Mensa, und ich folgte ihrem Blick. Durch die gläsernen Wände konnte ich sehen, dass Anna und Debbie am Tresen anstanden, während die anderen vermutlich einen Platz für sie freihielten.

Heather sah wieder zu mir, und es jagte mir einen eiskalten Schauer über den Rücken, zu beobachten, wie ihre verletzte Miene in blanken

Hass umschlug. Wer war jetzt hier die Horror-Puppe?

„Das kann nicht dein Ernst sein!", blaffte sie und presste den pinken Ordner wie ein Schutzschild an ihre Brust. „Diese fette Kuh da drüben? Haben die dir in der Abnehm-Klinik Drogen gespritzt, oder was ist auf einmal los mit dir?!"

Jetzt war ich derjenige, der Heather baff anstarrte. Ich hatte gewusst, dass sie eklig werden konnte, aber dass sie ein dermaßen oberflächliches Miststück war … Dass ich in der Klinik auf Anna getroffen war, hatte sich natürlich längst herumgesprochen, und das war meine Schuld. Nachdem ich nach Hause zurückgekehrt war, hatte ich meinen Kumpels von meinen Erlebnissen dort berichtet.

Dabei hatte ich zwar den Kuss zwischen Anna und mir ausgelassen, aber aus Versehen ihren Namen genannt, und die Cheerleader hingen oft mit uns Footballern zusammen ab, sodass es nicht lange gedauert hatte, bis diese Information zu ihnen rüber geschwappt war. Noch ahnte Anna nichts davon, aber Heathers feindseligem Blick nach zu urteilen, würde sich das bald ändern.

Keine Ahnung, was ich ihr geantwortet hätte. Vermutlich etwas, das genauso verletzend war, aber dann erregte eine knallrote Jacke meine Aufmerksamkeit, und ich sah wieder zu Anna rüber.

Was zum …?!

Die Jacke gehörte ihrem Exfreund Ryan, der sich soeben zu ihr gestellt hatte. Annas Gesichtsausdruck nach zu urteilen war sie darüber mindestens so verstört wie ich. Was machte der Wichser da?

„Hey, verdammt! Hörst du mir überhaupt zu?", drang Heathers Stimme wie aus weiter Ferne zu mir durch. Tat ich nicht. Ihre nervige Stimme war in den Hintergrund gerückt, denn etwas sagte mir, dass Ryan keine guten Absichten hegte. Ohne Heather eines Blickes zu würdigen marschierte ich zur Mensa, schob mich an den vielen Schülern vorbei und baute mich neben Ryan auf.

„Was machst du hier?", fragte ich ihn nicht gerade freundlich.

Er stieß eine Mischung aus Lachen und Schnauben aus, als wäre er sich nicht sicher, ob ich die Frage ernst meinte. „Wieso? Bist du jetzt ihr Bodyguard, oder was?"

Ich spürte Annas Blick auf mir. Er brannte sich in mein Gesicht, doch ich ließ Ryan nicht aus den Augen. „Gut erraten, und jetzt verzieh dich."

Stirnrunzelnd sah er von mir zu Anna, und ungläubige Erkenntnis wuchs in seinen Augen. „Ach, du Kacke!", lachte er. „Du meinst das wirklich ernst, oder? Dabei wollte ich dir nur helfen, sie rumzukriegen." Er zwinkerte mir spöttisch zu. „Immerhin habe ich schon Erfahrung mit ihr."

So schnell, dass ich meinen eigenen Bewegungen kaum folgen konnte, packte ich Ryan am Kragen seiner Jacke und drückte mit aller Kraft zu. Er war nur wenige Zentimeter kleiner als ich, dafür kräftig und vermutlich genauso stark wie ich. Doch anstatt sich zu wehren, hob er nur verteidigend die Arme. Ich schätzte, er wollte sich nicht mit seinem Teamkapitän anlegen.

„Willst du mich verarschen? Anna und ich sind jetzt befreundet, falls du es noch nicht gepeilt hast! Also lass deine schmutzigen Finger von ihr, sonst schwöre ich dir, wirst du das Team bald freiwillig verlassen!"

Als sich eine zarte Hand auf meinen Unterarm legte, zuckte ich zusammen. Langsam drehte ich den Kopf zu Anna, die an mich herangetreten war, und ein Schauer rieselte durch meinen Körper. „Ian, bitte", murmelte sie sichtlich verlegen. „Die Leute gucken schon alle."

Obwohl mein Puls wegen Ryan auf 180 war, musste ich lachen und schüttelte den Kopf. Typisch Anna. Anstatt es wie jedes andere Mädchen zu genießen, dass sich zwei Footballer fast um sie prügelten, schämte sie sich in Grund und Boden. *Falls du noch einen Beweis dafür gebraucht hast, dass sie nicht wie die anderen Mädchen ist, hast du ihn jetzt.*

Anna nahm die Hand weg und trat einen Schritt zurück, dann ließ ich Ryan langsam los, der sich mit einem giftigen Blick und mit seiner lächerlich auffälligen Jacke davonmachte.

In der Mensa war es mucksmäuschenstill geworden. Alle starrten uns an. Die Leute schienen nicht mal zu atmen. Als ich den Blick durch den Raum schweifen ließ, setzte wieder leises Gemurmel ein, aber ich machte mir nichts vor: Sämtliche Ohren waren in unsere Richtung gespitzt. Tief atmete ich durch, dann wandte ich mich Anna und ihrer Freundin zu.

„Das hätten wir auch allein geschafft", sagte Debbie kühl und mit vor der Brust verschränkten Armen. Mir entging nicht, dass sie jetzt halb vor Anna stand, als wollte sie sie vor mir beschützen.

Mit zuckenden Lippen sagte ich: „Oh, das weiß ich. Aber Freunde helfen einander, oder?" Dann sah ich zu Anna, und mein Blick wurde wieder ernst. „Kann ich kurz mit dir reden?"

„Ich denke eher nicht." Mit ausdrucksloser Miene deutete sie auf die Schlange vor sich. „Wir können von Glück sagen, wenn wir vor Ende der Pause noch drankommen, außerdem haben wir gestern alles gesagt."

Wow, sie musste einen echten Hass auf mich haben, wenn sie mich nicht mal anhören wollte. Ehrlich gesagt hatte ich gar nicht in *Erwägung* gezogen, dass sie mich abweisen könnte. Ich hatte gedacht, dass sie es kaum erwarten könnte, sich meine Entschuldigung anzuhören. „*Du* hast alles gesagt", widersprach ich. „Ich habe nur dämlich da gestanden, und das tut mir leid." Eindringlich musterte ich ihre großen, schokoladenbraunen Augen, und wollte sie einfach nur an mich ziehen, meine Arme schützend und tröstend um sie schlingen. Es machte mich verrückt, ihr so nahe zu sein und sie nicht berühren zu können.

Dabei wäre es so einfach. Du müsstest nur über deinen beschissenen Schatten springen, dann könntest du sie berühren, wann immer du willst. Sei endlich ein Mann und hör auf, euch beide noch unnötig länger zu quälen.

„Wie wäre es nach der Schule?", schlug ich vor. „Ich hab' zwar Training, aber ich könnte kurz …"

„Nein", fiel sie mir jetzt nachdrücklicher ins Wort. Meine Schultern versteiften sich. „Hör zu, Ian, ich bin nicht sauer auf dich. Und ich schätze es sehr, dass du hier bist, um dich zu entschuldigen, aber ich würde das Gespräch gern vergessen. Wir haben alles gesagt, was wir sagen wollten. Wir *beide*. Lassen wir es dabei bewenden." Sie brachte ein kurzes, unechtes Lächeln zustande, dann wandte sie den Blick wieder in Richtung Tresen.

Perplex sah ich zu Debbie, die mich abwartend und nach dem Motto *du-hast-gehört-was-sie-gesagt-hat* anstarrte, und nickte dann resigniert. „In Ordnung." Einsehend, dass ich Anna jetzt nicht würde überreden können, ging ich davon. Doch sie müsste mich inzwischen besser kennen.

Das Wort aufgeben gab's bei mir nicht.

Anna

Tag 8 nach der Klinik

Als ich mich das letzte Mal im Standspiegel meines Zimmers betrachtet hatte, war ich zehn Kilo schwerer und mit meiner Mom auf dem Weg nach *Patterson* gewesen. Zwei Monate war das jetzt her. Ich hatte mich vor mir selbst geekelt, den Anblick meines Körpers kaum ertragen. Gleichzeitig war ich voller Hoffnung, Träume und Zuversicht gewesen. Ein Traum hatte sich erfüllt – ich hatte meine Figur zurück –, doch im Laufe meines Klinikaufenthalts waren neue Träume dazugekommen. Träume, einen Jungen betreffend, von dem ich mir jetzt wünschte, dass ich mich nie mit ihm vertragen hätte.

Sagte man nicht, dass jeder Sieg seinen Preis hatte?

Genau so fühlte es sich an. Ich hatte mein Selbstbewusstsein und meine Lebensfreude zurückerlangt und dafür mein Herz verloren. Schöne Scheiße. Ich gab zu, dass es nicht meine reifste Aktion gewesen war, Ian neulich in der Mensa abzuwimmeln. Aber was hätte er schon sagen können, dass meinen Herzschmerz lindern sollte?

Er hatte behauptet, dass er an dem Tag auf dem Footballfeld nichts gesagt hätte, aber das stimmte nicht wirklich, denn manchmal war Schweigen aussagekräftiger als Worte. Nein, ich wollte nicht hören, was Ian mir zu sagen hatte. Ich hasste ihn nicht, und ich würde ihn auch weiterhin grüßen, vielleicht auch mal ein paar Worte mit ihm wechseln. Aber auf sein Mitleid konnte ich verzichten.

Egal. Weg mit den negativen Gedanken.

Heute war mein 18. Geburtstag, da wollte ich mich nicht selbst runterziehen. Aufmerksam drehte ich mich vor dem Spiegel und betrachtete das schwarze Kleid, das Laura und ich vorgestern gekauft hatten. Nach dem peinlichen Zwischenfall mit Ryan und Ian in der Mensa hatte ich Ablenkung nach der Schule gebraucht, und da ich eh noch ein Party-Outfit gebraucht hatte, war Laura mit mir shoppen gefahren. Enger als alle Kleider, die ich je zuvor getragen hatte, schmiegte es sich an meinen Körper.

Es war schwarz, langärmelig und endete knapp über meinen Knien. Ich hatte noch nie etwas derart Aufreizendes getragen, aber nach Ians Abfuhr brauchte ich ein bisschen Selbstbestätigung und, hey, ich ging heute zum ersten Mal in einen Club, da durfte man sich schon mal schicker machen. In der Küche hatte ich das Kleid eben schon meinen Eltern vorgeführt, und sie waren begeistert gewesen.

Es war 18:30 Uhr, als es an der Haustür läutete. Meine Haare waren noch nicht gemacht und Make-up hatte ich auch noch nicht aufgetragen. Was sollte das denn jetzt? Wieso kam Laura *eine* Stunde zu früh? Oder war das unsere Nachbarin Ms. Clark, Tommies Mutter? Bisher hatte sie mir jedes Jahr persönlich gratuliert und immer einen Blumenstrauß mit Geld vorbeigebracht.

„Ich mach schon", rief Mom aus dem Erdgeschoss.

Ich band mir die ungekämmten Haare schnell zu einem Dutt, um halbwegs vorzeigbar auszusehen, als ich eine Etage tiefer Gemurmel vernahm. War wohl doch nicht unsere Nachbarin, sonst hätte Mom mich längst runtergerufen. Also Laura. Es war geplant gewesen, dass sie erst in einer Stunde kommen und gemeinsam mit mir zum Club fahren würde, aber jetzt trieb sie es mit ihrer Pünktlichkeit auf eine neue Spitze.

„Ich hoffe für dich, du hast mir das *weltbeste* Geschenk mitgebracht", sagte ich mit erhobener Stimme, als ich Schritte auf der Treppe hörte. Kopfschüttelnd stellte ich mich wieder vor den Spiegel und öffnete meinen provisorischen Zopf. „Dafür, dass du es wagst, eine Stunde zu f…" Das Wort blieb mir im Hals stecken, denn es war nicht Laura, die in der Tür erschien.

„Ian!" Verblüfft senkte ich die Arme und drehte mich zu ihm.

„Reicht es, wenn ich *mich* mitbringe?"

Mit dem schwarzen Rollkragenpullover, der sich eng an seinen Körper schmiegte, und der schwarzen Jeans hätte er genauso gut auf einen Abschlussball gehen können. Seine blonden, dichten Haare waren locker gestylt, und das viele Schwarz, das er trug, hob seine ausgeprägten Wangenknochen und seine blauen Augen hervor.

Ians Anblick verschlug mir die Sprache. Ich wusste nicht mal mehr, was er gefragt hatte. Das schien er auch zu begreifen, denn er sagte schmunzelnd: „Herzlichen Glückwunsch zum Geburtstag. Und wow, du siehst … hammermäßig aus."

Seine Worte weckten mich aus meiner Starre. Siedend heiß wurde mir bewusst, dass meine Mutter ihn zu mir hochgeschickt hatte und jetzt denken musste, er wäre mein Freund. Vor meinem geistigen Auge konnte ich sehen, wie sie mit Dad in der Küche saß und aufgeregt über uns tuschelte. Ian blieb vor der Schwelle stehen, als wäre sie mit einem unsichtbaren Bann belegt, und ich hatte das Gefühl, unter seinem eindringlichen Blick zu wanken.

Dass er hier war, bedeutete wohl, dass er sich aufrichtig bei mir entschuldigen wollte, dennoch konnte ich nicht verhindern, dass eine gewisse Schärfe in meiner Stimme mitschwang, als ich fragte: „Was machst du hier?"

„Du hast mich eingeladen. Schon vergessen?" Nun kam er doch herein, aber er machte nur zwei

Schritte in den Raum und blieb in gebührendem Abstand zu mir stehen.

Jetzt sah ich, dass er einen Blumenstrauß und eine Geschenktüte in der Hand hielt. „Du meintest, dass ihr euch um 20 Uhr im *The Crash* trefft, also musste ich nur früh genug hier sein, um dich abzufangen. Und nur damit du nicht denkst, ich bin ein Stalker: Laura hat mir gestern deine Adresse verraten. Ich hab‘ ihr im Englischkurs unauffällig einen Zettel zugeschoben, in dem ich ihr erklärt habe, wofür ich sie brauche."

Deshalb hatte die doofe Kuh gestern den ganzen Tag so komisch in sich hineingegrinst. Laut und auch ein bisschen skeptisch fragte ich: „Und warum solltest du mich abfangen wollen?"

Ganz langsam dehnte Ians Mund sich zu dem berühmten, schiefen Lächeln, in das ich mich so verliebt hatte. „Ich glaube, ich habe es schon mal gesagt, aber du bist echt süß, wenn du sauer bist."

Doch ich konnte darüber nicht lachen, denn jetzt musste ich an all die Dinge denken, die ich am Mittwoch zu ihm gesagt hatte, und an die Dinge, die er *nicht* gesagt hatte.

Ian seufzte und machte noch einen Schritt auf mich zu. „Okay, das war ein beschissener Einstieg. Was im Übrigen nur ein weiterer Beweis dafür ist, dass ich in solchen Dingen echt keine Erfahrung habe, aber …"

Ich runzelte die Stirn.

War er etwa nervös?

Ian schien selbst zu bemerken, dass er faselte, und unterbrach sich mit einem Lachen. Dann holte er tief Luft und sagte: „Das klingt jetzt bescheuert, aber ich weiß nicht, wie ich es anders ausdrücken soll … Ich will mit dir zusammen sein."

Wie bedeppert starrte ich Ian an. Ich musste halluzinieren. „*Was?!*"

„Ich will mit dir zusammen sein", wiederholte er langsamer, als wollte er sichergehen, dass ich die Worte auch verinnerlichte. „Ich hatte ein paar Tage Zeit, um darüber nachzudenken, unfreiwillig, und jetzt weiß ich, was ich will."

Es war gut, dass Ian mir Zeit ließ, denn seine Worte sickerten nur sehr langsam in meinen Verstand. Ich hatte mit einer demütigen Entschuldigung gerechnet, vielleicht einer Ausrede, aber dass er mit mir zusammen sein wollte übertraf meine kühnsten Vorstellungen. Obwohl Ians Miene kein Anzeichen von Spott oder Belustigung zeigte, wollte ich es nicht ganz glauben. Daher tat ich auch das Unpassendste überhaupt in so einer Situation.

Ich lachte.

„Du willst also mit mir *zusammen sein*?", machte ich mich über seine Wortwahl lustig. „So richtig mit Händchenhalten und so? Hast du denn einen Zettel zum Ankreuzen dabei?"

In seinen Augen flackerte es raubtierhaft auf, als Ian jetzt lachte. „Ernsthaft? Ich mache hier einen auf el romántico und stehe mit Blumenstrauß vor deiner Tür, und du machst dich über mich lustig? Mann, wie gut, dass ich ein selbstverliebtes, oberflächliches Arschloch bin, sonst wäre ich jetzt *schwer* getroffen."

Es war als Witz gemeint, doch seine Worte ließen mein Lachen verebben.

Langsam ging ich zu ihm. Meine Beine schienen auf einmal Zentner zu wiegen. „Ian, ich hoffe, du machst das nicht, weil du dich dazu gezwungen fühlst. Ich wollte dich am Mittwoch nicht unter Druck setzen. Ich musste nur rauslassen, was mir schon lange auf der Seele lag. Es ist okay, wenn du nicht …"

Augenrollend legte er mir einen Finger auf die Lippen, und ich klappte den Mund erschrocken zu. „Darf ich dich an dieser Stelle gleich mal unterbrechen? Du fängst schon wieder an, Stuss zu reden."

„Aber …"

„Kein Aber. Ich wäre nicht hier, wenn ich es nicht ernst meinen würde, Anna." Er legte die Blumen und die Tüte auf meinen Schreibtisch und beugte sich dann wieder zu mir vor. „Ich bin dir eine Erklärung schuldig, und die Erklärung ist, dass ich ein Feigling bin. Ich hatte einfach nur Schiss, diesen Schritt zu gehen, aber das hatte nichts mit dir zu tun. Denn vielleicht hast *du* es ja auch noch nicht gemerkt, aber ich habe ebenfalls Gefühle für dich."

So langsam begriff ich, dass er es wirklich ernst meinte. Fest musste ich mir auf die Unterlippe beißen, weil ich mit einem Mal das starke Verlangen hatte, wie ein Honigkuchenpferd zu grinsen. Mein Körper wurde von einem heftigen Schauer gepackt.

Ian Miller hatte Gefühle für mich.

Träumte ich vielleicht doch? War mein Geburtstag schon vorbei, ich hatte mich vor Frust abgeschossen und lag jetzt fantasierend in meinem Bett? Ich war mir nicht sicher und hakte deshalb nach: „Und mit Gefühlen meinst du auch wirklich *Gefühle* und nicht nur, dass du mich sexy findest?"

Da schlang er seine Arme um meine Mitte und zog mich langsam zu sich heran. „Wieso? Hast du was gegen sexy?"

Von einem warmen, kribbelnden Gefühl gepackt schloss ich die Augen und bettete lächelnd meine Wange an seine Brust. Da war es. Das Gefühl, nach dem ich mich die letzten Wochen so schmerzlich gesehnt hatte. Tief atmete ich Ians Parfum ein, gemischt mit seinem Eigengeruch, und schlang jetzt meinerseits die Arme um ihn.

„Ist das ein Ja?", wisperte er über mir. „Auf meine Frage, ob du mit mir zusammen sein willst?"

Grinsend biss ich mir auf die Unterlippe, reckte ihm das Gesicht entgegen und nickte. „Ja."

Wie sehr Ians Körper die ganze Zeit unter Anspannung gestanden hatte, begriff ich erst jetzt, als er sich spürbar entspannte. Seine Schultern wurden lockerer, und er atmete geräuschvoll aus. Dann drückte er mich noch etwas fester an sich und gab mir einen Kuss auf die Stirn.

So verweilten wir einige Herzschläge lang, dann lehnte er sich ein Stück zurück und sagte: „Ich muss dir noch was beichten. Kann sein, dass Heather demnächst eine Hass-Kampagne gegen dich starten wird. Mir ist rausgerutscht, dass du in der Abnehm-Klinik warst, und sie hat es nicht gerade sportlich aufgenommen, als sie erfahren hat, dass ich auf dich stehe. Vermutlich bist du jetzt ihre persönliche Staatsfeindin."

Schmunzelnd hob ich einen Arm und streichelte über seine Wange. „Das juckt mich nicht. Ich musste mich schon früher mit den Cheerleaderinnen herumschlagen. Und du kannst mich ja jedes Mal küssen, wenn sie einen dummen Spruch bringt. Ich wette, das Sticheln wird ihr ziemlich schnell wieder vergehen."

Er lachte. „Gute Idee." Dann beugte er sich unendlich langsam zu mir herunter und küsste meinen Hals. „Etwa so hier?"

Am ganzen Körper schaudernd schüttelte ich den Kopf.

Seine Lippen wanderten zu meinem Kinn. „So?"

„Fast. Noch ein kleines bisschen …" Ich kam nicht dazu, den Satz zu beenden. Ians Lippen nahmen meine in Besitz.

Hungrig und stöhnend verschlang er mich, bis mir die Sinne schwanden.

Wie auch immer wir dort hingekommen waren, aber wenige Wimpernschläge später lag ich mit dem Rücken auf meinem Bett, Ian über mir.

„Habe ich dir schon gesagt, dass du in dem Kleid unwiderstehlich aussiehst?“, murmelte er an meine Lippen.

Auf die Ellenbogen gestützt, damit nicht sein ganzes Gewicht auf mir ruhte, küsste er mich unermüdlich weiter.

Es war fast schon zu viel.

All das unterdrückte Verlangen, das wir so lange mit uns herumgetragen hatten, schien sich nun explosionsartig zu entladen. Ich hatte das herrliche und gleichzeitig beängstigende Gefühl, von einer zu starken Strömung mitgerissen zu werden.

Keuchend erwiderte ich: „Und bist du dir darüber im Klaren, dass meine Eltern unten sind und jeden Moment hochkommen könnten?“

„Hm-hm. Leider“, murmelte er, ohne den Kuss zu unterbrechen. Ians Stimme zu hören, die so voll zügelloser Leidenschaft war und das meinetwegen, spülte meine Bedenken fort.

Worüber machte ich mir Sorgen?

Ich vertraute ihm. Ich wusste, dass er nichts überstürzen würde. Außerdem waren meine Eltern viel zu taktvoll, um nach uns zu sehen.

Von Mom wusste ich, dass sie voll und ganz auf meine Vernunft und Vorsicht vertraute.

Für den Moment genügte es uns, einfach dazuliegen und uns zu küssen. Also ließ ich mich von Ians stürmischen Liebkosungen davontragen, und während meine Gefühle im siebten Himmel tanzten, dachte ich an den Tag zurück, an dem ich entschieden hatte, ihm eine Chance zu geben. Ich wusste noch, wie beängstigend es sich anfangs angefühlt hatte, Ian an mich heranzulassen. Als würde ich meine Schutzschilde Stück für Stück fallenlassen, bis ich völlig ungeschützt und verletzbar vor ihm stand. Aber das gehörte dazu. Nur, wenn man das Risiko, verletzt zu werden, einging, konnte man sich öffnen, und mit etwas Glück die *wahre* Liebe erfahren. Das hatte ich getan, und es hatte mich hundertmal mehr Mut gekostet, als damals Hilfe wegen meiner Essstörung anzunehmen.

Was sollte ich sagen? Ian war das beste Risiko, das ich je eingegangen war.

Let's party
16

Als wir uns voneinander lösten, hämmerten unsere Herzen, als wären wir einmal um den Wenatchee National Park gejoggt. Behutsam strich Ian mir eine Haarsträhne aus dem Gesicht, und ich lächelte träge zu ihm hoch. Das Emotionsfeuerwerk, das in seinen Augen tanzte, spiegelte exakt wider, wie ich mich fühlte: zufrieden, erleichtert, einfach glücklich.

„Ich hab‘ da noch was für dich“, sagte er mit ungewohnt rauer Stimme, erhob sich und ging dann zum Schreibtisch, um die mittelgroße Geschenktüte zu holen. Gespannt setzte ich mich auf. In meinem Kopf drehte sich alles, aber auf angenehme Weise. Mit hoffnungslos zerzausten Haaren kehrte Ian zu mir zurück und setzte sich neben mich. „Dein Geburtstagsgeschenk.“

Ich hauchte ein Dankeschön und nahm die Tüte entgegen. Zwar war Ians Anwesenheit schon Geschenk genug, aber zu Präsenten sagte ich nicht nein. Außerdem kannte ich das Logo auf der Tüte. Es war von dem Comicladen an der Western Avenue, in dem ich regelmäßig vorbeischaute. Ein Schmunzeln unterdrückend beobachtete Ian, wie ich das Geschenk aus der Tüte zog. Es war verpackt und fühlte sich weich und leicht an. Ein Kissen? Handtuch? Ungeduldig drängte er mich, es auszupacken, also riss ich das Papier auf.

Und hatte ein *Groot*-Kissen in der Hand.

„Oh, mein Gott!", rief ich überrascht aus und starrte das zum Knuddeln aussehende Baby-*Groot*-Gesicht an. Ich hatte ja mit vielem gerechnet, aber nicht mit einem Kissen meines Lieblingscharakters. Erstaunt riss ich den Blick davon los und sah zu Ian. „Aber wie … seit wann gibt es dort *Groot*-Kissen? Das wüsste ich doch!" Überwältigt streichelte ich über den weichen, seidigen Bezug. „Ich wäre doch die Erste gewesen, die vor dem Laden Schlange gestanden hätte."

Sichtbar zufrieden mit meiner Reaktion sagte Ian: „Scheint, als hätten sie in den zwei Monaten, in denen du nicht da warst, neue Artikel reinbekommen." Er nahm das Kissen und drehte es in der Hand. „Ich werde nie verstehen, was du an diesem Ding findest, aber solange es dich glücklich macht."

„Und *wie* glücklich es mich macht."

Begeistert nahm ich es ihm wieder weg und schmiegte mein Gesicht an das Kuschelobjekt, das nicht zu groß und nicht zu klein war, sondern die perfekte Größe hatte, um seinen Kopf darauf zu betten.

„Ich habe noch nie ein besseres Geschenk bekommen."

„Du meinst nach *mir*“, verbesserte er mich und schlang wieder seine Arme um mich, als wollte er mich daran erinnern.

Auf mein sarkastisches „Aber *sicher* doch“ hin kitzelte Ian mich durch. Ich bekam einen Lachanfall, den man bestimmt bis ins Erdgeschoss hörte, und verlor *Groot* aus den Händen. Geräuschlos plumpste er auf den hellgrauen Teppich, doch als ich mich über die Bettkannte beugen und ihn aufheben wollte, hinderten Ians Arme mich daran. Mühelos warf er mich auf den Rücken, als wäre *ich* hier das Kissen, und kam wieder über mich.

„Wenn ich noch mal darüber nachdenke“, sagte er und verschlang mich geradezu mit seinem Blick, „hätte ich dir das Kissen vielleicht doch nicht schenken sollen. Es war als Wiedergutmachung gedacht, aber ich merke jetzt schon, dass es mir Konkurrenz beim Kuscheln machen wird.“ Er küsste mich, kurz und leidenschaftlich, dann drückte ich ihn unter Aufbringung meiner letzten Selbstbeherrschung weg.

„Wir sollten runter gehen. Ich will die Gelassenheit meiner Eltern nicht überstrapazieren.“

An Ians Gesichtsausdruck konnte ich ablesen, dass er lieber im Bett geblieben wäre und unsere Versöhnung *gefeiert* hätte, aber er nickte und stieg von mir herunter.

Mit zuckenden Lippen beobachtete ich, wie er zum Spiegel ging und seine Frisur in Ordnung brachte, die ich so ungestüm zerwühlt hatte. Wie er da stand, in seinen dunklen Klamotten, groß und unerschütterlich wie ein Fels, konnte ich immer noch nicht so richtig glauben, dass ich jetzt mit ihm zusammen war. Dem Footballstar unserer High School und früherem Todfeind.

Beflügelt kletterte ich aus dem Bett, stellte mich vor ihn und kämmte meine Haare. Amüsiert stellte ich dabei fest, dass Ian so groß – oder ich so klein – war, dass wir uns dabei nicht in die Quere kamen. Sonst musste man sich mit seinem Partner immer darum kloppen, wer vor dem Spiegel stehen durfte. Dieses Problem würden wir nicht haben.

Ich ließ meine Haare offen über die Schultern fallen, dann trug ich Mascara und Rouge auf, und wir gingen ins Erdgeschoss.

***

In unserer Familie war es Tradition, dass das Geburtstagskind am Morgen seines Erwachens einen Geburtstagstisch vorfand. Egal, ob es sich um meine Eltern, Großeltern oder uns Jüngere handelte, für jeden wurde liebevoll ein Tisch dekoriert, auf dem Geschenke, Süßigkeiten und mindestens ein Kuchen standen. Als wir vor dem mit Luftschlangen, Konfetti und Partyhütchen geschmückten Esstisch hielten, in dessen Mitte ein selbst gebackener Zitronenkuchen von Oma Ruth thronte, hüstelte Ian neben mir gekünstelt. Zweifellos, weil er sich ein Lachen verkneifen musste. Ich quittierte seine Reaktion, indem ich unauffällig meinen Ellenbogen in seine Rippen rammte. Er lachte erstickt.

Bei einem gemütlichen Kaffeekränzchen mit meinen Großeltern, Tanten und Onkels heute Nachmittag hatten meine Eltern und ich den Kuchen bereits angeschnitten. Jetzt war nur noch die Hälfte übrig, wobei das glasierte Monstrum dermaßen schwer im Magen lag, dass schon ein kleines Stück genügte, um eine Woche lang satt zu bleiben. Ehrlich, mir war jetzt noch schlecht. Meine Oma musste ganze *Paletten* an Butter und Zucker darin verarbeitet haben.

Mom bot Ian einen Platz am Tisch und ein Stück Kuchen an, was er beides nicht ablehnte. Ich setzte mich neben ihn, meinen Eltern gegenüber, und gemeinsam beobachteten wir, wie sie ein viel zu großes Stück abschnitt. Einen peinlichen Moment lang war die leise Radiomusik das einzige Geräusch im Raum, aber Dad wäre nicht Dad, wenn er nicht immer direkt zum Punkt kommen würde.

„Ich muss sagen, ich war ein wenig überrascht, als du vor unserer Tür standest“, sagte er, während Mom zu allem Überfluss auch noch Sahne auf dem Kuchen verteilte, bevor sie den Teller mit Gabel Ian reichte.

Er bedankte sich und stellte ihn vor sich ab. „Anna hat uns gar nicht erzählt, dass sie einen

Jungen kennengelernt hat. Woher genau kennt ihr euch?"

Vorwurfsvoll sah ich meinen Vater an und nahm meine Behauptung, seine Diskretion betreffend, wieder zurück. Musste so ein Gespräch unbedingt an meinem Geburtstag sein? Er würde schon noch genug Gelegenheit bekommen, Ian auszuquetschen. Der Gedanke ließ mich schaudern.

„Wir haben uns nicht kennengelernt", antwortete ich, bevor Ian, der den Mund schon geöffnet hatte, es tun konnte. „Wir sind Klassenkameraden."

„Ah." Er nippte an seinem Wein. „Und wart ihr schon befreundet, bevor du in der Klinik warst? Ich kann mich nicht daran erinnern, dass du Ian mal erwähnt hättest."

Verdammt, das hatte ich nicht bedacht. Auch nicht, dass mein Vater eine beinahe schon lästige Auffassungsgabe hatte. Meine Eltern waren tolerant und nicht spießig, aber dass Ian und ich uns in der Klinik nähergekommen waren, wo er wegen Kiffens Strafarbeit hatte verrichten müssen, war jetzt nicht unbedingt die romantischste Geschichte, mit der man seinen Freund vorstellte.

Doch Mom rettete mich. „Jetzt lass den Jungen doch erst mal seinen Kuchen essen", verlangte sie und schüttelte entschuldigend den Kopf.

Das ließ Ian sich nicht zweimal sagen. Mit der Gabel stach er die Spitze seines Kuchenstücks ab, antwortete dabei aber gelassen: „Das liegt daran, dass wir davor kaum Kontakt hatten. Ehrlich gesagt konnten wir uns nicht besonders gut ausstehen. Wir haben erst nach der Klinik richtig zusammengefunden." Beim letzten Wort stieß sein Knie sanft gegen meines, und ich erschauderte. Zusammengefunden. Eine wirklich romantische Beschreibung für das Emotionsgemetzel, das wir beide durchgemacht hatten.

Eine halbe Stunde später kamen Laura und Andrew. Fünf Minuten vor der vereinbarten Zeit klingelte Laura an der Tür und überreichte mir mein Geschenk. Mom schwatzte dem Pärchen ein Stück Kuchen auf, das sie eilig hinunterschlangen, dann stiegen wir vier in Lauras Wagen und fuhren los.

Auf dem Weg zum Club musste sich meine Freundin eine nicht ernst gemeinte Standpauke von mir anhören, weil sie mit Ian gemeinsame Sache gemacht hatte. In allen Einzelheiten musste sie mir erzählen, wie er ihr den Zettel zugeschoben und was darauf gestanden hatte. Die Jungs hörten amüsiert zu. Geraume Zeit später trafen wir Debbie, ihre Schwester Ginger und Colleen vor dem Club. Da ich einen Tisch reserviert hatte, konnten wir an der beachtlichen Schlange vorbeigehen, die davor wartete. Wir zeigten unsere Ausweise vor, und der Türsteher gratulierte mir zum Geburtstag, dann tauchten wir in die wummernden Eingeweide des Clubs ein.

Das war also *The Crash*. Beliebter Hotspot der über 18-Jährigen unserer Schule. Es war brechend voll. Unter den zuckenden, bunten Deckenlichtern folgten wir einer Mitarbeiterin durch die sich unermüdlich bewegende Masse an Leuten zu unserem Tisch. Den Jungs und der Partyqueen Colleen schien das Gedrängel nichts auszumachen, aber ein Blick auf Laura und Debbie sagte mir, dass sie dasselbe dachten wie ich. So voll wie der Club war, musste sich die halbe Schule versammelt haben.

Auf unserem Tisch stand ein Kärtchen mit meinem Namen. Wir setzten uns, und die Mitarbeiterin nahm unsere Bestellung auf. Alkohol wurde im *The Crash* nicht ausgeschenkt, aber Ian schwor auf die leckeren Cocktails hier, also bestellten wir alle welche.

Er hatte sich zwischen Debbie und mich gesetzt und legte jetzt einen Arm um meine Schultern. „Was ist los?“, raunte er mir zu, als stünden meine Gedanken schon wieder für jedermann lesbar auf meiner Stirn.

„Nichts. Ist nur ein bisschen voll hier.“

Er lachte. „Das hat ein angesagter Club so an sich.“ Da hatte er recht, und dennoch hatte ich mir den Abend anders vorgestellt. Nicht so wild und unruhig. Halb schreiend unterhielten wir uns über die laute Musik hinweg, dann wurden Snacks und die Getränke serviert, die wirklich köstlich schmeckten.

Irgendwann gingen Laura und Andrew auf die Tanzfläche, und auch Ian erhob sich.

„Lust zu tanzen?“, fragte er schelmisch.

Ich prustete los und sagte kopfschüttelnd. „Auf keinen Fall. Ich tanze nicht.“

„Komm, nicht schüchtern sein. Ich lache nicht.“

Als er aufstand und an meinem Arm zog, stemmte ich mich dagegen. „Wirklich, Ian. Ich kann nicht tanzen.“

„Kann sie nicht“, bestätigte Debbie neben mir grinsend und erntete einen beleidigten Blick von mir.

„Kann ich mir nicht vorstellen.“ Ian ließ seinen Blick nicht gerade jugendfrei über mein Kleid wandern. „Jemand, der so gut aussieht, kann auf *jeden Fall* tanzen.“

Er zog jetzt nachdrücklicher an meinem Arm, sodass ich unfreiwillig auf die Beine kam, und ich befand, dass er kein Gespür für unangenehme Situationen hatte.

Ian war jemand, dem nichts peinlich war. Also ging er automatisch davon aus, dass auch allen anderen nichts peinlich war. Die Show genießend nippten Ginger und Debbie an ihren Cocktails. Debbie war zwei Jahre jünger als Ginger, sah aber wie eine exakte Kopie von ihr aus.

„Ich schwöre dir, wenn du *das* tust, mache ich sofort wieder Schluss“, warnte ich Ian jetzt. Mit amüsiert funkelnden Augen sah er mich an, versuchte, herauszufinden, wie ernst ich es meinte. Im nächsten Moment zog er mich schwungvoll zu sich heran, sagte dann aber zu meinem Erstaunen: „Na gut, ich gebe ausnahmsweise nach. Aber nur, weil du Geburtstag hast.“ Damit gab er mir einen flüchtigen Kuss auf den Mund, dann gesellte er sich zu den anderen auf die Tanzfläche.

„Wow, ihr seid so süß zusammen, dass es fast schon wieder eklig ist“, bemerkte Debbie neben mir schmunzelnd, nachdem ich mich wieder gesetzt hatte. „Hiermit nehme ich offiziell zurück, was ich damals über Ian gesagt habe. Er ist perfekt für dich.“

***

Eine Stunde später hatten wir Mädels einstimmig entschieden, dass wir Lust auf Bowling hatten. Nicht weit vom Club entfernt gab es ein mehrstöckiges Bowling-Center, das rund um die Uhr geöffnet hatte. Dort konnte man sich viel besser unterhalten und gesellig abhängen.

Hätte mir auch eher einfallen können, aber damals hatte ich unbedingt in diesen Club gewollt, und außerdem war ich noch nicht mit Ian zusammen gewesen. Jetzt sehnte ich mich nach einer gemütlichen Runde.

Auf meinen Vorschlag hin bestellte Ian ein paar Kumpels dazu, die sich keine 30 Minuten später mit uns im Bowling-Center trafen. Hier gefiel es uns Mädchen auf Anhieb besser. Moderne Musik in angenehmer Lautstärke, mehr Platz zum Bewegen, weniger Leute, aber trotzdem gute Stimmung. Mit William, Bryce und Stan waren wir zehn Leute, und weil Ginger nur zugucken wollte, passten wir sogar alle an eine Bahn.

Laura bewies echtes Talent, ganz anders als meine katastrophale Wenigkeit, aber gegen die Sportler hatte auch sie keine Chance. Warum waren Jungs immer besser beim Bowling? Es dauerte nicht lange, dann hatten sich zwei Lager gebildet, und wir Mädchen verschworen uns gegen die Jungs, die uns nicht mal den *Hauch* einer Chance ließen. Trotz Sabotageversuche machten sie einen Strike nach dem anderen, aber wenigstens hatten wir unseren Spaß dabei.

Immer wenn ich nach dem Werfen zu meinem Platz zurückkehrte, wollte Ian mich auf seinen Schoß ziehen, doch ich wimmelte ihn aus Prinzip ab. Mit dem Feind verbündete man sich nicht. Nach der vierten Runde winkte er mich zu sich, als wollte er mir etwas super Wichtiges mitteilen. Da ich nicht blöd war, hielt ich schnaubend einen Sicherheitsabstand, deshalb musste er sich zu mir vorbeugen.

„Ich glaube, du hast die Spielregeln falsch verstanden“, meinte er zu mir mit einem provozierenden Lächeln.

„Beim Bowling geht es darum, möglichst *viele* Punkte zu machen, nicht möglichst wenige.“

Unter dem Gelächter seiner Kumpels machte ich einen Satz auf ihn zu, um ihn für diese Frechheit zu maßregeln, doch Laura hatte recht. Wenn es um Ian ging, setzte es bei mir da oben wohl tatsächlich aus. Andernfalls hätte ich die Falle sofort gewittert. Kaum war ich in Reichweite seiner Arme, zog Ian mich auf seinen Schoß. Meine quiekenden Proteste ignorierend schloss er mich mit seinen Armen ein und gab mir einen Kuss auf die Wange.

„Und sie fällt jedes Mal wieder drauf rein", murmelte er zufrieden zu sich selbst.

Amüsiert drehte ich mich auf seinem Schoß um, sodass ich ihm in die Augen sehen konnte, die unter dem neonblauen Deckenlicht wie zwei Ozeane leuchteten. „Sei froh darüber", sagte ich mit einem sanften Stups auf seine Nase. „Sonst hättest du mich damals nicht rumgekriegt."

Du möchtest als Erstes von Neuerscheinungen
und Preisaktionen erfahren?

Dann registriere dich jetzt für meinen

NEWSLETTER

www.mirandajfox.com

Lese auch

Verrückt nach L.U.C.A.S.

Als die siebzehnjährige Teresa dem geheimnisvollen Lucas in einer dunklen Gasse begegnet, ist sofort klar, dass mit dem Jungen etwas nicht stimmt. Diesen Eindruck können auch seine engelsgleichen Gesichtszüge nicht mindern. Doch einmal in seine faszinierenden Augen geblickt, erscheint es ihr unmöglich, sich Lucas' Anziehungskraft zu entziehen – und dabei zeigt er sich nicht gerade von der nettesten Seite. In dem Glauben, die Begegnung würde ein Einzelfall bleiben, tritt die Schülerin in der darauffolgenden Woche ihre erste Schicht in der Psychiatrie ihres Vaters an … und trifft Lucas wieder. Als Patienten.

Zwei Brüder, plus ich, gleich Chaos

Als die neunzehnjährige Allie mit ihrer Mutter nach Houston zieht, lernt sie noch am selben Tag die Jackson-Brüder kennen. Zwei Jungs, die unterschiedlicher nicht sein könnten und sie jeder auf seine Weise faszinieren. Da wäre Oliver, der charmante Sonnyboy, der im selben Jahrgang wie Allie studiert, und auf der anderen Seite Ethan, ein anmaßender, ungenießbarer Einzelgänger, der sich jeden Freitagabend aus dem Haus stiehlt und am nächsten Tag von blauen Flecken übersät ist. Als Allie zwischen die Fronten der rivalisierenden Brüder gerät, ist schnell klar, dass sie Ethan besser aus dem Weg gehen sollte. Leider lässt seine Nähe sie nicht so kalt, wie sie es gern hätte ...

College Princess

Mein Name ist Zoe Davis. Ich bin 19 Jahre alt und frischgebackene Studentin am Dawson-Elite-College. Wenn das kein Jackpot ist. Aber Moment, wo sind die hilfsbereiten, fleißigen Studenten abgeblieben, von denen man immer hört? Partys, Alkohol und Intrigen beherrschen den Alltag von Londons renommiertester Lehranstalt. Als ich in die Obhut eines gewissen Dorian gegeben werde, der sich als anmaßender, aber leider zum Sterben gut aussehender Neffe des Direktors entpuppt, will ich nur noch eins: Mich von ihm abkapseln und in Ruhe lernen. Leider habe ich ein ausgesprochenes Talent dafür, in Schwierigkeiten zu geraten, und für meine gibt es sogar einen Namen: Dorian Wilde!

Schokolade zum Verzaubern

Jeremy Benner hat nicht nur die ozeanblausten Augen, die Grace jemals gesehen hat, er ist vor allem wohlhabend, begehrt und legt eine aufstrebende Karriere als Arzt hin. Natürlich ahnt die 28-Jährige davon noch nichts, als sie ihm in einer Bar begegnet und sich – betrunken – ein Wortgefecht mit ihm liefert. Oder davon, dass sie sich am nächsten Morgen in seinem Bett wiederfinden wird. In der Hoffnung, ihn nie wiedersehen zu müssen, schleicht sie sich unbemerkt aus seinem Haus ... und trifft Jeremy Tage später auf ihrer neuen Arbeitsstelle, dem örtlichen Krankenhaus, wieder.
Oder soll sie ihn von nun an *Doktor* Benner nennen?

Der beste Freund meines Bruders

Die 17-jährige Ariana hat alles, was man sich wünschen kann. Gute Noten, tolle Freunde und einen verständnisvollen großen Bruder. Nur mit der Liebe will es nicht so recht klappen und daran ist nur Caleb Ferguson schuld. Der beste Freund ihres Bruders ist genauso gutaussehend wie unerreichbar. Zumindest solange, bis er eine spontane Entscheidung trifft und Ariana damit zur Zielscheibe der ganzen Schule macht. Doch den besten Freund seines Bruders sollte man nicht zu oft um Hilfe bitten …

Der letzte Versuch

Carrie ist Single und steht kurz vor ihrem dreißigsten Geburtstag: ein persönlicher Albtraum. Besonders, da ihre gescheiterten Beziehungen ihr ein paar hartnäckige Extrapfunde auf der Waage beschert haben. Ein Fitnessstudio muss her, damit sich Carrie für das große Dating-Event fit machen kann, auf dem sie hoffentlich endlich ihren Traummann finden wird. Blöd nur, dass ihr im Studio ein Missgeschick nach dem anderen unterläuft und sich ausgerechnet ihr Fitnesstrainer Wesley mit seinem stahlharten Waschbrettbauch und den türkisgrünen Augen als wahrer Traummann entpuppt.

.

Der letzte Tag - Lucan

Als die 17-Jährige Elena ein halbes Jahr nach ihrem Unfall an die Schule zurückkehrt, hat sich nicht nur ihr Leben verändert, sie hat auch einen neuen Klassenkameraden bekommen. Lucan. Ein Schüler, der nicht nur unheimlich attraktiv ist, sondern auch reifer und düsterer scheint als die anderen. Was Elena jedoch nicht ahnt: Lucan ist kein gewöhnlicher Junge und ehe er sich versieht, hat er ihr schon zweimal das Leben gerettet.
Dabei gibt es eine Regel: Misch dich niemals ein …

Printed in Poland
by Amazon Fulfillment
Poland Sp. z o.o., Wrocław

60385762R00263